KB236115

근대 한국문학과 미술의 상호작용

지은이 김미영(金美英, Kim Mee Young)은 1965년 부산에서 태어났다. 서울대 국문학과에서 수학하고, 2003년 동대학원에서 박사학위를 받았다. 서울대, 충북대, 숭실대, 중앙대 등에서 한국문학과 교양 국어를 강의하였고, 현재 홍익대에 재직 중이다. 1998년『중앙일보』신춘문예 문학평론 부문에 당선된 이후, 현재까지 문학평론가로 활동 중이다. 2002년 한국미술관 초대전에 유화 28점으로 제1회 개인전을 열었고, 여러 차례 동인전에 출품하였다.

논문으로는 「이상의 문학과 꼴라쥬」(『한국 현대문학연구』, 2010.12), 「이상의 〈오감도 : 시제일호〉와 〈건축무한육면각체 : 차8씨의 출발〉의 새로운 해석」(『한국 현대문학연구』, 2010.4), 「혼성적 사회로의 소설적 대응—이창래 소설의 서사문법의 분석을 통해」(『국어국문학』, 2006.9), 「〈디지털구보, 2001〉을 통해본 하이퍼텍스트소설의 가능성」(『우리말글』, 2005.4), 「일제하『조선일보』의 〈가뎡부인〉欄 연구」(『한국 현대문학연구』, 2004.12) 외 다수가 있고, 저서로는『혼성적 사회와 소설의 미래』(제이앤씨, 2007),『한국 현대문학의 표상과 인식』(청운, 2007),『아프레게르와 손장순 문학』(서울대 출판부, 2012)(공저) 외 다수가 있다.

근대 한국문학과 미술의 상호작용

초판 1쇄 발행 2013년 4월 20일 **초판 2쇄 발행** 2014년 9월 20일
지은이 김미영 **펴낸이** 박성모 **펴낸곳** 소명출판 **출판등록** 제13-522호
주소 서울시 서초구 서초동 1621-18 란빌딩 1층
전화 02-585-7840 **팩스** 02-585-7848 **전자우편** somyong@korea.com **홈페이지** www.somyong.co.kr

값 24,000원　ⓒ 김미영, 2013

ISBN 978-89-5626-831-6　93810

이 책은 2008년 정부(교육부)의 재원으로 한국연구재단의 지원을 받아 수행된 연구임(NRF-812-2008-2-A00336).

A Study on the Interaction between
Korean Modern Literature and Korean Modern Arts

근대 한국문학과 미술의 상호작용

김미영

소명출판

‘통섭’과 ‘융합’은 이 시대 문화뿐 아니라, 모든 연구과 산업, 기술과 혁신의 키워드가 되었다. 한국문학 연구자들의 경우, 학제 간 연구가 부분적으로 실시되고 있긴 하지만, 본격적인 융합예술적, 혹은 융합학문적 연구의 시도는 아직 걸음마 단계이다. 이 연구서는 한국 근대문학과 한국 근대미술이 어떻게 상호 영향을 주고 받으며, 보다 본격적인 문학과 미술로 전문화되고 발전해 왔는지를 주로 일제강점기하 예술작품들과 문학 및 회화나 건축, 영화 등에 관한 논의들을 중심으로 살펴본 결과를 담고 있다. 감히 단언컨대, 양식이 다른 예술사의 융합적 지점들, 혹은 상호 연관성에 관한 연구로서는 최초의 결과서가 아닐까 싶다.

필자는 한국문학을 연구하고 강의하는 사람이지만, 취미로 그림을 그리고 미술사 관련 책들을 즐겨 읽는다. 서양 근현대미술사는 물론이고, 한국 근현대미술사에 관한 책들을 읽어 오던 중, 한국 근대미술사에 한국 근대문인들의 이름이 자주 거론되는 것을 목격하였다. 그것이 계기가 되어 한국 근대문학과 한국 근대미술의 발달이 어떻게 상호 영향을 주고받으면서 이루어져 왔는지에 대해 관심을 갖게 되었다. 들여다볼수록 이들 양자 간의 공조와 인적 자원 간의 교류 및 겹침 현상은 또렷이 포착되었다. 그래서 시작된 이 연구는 2008년부터 2011년까지 3년여에 걸쳐 한국연구재단의 인문저술지원사업의 도움으로 구체화되고 지속될 수 있었다. 이 자리를 빌어 한국연구재단에 감사의 인사를 전한다.

이 책에서 한국 근대문학과 한국 근대미술의 상호작용과정에 관한 논의는 일제시대 문인들이 한국 근대미술의 형성에 끼친 미술 관련 비평 활동에 관한 실증적 고찰로 시작된다. 이어 근대 초기 한국문인들이 회화를 직접 창작하거나, 신문이나 잡지의 만화 및 삽화를 창작한 내용에 대해서 고찰하여, 문인들의 그림과 관련된 창작이나 비평 활동이 직업 화가들의 그것과 어떤 차이가 있는지에 대한 고찰로 이어진다. 또 한국 근대문인들의 문학작품에 나타난 회화나 건축 등 조형예술적 창작원리에 대해서도 고찰하였다. 이어 문인과 화가들의 친분적 교류뿐 아니라, 그들의 연종으로 인한 예술가 단체나 그룹의 결성이 그들의 작품세계에 어떤 구체적인 영향을 끼쳤는지도 알아보았다. 특히 모더니스트 창작가 그룹인 '구인회'와 표현주의적 화가그룹인 '목일회'가 연합하여 모더니즘과 전통의 조화를 추구한 '문장파'로 결집한 부분에 대한 연구는 이 책의 중요한 성과라 할 수 있다.

뿐만 아니라, 임화에 의해 1939~1940년 무렵에 제기된 신문학사론(일명 '이식문학론')은 1920~1930년대에 조선화단에서 있었던 이식미술론 극복에 관한 논의에 의해 촉발되었다는 사실도 새롭게 밝혔다. 당시 화단에서는 서구적 근대회화양식이 도입되면서, 이를 가지고 어떻게 '조선적인 것'을 표현해 낼 것인가를 두고 수많은 논의들이 있었다. 이 문제는 곧 신조선화畵운동으로 드러났는데, 이는 수묵화인 전통 조선화와 유화양식의 서양 근대화의 변증법적 융합을 통한 신조선화의 창안을 위해 필수적인 통과의례였다. 조선신문화의 정체성을 둘러싼 이 같은 이식미술론 극복논의는 당시 화단뿐 아니라, 전 문화계의 화두였고, 임화에 의해 제기된 소위 '이식문학론'이라 불리운 '신문학사론'은 바로 이러한 화단의 논의를 문학 부면에 적용시킨 것이었다. 이異문화의 도래와 그로 인한 조선 신문화의 구축, 문화적 융합과 동화, 현지 적응에 관한 논의는 시대를 초월해 오늘날 우리문화의 올바른 정체성 확립의 차원에서도 경청할 바가 적지 않을 것이다. 이 연구서가 갖는 일차적 의미는 이와 같이 매우 구체적인 영역에서 학제 간 연구, 융합예술적 연구의 물꼬를 텄다는 사실에 있을 것이다.

나아가서 이 연구서는 문학과 회화가 '형상적 인식'이란 공통분모를 가지고 있지만, '언어'와 '형과 색'이라는 매개물의 차이에서 비롯되는 본질적인 양식적 차이를 비교예술론적 차원에서 검토하는 작업까지 시도하였다. 이 부분은 결국 시詩·서書·화畵 일체의 관념에 기초한 전통적 문인화 개념에서 문학과 회화가 독립된 예술양식으로 전문화되는 1930년대 말까지 한국 근대예술사의 분기과정을 세밀하게 보여준다 하겠다.

이 연구를 진행하는 내내, 곁에서 힘이 되어준 가족에게 이 자리를 빌어 감사의 말을 전한다. 이 책이 문학과 미술, 문학과 영화, 문학과 음악 등, 융합예술적 연구, 혹은 융합학문적 연구의 장을 여는 초석이 되길 바란다.

2012.11.20.

김미영

제1장

일제강점기 한국 근대문인들의 미술 관련 활동

근대화 초기, 한국 근대예술의 형성과정에서 문학과 미술 상호 간의 영향관계를 규명하기 위한 본 연구는 한국 근대문학과 미술의 접점에 대한 연구의 시작이 될 것이며, 미술계와 문단이 전문 영역으로 각각 분화되어가는 과정에 대한 고찰이 될 것이다. 문인들의 미술 관련 현장 비평 활동이나 미술이론 소개, 혹은 자신의 미술관을 피력한 글들을 찾아 내용을 분석하고, 문인들의 서양화 창작활동 참여와 그 특징을 분석해 보고, 기타 문인들의 삽화, 만화 등의 창작활동도 종합적으로 검토해 볼 생각이다. 또 문인과 화가들과의 인적 교류, 그룹 활동 등에 대해서도 조사해 보려 한다. 문인들의 활동이 미술계에 끼친 영향과 문인들의 미술에의 관심이나 활동이 역으로 한국 근대문학에 끼친 영향도 연구 대상이다. 한마디로 본 연구는 학제 간 연구의 예로서, 그 동안 문학계와 미술계에서 제대로 조명되지 못했던 한국 근대문학과 한국 근대미술의 경계나 접점, 상호작용에 대한 실증적인 고찰이 될 것이다.

　이러한 연구가 가능했던 것은 무엇보다도 일제시대 문인들의 미술 관련 활동이 매우 활발했다는 점 때문이다. 그동안 이에 대한 연구는 전무했다. 일제시대에 미술 관련 평론 활동을 한 문인의 예로는 이광수, 안확, 장지연, 최남선, 노자영, 김안서, 양주동, 한용운, 김화산, 변영로, 나혜석, 임화, 김기림, 김기진, 김찬영, 김환, 임장화, 김복진, 권구현, 윤기정, 김문집, 이갑기, 이헌구, 심훈, 유진오, 이태준, 한설야, 김광균, 김진송 등, 참으로 많다. 이 가운데 김복진이나 나혜석은 미술이론가나 화가로서의 업적이 문인으로서의 그것보다 두드러진 경우라 할 수 있다. 또 시인이나 문학이론가가 본령이지만 직접 화가로도 활동한 예로는 권구현이 있고, 공식적인 문단활동을 신춘문예 미술평론당선으로 시작하여 끝내 미술평론 활동과 문단활동을 겸비한 작가로는 이태준이 있다. 임화의 경우, 한때 화가를 꿈꾸었을 정도로 회화 자체나 미술운동에 관심이 지대했고, 박태원 역시 신문연재소설의 삽화를 스스로 그렸을 정도로 미술에 관심과 조예가 깊었다. 그럼에도 불구하고 문인들의 미술 관련 비평 활동들에 대한 연구나, 문인들의 회화작품들에 대한 연구, 또 그들의 미술에의 관심이 그들의 문학세계에 어떤 영향을 미쳤으며, 또 조선 근대미술 형성에는 어떤 역할을 했는지 등에 대한 연구는 아직 전혀 이루어지지 않았다. 이 부분에 대한 면밀한 연구는 한국 근대문학과 한국 근대미술 각각의 형성과정을 이해하는 데도 도움이 될 것이다. 뿐만 아니라, 문학과 미술의 상호작용이 한국 근대문학이나 미술 영역에 미친 영향 등이 규명되면, 작가의 문학세계 이해나 미술계의 변모과정 이해, 나아가 일제강점기 하 한국 근대예술 전반의 발전과정을 이해하는 데에도 새로운 관점을 제공해 줄 수 있을 것이다.

한국 근대미술사에서 미술을 전공한 미술평론가들이 등장하여 활동하기 이전, 혹은, 그들의 활동 초기에, 다시 말해 전통적 서화에서 근대적 회화로의 이행기에 교두보 역할을 담당한 사람들이 문인이었다는 것이 본고의 첫 번째 가설이다. 문인들은 전통적인 서화 담당계층의 하나인 사대부 계층에 가깝고, 외래 문물과의 접촉기회도 많았다. 또 전통적으로 동양에서는 시·서·화가 일체로 인식되어 왔기에 근대화 초기에 회화 역시 문인들의 활동영역으로 이해된 감도 없지 않다.

조선 근대회화 발전의 제1기라 할 수 있는 1910년대 후반까지 잡지와 일간지에 미술 관련 글들을 기고한 사람으로는 이광수를 비롯한, 장지연, 최남선, 안확 등이 있다. 또 제2기에 해당하는 1920년대부터 1930년대 전반기까지는 임화, 윤기정, 변영로, 권구현, 이태준 등이 조선 근대화단의 실제비평과 독자적인 미술론을 안출하면서 이제 막 첫걸음을 내딛기 시작한 미술 전문가들과 함께 조선 근대화단의 형성을 주도했다. 제3기인 1930년대 후반에는 문인들은 서서히 자신의 본령인 문학 분야로 돌아가고, 미술전공자들이 이론과 비평 분야에서 논쟁을 주도하면서 조선 근대미술의 다양화와 질적 성장을 도모했다. 1930년대 중반은 조선예술이 분야별로 전문화되는 시기라 할 수 있는 바, '봉건' = '시·서·화'(미술과 문학의 혼재양상)가 '근대' = '미술' + '문학'의 분화된 짝패로 서서히 대체되어 갔다. 이 과정에서 문인들이 주축이 된 지식인들의 '보는 방식'은 '관전평'의 형태로 일간지와 잡지에 소개되면서 근대적 문화 산물에 대한 사유와 감식안, 문제의식 등을 대중에게 확산시켰다.

일본에서 서구식 근대회화를 공부한 고희동, 김관호, 김찬영, 나혜석 등이 1910년대 말에 귀국하였고, 1920년에 파리서 공부한 이종우가 돌아오면서 조선 근대화가 1세대의 활동이 시작되었다. 또 1918년에 서화협회가 발족되어 1921년부터 본격적으로 활동을 시작하였다. 미술을 전공한 이론가나 전문비평가의 출현은 1920년대 이후의 일이었고, 독자적인 미학을 갖춘 비평가의 출현이나 미술사에 대한 전문지식에 토대한 미술이론화 작업은 1930년대 윤희순과 김용준의 출현까지 기다려야 했다.

사정이 이러했기에 1910년대부터 1930년대 중반까지의 문인들의 미술평론계 활동은 매우 중요한 의미를 갖는다. 박태원의 소설 「방란장芳蘭莊 주인」을 보면, 서양화는 문인들에게 교양과 문화적 세련성을 드러내는 문화자본이자 상징자본의 가치로 인식되었음을 알 수 있다. 또 미술평론가인 김용준이나 시인 김광균에 따르면, 1930년대 조선의 문인들은 화가들과 더불어 세잔느를 비롯한 인상파 회화와 신낭만주의 회화에 깊이 침윤되어 있었다. 김만형, 최재덕, 신홍휴 등의 화가들과 김기림, 김광균, 서정주 등의 시인들은 세계미술전집을 구해 그것에 '침몰'하다시피 몰두했으며, 서울에서는 볼 수도 살 수도 없는 인상주의 이후의 화집들을 동경에서 구해와 보물처럼 돌려보곤 하였다. 그만큼 당시 문인들은 조선화단이나 일본화단에 크게 뒤처지지 않는 수준의 미술에 대한 감식안을 가지고 있었다.

심지어는 KAPF에서조차 문학분과와 미술분과는 양대 주요분과였다. 미술분과의 김복진과 문학분과의 임화가 조직의 실질적 리더로서 이 단체를 이끌었다. 또한 두 사람은 프로미술론에서 상호 영향을 주고받으면서 조선프로화단을 이끌기도 하였다. KAPF 미술분과의 이갑기는 문학분과를 넘나들며 활동했으며, 권구현도 마찬가지였다. 이렇듯 KAPF에서도 유독 미술과 문학분과의 인적 교류는 활발했다. 일제강점기에는 언어를 매체로 하는 문학계와 색과 형을 매체로 하는 조형예술계의 교류나 소통은 이처럼 매우 활발하였고 문인들의 미술비평 활동 참여 열기는 대단했다.

전통적으로 조선에서 시詩와 화畵는 모두 '읽는 독물讀物'로서 사대부 계층의 탈정치적 심미의식의 표현수단이었다. 하지만 일제강점기에 식민지 이식문화론의 극복과 민족문화의 발전을 통한 문화적 주체성의 확립이라는 시대적 과제를 안고 양자가 근대적 전환을 꾀하면서 문학과 미술은 내셔널 미디어로서 민족계몽의 수단으로 각각 분화되어 갔다. 특히 '형식style의 새로움' 추구가 본질인 미술은 침략자 일본을 통해 이입된 외래적 양식을 조선인의 고유한 경험과 가치관에 적합한 회화양식으로 전환시켜 가야하는 지난한 과제를 부여받아 1920~30년대에 다양한 논전을 숨 가쁘게 치렀다. 이 과정에서 문단과 화단은 '조선적인 것'의 안출을 위해 고투를 벌였고, 또 상호영향을 주고받으며 각각의 독자적인 예술영역으로 분화되어 갔다.

1. 일제강점기 문학인과 미술의 관련성

예로부터 동양에서는 시詩·서書·화畵가 일체라는 인식이 있었다. 서화는 통상적으로 문학인들의 여기餘技로 여겨졌다. 당시에 그림은 글의 연장이거나 일부로 인식되었다. 그림은 사대부의 사유를 표현하는 문자의 또다른 형태였다. 때문에 특히 문인화는 독법이 적용되는 '읽는 그림'이었고, 휘호회나 사랑방을 통해 일부계층에게만 향유되었다. 반면, 개항기 이후 도입된 서양화는 원근법적 세계관에 토대한 주체 중심의 시각예술로, '전시회'라는 제도적 장치를 통해 일반대중에게 '보는 그림'으로 공유되는 예술이었다. 일제강점기 초, 서양화를 전공한 본격적인 미술인이 등장하기 전, 지식인의 대표자였던 문학인들이 양화 전람회의 관전평을 쓰거나 미술에 관한 단편적인 의견을 표명하는 글을 썼던 것도 이런 전통과 무관하지 않았다. 문학인들은 신문명과 신지식, 신사상에 관심이 많았고, 서양화는 당시 서구적 근대문화의 상징물 그 자체였다. 1920년대에 서양화를 전공한 화가가 등장하고, 1920년대 후반, 그들이 미술평론을 담당하다가 1950년대에 화가가 아닌 전문미술비평가가 등장하기까지 문학인은 비평이나 창작에서 화단에 깊이 관여하여 한국 근대미술 형성의 교두보 역할을 담당했다.

문학인들의 회화창작은 본격적인 유화나 동양화, 조소 분야보다는 삽화나 만화 분야에 집중되어 있어, 그림 자체로 독립적이라기보다 글에 보조적이거나 종속적인 성격을 갖는다. 문학인의 삽화나 만화는 전문 화가들의 그것에 비해 암시적이고, 이야기성은 풍부한 반면, 그림만으로 내용을 짐작하기 어려운 것이 특징이다. 시각예술로서의 완결성이나 통일성, 혹은 필법에서의 개성이 상대적으로 약한 편이다. 문학인인 나혜석, 권구현, 이상, 박태원, 이갑기 등이 삽화와 만화를 많이 그렸는데, 이들의 작품들은 전문만화가나 삽화가인 안석영, 길진섭, 정현웅, 김용준의 것들에 비해, 기법의 새로움을 추구하거나 형상 자체로 어떤 심상을 표현하기 보다는 소재나 형상으로 글의 내용을 암시하거나 설명하려는 경향이 짙다. '보는 그림'보다는 '읽는 그림' 혹은 '생각하는 그림'에 가깝다고 할 수 있다. 이는 전통시화에서의 글과 그림의 상관관계를 연상시킨다.

또한 문학인들이 그린 본격적인 유화나 동양화는 일부 작품만이 조선미술전람회 도록집에 도판 형태로 전해지는데, 전문 화가들의 그것에 비해 기량 면에서 떨어지는 것이 사실이다. 그러나 문학인들이 근대회화에 관심을 가진 일은 문학에 있어서 묘사의 중요성에 대한 인식을 강화하는 데 일 계기가 된 것으로 보인다. 또한 문학의 정치주의를 극복하고 예술의 자율성을 뚜렷이 자각하는 데에도 일정 정도 자극제가 된 것으로 보인다. 또한 미술평론 활동이나 화가들과의 교류를 통해 화단에서 행해지던 '조선적인 것'을 둘러싼 논쟁을 지켜보면서 미술뿐 아니라 문학에서의 '조선적인 것'에 대한 인식을 심화하는 계기가 되었다.

1930년대 중반 이후 문학인들은 점차 문학으로 자신들의 영역을 특화시켜 가는데, 이는 서양미술을 전공한 화가들이 조선 근대화단을 어느 정도 구축하였고, 또 비평계에서 미술전공자들이 어느 정도의 독자적인 미학을 구성해내면서 활동지반을 넓혀간 시점과도 맞물려 있다.

일제강점기 초, 일간지와 잡지에 양화전람회洋畵展覽會의 관전평을 쓴 사람들은 대부분이 문학인이었다. '문인文人'이란 개념이 근대 이전 사대부들 가운데 시가나 가사를 짓던 사람들을 통칭하는 것이라면 근대 이후 시나 소설 혹은 문학평론 활동을 한 사람들을 일컫는 용어는 '문학인' 혹은 '문학가'이다. 물론 1900~10년대 근대화의 초기단계에 조선에서는 '문사' 혹은 '문인'이란 용어가 여전히 사용되었다. '문사'는 '전통적 지사志士'의 면모가 좀 더 강조된 용어라면, '문학인' 혹은 '문학가'

는 전문적 직업의식이 강조된 근대적인 개념이라 할 수 있다.

이 글에서는 일제강점기하에 시와 소설, 문학비평을 담당한 사람들을 전문화가나 삽화가 혹은 조소가나 미술평론가와 대비시켜 '문학인'이라 지칭한다. 당시 일간지와 잡지를 훑어보면, 이광수, 안확, 장지연, 최남선, 노자영, 김안서, 양주동, 한용운, 김화산, 변영로, 나혜석, 임화, 김기림, 김기진, 김찬영, 김환, 임장화, 김복진, 권구현, 윤기정, 김문집, 이갑기, 이헌구, 심훈, 유진오, 이태준, 한설야, 김광균, 김진송 등이 미술 관련 글들을 발표하였음이 확인된다. 이들 가운데 일부는 1930년대까지 화단畫壇에 깊숙이 개입하여 본격적인 미술 관련 평론들을 통해 논쟁에도 참여하는 등, 당시 미술계에 적지 않은 영향력을 미쳤다. 게다가 당시에는 직접 일간지와 잡지에 삽화나 만화를 그려서 싣거나, 동양화나 서양화를 그려 조선미술전람회에 출품하거나 개인전을 여는 문학인들도 꽤 있었다. 이상, 권구현, 박태원, 나혜석, 이갑기 등이 그들이다.

이런 현상이 어떻게 가능했을까? 개항기부터 한일합방기 무렵의 조선에는 예술이 전문 영역으로 분화되어 있지 않았다. 1910년대까지만 해도 조선에는 시·서·화를 일체시한 동양의 전통적인 예술관이 여전히 유력하였고,[1] 직업인으로서의 '시인'이나 '작가'보다 '문인'이나 '문사'라는 개념이 더 널리 통용되었다.[2] '문인화'의 전통에서 비롯된 시·

---

[1] 이태준, 「서구정신과 동양정취」, 『상허문학讀本』, 백양사, 1946; 『이태준 문학전집』 17, 서음출판사, 1988, 313~314쪽에 재수록.

[2] '직업의식'이 아닌, '문사의식'에 입각한 문학생산에 대해, 외국인 학자는 '영웅적 생산heroic production'이라고 칭하기도 한다. Michael Kim, "From the Age of Heroic Production to the Birth of Korean Literature—Capital Flows, Transnational Media Markets, and Literary Production in the Colonial Period", 『한국 현대문학연구의 현황』, 한국현대문학회 2009 국제학술대회 발표자료집, 2009.3, 71~81쪽.

서 · 화의 미분화 양상은 서양화의 도래를 계기로 시와 화가 확연히 분리되면서 서서히 깨어지기 시작한다. 당시 조선인들에게 전통서화와는 판이하게 다른 서양화의 존재는 신문물이나 신사조를 시각화한 서양 근대문명의 상징물로 이해되었다.[3]

1880년대 개항 이후 일제강점기 전반기에 서양화가 이 땅에 도입되어[4] 전시되었을 때, 이에 대한 소략한 감상평이나마 제시한 사람들이 문학인이었던 것은 조선시대 남종화에 뿌리를 둔 문인화의 높은 위상과도 관련이 깊다. 전통적으로 우리나라에서는 일부 왕실의 기록화나 도화서 화원들의 그림을 제외한 시 · 서 · 화는 문학인들의 여기였고, 그들은 또한 상인들과 더불어 새로운 문물에 가장 민감하게 반응하는 지식인들이었다. 이런 연유로 1910년대에는 이광수, 안확, 장지연, 최남선, 노자영, 김안서 등이 주로 일간지에 전람회 관전 단평들을 주로 기고하였고, 1920년대에는 변영로, 이태준, 권구현, 김기림, 임화, 김광균, 이갑기 등이 전시회 관전평이나 자신들의 미술관을 피력하는 미술평론들을 일간지와 잡지에 발표하였다. 1923년에 홍엽회紅葉會가 주최한 스케치 전람회에서는 아동문학가 마해송이 심사위원으로 위촉되었다.[5] 당시에는 한용운, 김화산, 김기진, 김찬영, 김환, 임노월, 윤기정, 김문집, 이헌구, 심훈, 유진오, 한설야, 김진섭 등의 문학인들이 미술 관련 글들을 발표하였다.[6] 이 가운데 1910~20년대의 이광수[7]와 변영로,[8] 그리고 1930년대 이

3 　최열, 『한국 근대미술의 역사』, 열화당, 2006, 96~97쪽.
4 　미술사학자들에 따르면, 한반도에 서양화가 도래한 것은 1880년대 개항 무렵이다. 최열, 『한국 근대미술 비평사』, 열화당, 2001, 37쪽.
5 　경기도사 편찬위원회, 『경기도사 제7권 — 일제강점기』, 경기정판사, 2006, 463쪽.
6 　졸고, 「식민지시대 문인들의 미술평론의 두 가지 양상 — 임화와 권구현을 중심으로」, 『한국문화』 제44호, 2008.12, 175~200쪽.

태준[9]과 임화의 글들은 한국 근대 미술비평사에서 매우 중요한 성과로 꼽히고 있다.[10] 이태준의 경우를 예를 들어 보면, 그의 공식적인 문단활동은 1930년 『매일신보』 신춘문예 미술평론부문에 「조선화단의 회고와 전망」이 당선되면서 시작되었다. 이후 이태준은 한국 근대미술사에서 매우 중요한 이론가의 한사람으로 발자취를 남겼다.

본격적으로 근대미술을 공부한 전문 화가들은 1920년대 중반에 조선 근대화단을 개척하기 시작하였다. 이들 가운데 일부가 미술비평을 맡았는데, 화가와 미술평론가의 구분은 1950년대에 화가 아닌 미술비평가 '이경성'의 출현으로 가능하였다. 한국 근대미술비평계를 주요 담당 자층을 중심으로 3기로 나누어 보면, 제1기는 1910~20년대 초반 문학인 중심시대로, 제2기는 1920년대 후반부터 1940년대까지 화가 중심시대로, 제3기는 1950년대 이후 전문 미술비평가시대로 구분할 수 있다. 근대미술을 전공한 화가군의 국내 상륙은 1910년대 후반에 시작되었고, 이들이 그룹을 형성하여 전시회를 개최하기 시작한 것은 1920년대 초반의 일이다.

원근법과 명암법을 사용, 사물과 자연을 사실적으로 재현하는 서양

---

7 이광수, 「문부성 미술전람회기」 1~3, 『매일신보』, 1916.10.28~31; 「김관호의 〈夕暮〉를 중심으로 한 문전관전기」, 『매일신보』, 1916.10.28; 「구경꾼의 감상—이종우씨 개인화랑에서」, 『동아일보』, 1927.11.7; 「예술평가의 표준」, 『동광』 창간호, 1926.5; 「임용연 백남순씨 부처전 인상기」, 『동아일보』, 1930.11.9.

8 변영로, 「동양화론」, 『동아일보』, 1920.7.7.

9 이태준의 미술 관련 평문들은 다음과 같은 글들이 있다.
이태준, 「조선화단의 회고와 전망」, 『매일신보』, 1931.1.1~2; 「불상한 소년 미술가」, 『어린이』, 1929.2; 「녹향회 화랑에서」, 『동아일보』, 1929.5.28~30; 「동미전 합평기」, 『중외일보』, 1930.4.20; 「제10회 서화협전을 보고」, 『동아일보』, 1930.10.28~11.5; 「제13회 협전관후기」, 『조선중앙일보』, 1934.10.24~30; 「단원과 오원의 후예로서 서양화보담 동양화」, 『조선일보』, 1937.10.20.

10 강성룡, 「한국 근대미술의 근대성 연구」, 경원대 석사논문, 1998, 25쪽.

식 미술교육은 1895년 소학교령에 따라 '도화' 교과목이 신설되면서 시작되었다. 일본 화가의 조선 진출은 1902년에 아마쿠사 신라이天草神來와 시미즈 도운淸水東雲이 남산과 정동에 화실을 차리면서 시작되어, 고지마 겐자부로兒島元三郎가 관립 한성사범학교 도화교사로 건너오는 등, 1910년대에 활발해졌다. 조선에서 개최한 최초의 서화 공모전은 1915년 공진회가 주관한 것이었는데, 여기서는 일본인 심사위원들이 '일본화'풍이 짙은 작품들을 주로 당선시켰다. 이런 와중에 일본에서 서구식 근대회화를 공부한 고희동이 1915년에, 김관호가 1916년에, 김찬영이 1917년에 그리고 나혜석이 1918년에 귀국하였고, 1920년에 파리에서 공부한 이종우가 들어오면서 조선 근대화가 1세대의 활동이 시작되었다. 1918년에 서화협회가 발족되어 1921년부터 본격적으로 활동을 시작하면서 서화협전(이하 협전)이 개최되었다.[11]

문학인과 화가, 혹은 미술평론가의 역할구분이 뚜렷하지 않았던 일제시대 초기에 문학을 하면서 그림을 그린 문학인에는 권구현, 나혜석, 박태원, 이상, 이갑기, 이태준 등이 있다. 화가인데 문학에 재능을 나타낸 인물로는 안석영, 고유섭, 김용준, 윤희순, 이주홍 등이 있다.[12] 이 밖에도 프로문예운동을 펼친 김기진과 프로미술운동의 기수인 김복진은 형제간이었고, 소설가 박태원의 아우인 박문원은 화가였다. 이태준의 경우는 애초에 등단 자체가 미술평론가로서였고, KAPF의 실질적인

---

11 최열, 「조선미술론의 형성과정」, 『한국 근대미술 비평사』, 열화당, 2001, 37~38쪽.
12 안석영은 연극배우, 무대장치 미술가, 서양화가, 미술평론가, 漫文漫畫, 만화 및 시·소설·희곡·시나리오 작가, 영화감독 등 그야말로 전방위적 종합예술인이었다. 신명직, 「안석영의 삶과 예술―'카프'에서 '황도학회'까지」, 『모던 보이, 경성을 거닐다』, 현실문화연구, 2003, 327쪽. 이주홍은 동시와 동화를 창작한 작가이기도 하였다. 고유섭이나 김용준은 수필가로도 명성이 높았다.

리더였던 임화는 미술평론 활동에서도 두각을 드러내어 김복진과 더불어 프로미술운동의 맹장으로 활약하기도 했다.

당시에는 문학인들과 화가들의 교류도 매우 활발하였다. 1920년대 대표적인 순수문예동인지인 『창조』, 『백조』, 『폐허』는 문학인과 화가가 망라되어 구성되었으며,[13] '토월회'와 같은 연극모임에도 조각가 김복진과 삽화가 이승만이 참여하는 등, 문학계와 미술계의 연종은 당시에 매우 흔한 일이었다.[14]

이렇듯 근대화 초기에 언어를 매개로 하는 문학계와 색과 형을 매개로 하는 조형예술계는 창작과 비평분야에서 인적 구성원이 서로 일정 부분 겹쳐 있었다. 이들은 1920년대 후반부터 1930년대 초반까지 미술과 문학에서 '조선적인 것'을 찾아 해명하고 또 이를 지켜가기 위해 함께 분투하였다. 이들이 1930년대 중반 이후 조선신미술, 조선신문학을 창안하고 이를 발전시켜 가기 위해 고투하는 사이 각각의 영역에서 서구적 양식의 이식과 모방을 극복하고, 점차 영역 간의 미분화를 극복하면서 조선의 신예술은 각기 특화된 예술양식의 고유성을 찾아 근대적 예술로의 전환을 이룩해 간다.

예술영역의 분화과정에 대한 관한 연구는 이제 막 시작단계에 있다.[15] 이 글은 문학과 미술이 인적 구성원과 활동 내용 면에서 상당 부

---

13 문예동인지인 『창조』에는 김관호와 김찬영이, 『백조』에는 원석주와 안석영이, 『폐허』에는 김찬영, 나혜석 등의 서양화가가 참여했다. 최덕교 편, 『한국잡지백년』 1, 현암사, 2004, 522~647쪽 참조.
14 김광균, 「1930년대의 화가와 시인들」, 『계간미술』, 1982 가을, 93쪽.
15 1930년대 모더니즘 문학의 중심이 된 '九人會'와 화가들의 그룹인 '牧日會'의 연관관계에 대한 연구가 그 한 예이다. 기혜경, 「1920·30년대 한국 근대미술과 문학의 교류상에 관한 연구」, 홍익대 석사논문, 1998 참조.

분 겹쳐 있던 1930년대 초·중반까지 조선예술가들의 활동에 관한 종합적인 연구가 필요하다는 문제의식에서 출발하였다. 이 장에서는 문학인들이 그린 그림들을 일별해 보고,[16] 전문 화가들의 그것과는 다른, 문학인의 그림들만의 특징이 무엇인지, 또 그것이 그들의 문학에 어떤 영향을 미쳤는지에 대해 알아보려 한다. 이 장은 일제강점기 조선 근대예술의 분화과정에 대한 연구의 일환으로서,[17] 궁극적으로는 문학과 미술의 비교매체론적 고유성, 다시 말해 구상적 인식이라는 공통성에도 불구하고 문학과 회화가 본질적으로 변별될 수밖에 없는 지점들에 대한 규명을 향해 수렴해 가기를 희망한다.[18]

---

[16] 본고에 문학인들의 그림 도판을 수록하지 못하였는데, 이는 저작권 문제 때문임을 밝혀 둔다.

[17] 이와 연관된 필자의 선행연구들로는 「이태준 단편소설의 회화성 연구」, 『정신문화』 61호, 2008.12가 있으며, 「박태원 자화상 연작 연구」, 『국어국문학』 148호, 2008.5와 「이제하 초기 소설의 환상성 연구」, 『구보학회 제4회 전국학술대회 발표 자료집』, 2008.12 등도 본 연구와 관련성이 있다.

[18] 기혜경은 앞의 글에서 미술과 문학의 교류를 동인지 시대, 프로문예운동기, 1930년대 순수문예시기로 나누어 고찰하고 있다. 특히 그는 구인회와 목일회의 동인 가운데 일부가 모여『문장』을 결성하여 활동하게 됨에 따라 결론적으로 미술 분야에서도 서양화의 자기화 내지는 조선화의 추구로 나아갈 수 있게 되었다고 보았다.

2. 문인들의 그림들

1) 만화와 삽화

조선 최초로 서양화 개인전을 연 나혜석은 화가가 본업이었지만, 소설가로도 명성을 떨쳤다. 나혜석은 1921년 『경성일보』 내청각에서 유화개인전을 열어 5천여 명의 관객을 동원하였다. 그는 1922년 제1회 조선미전에서 입선하였고, 다음해에는 3등상을 수상하였으며, 1926년까지 연이어 특선을 거듭하였다. 1927년 7월부터 1929년 초까지 남편과 유럽전역을 여행하고 귀국한 이후, 9월에는 『중외일보』 수원지국 후원으로 수원 불교포교당에서 개인전을 개최하였다. 1931년 제10회 조선미전에서 특선을 하였고, 가을에는 일본 제국미술전람회에서 입선하였다. 그런 여세를 몰아 그는 1933년 여자미술학사를 설립하려 했으나 실패하였다고 한다.[19]

아나키스트 문예이론가인 권구현은 조선총독부가 주관한 조선미술전람회(이하 선전)에 수차례 입상한 화가이기도 했다. 그는 다양한 지역을 돌며 개인전뿐 아니라 불우이웃돕기 자선바자회 형식의 전시회도 여러 차례 개최하였다. 권구현의 화가로서의 예명은 천마산인天麻山人이었다. 그는 천마산인이란 이름으로 개인전을 열었고, 권구현이란 이름으로도 서화전을 수차례 개최하였다.[20]

---

19 경기도사 편찬위원회, 『경기도사 제7권 ─ 일제강점기』, 경기정판사, 2006, 473쪽.
20 권구현, 「화가 천마산인 권구현씨 개인전을 개최(하동)」, 『동아일보』, 1938.4.24; 「권구현 개

또 이갑기는 KAPF의 미술분과위원으로도 활약했으며, 노동자들의 이야기를 담은 포스터 제작은 물론, 일간지에 만화와 삽화도 실었고, 미전에 그림을 출품하기도 하였다. 윤기정 역시 KAPF의 미술분과위원이었고, 영화평에서 두각을 나타냈으며, 영화제작에도 참여하였다.[21] KAPF의 서기장이었던 임화는 보성고보를 다니다가 중퇴를 하였는데, 그 사유가 서양화를 배우기 위함이었다고 자필 회고담에서 밝힌 바 있다.[22] 윤기정과 임화가 직접 그린 그림은 아직까지 발견되지 않고 있다. 또한 화가 박문원의 형인 박태원은 자신의 신문연재소설의 삽화들을 직접 그렸으며, 야수파 그림으로 널리 알려진 화가 구본웅과 잘 어울렸던 이상은 '하융河戎'이란 예명으로 박태원의 소설 「소설가 구보씨의 일일」과 자신의 소설 「날개」와 「동해」 등의 삽화를 그렸고, 책 표지 디자인을 하기도 했다.[23]

① 나혜석

구체적으로 문학인의 그림들을 살펴보자면, 먼저 나혜석은 1919년에서 1921년까지 『신여자』에 다양한 근대여성의 모습들을 담은 삽화들과 판화들을 발표하였다. 〈초하룻날〉(1919)이라는 시리즈물 8컷은 조선의 설날 풍속을 희화화한 삽화이다. 〈김일엽의 가정생활〉(『신여자』, 1920.6)이라는 네 컷의 판화는 일상적인 가사일도 즐겁게 하며 밤늦게

<hr>

인전람회」, 『조선중앙일보』, 1934.11.5; 「빈민동정의 서화회 개최 - 권구현씨를 맞아(진남포)」, 『동아일보』, 1935.1.31; 「화단 10인 서화전 금25일부터 4일간 장곡천곡 푸라타뉴에서」, 『조선중앙일보』, 1934.1.25~2.4; 「권구현씨 서화회」, 『조선중앙일보』, 1935.2.1.
21 서경석, 「윤기정 전집을 펴내며」, 『윤기정 전집』, 역락, 2004, 1~3쪽.
22 임화, 「어떤 청년의 참회」, 『문장』, 1940.3, 22~25쪽.
23 청계천문화관, 『책과 그림 - 문인과 화가의 만남』, 2008, 120쪽.

나혜석, 1896~1948

까지 공부하여 더 나은 미래를 도모하는 이상적인 여성상을 제시한 그림이다.

〈저거시 무어신고〉(『신여자』, 1920.4)라는 제목의 목판화는 바이올린 케이스를 들고 가는 양장한 신여성을 신기한 듯 구경하는 당시 남성들을 풍자한 그림이다. 이 삽화는 서양식 건물과 재래식 전통가옥들이 섞여 있는 거리를 배경으로 제시하여, 신구문화가 혼재한 당시 도시 경성을 재현해 주고 있다. 나혜석의 삽화나 판화는 선線과 면面의 처리 방식들이 작품마다 다르다는 점이 특징적이다. 인물의 전신을 담는 화면구성 방식 때문에 전체 화면 대비 인물의 크기가 대부분의 삽화에서 동일한 것도 특이하다. 펜을 사용하는 방법은 1921년 『매일신보』에 수록된 입센의 「인형의 집」의 삽화가 독특하다. 이 삽화는 『문장』의 전문삽화가였던 정현웅의 필법을 연상시킨다. 이 작품은 삽화라기보다는 독립된 한 폭의 펜화에 가깝다고 할 수 있다.

이 밖에도 〈전동 식당에서〉(『중앙』, 1935.7), 〈경성역에서〉(1935), 〈계명구락부啓明俱樂部〉, 〈총석정 어촌에서〉(『매일신보』, 1934.8) 등의 삽화들도 나혜석의 작품들로 추정되기도 하나, 이들은 그의 다른 삽화들과 필선筆線이 너무 달라서, 그의 작품인지에 대해 논란이 계속 되고 있다.[24] 당구장의 풍경을 그린 〈계명구락부〉를 제외한 이들 삽화들은 근대화가 막 시작된 조선의 전경前景들을 활달한 선과 속도감 넘치는 화면구성으로 생기 있게 포착해 내고 있다.

나혜석의 삽화들은 전통문화에 대한 이해를 바탕으로 신여성을 화

---

[24] 윤범모, 『화가 나혜석』, 현암사, 2005, 206쪽.

두로 내세워 빠르게 근대화의 과정을 밟아가는 조선의 변화상을 담아
내고 있다. 그는 원근법에 따라 사물을 표현했고, 여백에 대한 특별한
의식 없이 화면을 채우는 구성을 보이며, 화면의 밖 혹은 안에 말풍선
을 따로 만들지 않고 글을 화면의 안팎에다 써 넣고 있다. 대체로 판화
는 신여성의 모습을 힘차고 간명한 선으로 담아내고 있고, 펜화는 구여
성을 등장시켜 전통적인 조선의 풍속을 부드럽고 따뜻하면서도 유머
러스하게 담아내고 있다. 한마디로 삽화와 판화에서 나혜석은 조선의
현실을 담되, 필선이나 화법은 서구적인 방식을 따르고 있다고 평가할
수 있겠다.

② 박태원

박태원의 삽화들도 연재소설마다 필선이 다르고 개성이 매우 강한
특징이 있다. 『적멸寂滅』(『동아일보』, 1930. 2. 5~3. 1)의 삽화들에서 그는 배
경을 어둡게 처리하고 만화적인 컷과 표현주의나 초현실주의 회화를
연상케 하는 컷들을 교차시켜 가면서 소설의 내용을 암시하고 있다.

『반년간半年間』(『동아일보』, 1933. 6. 15~8. 20)의 삽화들은 일본화풍의 가
는 선과 흑백 대비가 선명한 면 처리, 영화적인 앵글이 특징적이다. 여
기엔 기모노를 입은 일본여성과 맥고모자를 쓴 신사들이 자동차와 근
대식 빌딩으로 가득 찬 서울과 동경 거리를 배경으로 등장한다. 흰색
바탕을 주로 하여 부분적으로 검은 면을 대비시킨 화면 구성과 점을 이
용하여 인물의 개성을 표현한 것도 특징적이다. 독특한 분위기의 이 삽
화들에서는 일본화의 영향이 짙게 드러난다. 또 '첫눈에 반한 사람Love
at First Sight'이라는 영문자막이 제시된 삽화는 무성흑백영화의 타이틀화

면을 연상시킨다. 이렇듯 『반년간』의 삽화들은 영화의 스틸을 연상시키는데, 이런 특징은 이들 삽화들이 카메라 아이camera's eye에 의한 앵글을 구도로 하여 파노라마식 화면으로 구성되어 있기 때문이기도 하다.

한편, 박태원의 유모어 콩트인 「제비」의 삽화는 좀 더 만화적이고 또 아마추어적이다. 박태원의 삽화들은 동일한 사람의 그림으로 보기 어려울 만큼 작품별로 분위기가 전혀 다른데, 이는 그가 삽화에서도 매우 실험적인 시도들을 하고 있음을 말해준다. 그의 영화에 대한 남다른 관심과, 일본문화나 모던한 도시문화에 대한 독특한 경사도 삽화들에서 잘 드러나고 있다.

③ 이상

건축을 전공한 시인이자 소설가인 이상李箱은 하융河戎이란 예명으로 박태원의 「소설가 구보씨의 일일」(『조선중앙일보』, 1934.8.1~9.1)의 삽화들을 그렸다. 당시 그의 그림들은 멋쟁이 삽화로 통해 젊은이들 사이에서 인기가 매우 좋았다고 한다.[25] 이상의 삽화들은 서로 다른 선들을 보여주는데, 카페 여급과 다방의 분위기를 표현한 컷과, 월미도를 배경으로 누워 있는 여성의 나체를 그린 컷도 있다. 이상은 다방에서의 모던보이와 모던걸의 모습들을 즐겨 그렸는데, 대부분의 그의 삽화들은 배경이 무엇인가로 빼곡히 채워져 있어, 여백의 미를 살린 전통회화와는 전혀 다른 느낌을 준다.

특히 「소설가 구보씨의 일일」의 제28회분 삽화는 면을 과감하게 분

---

25 조용만, 『30年代의 문화예술인들―격동기의 문화계 비화』, 범양사, 1988, 283쪽.

할하여 서로 다른 대상을 한 컷에 종합한 구성을 보인다. 또 펜을 그려 넣어 등장인물의 직업이 소설가임을 암시하기도 하고, 소나무 같이 생긴 조선의 토종 수종樹種에 전혀 다른 이국종 나무가 접 붙여진 독특한 나무를 중력의 역방향으로 묘사하여 조선의 전통적 생활양식에 서구적 근대 문명을 접接붙여 놓음으로써 기존의 질서나 생활습관과는 매우 다른 성격을 나타내고 있는 당시 조선의 현실을 풍자하기도 하였다. 이상은 이 그림을 「소설가 구보씨의 일일」의 타이틀화로 그렸는데, 외래문화와 서구문화의 충돌과 교섭으로 당장에는 언밸런스한 형국을 보이는 경성을 배경으로 전개되는 구보씨 이야기의 전체분위기를 이렇게 암시한 것으로 보인다.

또 이상은 자작 소설인 「날개」(『조광』, 1936.9)의 삽화를 직접 그렸는데, 전문삽화가의 그림과는 판이하게 다른 방식으로, 사물과 사람, 문자(영어)와 형상을 조합하여 매우 구성적인 방식으로 작품의 분위기를 암시하고 있다.[26] 그의 삽화들은 소설을 읽지 않고 그림만으로는 그 의미를 해독할 수 없는 수수께끼처럼 구성되어 있어, 문학인의 삽화들이 얼마나 글에 의존적인지를 보여주는 예가 되기에 충분하다 하겠다.

④ 권구현

김화산과 더불어 아나키스트로 활약하다 카프의 방향전환기에 제명된 권구현權九玄은 일본에서 서양화를 공부했다는 증언도 있고,[27] 또 화

26　이상, 「날개」, 『조광』 제11호, 1936.9, 196~214쪽.
27　권구현이 동경에서 유학생활을 하였다는 사실은 기록으로 확인되지는 않고 있다. 다만, 조두섭이 권구현의 3남 승춘에게 전해들은 바에 따르면, 권구현은 1923년경 동경으로 유학을 갔다가 25년에 귀국하여 26년에 카프에 가입하였다 한다. 또 권구현의 시 「봄동산에서」, 「가을

가로 활동한 기록들이 많은 문학인이다.[28] 그가 그린 삽화에는 〈풍자 해학, 신유행예감기〉(『별건곤』제11호, 1928.2.1)의 6컷과 자신의 창작소설 인 「인육시장의 점경」(『조선일보』, 1928.10.10~11.17)의 것들이 남아 있다. 또 만화로는 〈설화도說畵圖-낙엽지면 기여 나오는 것들〉(『별건곤』, 10호, 1927.12.20)과 『조선일보』에 연재한 아동만화 〈순동이의 공일놀이〉(1932. 4.19~5.28), 〈풋볼선수〉(1933.8.1~18)가 있다.

　〈낙엽지면 기여 나오는 것들〉과 〈순동이의 공일놀이〉의 필법은 매 우 다른데, 전자는 안석영의 만화를 연상시킨다. 일제시대 최고의 만화 가였던 안석영은 '만문만화漫文漫畵'라는 독특한 양식을 창안하여 이를 많이 제작하였다. '만문만화'는 만문과 만화가 함께 어우러진 장르로, 만문이란 흐트러진 글, 정식이 아닌 글을 뜻한다. 즉, 만문은 고급문학 이나 본격적인 시사비평이 아닌 글을 일컫는다.[29] 권구현의 '설화도'는 안석영의 '만문만화'와 매우 유사하다. 일반적인 만화와 만문만화의 차 이는 말풍선의 존재유무에 있는데,[30] 권구현의 '설화도'는 말풍선이 없 어 만문만화에 가깝다. 권구현의 설화도는 그림도 안석영의 것과 매우 유사하다. 이들 작품에 비해 소년만화인 〈순동이의 공일놀이〉는 아마 추어적이라 할 수 있다.

거리에서」, 「병상에서」, 「바다」 등에 동경서 그림을 공부한 편린이 엿보이고 있는 정도이다. 조두섭, 「권구현의 아나키즘문학론 연구」, 『우리말글』 통권 12호, 1993.6, 390쪽.

28　권구현이 쓴 미술 관련 평론에는 다음과 같은 것들이 있다.
권구현, 「선사시대 회화사」, 『동광』 제2권 3~5호, 1927.3~5; 「속수인물화 강의」, 『동광』 제2 권 6~7호, 1927.6~7; 「신문삽화만평」, 『별건곤』 제10호, 1927.12; 천마산인(권구현), 「조선 미전단평」, 『동아일보』, 1933.5.25~6.8; 「덕수궁 석조전의 일본미술을 보고」(1회), 『동아일 보』, 1933.11.9.

29　신명직, 『모던 보이, 경성을 거닐다』, 현실문화연구, 2003, 6쪽.

30　위의 책, 7쪽.

⑤ 이갑기

카프의 맹원이었던 이갑기李甲基도 『중외일보』에 〈노멍텅이〉(1930.8.
22~25)라는 만화를 연재하였다. 그의 만화는 당시 신문에 소개된 해외
만화와 퍽 유사한데,[31] 특히 등장인물의 형상이 그러하다. 사파리용 모
자를 쓰고 넥타이를 맨 남자와 수영장에서 다이빙하는 여성의 모습, 치
과 진료용 의자의 묘사나, 영국 신사용 모자를 쓰고 양복을 차려입은
신사의 형상 등이 그러하다. 신사가 허리에 칼을 차고 있는 모습은 당
시가 식민지 치하임을 말해준다. 이갑기의 만화는 '만문만화'의 말풍선
이 없는 대신 글이 따로 적혀 있고 내용도 당대 사회를 가볍게 풍자하고
있어, 만문만화보다는 시사만화의 성격이 짙다. 하지만 〈노멍텅이〉의
그리는 방식은 안석영의 〈엉터리〉(『동아일보』, 1925.10.22)와 유사하다.

반면, '현인玄人'이란 예명으로 발표한 〈거리의 실업자〉(『중외일보』,
1930)는 전당소典當所에 들어가는 남자가 매우 활기차게 묘사되어 있고
내용도 특이하고 필선도 이색적인 편이다. 또 〈가두街頭레뷰〉(『중외일
보』, 1930.4.14)는 "사쿠라가 북촌에는 어울리지 않는다"는 글귀와 함께
서로 다른 5명의 여성, 예컨대 양장한 서양여성, 통치마에 저고리(개량
한복)를 입은 조선여성, 기모노를 입은 일본여성, 양장한 신여성, 전통
한복을 입은 구여성이 함께 있는 서울거리를 묘사하고 있다.

이 작품은 안석영이나 길진섭 등 당시 전문삽화가들의 그것과 비교
해 볼 때, 결코 뒤떨어지지 않는 수작인데, 사회풍자적인 내용과 개성

---

[31] 당시 해외만화가 조선 일간지에 연재된 예는 〈엉석바지〉라는 미국만화가 『시대일보』에 게
재된 예가 있다. 구체적인 그림과 이에 관한 설명은 이해창, 『한국시사만화사』, 일지사,
1982, 104~107쪽.

이 한껏 묻어나는 선 처리, 이국적인 인물의 표현 등에서 이갑기의 화가로서의 자질이 잘 드러나 있다.

이상의 사실들을 종합해 보면, 나혜석은 전통사회에서 근대적 문명 사회로의 변화에 직면한 조선의 현실을 안정적인 서양화 기법에 기대어 표현해 냈고, 이상과 박태원은 보다 파격적인 방식으로 근대화되어 가는 경성의 도시문화를 담아냈다. 권구현은 매우 소박한 사회풍자나 아동들의 일상을 담아냈고, 이갑기는 시사성과 사회풍자적 성격이 강한 삽화와 만화로 매우 독창적인 그림세계를 보여주었다.

2) 양화와 전통화

① 나혜석

일제강점기에 삽화나 만화가 아닌, 본격적인 회화를 가장 많이 그린 문학인은 나혜석이다. 그녀는 1896년 용인 군수 집안의 딸로 태어나 진명여고를 졸업하고 1913년 17세에 유학길에 올라 동경여자미술전문학교 서양화과를 졸업하고 귀국하여 1921년 3월 『경성일보』 내청각에서 한국인 최초로 개인전시회를 개최하였다. 또한 그녀는 1922년부터 총독부가 주관한 조선미술전람회 서양화부에 1회부터 8회까지 연속 출품하여 입상 이상의 선전을 펼쳤다. 그녀의 작품은 400여 점에 달하는 것으로 알려져 있다. 하지만 대부분은 발굴되지 않고 있으며, 몇몇 유작들도 진위문제로 많은 논란을 빚고 있다.[32] 한마디로 그녀는 한국미술계에서 제대로 평가받지 못한 근대 여성화가라 할 수 있다.[33]

지금까지 가장 확실한 그의 유작으로 꼽히는 것은 흑백으로나마 도판이 보존되어 있는 조선미전 출품작들이 대부분이다. 제1회 도록에 실린 〈농가〉와 〈봄이 오다〉, 2회의 〈봉황산〉, 3회의 〈초여름의 아침〉, 5회의 〈중국촌〉, 6회의 〈봄의 오후〉와 기타 〈농촌풍경〉이 그것들이다.[34] 나혜석의 초기 작품세계는 리얼리즘풍의 농촌풍경화가 주조를 이루는데, 이들은 모네나 시슬레, 피사로 등 인상주의 그림들과 유사하다. 전체적으로 갈색조가 강하고 마티에르에 신경을 쓴 흔적이 역력하다.

나혜석이 그린 인물화에는 〈자화상〉, 〈무희〉, 〈남편의 초상화〉 등이 있다. 하지만 〈자화상〉은 그녀의 자화상이 아니라는 설이 있고, 〈무희〉는 다른 화가의 작품과 지나치게 유사하여 작품성에서 그다지 평가를 받고 있지 못하다. 그녀가 1927~1928년경 구주여행 중에 그린 것으로 추정되는 〈파리풍경〉, 〈스페인 국경〉, 〈스페인 해수욕장〉 등은 야수파의 흔적이 남아 있어, 그가 파리에서는 비교적 다양한 화풍을 실험한 것으로 보인다.

이혼 후인 1933년경 그린 〈선죽교〉나 〈나부〉는 남아 있으나 작품성에서 별다른 평가를 받고 있지 못하다.[35] 나혜석의 유화들은 비교적 구상적具象的인데, 화풍이 '서양적'이라는 평이 대세이다.[36] 그림은 무엇을 그렸느냐 보다 어떻게 그렸느냐의 차원이 중요한데, 이런 입장에서

---

32 필자와 미술평론가 최열과의 대담, 2008.12.27.
33 이런 현상에 대해 나혜석의 파란만장한 인생역정이 가부장제적 한국문화 속에서 이해받지 못한 것과 그녀의 작품들이 발굴되지 못한 것 사이에 연관관계가 있다고 보는 것이 일반적이다. 윤범모, 『화가 나혜석』, 현암사, 2005, 236~238쪽.
34 이경모, 「한국 최초의 근대여성화가 나혜석의 삶과 예술－분방함이 빚은 아름다운 파국」, 『미술세계』 통권 183호, 2000.2, 122~127쪽.
35 윤범모, 앞의 책, 267쪽.
36 천경자, 『내 슬픈 전설의 49페이지』, 문학사상사, 1985, 325~326쪽.

보면, 서양화가 1세대인 나혜석은 서양화를 조선적인 것으로 변용시키지는 못한 것으로 보인다. 만화나 삽화에서의 유머러스한 풍자나 생동감 넘치는 현실포착과는 달리, 본격회화에서 그는 다소 정태적인 풍경묘사로 일관하고 있고, 또 서양적인 화법과 조선 풍경의 단순한 종합에 그치고 있다고 할 수 있다. 서양화를 전통회화 기법과 접목시켜 제3의 것으로 창조적인 성취를 이루어 내는 일은 서양화 2~3세대에 가서야 가능한 것이었다.

② 권구현

권구현의 작품이 확실한 그림은 조선미전 도록에 남아 있는 작품 세 점이 전부이다. 자신의 두 번째 아내를 모델로 해서 그렸다는 유화 〈남선南鮮소녀〉(4회 조선미전 입선작)[37]는 서양화부의 입선작이고, 〈춘희春姬〉(12회 조선미전 입선작)와 〈산촌모우山村暮雨〉(13회 조선미전 입선작)는 동양화부 입선작들이다.[38] 〈남선소녀〉와 〈춘희〉는 한복을 입은 조선여성의 모습을 각각 앞과 뒤에서 포착한 것들로 당시 흔한 유형의 그림이고, 〈산촌모우〉는 폭포를 중심으로 바위와 숲을 묘사한 산수화이다. 권구현의 그림들은 김복진에 의해 조선향토색의 표현이 소재 차원으로 전락하고 있는 사례로 지목된 바 있다. 김복진은 「미전 제5회 단평」(『개벽』, 제70호, 1926.6.1)에서 권구현의 〈남선소녀〉는 "타락하기 쉬운 길을 밟고 있다"며

37　이 작품은 미전 4회와 5회에 출품되었다는 두 가지 설이 있다. 『권구현 전집』에 따르면 4회 입선작으로 되어 있으나, 국회도서관에서 조선미전 도록집 가운데 4회는 열람이 가능하고 5회는 가능하지 않은데, 이 작품은 열람 가능한 4회 도록에는 없었다. 따라서 필자는 5회가 아닌가 추정한다.

38　「작년에 비하여 81점이 감소, 약간 적막한 감이 있는 미전의 입선자 발표」, 『조선중앙일보』, 1933.5.9.

부정적인 평가를 내렸다.[39] 당시 조선미전이 점차 조선향토색 일변도의 소재로 치달으면서 작품의 수준이 조락하여 신인의 등용문 정도의 역할 밖에 하지 못한 채, 영락의 길을 걷기 시작하였다는 비판들이 곳곳에서 제기되었는데,[40] 권구현의 작품이 그 예로 거론된 것이다.

권구현은 1935년에 평양에서 개인전을 개최하는 등,[41] 천마산인이란 예명으로,[42] 혹은 권구현이란 필명으로 개인전과 서화전을 수차례 개최한 것[43]으로 전해지나, 이 도판들만으로는 화가로서의 그의 개성에 대해 뭐라 말하기가 어려운 것이 사실이다.

③ 이갑기

이갑기가 그린 그림은 〈파업罷業〉(1932)이라는 단 한 작품만 남아 있는데, 이마저 원작은 소재불명이며 도판만 남아 있다.[44] 이 작품은 일단 선전포스터와 같은 인상을 준다. 임화는 미술이 대중과 만나기 위해 선전포스터화해야 할 필요성에 대해 역설한 바 있다. 「미술영역에 재在한 주체이론의 확립―반동적 미술의 거부」에서 임화는 프롤레타리아 예술이란 유물변증법에 기초해서 "전全무산계급의 생활의지의 방향을 향하여 그 실천화의 도정으로 돌입"하는 예술이라며, "내용표현의 무기"로서 "실증적 미의 형식"을 창조하자고 주장하였다.[45] 무산자계급

---

39 김복진, 「미전 제5회 단평」, 『개벽』 70호, 1926.6, 107쪽; 「제7회 미술인상평 1」, 『동아일보』, 1928.5.15.

40 안석주, 「선전특선작품평」, 『삼천리』, 1938.8.

41 조두섭, 「권구현의 아나키즘문학론 연구」, 『우리말글』 통권 12호, 1993.6, 413~414쪽.

42 「화가 천마산인 권구현씨 개인전을 개최(하동)」, 『동아일보』, 1938.4.24.

43 권구현의 그림들은 조선미전 도록집과 김덕근 역, 『권구현 전집』, 박이정, 2008에 수록되어 있다.

44 이 작품의 출전은 기혜경, 앞의 글, 1998, 109쪽.

45 임화, 「미술영역에 재在한 주체이론의 확립―반동적 미술의 거부」, 『조선일보』, 1927.11.20~24.

해방에 복무하는 '신사실주의 미술'을 주창한 것이다. 이를 위해 그는 '신형식의 창조'를 강조했다. 그는 신형식을 통해 프로미술도 대중의 이목을 집중시켜야 한다며, 지금 당장에 필요한 미술은 선전 포스터인 바, 이를 석판으로 대량 제작해서 구체적으로는 가두, 공장, 공원, 전차 에다 뿌리고, 또 전시회를 열어 대중이 접하도록 하자고 말했다.[46] 임 화의 제안은 매우 구체적이었다. 그는 형식혁명을 통해 계급의식을 시 각화하여 미술가의 정치적 행동화를 통해 비非프로 미술계로까지 프로 미술을 확대해 갈 방법을 찾고자 하였다. 이갑기의 〈파업〉은 이러한 KAPF 미술론의 한 실천으로 보인다. 〈파업〉은 공장과 기계들을 배경으 로 노동자의 활기찬 전진을 묘사한 그림인데, 메시지가 분명하고 선이 강조된 그림이다.

④ 이상

한편, 모더니스트 이상은 1931년에 〈자화상〉을 그려 14회 조선미전 에 출품하였는데, 〈자화상〉의 원작은 소재불명이고 도판만 전해진 다.[47] 이 그림은 구본웅이 그린 이상의 초상화인 〈친구의 초상〉[48]을 연 상시킨다. 매우 새로운 화법을 구사한 이상의 〈자화상〉은 당시 화단에 신기운을 불어넣는 자극제로 평가되었다.[49] 이상의 또 다른 〈자화상〉 은 『청색지』(1935년 5월호)에 수록된 목탄화와 『평화신문』(1957.4.19)에

---

46 임화, 「서화협전의 진로—제8회전을 보내며」, 『조선일보』, 1928.11.22~29.
47 도판은 기혜경, 앞의 글, 1998, 110쪽; 김주현 주해, 『이상 문학전집 3—수필 기타』, 소명출판, 2005, 8쪽에 재수록.
48 구본웅, 〈친구의 초상〉, 연대미상, 캔버스에 유채, 65×53cm, 현대미술관 소재.
49 조용만, 『30년대의 문화예술인들—격동기의 문화계 비화』, 범양사, 1988, 283쪽.

수록된 채색화, 그리고 쥘 르나르의 『전원수첩』 속표지에 펜으로 그린 것이 1976년 11월에 『독서생활』에 재소개된 것이 있다.

이상은 또 『조선과 건축』(1930)을 비롯하여, 경성공업고등학교 졸업 앨범의 도안을 맡았으며, 김기림의 시집 『기상도』(1936)의 장정을 맡아 기하학적 표지를 만듦으로써 건축설계사 출신의 모더니스트 이상李箱의 감각을 잘 보여주었다. 이상이 그린 유화들은 거의 남아 있지 않아서 화가로서의 그의 전모를 알기는 매우 어렵다. 다만, 몇몇 남아있는 삽화들과 그림의 도판은 그의 작품들이 당시 화단에서도 매우 참신한, 형식 실험적인 작품들로 평가될 수준의 것이었다는 사실을 확인시켜 준다.

3) 문학인 그림의 특징

문학인들 그림의 특징은 당시 미술을 전공한 전문 화가들의 그것과 비교해 보면 확연해질 수 있다. 삽화와 만화의 경우, 동시대 전문 만화가와 삽화가의 그것에 비해 문학인들의 그것은 분량과 기량 면에서 다소 떨어진다. 하지만 문학인들의 그림은 암시적이고 풍성한 이야깃거리를 내포하고 있어서 독자의 상상력을 보다 자극한다고 평가할 수 있다.

전문만화가인 안석영, 이승만, 최영수, 김규택, 임홍은과 전문삽화가인 길진섭, 김용준, 정현웅, 김환기 등의 그림들은 삽화만으로도 독립적인 작품이 될 정도로 그 자체가 완결적인 성격이 강한 '보는 그림'의 성격이 짙은 반면, 문학인들의 그것은 글에 의존적이고 그림 자체가 암시적이어서 '읽는 그림', 혹은 '생각하는 그림'에 가깝다고 할 수 있다.

원래 삽화라는 형식 자체가 글에 의존적이고 종속적인 것이지만, 특히 문학인들의 삽화는 그 정도가 더 심한 편이다. 안석영의 댄스홀이나 전 차간의 풍경을 그린 삽화들처럼, 화가들이 그린 삽화는 그림만으로도 작가가 무엇을 전하고자 하는지 한눈에 알아 볼 수 있는 반면, 문학인 들의 삽화는 화면 옆이나 위아래, 혹은 물풍선 속에 적혀 있는 글과 함 께 보아야 그 뜻이 이해되는 경우가 많다. 혹은 이상의 것처럼 소설 내 용과 연관하여 수수께끼를 풀 듯 유추해 보아야 그 의미를 알 수 있는 삽화들도 있다.

삽화 없는 연재소설은 가능하지만, 글 없이 삽화만으로는 도무지 그 림의 내용을 짐작하기가 어려운 것들이 문인들이 그린 삽화의 특징이 다. 이 말은 화가는 그림으로 말하고, 문학인은 글과 그림으로 말한다 는 사실을 보여준다. 문학인에게 그림은 문자의 연장으로서, 글과 함께 음미되어야 할 대상이다. 다시 말해 문학인에게 있어 삽화와 만화는 소 설이나 글(문자)에 부수적이거나 종속적인 성격을 띤다.

이러한 현상은 문인화의 전통과 관련된 것으로 보인다. 전통적 시화 나 서화는 원래 사랑방이나 휘호회를 통해 사대부 계층 사이에서 향유 되었다. 이에 비해 근대적 서양화는 '미술전람회'라는 제도에 의해 대 중에게 '보여지는' 방식으로 향유된다. 1884년 『한성순보』에 '미술美術' 이란 용어가 처음으로 등장한 이후,[50] 또 1921년에 최초의 서양화 그룹

---

50 이는 일본이 1873년에 비엔나 만국박람회에서 독일어 'kunstgewerbe'를 '미술'이라고 번역한
지 11년 후의 일이었다고 한다. 윤세진, 「근대적 '미술' 개념의 형성과 미술인식—1890년경부
터 1910년대까지」, 서울대 석사논문, 2000, 18쪽. 또한 일본에서 '繪畫'라는 용어는 1882년에
처음으로 등장하는 것으로 알려져 있다. 강병직, 「일근대 일본의 미술아카데미—제도적 고
찰」, 서울대 석사논문, 2001, 66쪽. 또한 1998년 9월 29일에 개최된 서울대 주최의 "미술용어
의 정체성—한국, 중국, 일본 근현대 미술용어의 수용과 정착"이라는 제목의 국제학술대회

전시회인 '서화협전'이 개최된 이후 점차 전통적 '서화書畵'나 '시화詩畵'는 근대적 '회화繪畵'로 대체되어 갔다. 이와 맞물려 '그림을 읽다'는 뜻의 '독화讀畵, reading painting'라는 말은 '그림을 보다'라는 '관람觀覽'으로 변환되었다.[51]

'보다'라는 시각적 행위는 보다 직접적이고 즉각적이며, 감각에 의존한다. 또 '전시회장展示會場'이라는 제도화된 공간에서 이루어지는 '보다'라는 행위는 '보는 주체the seeing subject'가 속한 특정한 시대와 특정한 사회의 사람들이 공유한 일정한 '보는 방식way of seeing'의 습득을 전제로 한다.[52] 따라서 '보다'라는 행위는 사회적 통념의 지배를 강하게 받는다. 하지만 개인적 독서체험인 '읽다'라는 행위는 주체의 개인적 사유 활동의 한 과정이다. 더욱이 전통서화 가운데 문인화는 특히 눈에 보이는 사물을 '사실寫實'로서 묘사하는 방식이 아니라, 작가의 관념인 '사의思意'를 표현한 일종의 상징물이었다. 화가는 유한한 세계를 통해 무한한 꿈의 세계를 표현하거나, 마음속에 품고 있는 생각심회心懷을 표현한다.[53] 다시 말해, 문인화적 전통에서 그림은 또 하나의 문자였던 것이다.[54] 따라서 그려진 물상은 자연의 즉물체가 아니라, 문자라는 상징에 의해 표현된 것이기에 그림은 '보다'라는 직관적이고 감각적인 행위가 아닌, '읽다'라는 인식과 사유의 작동을 필요로 하는 행위를 수반하는 대상이었

에서 발표한 정형민의 「미술과 언어 ─ 한국 근현대 미술용어의 변천과 정체성」에 따르면, 조선에서 '미술'이란 용어가 최초로 등장하는 것은 1883년에 창간된 『한성순보』에서이다.

51　조용진·배재영, 『동양화란 어떤 그림인가』, 열화당, 2002, 247쪽.
52　주은우, 「시각의 사회학을 위하여」, 『시각과 현대성』, 한나래, 2003, 19~22쪽.
53　박영대, 『우리 그림 백가지』, 현암사, 2002, 164쪽.
54　신지영, 「한국 현대미술의 모더니즘 담론과 추상미술의 성별 정치학」, 『한국여성학』 제22권 4호, 한국여성학회, 2006.12, 277쪽.

던 것이다. 특히 연재소설에 들어있는 문학인들의 삽화는 직감적으로 이해되지 않고 글의 내용과 함께 암시된 것을 독자가 해석하거나 추론해 보아야 의미를 온전히 이해할 수 있는, 글에 의존적인 것이었다.

3. 문인들의 미술평론들

이 장은 일제시대 문인들 가운데 미술평론을 발표하여 조선 근대미술형성에 적지 않은 영향을 끼친 문학이론가와 소설가, 시인들의 미술 관련 글들을 고찰한 것으로서, 임화와 권구현, 이태준의 미술 관련 평론들을 살펴본 부분이다. 특히 임화와 권구현의 경우, 계급의식에 기초하였으되 서로 상이한 문학론을 펼쳤는데, 이들 두 문인들의 미술평론이 당시 조선 근대미술 형성에 어떤 영향을 미쳤는지, 또 역으로 그들의 문학연구나 창작활동에 어떤 흔적을 남겼는지를 살펴보고자 한다.

무엇보다도 먼저 일제시대 문인들의 미술평론 연구라는 이색적인 고찰이 가능한 것은 당시 문인들이 미술 관련 글들을 많이 발표하였기 때문이다. 예술에 있어서 서구식의 매체 중심의 장르분화가 선명하지 않았던 1930년대 초반까지 한반도에서는 연극과 영화, 미술과 문학, 심지어는 음악에까지 영역을 넘나들며 활동한 예술가가 적지 않았다. 특히 문학과 미술은 '형상적 인식'이란 측면에서 유사한 일면이 있어 그 정도가 심했다. 이런 경향에는 예로부터 동양에 있어온 시·서·화가 일체라는 인식[55]도 영향을 미친 것으로 보인다. 본 장에서는 한국 근대 문학사에서 이식문학론의 주창자로 알려진 시인이자 문학이론가 임화와, 김화산, 이향과 더불어 아나키스트 문예론을 주도한 것으로 알려진 권구현, 그리고 소설가 이태준의 미술평론들을 살펴보려 한다.

청년시절 임화는 보성고보를 그만두고 양화洋畵를 일 년간 배운 적이 있고,[56] KAPF의 구성원이었을 때 조각가이자 미술평론가였던 김복진과 함께 미술논쟁에도 활발히 참여하여 프로미술론을 제안한 바 있으며, 한때 영화의 제작에도 참여할 만큼 영상물에 대한 관심도 남달랐다. 또 권구현은 시조시인으로서 소설을 쓰고 문학평론 활동을 한 문인이었으나, 일간지에 삽화와 만화를 그렸고, 수차례의 개인전과 구제활동으로서 서화전에도 참여했으며, 조선미술제전에서 수차례 입상을 한 전력이 있는 화가이기도 하였다.[57] 문인으로서의 임화와 권구현은 KAPF가 1차 방향전환을 할 무렵부터 문학논의에서 뚜렷한 인식 차이를 드러내는데, 임화는 정치精緻한 프로문학운동론을, 권구현은 자유주의적 사회주의에 기초한 문예론을 주창하였다. 미술 관련 글들에서 이들

---

55 이태준, 「서구정신과 동방정취」, 『이태준 문학전집』 17, 서음출판사, 1988, 313~314쪽.

56 임화, 「어떤 청년의 참회」, 『문장』, 1940.3, 22~25쪽.

57 권구현이 그린 삽화는 「諷刺諧謔, 新流行豫想記」(『별건곤』 제11호, 1928.2.1)에 6컷이 있고, 그의 창작소설인 「人肉市場點景」(『조선일보』, 1928.10.10~11.17)에도 남아 있다. 그는 「落葉지면 기여 나오는 것들」(『별건곤』 10호, 1927.12.20, 91쪽)이란 제목으로 만화를 그렸고, 『조선일보』에 「풋볼선수」란 제목으로 아동만화를 1933년 8월 1일부터 18일까지 5회 가량 연재했다. 김복진의 글 「美展第五回短評」(『개벽』 제70호, 1926.6.1, 107쪽)에 보면, 제5회 美展에 권구현은 자신의 두 번째 아내를 모델로 한 작품 〈南鮮少女〉를 출품하여 입선하였다. 『조선중앙일보』, 1933년 5월 9일자 기사 「작년에 비하여 81점이 감소, 약간 적막한 감이 있는 미전의 입선자 발표」에 따르면, 권구현은 1933년 선전에 입선하였고, 권구현의 3남 권승춘의 증언에 따르면, 그는 1934년에는 조선미술전람회에 〈춘희〉로 입선하였다. 1935년에는 조선미술전람회에 〈산천모우〉로 입선하였으며, 그 해에 평양에서 개인전을 개최하였다. 조두섭, 「권구현의 아나키즘문학론 연구」, 『우리말글』 통권 12호, 1993.6, 383~414쪽.

의 예술관은 더욱 선명하게 나뉘는데, 이는 미술이 장르 본질상 전위성과 직접성이 보다 강한 예술이기 때문으로 보인다.

문인의 미술평론 고찰이란 주제로 글을 씀에 있어서 임화와 권구현을 택한 것은 우선 이들의 미술 관련 글들이 양질 면에서 두드러질 뿐 아니라, 당시 미술계에 미친 영향력도 여타의 문인에 비해 컸으며, 두 사람 모두 이념적으로는 사회주의 사상에 기초해 있으나 예술과 이념과의 관계나 미적 자율성 부분에 대한 인식에서는 서로 다른 입장을 나타내고 있기 때문이다. 프로운동 실천의 한 방법으로 미술을 인식한 임화는 끝내 조직이론가로서의 길을 갔고, 경험에 기초한 회화본질론을 펼친 바 있는 권구현은 결국 리버럴한 화가로 생을 마감했다.

임화와 권구현의 미술관의 차이와 문학논의에서의 변별적 지점들에 대한 고찰은, 비슷한 시기 유사한 이념을 담지 하였으나 문학과 회화를 통해 당대 현실에 대응해 간 문인들 사이의 섬세한 차이점들을 짚어볼 수 있는 좋은 기회가 될 것이다. 더욱이 임화의 미술에 관한 논의와 관심은 이식문학론을 낳는 토양이 되고 있어서 이식미술론에서 이식문학론으로의 전이 과정에 대한 고찰을 통해 예술의 하위 양식으로서 언어를 매개로 한 시간예술인 문학과 색과 형을 매개로 한 공간예술인 회화가 각각 형상화에 있어서 어떤 고유성을 갖는지를 살펴볼 적절한 계기가 될 것으로 본다. 구체적으로 이 장은 이들의 미술평론들의 내용을 살펴보고, 문인들의 미술논의가 양대 예술영역의 상호매체론intermedialität적 연관성[58]에 대해 어떤 인식을 드러내었는지, 나아가 이들의 미술평

---

[58] 아리스토텔레스 미학 이래로, 서구예술사의 명구인 "시는 회화처럼, 회화는 시처럼"이 말해 주듯, 조형예술과 언어예술 간의 유사성과 교섭에 대한 논의는 오랫동안 있어 왔다.

론 활동이 조선 근대미술형성에 끼친 영향과, 역으로 문학(사)이해에 끼친 영향을 알아보려 한다.

한국예술사의 근대화는 일제강점기에 시작되었기에 한국 근대예술은 식민지 이식문화론의 극복과 민족문화의 발전을 통한 문화적 주체성의 확립이라는 시대적 과제를 안고 출발하였다. 식민지시대라는 특수성은 전통사회에서 사대부 계층이 향유하던 정신적 활동으로서의 '서화' 개념이 '전람회'라는 대중적 향유방식을 염두에 둔 아트Art로서의 근대적 '회화'로 전환되는 과정에 왜곡을 낳아, 미술이 개인적 창작물 본연의 미적 추구보다 민족주의나 사회주의라는 이념과 결합되는 독특한 양상을 노정하였다. 따라서 사대부 계층이 그들의 성리학적 세계관에 토대해 심미의식을 표현하던 전통적인 서화에서 전문직 작가인 화가에 의해 창작된 근대적 미술로의 전환 사이에는 탈정치적 예술의 사회 계몽적 성격으로의 전환이란 변화가 내재되어 있다.

일제강점기하에 민족미술 혹은 프로미술의 확립을 둘러싼 순예술주의자들(당시에는 예술지상주의자라고 비판받았지만)과 프로예술운동가들 사이의 논전은 비교적 일찍 시작되었고, 또 격렬했다. 이는 조형예술의 본질적 전위성과 시각예술의 감각적 직접성에서 비롯되었다고 할 수 있다. 당시 유럽중심의 양화洋畵나 일본화된 양화의 모습으로 조선에 다가온 근대미술의 존재는 모방과 선망의 모델인 동시에, 자주성의 이 항대립적인 타자라는 이중적인 맥락의 존재였다. '형식style의 새로움' 추구가 미술의 본질이기에, 침략자 일본을 통해 이입된 외래적 양식에 피식민지 조선인의 고유한 경험과 가치관 등 문화적 자주성의 요소를 결합시켜 한국적 근대미술의 새로운 양식을 확립하려 한 조선의 미술인들은 짧은 기간 동안 수다한 논전을 숨 가쁘고도 압축적으로 치를 수 밖에 없었다.

이 시기 근대미술사에서 가장 눈에 띄는 사실은 조선어로 번역된 서양에서 출간된 미술 관련 서적이 단 한 권도 없었다는 점이다. 우리나라에서 간행된 미술 관련 외국서의 최초번역은 1959년 USIS의 지원으로 박갑성이 번역한 존 H. 바우어의 『현대 아메리카 미술의 조류』(문교부, 1959)와 제임스 T. 플랙스너의 『아메리카 회화사』(문교부, 1959)였다는 사실[59]은 일제시대 조선인의 서양미술 이해가 일본을 통한 일차 왜곡을 내포한 것이었음을 말해준다. 그럼에도 불구하고, 당시 조선인들에게 있어 화선지를 바닥에 펼쳐놓고 붓과 먹으로 정신세계를 상징화하여 표현하던 전통서화와는 달리, 기름을 이용해 캔버스를 이젤에 받혀 세워놓고 색으로써 면을 메꿈으로써 대상의 양감을 표현하여 화면을 구성하는 양화는 시각으로 확인하는 '다름'이자, '서구' 혹은 '근대' 자체였을 것이다.

양화의 대명사였던 유화가 얼마나 모던한 문화의 상징이었는지는 박태원의 소설 「방란장芳蘭莊 주인」에 잘 드러나 있다. 서로를 '자작子爵'이라 칭하는 예술가들이 전용구락부인 다방에 모여 포타—블 축음기에 레코드를 걸고서 서양음악을 들으며 사면 벽을 채운 유화를 감상하는 장면은 당시 유화의 상징가치를 잘 보여준다.[60] 또 '구인회九人會'의 존재는 문단과 화단의 밀착된 관계를 잘 보여주며, 이런 문화적 배경이 이상李箱의 파격적인 시 「오감도」를 탄생케 한 토양이 되었다. 1930년

---

59 김영나, 「선망과 극복의 대상─한국 근대미술과 서양미술」, 『서양미술사학회 논문집』 23집, 2005.6, 96~102쪽.
60 박태원, 「芳蘭莊 주인」, 『시와 소설』, 1936.2, 26쪽.

대 조선의 문인들은 세잔느를 비롯하여 모네, 르누아르, 보나르, 비아즐로, 모리스 드니 류의 인상파 회화와 신낭만주의 회화에 깊이 침윤되어 있었다. 그들은 조선화단이나 일본화단과도 크게 뒤처지지 않는 수준의 미술에 대한 감식안을 공유했던 것으로 보인다.[61] 한마디로 한국 근대화의 시발기인 일제강점기에는 언어를 매체로 하는 문학과 색과 형을 매체로 하는 조형예술계의 소통이 매우 활발하였던 것이다.[62]

한국 근대사에 '미술'이란 용어는 1884년 『한성순보』에서 처음으로 등장한다. 전통적인 한국화에는 기록화, 장식화, 초상화, 종교화, 문인화 등이 있으며, 창작계층은 문인사대부나 중인출신의 도화원 화원이 대부분이었다. 전통서화는 창작이나 향유가 사랑방이나 휘호회를 통해 이루어졌으며, 향수계층은 주로 양반이었다. 반면, '근대적 회화'는 창작계층이 신지식인 화가들이었고, 향유계층은 지식인과 학생, 나아가서 일반 대중이었기에 '미술전람회'라는 제도가 필요했다. '서화書畵'가 '미술美術'이 되면서 '독화讀畵, reading painting',[63] 혹은 '읽다'는 동사는 '관람觀覽' 혹은 '보다'는 동사로 대체되었다. '전시회장'이라는 제도화된 공간에서 '보다'는 행위는 '보는 주체the seeing subject'가 속한 특정한 시대와 특정한 사회의 사람들이 공유한 일정한 '보는 방식way of seeing'의 습득을 전제로 한다. '보다'라는 행위는 '보는 방식'의 근간인 지식과 믿음에 매개되어 타자들과의 관계 속에서 이루어지는, 보다 사회화된 경험이라 할 수 있다. 시각과 현대성의 상관성을 연구하는 학자들은 '보다'라

---

61 김용준, 「김만형군의 예술－그의 개인전을 보고」, 『문장』, 1940.10, 210쪽.
62 김광균, 「1930년대의 화가와 시인들」, 『계간미술』, 1982 가을, 93쪽.
63 조용진·배재영, 『동양화란 어떤 그림인가』, 열화당, 2002, 247쪽.

는 행위는 문화적 매개 작용이 개입된 행위이자, 그 사회의 지배적인 이데올로기와의 연관 속에서 개인을 '보는 주체'로 호명하여 주체를 구성해가는 과정이라고 말하는 이유도 이 때문이다.[64]

한반도에서 근대회화가 대중적으로 각인된 것은 1910년대에 서화협회가 발족하여 1921년 서화협전(이하 협전)이 개최되고, 또 조선총독부가 주관한 조선미술전람회(이하 선전)가 열리면서부터이다. 1920년대에 시작된 동경미술학교 동창들의 모임인 동미전과 기타 동연사, 토월미술연구회, 고려미술원, 창광회, 녹향회 등이 주최한 각종 전시회가 일간지에 소개되면서 양화의 존재가 대중에게 각인되기 시작하였다.[65] 이 과정에서 문인들이 주축이 된 지식인들의 '보는 방식'은 '관전평'의 형태로 일간지와 잡지에 소개되면서 근대적 문화 산물에 대한 감식안과 사유, 문제의식 등을 대중에게 확산하였다.

미술을 전문적으로 공부한 미술이론가나 전문비평가의 출현은 1920년대 이후의 일이었다. 특히 독자적인 미학을 갖춘 비평가의 출현이나 미술사에 대한 전문지식에 토대한 미술이론화 작업은 1930년대 윤희순과 김용준의 출현까지 기다려야 했다. 미술전공자들의 출현 이전이나 그들의 활동 초기에, 다시 말해 전통적 서화에서 근대적 미술로의 이행기에 교두보 역할을 담당한 사람들이 문인이었다는 것이 본고의 첫 번째 가설이다. 문인들은 전통적인 서화 담당계층 가운데 하나인 사대부계층에 가까웠고, 또 외래문물과의 접촉기회도 비교적 많은 집단이었

---

64 주은우, 「시각의 사회학을 위하여」, 『시각과 현대성』, 한나래, 2003, 19~22쪽.
65 서정걸, 「한국 근대미술의 흐름—양화도입기와 정착기를 중심으로」, 『조형논총』 제2호, 1997, 82~84쪽.

다. 그래서인지 조선 근대회화 발전의 제1기라 할 수 있는 1910년대 후반까지 잡지와 일간지에 미술 관련 글들을 기고한 사람들은 이광수를 비롯한, 장지연, 최남선, 안확 등, 문인이었다.[66] 또 제2기라 할 수 있는 1920년대부터 1930년대 전반기까지는 임화, 윤기정, 변영로, 권구현, 이태준 등이 조선 근대화단의 실제비평과 독자적인 미술론을 안출하였고, 또 이제 막 첫걸음을 내딛기 시작한 미술 전문가들과 논쟁을 벌이면서 조선 근대화단의 형성을 재촉했다. 그리고 제3기라 할 수 있는 1930년대 후반에 문인들은 서서히 자신의 본령인 문학 분야로 되돌아갔고, 미술전공자들이 이론과 비평 분야에서 논쟁을 주도하면서 조선 근대미술의 다양화와 질적 성장을 도모했다.

양화 도입 초기에 총독부 중심으로 조선 전통회화의 명맥을 약화시키려는 움직임이 3·1운동을 고비로 점차 노골화되어, 1920년대에는 조선문화 열등성론[67]에 바탕을 둔 전통폐기론이 등장하였고, 이는 곧 예술지상주의 미학과 식민주의 미술론을 결합시킨 서구화 지상주의론으로 발전하였다. 이 무렵이 한국 근대미술형성사의 제 2기로서, 조선문

---

66 이 시기 문인들의 미술관은 전통적 서화개념이 근대적 미술 개념으로 이행해가는 과도기적인 양상을 뚜렷이 보인다. 이광수, 「문부성 미술전람회기」 1~3, 『매일신보』, 1916.10.28~31, 「김관호의 〈夕暮〉를 중심으로 한 문전관전기」, 『매일신보』, 1916.10.28; 안확, 「조선의 미술」, 『학지광』 5, 1915.5; 김안서, 「예술적 생활」, 『학지광』 6, 1915.7, 「요구와 회한」, 『학지광』 10, 1919.9; 한용운, 「고서화의 3일」, 『매일신보』, 1916.12.7~11; 장지연, 「화가열전」, 『매일신보』, 1916.1.16~5.24; 최남선, 「예술과 근면」, 『청춘』, 1917.11이 대표적으로 그러하다.

67 일제가 조선을 침탈한 후 식민지 경영을 위해 수립하고 실천한 경영전략 가운데 미술 분야의 것은 세키노 다다스關野貞에 의해 1902년에 이루어진 건축조사가 그 시발이다. 조선미술 쇠퇴론으로 요약되는 세키노 다다스의 이론은 첫째, 식민지 침략의 바탕이 된 사회진화론의 토대 위에서 조선의 역사는 스스로 발전해 온 적이 없으며, 둘째, 조선미술은 중국미술의 한갓 모방일 뿐이라는 停滯性論과 셋째, 신라시대를 정점으로 조선미술은 쇠퇴하여 황폐화의 길에 이르렀다는 것으로 요약될 수 있다. 최열, 「조선미술론의 형성과정」, 『한국 근대미술 비평사』, 열화당, 2001, 37~38쪽.

인들의 일부는 식민미술사관에 젖어 조선미술의 正體性을 왜곡하는데
가담하기도 하였고,[68] 또 다른 일부는 사회주의 이념이나 민족주의 이
념에 기초한 조선적인 근대회화 방법론 창안에 골몰하였다. 2기에 집
중된 임화나 권구현의 미술평론 활동은 후자 가운데서 사회주의 이념
에 토대한 경우에 해당한다고 할 수 있다.

1) 임화의 미술 관련 평론

임화가 쓴 중요한 미술평론에는 「미술영역에 재在한 주체이론의 확
립-반동적 미술의 거부」[69](총 5회 연재)와 「서화협전의 진로」(총 8회 연
재)[70]가 있다. 먼저 전자는 1920년대 후반에서 1930년대 초반에 이르는
시기에 형성미술이론으로 무산자미술운동을 주도한 김복진의 「나형
선언초안」[71]을 구체화시켜 실천 가능한 대안을 제시한 것으로서, 대중
활동론을 포함하고 있다는 점에서 프로미술운동사에 있어서 중요하게
취급되는 글이다. 또 이 글은 이태준과 더불어 동양주의적이며 정신주
의적인 미술론을 펼친 바 있는 김용준의 「푸로레타리아 미술비판」[72]
에 대한 반박문이기도 하다. 이 글은 김복진의 「나형선언초안」과 전미
력의 「프롤레타리아 미술의 개척-신흥 미술가동맹의 결성을 촉함」[73]

---

68 이들의 중심에 김찬영, 김환, 김억, 임장화(임노월). 변영로, 유필영, 장도빈, 이병도, 야나기
    무네요시가 있었으며, 최남선의 조선미술쇠퇴론도 이와 크게 다르지 않았다. 위의 책, 39쪽.
69 임화, 「미술영역에 在한 주체이론의 확립-반동적 미술의 거부」, 『조선일보』, 1927. 11. 20~24.
70 임화, 「서화협전의 진로-제8회전을 보내며」, 『조선일보』, 1928. 11. 22~29.
71 김복진, 「나형선언초안」, 『조선지광』, 1927. 5.
72 김용준, 「푸로레타리아 미술비판-사이비예술을 구제하기 위하야」, 『조선일보』, 1927. 9. 18~30.

와 더불어, 일제시대 무산자미술운동론 형성에 가장 큰 공헌을 한 세 편의 평문 가운데 하나로 꼽힌다.[74]

한편, 프로예맹의 강령을 작성한 바 있는 김복진은 조소가이자 미술이론가인데, 그는 1927년 카프의 방향전환 시 이론투쟁을 마무리하는 공식문건 「논강」을 작성한 프로예맹의 서열 일순위의 조직일꾼이자 이론분자였다. 그는 KAPF의 방향전환기에 무산자미술운동을 집대성한 글 「나형선언초안」을 발표했다. 이 글의 핵심은 형성예술이론으로 무장하여 예술지상주의를 타파하고 예술의 정치적 요소를 가미하자는 것으로, "색채의 야합층野合層, 소위 순정미술純正美術의 미안美眼을 벗은 '나형裸型'으로 모히자"는 주장을 담고 있다. 비슷한 시기에 김용준은 「푸로레타리아 미술비판—사이비예술을 구제하기 위하야」에서 윤기정의 「전기의 프로문예」를 비판하면서, 예술가가 곧 혁명가일 수는 없고 다만 혁명기에 예술가가 혁명적인 작품을 창작할 수는 있음을 인정하고 있다. 그는 "우리의 실감의 표현, 기성예술의 형식적 기교미에 반대하고 우리의 내재적 생명의 율동과 통분의 폭로를 그대로 나열한 것이 우리의 예술"이라고 말하고, "음악과 미술은 언어예술보다 한층 더 암시적·직감적이라, 고로 이 예술(미술— 필자 주)은 특수성을 가젓다"며 미술의 특수성을 인정하였다. 미술은 색과 선을 떠나서는 내용 자체가 없다며, 미술에서 "내용은 표현할 때 이미 색과 선과 즉, 형식과 필연적 관계를 가지고 불가분의 일체"가 되어 작품이 되는 바, "비암시적이요 비직관적인 맑스주의 예술은 공감할 수 없다"며 비판한 것이다. 김

---

73 전미력, 「프롤레타리아 미술의 개척—신흥 미술가동맹의 결성을 촉함」, 『시대공론』, 1932. 1.
74 최열, 『한국 근대미술 비평사』, 열화당, 2001, 123쪽.

용준은 무산자계급의 예술에 그들의 근거와 출발이 묻어나는 것은 당연하지만, 회화의 내용가치 자체가 미술에서는 중요하지 않다며, "조형예술에서 푸로예술이 성립할 수 있는가?"라는 근본적인 문제제기를 하고 있는 셈이다.[75]

임화의 「미술영역에 재在한 주체이론의 확립—반동적 미술의 거부」는 김복진의 「나형선언초안」의 논의를 이어받으면서 김용준의 입장을 비판한 글이다. 임화는 프롤레타리아예술이란 유물변증법에 기초해서 "전全무산계급의 생활의지의 방향을 향하여 그 실천화의 도정으로 돌입"하는 예술이라 정의한다. 그는 칸딘스키의 이론을 가져와서 "내용표현의 무기"로서 "실증적 미의 형식"을 창조하자고 말한다.

> ×××을 목적한 우리의 사상은 여하한 형식을 요구할 것인가 그것은 가장 정확한 유물변증법 기저 하에 재한 실증적 미의 형식을 필요로 할 것이다. 그리하야 그것은 우리의 내용 표현의 무기가 되지 아니할 수 업다. 무기로서의 기술—우리들의 예술이란 것은 ×××의 의지가 무기로서의 기술에 의하야 행동화되는 것은 일명확한 사실이 아닐까. (…중략…) 유용치 안흔 것은 미가 될 수 없지 아니한가. 내용과 부합되는 것이 미이면 내용 즉 사회××의지가 필요하는 형식 즉 미가 될 그것은 우리들의 가장 가치적인 유용물이 아닌가. 미의 가치는 유용한데 있다. 유용치 안흔 것은 이미 미가 아니다.[76]

이 글에서 임화가 주장하는 예술은 "×××(계급혁명 — 필자 주)의 의

---

75 김용준, 「푸로레타리아 미술비판—사이비예술을 구제하기 위하야」, 『조선일보』, 1927.9.18~30.
76 임화, 「미술영역에 在한 주체이론의 확립—반동적 미술의 거부」, 『조선일보』, 1927.11.20~24.

지가 무기로서의 기술에 의하야 행동화되는 것"인데, 한마디로 그것은 미학적 토대가 유물변증법인, 무산자계급의 해방에 복무하는 '신사실주의 미술'이다. 그는 또 기상천외한 신형식의 창조로 대중의 이목을 집중시킬 수 있는 미술의 창작을 고무하였다. 이를 위해 프로미술은 미래파와 입체파의 형식까지를 아울러야 하고, 유럽의 신흥예술도 조건부로 수용해야 한다고 말하면서 그는 '형식혁명'이란 표현을 사용하고 있다. 그는 파격적으로 새로운 형식에다 목적의식성을 결합한 미술을 주창하고 있는 것이다. 또 그는 이 글에서 현실적 대안으로서 지금 당장에 필요한 미술은 포스터라 말하고, 이를 석판으로 대량 제작해서 구체적으로는 가두, 공장, 공원, 전차에다 전람회를 열어 대중이 접하도록 해야 한다고 말했다.[77] 임화의 제안은 매우 구체적인 것으로, 그는 형식혁명을 통해 계급의식을 미술화하고자 했으며, 미술가의 정치적 행동화를 통해 종국적으로는 프로미술이 비프로 미술계로까지 확대될 수 있는 방법을 찾고자 했다.

이에 김용준은 「속續 과정 론자와 이론 확립, 이론 유희를 일삼는 배輩에게(6)」로 임화의 주장에 반박하였다.[78] 김용준은 예술이 정치에 종속될 때 예술로서의 본질이 상실되는 바, 예술은 정치의 도구가 될 수 없다고 말하였다. 그는 특히 미술은 과학이 아니며, 따라서 유물변증법에서 출발할 수 없고 오직 미에서 출발해야 한다고 주장했다.

임화는 「서화협전의 진로―제8회전을 보내며」에서 김용준의 논리는 신비주의적 미적 감각을 옹호하는 소부르조아지의 수음적 예술관

---

77 임화, 「서화협전의 진로―제8회전을 보내며」, 『조선일보』, 1928.11.22~29.
78 김용준, 「속과정론자와 이론 확립, 이론 유희를 일삼는 輩에게」 6, 『중외일보』, 1928.3.4.

에 불과하다고 재비판한다. 임화는 실생활에 응용되기 위한 예술품과
달리 '전람회'라는 형식으로 사회에 출품되는 작품은 순수예술의 이름
으로 제출되는 바, 거기엔 반드시 미술제작자의 사회성, 혹은 계급성
이 반영되기 마련이라고 전제하고, 따라서 전람회에 대한 평가는 결국
그 전시회나 회합이 지닌 정치적 의미에 대한 판단이라고 말함으로써,
8회째를 맞고 있는 서화협회의 무계급성을 비판하였다. 그는 협전 출
품작 개개를 실제비평하면서 협전에 출품된 양화의 대체적 문제점으
로 "어떤 작품도 회화의 전통을 벗어난 것이 없고 벗으려는 것도 없다
는 사실"을 지적하였다. 그는 미술이 형성예술임을 작가들이 모르지
않을 터인데, 캔버스에 들어간 대상의 모든 코스가 천편일률적으로,
보는 각도의 축소 혹은 확대가 없고, 모두가 직선적, 평면적이라고 비
판하고, 이들 작품보다 오히려 활동사진의 한 커트가 코스에 있어서
회화적 가치를 훨씬 더 가질 것이라고 질타하였다. 그의 결론은 서화
협전의 양화부 전체가 다른 부르조아적 예술과 같이 결과적으로는 반
동적 역할을 수행하고 있다는 것에 모아진다. 임화의 협전 비판은 곧
"건로建路에 오르는 청년들을 지도해야 할 새로운 미술로서 푸롤레타
리아 미술"을 주장하는 것으로 마무리된다.[79] 임화의 주장은 미술가협
회(전)는 정치적 그룹(전)이라는 것, 서화협전의 출품작들은 소부르조
아적 주제에다 전통적 틀을 벗어나지 못한 형식을 답습하고 있는 소부
르조아의 수음적 예술에 불과하다는 것, 결과적으로 조선의 청년미술
가들은 반동적 예술을 탈피하여 프롤레타리아 미술로 나아가야 한다

---

79 임화, 「서화협전의 진로―제8회전을 보내며」, 『조선일보』, 1928.11.22~29.

는 것에 모아진다.

이상에서 살펴본 임화의 미술론은 이념 혹은 정치중심적인 측면에서는 그의 문예론과 대차 없으나, 내용 우위의 미술에 형식의 혁명을 결합하자는 과제를 제시했다는 측면에서는 새로운 미술 논의의 제시라 할 수 있을 것이다. 그는 미술평론가이기 이전에 이념적 지도자이자, KAPF의 조직활동가였던 것이다. 미술론에서의 그의 독창성은 마티스와 피카소 이후 실행된 다양한 회화적 실험들을 거론하면서 프로미술에서의 혁명적 형식의 창안을 부르짖었다는 사실에 있다. 하지만 그는 입체파 이후의 현대미술이 내용적인 것으로부터 자유로워져 시각 형식의 자율성을 선언한 이후, 조형예술은 추상화의 과정을 밟거나 전위적 성격을 더해 가게 된 사실은 인식하지 못했거나 간과하고 있는 것으로 보인다. 본질적으로 형식실험적인 전위적 예술은 미래에 대한 불안과 '전망'의 상실을 세계관적 특징으로 한다.[80] 그는 무산자계급해방을 역사발전의 방향으로 설정하고, 세계의 총체적 이해와 인간에 대한 사회적이고 낙관적인 주체관념에 토대한 사회주의 사상을 선전한다는 당위와 전위적 형식의 결합이 어떻게 가능할 수 있을 것인지에 대해서는 답하지 못하고 있다. 임화는 조형예술이 형식으로 말한다는 사실을 인지하고 있었으나, 계급해방이라는 이념의 혁명적 형식화에 대해서는 구호의 차원에서 둘의 접목을 주창하고 있는 셈이다. 이러한 사실에

---

[80] 카프카의 소설이나, 쇤베르크의 음악, 베크만의 회화 등에 유사하게 고찰되듯이, 본질적으로 실험적이고 전위적인 예술은 인간을 실존적 존재로 보고, 고립된 존재, 고독한 존재, 우연적인 존재로 보는 세계관에 기초해 있다. 인간의 통일성을 해체하여 인간의 내면적 삶 전체를 이질적인 파편으로 인식하기에 영화에서의 몽타주 기법이나 알레고리가 등장하게 된 것이다. 카프카나 에른스트의 전위적인 작품들과 입체파나 추상화, 형식 실험적인 회화들도 그러하다.

서 그가 언어를 매체로 하는 문학과 색과 형을 매체로 하는 조형예술의 매체론적 차이를 막연히는 인식하였으나, 정확히 짚어내지는 못한 것으로 볼 수 있다.

오히려 임화의 '신사실주의' 미술론은 향토성에 대한 이해 부분에서 일정한 성과를 나타내고 있다. 김복진은 향토성은 회고취미가 아니라고 못 박고, 변화하는 시대에 걸맞는 새로운 현대적 미의식을 핵심으로 하는 회화의 시대성을 강조하였다.[81] 다시 말해 그는 향토성 문제를 '전통'보다는 동시대적 '민족성'의 차원으로 끌어올렸다고 할 수 있다. 그는 골동화한 문인화나 남화에서 시대성의 결여를 지적하면서, 예술지상주의도 동시에 비판하고 있다.[82] 임화는 김복진의 이러한 논의를 이어받아, 비판 없는 모방, 혁신 없는 전통계승, 퇴폐성에 대한 비판을 골자로 하여 이식미술과 전통미술의 비현실성을 함께 비판하였다.[83] 이어 그는 조선인의 감수성과 생활감정을 바탕으로 하여 자연과 생활을 묘사해야 하며 향토인의 향토정조를 갖고 조선적 색채·포치로 형상을 개발할 것[84]을 제창하였다.

2) 권구현의 미술 관련 평론

권구현은 시집 『흑방의 선물』을 상재했고, 소설 「폐물」(『별건곤』, 1927.2)

---

81 김복진, 「조선역사 그대로의 반영인 조선미술의 윤곽」, 『개벽』, 1926.1.
82 김복진, 「조선화단의 일년」, 『조선일보』, 1927.1.4~5.
83 임화, 「서협협회의 진로」, 『조선일보』, 1928.11.22~29.
84 임화, 「조선인의 예술」, 『조선일보』, 1927.10.1.

과, 「인육시장의 점경」(『조선일보』, 1933.9.28~10.10)을 발표하기도 한 문인이지만, 한국 근대문학사에서 그의 존재감은 김화산과 더불어 아나키즘적 문예운동을 주도한 문예이론가라는 사실에 있다. 그런데 그는 한때 일간지에 삽화와 만화도 그렸고, 선전에 여러 차례 입선했으며, 개인전도 다수 개최한 화가였다. 그는 또 지면을 통해 미술 강의도 하였고 미술평론도 썼다. 그는 1923년경 동경에 갔다가 1925년경 귀국하여 1926년경에 프로예술동맹에 가입한 것으로 보인다.[85]

임화는 「문단의 그 시절을 회상한다」라는 연재물에서 1920년대에 조선프롤레타리아예술동맹의 발족은 그야말로 "근대문학사상 최대의 사건"이라면서, KAPF가 조선프롤레타리아문학을 맑스주의적 사상의 기반 위에 올려놓기 위해 행한 가장 중요한 이념적 투쟁이 아나키즘과의 논쟁이었다고 술회한다. 카프가 볼셰비키화를 위해 아나키스트를 제거하려는 조짐을 보인 것은 1927~1928년경 KAPF 내부에서의 프롤레타리아예술의 내용-형식논쟁에서부터 시작된다. 권구현은 팔봉과 회월 간에 있었던 '내용-형식'논쟁에서 서서히 비평적 안목을 드러내기 시작했다. 그는 유명한 '장검長劍-백인白刃'의 비유를 들어 예술이라는 장검에 있어서 제재는 강철이며 표현은 백인이므로 프로예술비평가는 강철의 양부良否를 먼저 조사한 다음 검인을 만져보는 것이 순서라고 말했다. 그는 "미구에 쳐들어올 적을 방비하기 위하여, 격파하기 위하

---

85 권구현이 동경에서 유학생활을 하였다는 사실은 기록으로 확인되지는 않고 있다. 다만, 조두섭이 권구현의 3남 승춘에게 전해들은 바에 따르면, 권구현은 1923년경 동경으로 유학을 갔다가 25년에 귀국하여 26년에 카프에 가입하였다 하고, 또 권구현의 시 「봄동산에서」, 「가을거리에서」, 「병상에서」, 「바다」 등에 그 편린이 엿보이고 있는 정도이다. 조두섭, 「권구현의 아나키즘문학론 연구」, 『우리말글』 통권 12호, 1993.6, 390쪽.

여 응급히 제작하는 이 장검에서 무엇을 요구할 것인가"를 묻고, "그것은 정제한 전형이나 광택있는 맵시, 피갑皮甲이 아니라 오로지 자호自號한 강철鋼鐵과 낙락장송이라도 일도一刀에 참단斬斷할 날카로운 백인白刃뿐"이라고 하였다. 여기서 백인白刃은 표현表現인 바, 표현의 중요성, 다시 말해 장검의 목적 달성은 백인白刃의 예銳·둔鈍에 달렸다는 것이 그의 논지이다.[86]

미술이 아닌, 문예에 착목한 이 논전에서 권구현은 "소설은 한 개의 건축建築이다"라고 한 팔봉의 논의는 예술의 독립적 존재성을 용인하는 것이라고 오히려 비판하였다.[87] 권구현은 회월의 논리 즉, "프롤레타리아 전 문화全文化가 한 건축물이라면 프롤레타리아 예술은 그 구성물 중의 하나이니 서까래도 붉은 지붕도 될 수 있다"는 쪽의 손을 들어주면서도,[88] 무엇보다도 이를 위해서 "전습傳習적, 기성적, 관념의 노예적 경역境域에서 탈출하여 새로운 감정과 사상의 파지자把持者"가 되어야 하고, 또 "남의 것, 재래의 것을 모방模倣한 것이 아닌, 새로운 형식을 가진 작품을 창조하지 않으면 시대적 선구적 사명을 가진 작가의 임명을 다할 수 없다"면서[89] 내용상으로는 박영희와 차별화된 논의를 펼쳤다. 권구현의 입장은 모든 예술은 프롤레타리아 전全 문화의 한 부분part이지만, 개별 예술로서의 장검의 목적달성은 백인白刃(표현)의 예리함에 있는 바, 결국 매체별 예술의 고유한 창작방법론이나 표현이 중요하

---

86 권구현, 「계급문학과 그 비판적 요소」, 『동광』, 1927.2; 임규찬·한기형 편, 『카프비평자료총서 III－제1차 방향전환론과 대중화론』, 태학사, 1989, 50쪽.
87 권구현, 「전기적 "푸로"예술」, 『동광』 제2권 3~5호, 1927.3~5, 66쪽.
88 박영희, 「투쟁기에 있는 문예비평가의 태도」, 『조선지광』, 1927.1, 61~62쪽.
89 권구현, 「계급문학과 그 비판적 요소」, 『동광』, 1927.2; 임규찬·한기형 편, 위의 책, 52쪽.

다고 본 것이다.

임화는 「착각적 문학이론」이란 글에서 아나키스트들을 "좌익의 탈을 쓴 부르조아"라 비판하고[90] KAPF에서 제명시킨다. 이후 한동안 권구현은 논쟁적인 주제를 피하고, 「선사시대 회화사先史時代 繪畵史」,[91] 「속수速修인물화 강의」,[92] 「신문삽화만평」[93] 등을 써서 미술사에 관한 지식을 대중적으로 전파하거나, 회화실기론을 연재하면서 꾸준히 작품활동(회화창작)을 하였다. 그러다가 1930년대 이후 그는 다시 본격적인 미술평론인 「조선미전단평」[94]과 「덕수궁 석조전德壽宮 石造殿의 일본미술日本美術을 보고」[95]를 발표한다.

권구현의 「속수速修인물화 강의」는 인체 가운데 두부 뎃생 방법을 해부학적인 지식을 동원하여 과학적으로 설명한 글이다. 이 글에서 그는 근대적 회화란 시각적 관찰에 의해, 매우 객관적이고도 과학적인 엄정함으로 대상을 묘사하는 것이라 말하고, point of view나 원근법, 명암을 통한 양감의 표현으로 화면을 구성하는 근대회화의 기초 원리를 이미지를 동원하여 알게 쉽게 설명하고 있다.

언제던지 눈에 보이는 대로 즉, 눈을 저울 삼아서 쓰지 않으면 아니 됩니다. (…중략…) 이상에 기술한 방식은 한갓 개념적 표준에 불과 (…중략…) 세밀히 관찰하는 동시에 기계적 수리적 고찰을 피하여 직관적 정서적으로 각 위

---

90 임화, 「착각적 문학이론」, 『조선일보』, 1927.9.20.
91 권구현, 「선사시대 회화사」, 『동광』 제2권 3~5호, 1927.3~5.
92 권구현, 「速修인물화 강의」, 『동광』 제2권 6~7호, 1927.6~7.
93 권구현, 「신문삽화만평」, 『별건곤』 제10호, 1927.12, 87~88쪽.
94 天摩山人(권구현), 「조선미전단평」, 『동아일보』, 1933.5.25~6.8.
95 권구현, 「德壽宮 石造殿의 日本美術을 보고」(1회), 『동아일보』, 1933.11.9.

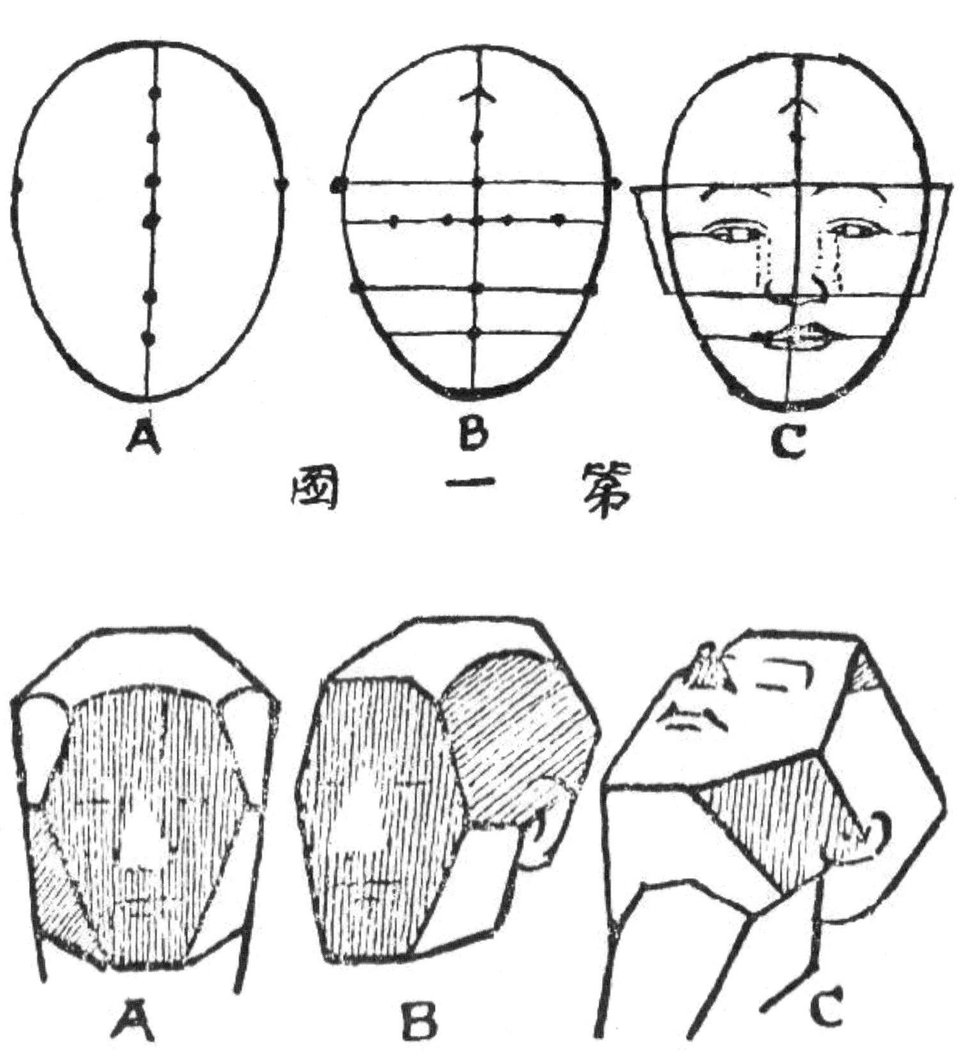

A
B
C
圖　一　第
A
B
C

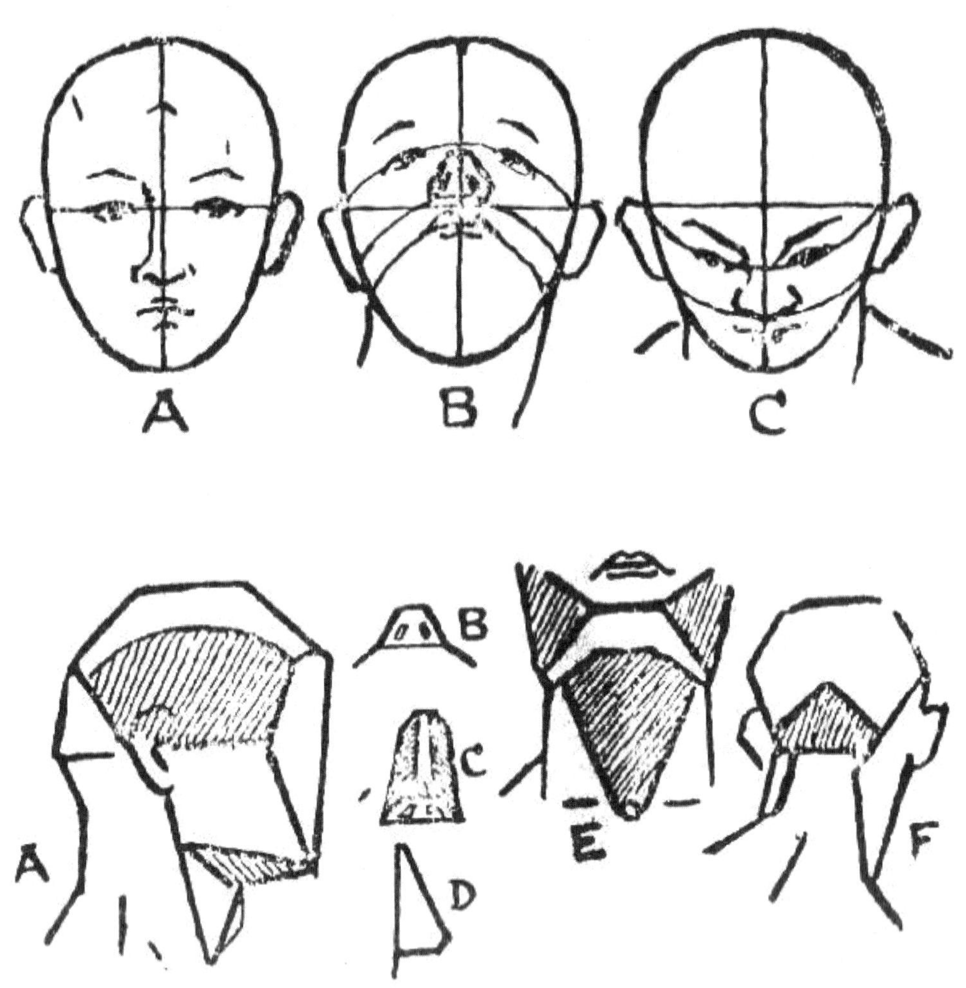

치를 정하지 않으면 아니 되는 것이니 즉 예시한 형식에 속박하지 말고 가장 자유적으로 실행 (…중략…) 체형을 표현하는 지식은 평면적인 동양화에 있어서는 전연 결핍하였다고 하여도 가합니다. 이것의 그 주요한 원인은 물상에 대한 해부학적 연구가 부족한 탓이라고 볼 수 있을 것임니다.[96]

기명절지화나 사군자, 풍경화 등 전통회화에 익숙한 당시 조선의 대중들에게 이처럼 해부학적으로 인체를 면밀히 관찰하여 주체 중심의 원근법적 관점을 가지고 대상을 포착할 것을 권고한 권구현의 글은 그 자체로 '근대'의 표상이었을 것이다. 그는 또 「선사시대 회화사」에서 기원전 구주 원시인들의 동굴벽화들을 해박하게 설명하면서 고대서양 미술사를 강의한다. 여기서 그는 예술의 발달은 문화의 정도에 영향을 받지만, 문화의 발달에 정비례하거나 종속되지는 않는다는 입장을 견지한다. 이렇듯 내용-형식 논쟁에서부터 카프로부터 제명당한 뒤에 발표한 1920년대의 글들에서 권구현은 근본적으로 문화의 자율성과 독립성, 예술에 있어서 형식 혹은 표현의 중요성에 대한 뚜렷한 인식을 드러내고 있다.

1930년대 이후 본격적인 미술평론의 첫 시작인 「조선미전단평」에서 그는 선전입상작들에 대해 개별적인 실제비평을 한다. 그는 동양화라도 "현대인의 피와 연결을 위할만한 력力이 잇는 작품"을 요구하고, 특선한 이옥마씨의 〈외출제〉란 작품을 두고 기교 백 퍼센트의 역작이라 칭찬하면서도 좀 더 굵직한 선과 색을 사용하여 "힘잇고 무게잇는 작품

---

96 권구현, 「速修인물화 강의」, 『동광』 제2권 6~7호, 1927.6~7, 54쪽.

을 생산해 줄것을 당부"하고서, "기술이 곧 예술은 아니"라는 사실을 표나게 강조한다.

그는 또 「덕수궁 석조전德壽宮 石造殿의 일본미술日本美術을 보고」에서 덕수궁 석조전에서 일본미술전시회를 보는 식민지 지식인의 소회를 읊는다. 그는 모윤숙 시인의 말을 인용하여 프랑스의 베르사이유, 영국의 함부르크 궁전에 그 나라의 문화재나 미술품이 진열되어 있는 것을 상기하면서 덕수궁 석조전에서의 일본 미술품 전시회는 주객이 전도된 감이 있음을 지적하고 조선의 역사적 비극을 실감하였다고 술회한다. 그는 "조선의 작품도 볼만한 것이 많은데 한낱 일본인의 작품만을 이입 진열해 놓고는 반도문화사상의 획기적 대영광이라고 당국자가 자랑삼아 이야기하는 것은 일본미술의 자랑은 될지언정 조선사람에게 영광될 것은 없다"고 말한다. 그럼에도 불구하고 그는 이번 기회가 대정大正·명치明治기 약 50년간의 대표작만을 엄선하여 전시하였기에 전체적으로 일본미술의 제 경향과 수준을 일거에 볼 수 있는 좋은 기회이기도 하다고 보았다. 권구현은 일본에서 프랑스미술전시회를 본 경험이 있는데, 그것과 견주어 조선에서 일본미술전람회를 보는 감회도 피력하고 있는데, 문제는 세계 최고 수준을 자랑하는 불란서 미술과 일본미술의 수준 차가 거의 느껴지지 않는다는 점이라며, 전체적으로는 일본미술의 발전을 인정한다. 하지만 개별 작품평을 하면서 그는 조선적인 감수성을 내세워 일본미술을 재평가한다. 예를 들어 일본기생을 그린 작품에서 색채가 지나치게 화려하고 조선기생에게서 느껴지는 바람에 날리는 듯한 그윽한 선의 미가 느껴지지 않으며, 여백의 미가 없이 색채와 기교로 꽉 찬 느낌의 작품이라는 식의 지적을 계속한다.

결과적으로 권구현의 이 평문은 조선적 감수성과 일본적 감각의 차이, 일본화풍과 조선화풍의 차이를 선명히 드러내고 있다고 할 수 있다. 일본화들은 전형화된 필치로 인해 자유로운 기백과 대담한 선의 활용이나 여백의 미 혹은 단아함이 부족하다고 그는 지적한다. 작품을 출품한 일본 화가들이 조선미전의 심사위원을 지낸 인물들인 만큼 기교의 수완을 높이 평가하면서도 인물화에서는 표정이라든지, 감상자의 인상에 여운을 남겨주는 식의 맛이 결여되어 있으며, 또한 정적인 분위기가 고정화되어 있어 보는 자에게 박력을 주지 못하다고 지적한다. 기교의 우위를 인정하기에 일가의 풍은 분명히 있으나, "고전적 작풍 그대로 임해서 어떠한 흥미를 주지 못하고 몰락되어가는 자체의 비애만을 호소하는 듯한 느낌"이라고 그는 단점을 지적한다. 특히 나카노 가즈타카中野和高의 〈서양부인상〉은 쾌작 중의 쾌작이라 칭찬하고, 사물이나 대상에서 율동적 미감이 느껴지고, 화법 상으로도 고정된 방식의 고수가 아닌, 대담하고 자유로우면서도 개성이 느껴지는 필치를 보인다며 다음과 같이 고평하였다.

物像의 그 內包한 바 時間的 動向과 情態를 굵은 線과 豊富한 色彩로써 感覺的으로 表現한 大膽한 그 筆致에 우리는 놀라지 않을 수 없다. 畵面에 넘쳐 흐르는 커다란 律動의 美는 實로 左右의 모든 X(화)面을 無色케하는 感이 잇는 快作中快作이다.[97]

---

97 권구현, 「德壽宮 石造殿의 日本美術을 보고」(5회), 『동아일보』, 1933. 11. 16.

　　권구현은 화법이나 대상을 파악하는 방식에서 선입견에 지배되거나 고정화한 형태에 갇히는 것을 주로 비판하고 있는 셈인데, 여기서 그의 자유주의적 색채를 알 수 있다. 〈야변野邊〉을 그린 미나미 군조南薰造의 그림을 평하면서 그는 조선 자연의 선을 다음과 같이 지적한다. "조선朝鮮의 자연自然이 가진 특유特有한 선선線의 미美를 씨氏는 그대로 포착捕捉치 못하고 말엇다. 흐르고 흘러 끝이 없을 듯한 '선선線' 이것이 조선朝鮮 자연自然의 생명生命이다"(3회). 또 고스기 미세小杉未醒의 〈婦人像〉을 평하면서는 자신의 독특한 회화관을 다음과 같이 피력하고 있다.

　　일본화의 재료로써 新繪畫를 제작함에서 알려진 그것이 한갓 空間的으로 固定化한 形影에만 그쳐서는 아니된다. 그와 동시에 그것에 內包된 時間的 動向 또는 情態를 把握하여야 한다. 이것이 회화예술의 예술로서 성립되는 중요한 요인이니 그러므로 繪畫는 寫眞이 아니며 物體의 再現이 아니라, 물체와 독립한 창조적 표현인 것이다. 그리고 여기에는 작가의 생활의식을 통한 주관활동이 絶對權威를 갖는 것이니 곧 개성적인 것이다. (…중략…) 이 작품에 나타난 奇拔한 着想과 雄建한 筆致 이것은 그 自體가 그대로 作品의 說明이오 批評임을 말하여 두거니와 우리에게 師表를 뵈어줌에 넉넉한 作品이라고 생각한다. [98]

　　이상과 같은 글들에 나타난 권구현의 회화론에서 눈여겨 볼 대목은 세 가지이다. 첫째는 동양화라도 어떤 식으로든 현대인의 삶과 연결되

98　권구현, 「德壽宮 石造殿의 日本美術을 보고」(3회), 『동아일보』, 1933.11.14.

어야 한다는 것, 둘째 예술은 단순히 기술의 문제가 아니라는 것, 셋째,
회화는 고정된 이미지 속에 시간적 동향을 내포한 것으로 단순한 대상
의 재현이 아니라, 작가의 개성의 표현이라는 인식이다. 이 가운데 특
히 세 번째 지적은 공간예술인 회화도 독특한 시간성을 갖는다는 현대
적 회화의 본질을 인식한 것으로 매우 중요한 지적이라 할 수 있다.

공간예술이 갖는 시간성, 이를 루카치는 만년의 저작『미적인 것의 고
유성』(1963)에서 '유사시간'이라는 용어로 표현한 바 있다. 문학중심적
인 리얼리즘론을 펴던 루카치는 말년에 미술분야로 논의를 확장하면서
이 개념을 만들어 냈다. 조형예술의 경우는 객관현실의 반영에 도달하
기 위해 반영된 가시적 순간 속에 운동을 구성하는 규정들의 총체성이
담겨져 있어야 하고, 이러한 총체성으로부터 비로소 형상화된 순간의 풍
요로움이 도출된다는 것이 그의 논의의 핵심이다. 조형예술 작품이 순
간적으로 일별되는 대상(이미지)이면서도 오래도록 두고두고 고찰의 대
상이 되기도 하는 것은 그 안에 시간성이 농축되어 있기 때문인데, 공간
예술이 내포하고 있는 운동의 총체성이 시간성을 압축하고 있다면 작품
을 감상하기 위해 눈길을 따라가는 지각체험의 순서 역시 시간성을 내포
하고 있다. 이렇게 공간예술의 시간성은 세계를 구성하고 있는 총체성
속에, 그리고 지각체험의 순서 속에 내재되어 있다는 것이다. 조형예술
은 대상의 외면적인 것을 시각적으로 전달함으로서, 삶의 정조Stimmung
라는 내면적인 것을 표현한다는 것이다.[99] 이러한 루카치의 조형예술론
의 한 편린이 이미 권구현의 논의 속에 잠재되어 있었던 것이다.

---

99 이주영, 「미메시스의 관점에서 본 문학과 미술의 관계」, 한국미학예술학회, 『미학예술학 연
구』 16권, 2002.12, 63쪽.

이는 마치 당시 화가이자 미술이론가였던 오지호가 "회화는 환희의 예술이다. 환희는 회화의 본질이다. 회화는 환희만으로 되는 예술이다. 그러므로 회화는 환희만을 표현하는 것이라야 한다. 인간적 고통·비애·암흑을 표현하는 것이어서는 안 된다"[100]라고 하여 미술은 미美를 표현하는 예술인고로, 관객에게 쾌감을 주어야지 불쾌감을 유발하는 이미지의 잔상을 지속시키는 것은 미술의 본질상 맞지 않음을 지적한 대목에 육박하는 수준의 논의라 할 수 있다. 오지호의 인식은 18세기 독일 낭만주의 미학의 정수인 레싱G. E. Lessing(1729~1781)의 『라오콘―회화와 시학의 경계에 관하여』를 연상시킨다. 레싱은 라오콘의 조각상을 예로 들어 회화나 조각과 같이 시각적인 감상을 목적으로 하는 조형예술이 부정적인 관념을 그 자체의 추함으로 묘사하지 않는 사실에 대해 다음과 같이 설명했다. "자연의 가장 추한 것은 진실과 표현을 통해 미술의 아름다운 것으로 변화된다." 그리고 "형태의 추함이 자극하는 감정은 불쾌감이고, 더욱이 묘사에 의해서 쾌감으로 변화될 수 있는 종류의 불쾌감이 아니기 때문에 형태의 추함 그 자체는 원래 아름다움의 예술로서 미술의 소재가 될 수 없다."[101] 시간의 경과를 연속된 행위 혹은 사건으로써 표현하는 문학과는 달리, 조형예술은 공간에서의 한 순간적 계기를 드러내는 정태적인 장르이기 때문에 조형예술에서의 고통의 표현은 그 고통을 장기화하는 '오점'이 될 수 있다. 서구예술사에서 미술은 beaux-arts(아름다움을 표현하는 예술)이고, 시는 순문학으로서 belle-lettres(잘 표현된 글)라 말해지는 것도 이러한 점 때문이라 할 수 있다.[102]

---

100 오지호, 「순수회화론」, 『오지호·김주경 2인 화집』, 한성, 1938 참조.
101 레싱, 윤도중 역, 『라오콘―회화와 시학의 경계에 관하여』, 나남, 2008, 19~23쪽.

권구현은 오지호처럼, 그 자신이 화가였기 때문에 미美만이 조형예술의 정당한 영역임을 체득하고 있었고, 또 미술이 본질적으로 자율성의 영역임을 강조하였던 것으로 보인다. 권구현은 근대회화는 객관적 현실세계에 대한 반영이지만, 사진처럼 고정된 대상의 재현이 아니라, 이미지 속에 내포된 시간적 동향, 또는 정태情態(어떤 일의 사정과 상태)가 드러나야 예술이 될 수 있고, 그럴 때 공간적 이미지에 불과한 회화는 공간과 시간의 분리를 극복하고, 내면적인 어떤 삶의 정조, 다시 말해 "작가의 생활의식을 통한 주관활동이 절대권위를 갖는 개성"을 드러낼 수 있다고 보았다. 현실의 재현이되, 작가의 주관적 의식활동으로서 개성적 표현을 강조한 권구현은 임화가 내용과 형식의 이분법적 구분 아래, 내용 우위의 정치적 미술론을 펼친 것과는 달리, 형식의 독립성을 추구하면서도 본질적으로 공간적인 조형예술인 미술만의 독자적인 표현방식을 가짐을 강조하였던 것이다.

권구현의 논의는 조형예술을 이념의 표현으로 본 프로미술론의 편내용주의적 미술관을 근본적인 차원에서 비판한 것이라 할 수 있다. 왜냐하면 조형미술을 비롯한 모든 예술은 본질적으로 집단주의를 배격하며, 권위에 종속되는 것을 꺼려 한다는 측면에서 아나키즘적이라 할 수 있다. 이러한 지점은 김화산의 말처럼, "예술의 영감은 외부에서 강제하는 목적관에서 오지 않는다. 그러나 예술은 그 내적 필연성에 의하

---

102 W. 타타르키비츠, 손효주 역, 『미학의 기본 개념사』, 미술문화, 1999, 152쪽. 이 대목은 이태준의 단편 「오몽녀」의 분석에 적절하게 적용될 수 있다. 인상파 회화처럼 뛰어난 묘사력에 힘입어 형상화된 「오몽녀」는 치정에 얽힌 살인극을 매우 아름다운 이미지로 전환시켜 제시하고 있다. 이 작품은 소설조차 회화적이 되면 고통이나 갈등, 치정 등 속화된 인간세계를 그리되, 회화처럼 독자가 쾌의 감정을 유발하도록 이미지화한다는 점을 확인시켜 준다.

야 자기 자신이 어떠한 목적관을 형성한다"[103]라고 한 것과 일맥상통하는 예술적 자율성의 인정에 해당한다. 권구현을 비롯한 1920년대 아나카스트들은 볼세비키들로부터는 반反사회주의자로, 민족주의자들로부터는 사회주의자로 내몰리는 상황[104]에서 계급사회 건설을 위한 혁명을 강조하면서도 맑스주의자들처럼 공식적인 강제성 대신 가장 자연적 내적 법칙에 의한 자유연합이라는 아나키즘[105]적 자발성의 원리를 강조한 입론을 펼쳤으며, 이는 회화의 본질과도 잘 어우러진 논의였다[106]고 할 수 있다.

3) 이태준의 미술 관련 평론

단편집 『달밤』(1934)과 『가마귀』(1937), 그리고 『문장강화』(1939)를 쓴 이태준은 미술에 대한 남다른 감식안을 소유한 미술평론가였다. 그는 공식적인 문단활동을 1930년 『매일신보』 신춘문예 미술평론부문에 「조선화단의 회고와 전망」이 당선되면서 시작하였다.[107] 그는 「불상한 소년 미술가」,[108] 「녹향회 화랑에서」,[109] 「동미전東美展 합평기」,[110] 「제

---

[103] 김화산, 「뇌동성 문예론의 극복」, 『현대평론』 제5호, 1927.6.
[104] 조남현, 「한국 근대문학의 아나키즘체험 연구」, 『한국문화』 12호, 1991, 1쪽.
[105] 원래 아나키즘은 무정부주의와는 다른데, 아나키즘에서 아나키anarchy는 지배자 또는 통치 권력이 존재하지 않는 상태를 말하지만, 정부를 전적으로 부정하는 것은 아니다. 자유로운 개인의 적정 규모의 공동체를 중심으로 연대하여 점차 큰 공동체를 이루고자 하는 아나키즘 은 사회적 약자의 상호주의와 협동을 강조한다. 류시현, 「무정부주의와 아나키즘」, 『역사비 평』 통권 73호(2005 겨울), 2005.11, 55쪽.
[106] 조두섭, 앞의 글, 406쪽.
[107] 이태준, 「조선화단의 회고와 전망」, 『매일신보』, 1931.1.1~2.
[108] 이태준, 「불상한 소년 미술가」, 『어린이』, 1929.2.

10회 서화협전을 보고」,[111] 「제13회 협전관후기」,[112] 「단원과 오원의 후
예로서 서양화보담 동양화」[113] 등의 미술평론을 발표하였다.

이태준이 1920년부터 1923년까지 다닌 휘문고등보통학교에는 한국
근대화단의 초창기를 이끈 이마동과 오지호가 동창생으로, 향토적 색
채의 〈부녀도〉로 유명한 화가 이쾌대가 7년 후배로 있었다.[114] 일제강
점기하 휘문고는 화가와 고서화 수집가 등, 한국 근대미술사에서 중요
한 역할을 한 인물들을 많이 배출하였다.[115] 이태준은 만 22세에서 23세
까지 약 1년여를 동경 상지上智대학 예과에서 수학하였는데,[116] 미술평
론계 최고의 논객이었던 김용준의 회고에 따르면, 와세다 시절 이태준
은 유미적 사상, 악마주의적 사상, 혹은 니체의 초인적 사상에 관심이
많았으며, 안톤 체홉이나 투르게네프의 책을 주로 읽었고 일본의 고답
파에 많은 영향을 받았다고 한다. 또 이태준은 김용준을 통해 일본 근
대화단의 작풍은 물론, 뭉크, 삐어즐리의 그림에 심취하였다고 한
다.[117]

이태준의 초기 단편들은, 최재서와 김환태가 명쾌하게 정리하였듯
이, "인생의 그늘 속에서 움즉이는 희미한 존재들"을 선명한 이미지로
되살린, 일종의 인물화[118]에 가깝다. 이태준의 빼어난 단편들은 "그림

---

109 이태준, 「녹향회 화랑에서」, 『동아일보』, 1929.5.28~30.
110 이태준, 「東美展 합평기」, 『중외일보』, 1930.4.20.
111 이태준, 「제10회 서화협전을 보고」, 『동아일보』, 1930.10.28~11.5.
112 이태준, 「제13회 협전관후기」, 『조선중앙일보』, 1934.10.24~30.
113 이태준, 「단원과 오원의 후예로서 서양화보담 동양화」, 『조선일보』, 1937.10.20.
114 휘문중고등학교, 『휘문칠십년사』, 1976.5, 193쪽.
115 휘문고시절 이태준은 문예부장으로 교지 『휘문』 제2호의 발간을 주도하였다. 당시 휘문에는
　　　한국문단의 주요작가인 박종화, 정지용, 백두진, 김유정, 박노갑 등도 있었다.
116 민충환, 「이태준의 전기적 고찰」, 『상허학보』 제1집, 1993.12, 42쪽.
117 김용준, 「白痴舍와 白鬼祭」, 『朝光』, 1936.8, 96~101쪽.

은 소리 없는 시이고, 시는 말하는 그림"이라는 그리스 볼테르의 대구를 떠올리게 하는데, 회화에 육박하는 그의 단편들은 유모어와 페이소스, 아이러니와 씨니시즘으로 감싸여 있어 유쾌하고도 '명랑'[119]한 분위기를 유지하면서도 '엷은 감상'을 자아낸다.[120] 김환태는 이런 그의 단편들을 들어 "내용 즉 형식, 형식 즉 내용"이라며 고평하였고, 이는 바로 이태준 자신이 꿈꾼 이상적인 소설의 모습이기도 하였다.[121] 그런데 "내용 = 형식"이란 공식은 원래 훌륭한 회화의 가장 본질적인 특징이기도 하다.[122]

이태준이 한창 단편소설을 창작하던 1930년대 조선화단에서는 세잔느를 비롯하여 모네, 르누아르, 보나르, 비아즐로, 모리스 드니 류의 인상파 회화와 신낭만주의 회화가 인기를 끌었던 것으로 보인다.[123] 당시 제국미술학교를 졸업한 김만형과 그림자처럼 붙어 다닌 것으로 유명한 시인 김광균은 1930년대 문단과 화단을 회상하면서 김만형, 최재덕, 신홍휴 등의 화가들과 김기림, 김광균, 서정주 등의 시인들이 어울리며 세계미술전집을 구해 거기에 '침몰'하다시피 몰두했으며, 서울에서는 볼 수도 살 수도 없는 인상주의 이후의 화집들을 동경에서 구해와 보물처럼 돌려보곤 했다고 전하고 있다. 김광균은 자기시집 『와사등』의 표지를 김만형의 그림으로 장정하였다.[124] 이렇듯 조선 근대화

---

118 최재서, 「단편작가로서의 이태준」, 『문학과 지성』, 인문사, 1939, 175~180쪽.
119 이은상, 「책머리에」(이태준 단편집의 서문), 이태준, 『달밤』, 한성, 1934; 이태준, 『이태준 문학전집』1(단편 I), 서음출판사, 1988, 6쪽.
120 김환태, 「상허의 작품과 그 예술관」, 『이태준 문학전집』18, 서음출판사, 1988, 230쪽.
121 이태준, 「小說讀本－소설에 관심하는 이를 위하여」, 『女性』, 1938.7; 『이태준 문학전집』18, 서음출판사, 1988, 261~269쪽.
122 고트홀트 에프라임 레싱, 윤도중 역, 『라오콘－미술과 문학의 경계에 관하여』, 나남, 2008.
123 김용준, 「김만형군의 예술－그의 개인전을 보고」, 『문장』, 1940.10, 210쪽.

의 시발기에 언어를 매체로 하는 문학과 색과 형을 매체로 하는 조형예술계의 소통은 활발하였고, 이러한 분위기가 이태준의 조형미술에 대한 감식안을 키워 준 토양이 되었다.

이태준이 쓴 미술 관련 첫 평론은 「녹향회 화랑에서」이다. 이 글에서 그는 박광진, 심영섭 등, 당시 조선화단의 대표 작가들의 장단점을 지적한다. 김주경에게서 그는 세잔느의 영향을 읽어낸 후, 자신만의 독자적인 세계를 개척하라고 조언한다. 또 김주경의 그림에는 개념적인 부분이 지나치게 많다고 비판하고 그것을 줄일 것을 당부한다. 김주경에 대한 이태준의 발언에는 회화는 개념적 인식이 아니라 형상적 재현이라는 것, 다시 말해 "보여주는 것이지 설명하지 않는다"는 마티스의 명제가 녹아 있다. 또한 독창적인 작가의 개성적 표현(스타일)이 회화의 관건이라는 인식도 엿보인다.

「조선화단의 회고와 전망」[125]과 「제10회 서화협전을 보고」[126]라는 글에서 그는 "(미술)작품은 주관적인 체험의 것"임을 강조하는데, "개념이 희미해지는 순간에 나오는 주정主情의 표현表現"이 결국 작가의 독창적인 부분이 될 것이라고 말한다. 심영섭의 그림을 놓고 그는 서양주의의 토대 위에서 방황하던 '서양주의자'가 '동양주의'로 회귀한 후 '아세아주의'로까지 나아가는 '자기창조의 큰 운동'을 보인다며 고평한다. 그는 서양화의 매체와 기법을 동양적으로 창조적인 변용을 꾀한 것에 높은 가치를 부여한 것이다. 이어 "김주영의 색채가 북국의 달밤이라면

---

124 김광균, 「1930년대의 화가와 시인들」, 『계간미술』, 1982 가을, 93쪽.
125 이태준, 「조선화단의 회고와 전망」, 『매일신보』, 1930. 1. 1~2.
126 이태준, 「제10회 서화협전을 보고」, 『동아일보』, 1930. 10. 28~11. 5.

장씨의 색채는 열대지방의 붉은 흙"이라 비유하고, 장석조도 자신만의 개성을 창조하여 그것을 지켜나갈 것을 지적한다. 그는 "김주영이면 아주 김주영적, 장석조면 아주 장석조적인 그림을 단 한 점이라도 출품해야 제대로 된 전시회가 될 것"이라며 모름지기 작가는 자신의 개성을 살리고 지켜가야 함을 거듭 강조한다.[127]

1934년에 발표한 「제13회 협전관 후기」에서 그는 "조선 물정을 묘출하였다고 해서 조선적 작품은 될지언정 조선 미술이 되는 것은 아니다고 말하고, 다나베 이타로田邊至 같은 화가가 조선 기생을 조선 담 앞에 세우고 그렸다고 그것이 조선미술이냐, 조선인의 작품이냐 하면 그렇지 않다"[128]라고 비판한다. 조선 물정을 그린 것, 예컨대 곰방대나 질화로, 초가집, 혹은 물 긷는 아낙네의 모습을 그렸다고 해서 조선적인 회화가 되는 것이 아니라, 회화에서의 조선적인 것은 그림에 나타난 '조선사람다운 작품作風'에 있다는 것이다. 그는 '조선사람다운 작풍'이 무엇인가에 대해서는 더 이상 논의를 진전시키지 않았다. 그는 먹과 붓으로 그리는 동양화의 평면화 기법이나 서양의 원급법과 판이하게 다른 동양화의 원근법과 동양적인 색감 등에 대해서 구체적인 논의를 펼치지는 않았다. 이런 식의 논의는 그만이 아니라, 당시 구본웅이나 김용준 등 미술계 평론가들의 회화에서의 민족성 논의의 수준이기도 하였다.

조선에 서양화가 도입되기 시작한 이후로 서양화에 대한 동양화, 혹은 조선화가 무엇인지에 대한 정체성 문제를 놓고 이식문화론의 극복이라는 차원에서 활발하게 진행된 논의들은 1930년대에 이르러서야 어

---

127 이태준, 「녹향회화랑에서」, 『동아일보』, 1929.5.30.
128 이태준, 「제13회 협전관 후기」, 『조선중앙일보』, 1934.10.24~30.

느 정도 구체적인 내용을 갖기 시작하였다. 이상李箱의 자화상을 그린 바 있는 구본웅은 회화에서의 민족성이란 "고향이 작가에게 부여한 특성"인데, 이는 작품에서 "직관의 예광銳光"으로 존재하는 것이라 했다.[129] 김용준은 조선미의 특징은 그림의 소재나, 인종과 풍습에서 성취되는 것이 아니라 작품 전체에서 우러나오는 "반도적인, 신비적이라 할 만큼 청아한 맛" 혹은 "고담한 맛"에 있다고 보았다.[130] 반면, 이태준은 미술·무용·음악 등 예술에는 국경이 분명히 있다며, 서양화보다 동양화를 더 즐길 줄 아는 이가 취미로나 교양으로나 더 높은 이라고 말하면서,[131] 조선주의와 정신주의를 자연스레 연결시켜 사고하였다. 그는 서양화는 색채 본위이지만, 동양화는 선禪(線이 아니라)이 근간이라며, 동양의 사군자는 정신을 표현하기 때문에 동양화의 본질은 정신주의에 있다고 주장했다.[132] 이어 그는 동양인이 서양화를 그리는 것은 환경에 불리한데, 서양의 자연이나 사람에게는 서양화가 어울리고, 동양인에게는 동양화가 어울린다고 말하고, 동양인으로서 생활하는 화가는 생활과 작품이 분리되지 않아야 하며, 이런 맥락에서 단원과 오원의 뒤를 이어갈 사람은 결국 동양인이며, 그 중에서도 조선인이라 말하였다.[133] 하지만 이 부분은 당위의 표현일 뿐, 서양화의 동양적 변용과는 다른 차원의 것일 수 있다. 동양화와 서양화의 구분을 떠나, 평면화에서 조선적인 것이란 무엇인가, 또 그것을 어떻게 구현할 것인가라는

---

129 구본웅, 「제13회 조선미전을 봄」, 『조선중앙일보』, 1934.5.30~6.6.
130 김용준, 「회화로 나타나는 향토색의 음미」, 『동아일보』, 1936.5.3~5.
131 이태준, 「단원과 오원의 후예로서―서양화보담 동양화·手工보담 氣魄」, 『조선일보』, 1937.10.20.
132 김용준, 「서화협전의 인상」, 『삼천리』, 1931.11.1.
133 이태준, 「동양화」, 『이태준 문학전집』15(無序錄), 서음출판사, 1988, 243쪽.

난제는 여전히 미해결의 문제로 남아 있었다.

이태준의 미술평론에 드러난 근대미술에 대한 인식들을 정리해보면, 첫째, 회화는 주정主情과 개성個性의 표현이라는 것, 둘째, 조선인은 동양화 나아가 조선적인 회화를 창안해야 한다는 것, 셋째, 조선적인 것이란 소재적인 차원이 아닌, '작풍'의 문제이거니와, 정신주의적인 것이라는 사실로 요약될 수 있다. 이 가운데 주정의 표현으로서 회화를 바라본 관점은 그의 미술관이 사실주의와는 다른, 인상주의적 회화론에 입각해 있음을 말해 준다. 원래 회화는 시각중심의 예술이고, 시각은 사회적이고 타인을 중심으로 하는 청각과는 달리, 고립감과 거리감에 기초할 뿐 아니라, 다른 감각들과의 친교성을 부인한다는 점에서 몰감각적인 감각으로 인정된다.[134] 모든 시각에는 사회성을 잊어버리는 일종의 사회에 대한 건망증이 존재하는데, 이는 또 '보는 나'와 '눈' 사이에 존재하는 동일성 때문에 코키토는 자기중심성을 면치 못하게 된다. '시각'에 기초한 인식론과 문화가 근대 이성중심주의의 서구를 지배해 온 것도 이와 무관하지 않다.[135] 다시 말해 시각 중심주의는 타자 중심이나 관계 중심이라기보다 주체중심적, 자아중심적 인식론과 관련되며, 이는 회화가 본질적으로 주체의 개성을 표현하거나 주정의 표현으로 갈 수 밖에 없는 원인이 된다.

또한 이태준은 조선인의 그림은 '아세아주의'로 나아가야 하며, 이는 결국 '조선적인 것'과 연관해서 조선화의 고유성에 대한 이해가 전제되어야 할 문제로 보았다. 이태준의 조선주의적 미술론은 그림에서의 소

---

134 정화열, 박현모 역, 「현상학과 몸의 정치」, 『몸의 정치』, 민음사, 1999, 242쪽.
135 주은우, 『시각과 현대성』, 한나래, 2003, 39~43쪽.

재주의를 배격하고, 조선인의 일반인 기호색은 홍록황남紅綠黃藍의 원시적인 색조라며 향토색채론을 편 김용준의 조선향토색채론[136]과 더불어 조선화단의 독자성을 강조한 논의였다.[137]

이태준의 문학론은 그의 미술론과 긴밀히 연관되어 있고 또 일정부분 겹쳐 있기도 하다. 그는 「소설독본小說讀本－소설에 관심하는 이를 위하여」에서 "'예술가의 직무는 만들어 보여줄 뿐 그는 설명하지 않는다'한 '안리 맛시쓰'의 말은 소설 문장에 있어 영원한 교훈"이라고 말한다. 화가의 경우를 예로 들어 예술가의 직무를 설명하고 또 문학에서의 문장의 역할을 이야기한다. 이태준은 색과 형을 매체로 한 미술론과 언어를 매체로 한 문학론의 매체의 차이에 따른 변별성 보다는 형상적 인식이라는 차원의 공통점에 더 많이 착목하고 있는 것이다. 그는 소설이란 "사람의 생활을 극적인 내용이게, 미美가 있는 형식이게 기록한 것"이라 말하면서도 "미사여구가 소용없다. 고담준론이 필요치 않다. 철두철미 묘사라야 한다"며 표현에 있어서 묘사의 중요성을 강조하였는데, 이 역시 미술에도 적용되는 논의이다. 그는 묘사로써 표현해야 할 소설의 내용이 '사람의 생활'이라 했지만, 기실 더 많은 글에서 그는 예술에서는 작가의 개성표현이 관건이라 말하고 있다. 일례로, 「소설독본小說讀本」에서 그는 밀레의 〈만종〉은 내용 본위의 그림으로 대중이 알기 쉬운 반면 질리기도 쉬우나, 고흐의 〈해바라기〉는 흔한 꽃을 그린 것에 불과하지만 선과 색조에서 묻어나는 작가의 독특한 스타일이 있어 이것이 바로 작품 감상의 포인트가 된다고 말한다.[138] 그림에서의

---

136 최열, 『한국 근대미술 비평사』, 열화당, 2001, 66~67쪽.
137 위의 책, 29~66쪽.

선과 색은 소설의 문장에 해당하는 바, 결국 작가의 개성 있는 문체야 말로 소설 감상의 요체라는 것이다.[139]

이태준의 미술관과 소설관은 한마디로 "예술(소설)은 곧 표현이다"라는 명제로 집약된다. 이 말은 그가 『문장강화』를 쓰는 등, 언어문제에 남다른 이해와 감식안을 가졌음에도 불구하고 언어를 사용하는 문학과 색과 형을 사용하는 조형예술 사이의 특별한 차이를 의식하지 않았다는 사실과, 예술작품의 가치는 스타일의 새로움에 있다고 인식했음을 보여준다.

그의 예술론은 단편 창작에 많은 영향력을 미친 것으로 보인다. 본질적으로 회화는 일순간의 이미지를 고정적으로 제시하는 예술양식이기에 인생의 단면을 포착하여 제시하는 단편에 훨씬 더 가깝다고 할 수 있다. 이태준 자신도 「단편短篇과 장편掌篇」이란 글에서 '인생을 그리는 데' 있어서 '한 각 면만 그리'는 것이 단편인 바, "인물, 행동, 배경이 전체적으로 균등하게 취급되는 것이 아니라 인물이면 인물에만 치중하고, 행동이면 행동, 배경이면 배경을 강조해서 단일적인 효과"를 걷는데 단편의 묘미가 있다고 지적하는 등, 전일적이고 정태적인 화면구성인 회화와 인생의 단면을 묘파하는 단편소설의 유사함에 대해 자각적이었다.[140]

---

138 이태준, 「소설독본」, 『이태준 문학전집』 17, 서음출판사, 1988, 266~267쪽.
139 이태준, 「小說讀本─소설에 관심하는 이를 위하여」, 『女性』, 1938.7; 『이태준 문학전집』 18, 서음출판사, 1988, 261~269쪽.
140 이태준, 「短篇과 掌篇」, 『이태준 문학전집』 17, 서음출판사, 1988, 276~279쪽.

4) 문인들의 미술평론 활동이 문학논의에 미친 영향

문인들의 미술논의에의 적극적인 개입은 한국 근대미술의 형성에 교두보 역할을 했을 뿐 아니라, 한국문학에 있어서 이념이나 주제 혹은 내용 중심의 문학에서 형식이나 표현 혹은 묘사의 중요성을 일깨우는 일 계기가 되었던 것으로 보인다.

한국 근대문학은 일제강점기하에 출발하였기에 초반부터 민족주의나 사회주의라는 이념과 결합되어 계몽적 성격이 강했다. 문인들의 미전관전평이나 미술 관련 평론 활동은 미술을 전공한 이론가들이 등장하여 창작 분야뿐 아니라, 이론이나 비평분야도 보다 전문화되는 1930년대 중반까지 집중되어 있다. 1930년대 중반 이후 문학은 한반도의 역사와 현실의 특수성에 대한 인식을 보임을 물론, 계몽성에서 다소 탈피하여 문학의 미적 자율성에 대한 인식도 내비치기 시작한다.[141] 특히 1930년대 중반에 한국 중단편소설의 백미라 할 수 있는 작품들이 대거 등장하는데, 이들은 한결같이 이미지성이 강하고 묘사의 특장을 잘 살리고 있을 뿐 아니라 무엇보다도 문체나 서사 구성의 스타일에 있어서 작가의 개성이 뚜렷하게 드러나는 작품들이다. 예컨대, 박태원의 「소설가 구보씨의 일일」(1934), 김유정의 「금따는 콩밭」(1935), 김동인의 「광화사」(1935), 이효석의 「산」(1935), 허준의 「탁류」(1936), 이상의 「날개」(1936), 김동리의 「무녀도」(1936), 이효석의 「메밀꽃 필 무렵」(1936), 최명익의 「비오는 날」(1936), 박태원의 「천변풍경」(1937), 이상의 「종생기」(1937), 이효석의 「장

---

141 이에 관한 자세한 내용은 류보선, 「1930년대 후반기 문학비평 연구」, 서울대 박사논문, 1996 참조.

미 병들다」(1938), 유진오의 「창랑정기」(1938), 최명익의 「심문」(1939) 등이 그러하다.

물론 만주사변을 전후한 이 무렵, 식민지 조선의 상황이 악화됨에 따라 이념성 짙은 문학은 문단 전면에서 후퇴하고 묘사의 문제에 착목하거나 이미지성이 강한 문학작품들이 대거 등장하는 것은, 미래의 전망이 불투명해질 때, 리얼리즘적 차원에서 역사적 총체성을 드러내는 작품들을 창작하기보다는 시정의 파노라마적 제시나, 풍물 혹은 세태에 대한 핍진한 형상화가 두드러진, 다시 말해 묘사의 특장을 살린 작품이 많이 창작된다는, 문학 일반의 어떤 일반적인 원리도 작용하였을 것으로 보인다.

아무튼 1930년대 중반 이후의 문학계는 조선 문학의 고유성에 대한 이해가 나타나고, 창작이나 비평의 다양화 경향이 두드러진다. 이러한 특징들이 문학 자체 내에서 비롯된 발전적 변화의 측면도 있겠으나, 문인들의 미술 분야에의 개입이 결과적으로 문학에 있어서 표현의 문제를 보다 부각시키게 하였고, 문학이 예술로서 미적 자율성에 대한 인식을 강화하는 데 영향을 미친 결과로 볼 수 있는 여지도 없지 않다. 이런 추정의 근거는 미술과 남다른 인연이 있었던 박태원, 이태준의 작품들에서 특히 묘사력이 탁월한 개성있는 문체들이 나타나고 있고, 임화나 박태원, 이태준의 문학평론들은 묘사의 중요성과 의미를 강조한 내용들로 채워져 있기 때문이다.

이 무렵 문학계에서 묘사의 문제를 제기한 글들로는 1933년에 발표된 백철의 「인간묘사시대」[142]나, 1934년에 나온 박태원의 「표현·묘사·기교 —창작여록」,[143] 1938년의 김남천의 「세태·풍속·묘사 기타」[144]와 「세태와 풍속」,[145] 이태준의 「소설독본小說讀本─소설에 관심하는 이를 위하여」[146]가 있고, 1940년에는 임화의 「세태소설론」[147]이 발표되었다.

이 가운데 이태준의 경우를 예로 들면, 문학에서의 묘사 문제가 그의 미술론과 긴밀히 연관되어 있음을 알 수 있다. 그는 "'예술가의 직무는 만들어 보여 줄 뿐 설명하지 않는다'고 한 '안리 맛시쓰'의 말은 소설 문장에 있어서 영원한 교훈"이라 보았다. 그는 소설에서의 문장을 설명하기 위한 예로 그림에서의 선과 색, 즉 작가의 스타일을 문제 삼았고, 이런 논의는 결국 작가의 개성 있는 문체야말로 소설 창작이나 감상의 요체라는 것으로 모아진다.[148]

이태준의 예술관은 한마디로 "예술(소설)은 곧 표현이다"라는 명제로 집약된다. 이 말은 그가 예술작품의 가치를 스타일의 새로움에서 찾고 있음을 의미한다. 이런 그의 미술론과 문학론이 결국 묘사의 문제에서 만나는 것은 스타일리스트로서 그의 당연한 결론이라 할 수 있다. 한편, 임화는 「세태소설론」에서 문학이란 "실체가 존재하는 구체성 가운데서 일반적으로 추상된 하나의 일반 세계"로, "즉 논리적 체계적인 사유의 세계와 구별되는 의미에서 생각되는 형상적 상상적인 세계의 가칭"이라고 말하면서 문학의 형상성을 중시하였다. 그러나 1930년대 말

---

142 백철, 「인간묘사시대」, 『조선일보』, 1933. 8. 29~9. 1.
143 박태원, 「표현·묘사·기교─창작여록」, 『조선중앙일보』, 1934. 12. 17~31.
144 김남천, 「세태·풍속 묘사 기타」, 『비판』 62호, 1938. 5.
145 김남천, 「세태와 풍속」, 『동아일보』, 1938. 10. 25.
146 이태준, 「小說讀本─소설에 관심하는 이를 위하여」, 『女性』, 1938. 7. 이태준, 『이태준 문학전집』 18, 서음출판사, 1988, 261~269쪽에 재수록.
147 임화, 「세태소설론」, 『비판』 61호, 1938. 4. 1~6. 임화, 『문학의 논리』, 학예사, 1940에 재수록. 임화, 『임화 평론집─문학의 논리』, 서음출판사, 1989, 204~217쪽에서 인용.
148 위의 글, 261~269쪽.

까지 조선소설사는 아직 묘사의 기술을 완성해 본 단계를 가지고 있지 못하다고 임화는 진단했다. "모래알 같은 세부 묘사의 집합"이 아닌, 진정한 묘사에는 그 배후에 작가정신이 잠재해 있다고 보았다. 이태준은 묘사에서 작가의 개성을, 임화는 작가의 정신을 찾고 있는 셈이다.

문인들의 미술평론 활동이 문학계에 미친 영향 가운데 중요한 한 가지는 임화가 정식화한 이식문학론의 문제가 있다. 본고는 임화의 이식문학론이 당시 미술계에서 제기되었던 이식미술론과 밀접한 관련이 있었을 것이라는 것을 또 하나의 가설로 제기한다. 주지하다시피 임화는 1940년 「신문학사의 방법」에서 이식문학론을 정식화하였다. 임화의 논의를 따라가 보면, 우리의 "신문학은 서구적인 문학양식을 채용하면서 시작되었"는데, "문학사는 양식의 역사"이고, "새 양식의 수입은 곧 정신의 이식"을 의미하므로, 곧 "양식의 수입사는 곧 여러 가지 정신의 이식사"라는 것이다.[149] 그런데 이러한 예술양식의 이식논의는 기실 미술계에서는 오래된 논의였다. 어떠한 새로운 양식이나 예술기법의 도입과정에서 일정 정도 모방의 단계가 나타나는 것은 흔한 일이고, 어떤 면에서 조선 근대회화의 성립과정은 양화풍과 일본화풍의 탈피과정이기도 하였기에 이식과 모방의 극복에 관한 논의는 처음부터 있었으며, 이런 논의는 1927년경에 정점에 이른다. 이 무렵 문예 쪽에서는 KAPF를 중심으로 내용—형식논쟁이 활발히 진행되고 있었다. KAPF의 실질적 리더이자 문학과 미술을 넘나들며 종횡무진 활약하던 임화는 「서화협전의 진로—제8회전을 보내며」에서 부르조아 예술을 비판하

---

149 임화, 「신문학사의 방법」, 『동아일보』, 1940. 1. 13~20.

고 프로미술의 당위성을 역설하였다. 그는 프롤레타리아예술에 있어서 내용-형식 간의 관계문제 등 미학적 본질론을 제기하였다. 임화는 모든 예술에서 내용이 형식을 규정하며, 형식은 추상적이나 내용은 실체적이며, 형식의 선택은 내(용)적 필요성에 의하여 결정된다고 보았다.[150] 문학 분야에서 시작된 이 논쟁에서 임화의 논리는 회월이 "프롤레타리아 문예에 있어서는 빛나는 내용이 중요하지 형식은 제일의적第一義的이 아니다"고 한 주장과 일맥상통하고, 루나찰스키의 입론에 그 연원이 닿아 있는 것이었다.[151]

이에 권구현은 장검과 백인의 비유를 가져와 임화와는 다른 입장, 다시 말해 프롤레타리아 예술은 무산자계급 전 문화의 한 부분이지만, 개별 예술에 있어서의 목표달성은 장검의 날의 예둔銳鈍, 다시 말해 백인에 달려 있으며, 이때 백인이란 표현 혹은 형식과 깊은 연관이 있다는 주장을 펼친다. 이 논쟁을 거치면서 KAPF는 강경한 이론으로 재무장하여 아나키스트와 같은 자유주의자들을 조직으로부터 제명한다. 이 무렵 박영희와 임화의 문예비평문에 조선의 근대문학이 일본 대정기 문학의 한 사이클 뒤처진 추체험이라는 식의 이식론이 슬그머니 등장하기 시작한다. 민족주의 문학 진영과의 논쟁을 치르면서 KAPF 내부에서는 RAPF나 JAPF와는 다른, KAPF의 창작방법론이나 독자적 노선에 대한 필요성이 제기되었다. 동시대에 민족주의 진영에서는 문학에서의 조선적인 것이 무엇인가를 놓고 조선심, 조선얼, 향토색 논의와 시조부흥운동 등이 제기되었는 바, 이는 결국 모두가 이식문화론의 극복이라는

---

150 임화, 「서화협전의 진로―제8회전을 보내며」, 『조선일보』, 1928. 11. 22~29.
151 박영희, 「예술의 형식과 합목적성」, 『해방』 2권 5호, 8쪽.

시대적 요구와 민족문화의 정체성 논의와 밀접한 연관이 있다.

　문단에서 이러한 움직임들이 있던 1926~1928년경 미술계에서 안석
주가 조선화단은 일본화단이 서구를 모방한 것을 다시 모방하고 있다
는 의미의 이중 모방론을 제기하였다.[152]

　　昨年에 所謂 日本서 大家들만 網羅한 二科會展을 보앗슬때에 模倣잘하는
　사람의 그림의 特選이 대개 만흔것을 보앗다. 黑田重太郞氏가튼이는 純全히
　〈로드〉의 그림이엇고 佐野伯氏가 그다음으로 里見勝寂氏가튼이는 조곰도
　틀림업는 〈뿌라망크〉엇섯다. 其外에도 〈망강〉〈아스랑〉〈마티-스〉〈비가
　소〉〈똑란게란〉〈로-란상〉〈베니-르〉 그리고좀느진듯하나 〈세잔〉〈두노
　아-르〉 등歐洲畵壇의 名匠들의 그림을 模倣한 것외에는 다른 것을 볼 수 업
　섯다. 日本帝展은 이보담ㅈ도 더 雜湯이어지마는 어잿던 現 日本洋畵界는 模
　倣全盛期에 當하엿슴을 말우어알엇섯다 그러나 美展의 洋畵는 그것의 二重
　模倣이 만흔만큼 뒤떨어진 感이 업지안타 日本서도 그러한 流派에게 日本主
　義라고 誹謗을 밧지만도 山木鼎, 木村莊入 中川一致氏 등의 集團인 春陽會의
　影響이 적은 것이 奇異한 일이다.(3회)

　위의 인용문에서 안석주는 일본에서 관전한 '이과회전'에서 유럽 거
장들의 그림을 모방한 작품들을 주로 특선에 선했음을 목도했는데, 일
본의 '제전'은 이보다 훨씬 더 '잡탕'이고, '조선미전'은 그보다 더 심한
경지라고 비판하였다. 그는 조선의 서양화계가 봉착한 문화적 정체성

---

152 안석주, 「미전을 보고」(4회), 『조선일보』, 1927. 5. 27~30.

의 심각한 상실을 문제제기한 것이다. 또 1932년에 김주경은 조선의 근대미술사는 "일본을 통한 유럽 미술사조의 수입사"라고 규정하면서 이식미술사관을 펼쳤다.[153] 김주경의 논의는 1939년에 구본웅에 의해 보다 극단적이 된다. 구본웅은 선전이 중앙(일본)화단의 연장이라면서, 내선일체론을 미술에 적용시켜 이식미술론을 다음과 같이 펼쳤다.

조선의 미술작품은 동경미술壇의 발전의 뒤를 밟고 나갈 것이라 하겠다. 기분간의 조선이 산출하는 공기를 호흡하며 — 기분간이라할지라도 쌓지 않는 역사에 근기한 지방이 조선이라. 조선이 가진 매력이 타지방출신을 조선화시키기에 어렵지는 안어 여기에 조선적 분위기가 꽤 농후하게 되어질 것도 사실이니, 이는 조선미술과 형식을 기대케하여 또한 조흠으로 정리되기를 바라게 한다.[154]

미술계 뿐 아니라, 조선문화나 예술, 산업이 일본풍 혹은 서양풍의 모방이나 이식이라는 식의 문제의식은 이미 한일합방도 되기 전인 1906년경부터 『대한자강월보』에 수록된 외인들의 한반도 이식에 대한 이야기로부터 시작된다.[155] 이후 '모방模倣'과 '이식移植'을 둘러싼 논의는 끊이지 않고 등장하였다. 1926년경부터 문단에서도 본격적으로 서구문예, 일본문예의 모방에만 그치는 작품경향에 대한 비판이 대두되었다. 일례로, 현진건은 「조선혼朝鮮魂과 현대 정신現代 精神의 파악把握」

---

153 김주경, 「화단의 회고와 전망」, 『조선일보』, 1932. 1. 1~9.
154 구본웅, 「선전의 인상」, 『매일신보』 1회, 전5회, 1935. 5. 23(~28).
155 南嵩山人 張志淵, 「現在의 情形」, 『대한자강회월보』 제12호, 1907. 6. 25, 5쪽.

이란 제목의 글에서 "오직 조선혼과 현대 정신의 파악!"이야말로 조선 문학의 생명이라 말하고, "달 뜬 기염에서, 고지식한 개념에서, 수고로운 모방에서 한 거름 뛰어나와 차근차근 하게 제 주위를 관조觀照하고 고요하게 제 심장의 고동하는 소리를 들을 제, 이것이야 말로 우리 문학文學의 운명"임을 깨닫자고 주장한다.[156] 또 박영희는 KAPF의 프로문학을 비판하는 1934년의 글에서 선진국에서 유행하는 문예사조나 사상이 후진국에서 그대로 모방되는 현실을 지적하고, "조선朝鮮에는 재래在來로 사회운동이나 문학운동에서 남의 것을 무비판적으로 모방에만 기우러져서 그릇된 일이 만헛다"고 비판한다. 그는 그런 과거에 대한 '영웅적 참회'로 문학계가 '독창'에 이르자고 다음과 같이 주장하였다.

우리는 적당한 모방에서 자기 문화의 창조를 꾀하여야 할 것이다. 모방의 誇張에서 모방의 實際를 구출하아야겟다. 남의 것을 배오는 것은 내것을 만들기 위해서만 가치가 잇으며, 남의 정당한 진리를 추종함은, 자기 문화의 영역을 확대하게 함에 잇다. 誇張과 實際, 虛僞와 眞理! 우리의 문학계에서도 이 양자의 적당한 구분을 하며, 그럼으로 자기문화의 창조적 의의를 견고하게 하엿스면 한다.[157]

앞에서도 지적하였듯이 1926~1928년경 문단에서 제기된 '조선적인 것'에 대한 논의나 그때 제기되어 1931~1932년경에 활짝 꽃핀 미술계에서의 조선적인 것에 대한 논의도 결국엔 이식문화론 극복을 위한 것이

---

156 박영희 외, 「新年의 文壇을 바라보면서」, 『개벽』 제65호, 1926.1.1, 135쪽.
157 박영희, 「誇張과 實際─分岐線, 若干의 文藝雜感」, 『개벽』 신간 제1호, 1934.11.1, 106쪽.

었다. 문학과 미술을 넘나들며, 혹은 각각의 특화된 영역에서 김억이 제창했던 조선심과 조선혼, 그리고 임화의 현실성으로서의 향토색 논의나, 김복진의 조선의 마음과 시대성 논의, 이태준의 조선주의미술론, 김용준의 조선정신주의, 그리고 김복진의 서양화의 동양화化론, 윤희순의 조선적인 아름다움의 실체에 대한 논의 등이 모두 그러하다.

이런 논의들에 힘입어 창작계에도 변화의 조짐이 나타난다. 안석영은 1938년 「선전鮮展 특선特選 작품평作品評」에서 조선미술계가 어느 정도 "외래의 화풍 모방을 버리고 자기들의 개성을 통하야 조선의 흙 우에서 생동하는 선과 색채를 보여 주고" 있다는 평을 하기에 이른다.[158] 또 1939년에 발표된 이쾌대의 〈봄처녀〉를 비롯한 작품들은 유화의 동양화化에 성공하여 법고창신의 방법론을 실현해 낸 작품으로 평가받기에 이른다. 이 밖에도 김복진은 김은호의 〈승무〉와 김상범의 〈승혼〉, 이응로의 〈황량〉, 〈하일〉, 〈숙추〉 3작 등에서 정중동의 동학과 조선적 목가가 발견된다며 칭송을 아끼지 않았다. 즉, 1930년대 말 미술계는 모방과 이식을 넘어 조선의 독자적인 수묵채색화와 유화의 경지가 개척되기 시작하였다고 할 수 있다.

미술 분야의 창작계와 평단에서 이식론 극복이 서서히 나타날 무렵, 문단에서는 임화에 의해 이식문학론이 정식으로 제기된다. 문학에 있어서 서구적 양식의 이식이 곧바로 정신의 이식으로 치환될 수 있는가의 문제는 차치하고, 조선의 근대문학사가 서구 혹은 아서구인 일본의 대정기 문학양식의 이식사였다는 임화의 논의는 여러 가지 정황으로

---

158 안석영, 「鮮展 特選 作品評」, 『삼천리』 제10권 제8호, 1938.8.1, 225~229쪽.

미루어 볼 때, 이식미술론의 영향을 받지 않았다고 하기 어렵다. 우선, 이식미술론의 제기가 문학 쪽에서의 그것보다 먼저였다. 이는 미술이 시각적 직접성 영역에 해당하며, 전위적 성격도 강할 뿐 아니라, 먹과 붓, 화선지라는 전통서화의 도구와 캔버스와 유화물감, 이젤이라고 하는 서양화의 도구가 확연히 구분되기 때문으로도 볼 수 있다.

전통서화와 서구식 양화의 뚜렷한 차이는 자국어를 매개로 하여 자국민의 삶의 애환을 그린 문학에서의 그것보다 가시적으로 확연하기 때문이다. 하지만 필자는 미술과 문학 쪽에서 제기된 이식론의 정확한 선후관계와 영향관계는 후일의 연구 주제로 남겨둔다. 시간상의 선후를 떠나, 분명한 것은 미술계와 문학계가 공히 이식론에 대한 인식에서 상호 영향을 주고받으면서 문제의식을 공유하였고, 또 극복방안을 찾기 위해 함께 고심하였다는 사실이다. 이식문학론의 제창자인 임화가 이식미술론 극복 문제에 고심한 김복진과 함께 KAPF를 이끌었고, 또 예술운동에 있어서도 공동노선을 펼칠 만큼 친분이 두터웠고 예술에 대한 인식에서도 유사한 입장을 보였다. 또 KAPF의 맹원인 이갑기는 문학분과와 미술분과 모두에 적을 두고 활동하였으며, 임화는 분과를 초월하여 미술과 문학분과 모두에서 활동하였다. 임화 자신이 이미 1928년에 서화협전 관전평에서 이식미술론 극복에 대한 논의를 언급하고 있는 점[159] 등도 이런 판단에 심증을 더해 준다.

임화의 프로미술론, 권구현의 회화 본질론은 이태준의 조선주의 미술론과 함께 1920년대 말부터 1930년대 초반에 걸쳐 한국 근대미술논단

---

159 임화, 「서화협전의 진로―제8회전을 보내며」, 『조선일보』, 1928. 11. 22~29.

의 형성기를 풍요롭게 채워준 값진 논의였다.[160] 이태준은 심영섭과 더불어 조선주의를 넘어 동양주의를 미술론으로 제출했다. 심영섭은 노자·장자·공자·부처의 사상을 예로 들어 생명의 신비와 본능의 심원한 세계로서 동양사상을 주장하면서 동양미술론은 동양의 내면적 절대적 주관적 생활 원리와 상징적 표현적인 미의 우월성에 따른 "원시적 주관적 자연과 일치되는 표현 원리의 미술론"이라고 밝혔다. 이태준은 동양주의 미술의 방법론으로 "즉흥성, 대담한 주관성, 주정主情 표현의 남화 기분과 객관 자연을 주관화·상징화·환상화하는 수법"을 내놓았다. 그는 특히 수묵채색화가들의 맹목적인 일본화 모방을 비판하고, 비타협적인 민족주의 사상에 입각한 조선주의 미학의 형성을 강조했다.[161] 임화와 권구현은 미술을 전공한 전문가들인 심영섭, 안석주, 홍득순, 정하보, 김주영, 김용준, 윤희순, 정현웅, 박문원(소설가 박태원의 동생) 등이 본격적으로 활동하기 시작한 30년대 중반까지 초기 조선 근대미술논단에 적극 참여하여 조선 근대화단의 형성에 기여하였고, 논전을 자극하거나 주도하기도 하였다.

임화의 미술론은 노동자계급해방운동이라는 시대적 이념과 미술의 '형식혁명론'을 결합하려한 시도의 결과물이다. 그러나 그의 미술론은 끝내 편 내용주의적인 한계를 극복하지 못하였는데, 이는 그가 문학과 미술의 매체론적 차이를 정확히 짚어내지 못한 때문으로 보인다. 하지만 그는 복고적인 향토색논의를 비판하고 시대성을 강조한 현실적인 민족미학의 창안에 기여해, 김복진의 논의나 윤희순의 미술론 구상에

---

160 임화-김복진, 이태준-김용준, 그리고 권구현-윤희순 간의 논의의 유사상이 많이 발견된다.
161 이태준, 「녹향회 화랑에서」, 『동아일보』, 1929. 5. 28~30.

토대를 마련해 주었다고 할 수 있다. 또 권구현은 서구적 근대회화의 본질에 해당하는 원근법과 명암법, 관찰에 의한 외부세계의 재현으로서의 회화론을 펼쳤다. KAPF와 결별한 후 그는, 사회진화론에 토대한 계몽주의적 예술관보다는 자유주의에 토대한 예술의 미적 가치 추구에 비중을 둔 회화론을 펼쳤다. 그의 논의는 예술적 자율성을 강조한 미술본질론으로서, 공간예술인 회화가 시간성의 계기를 내포함을 밝힌 점에 독특한 성취가 있다 하겠다.

이태준의 경우와 마찬가지로 임화의 미술론은 시대적 상황에 대한 반응의 산물로서, 계몽적 지식인의 입장이 강하게 반영되어 있는 반면, 권구현의 그것은 아나키스트로서 그가 이념보다는 그림 자체를 먼저 생각한 화가였음이 역력히 드러나 있다. 그는 이념이 그림이 될 수 없음을, 그림에서 조선적인 것은 조선어로 사유하고 생활하면서 조선 땅에서 조선 사람들과 어우러져 사는 사람들이 남의 것을 모방하지 않고 진정성을 가지고 조형했을 때, 거기에 지문처럼 묻어나는 것임을 체득하고 있었던 것으로 보인다. 그는 '조선적인 것'은 이론으로 강조한다고 성취되는 것이 아니라, 자기도 모르게, 아니 어쩔 수 없이 묻어나는 것임을 경험으로 터득하고 있었던 것으로 보이는데, 이는 그가 '조선적인 것'보다는 '남의 것을 모방하지 않고 자신만의 형을 창안하는 것'을 끝내 강조하고 있음에서 드러난다.

일제시대 문인들의 미술 관련 평론 활동은 매우 활발했다. 임화나 권구현을 비롯하여 이태준, 이광수, 안확, 장지연, 최남선, 한용운, 김화산, 변영로, 김기림, 김기진, 윤기정, 이갑기, 심훈, 유진오, 김광균, 김진송 등 참으로 많은 문인들이 전시회 관전평이나 미술 관련 평론들을 발표하였다. 이들의 활동은 미술을 전공한 전문이론가가 출현하여 본격적으로 활동하기 시작한 1930년대 중반까지 조선 근대화단 형성에 있어서 교두보 역할을 톡톡히 감당하였다. 당시에는 문단과 화단의 교류가 활발하여 상호간의 영향을 주고받은 흔적들이 역력하다. 예컨대 1930년대 중반 이후 등장하는 문학에서의 표현의 문제, 다시 말해 묘사에 대한 새로운 인식이나, 이미지성이 강한 소설들의 출현, 개성적인 문체와 작풍의 추구 등이 이와 무관하달 순 없을 것이다.

문인들의 미술논의에의 개입이 문학에 끼친 영향 가운데 가장 중요한 것은 1920년대까지의 계몽주의적 문학관에서 벗어나, 1930년대 중반 이후 예술의 자율성에 대한 인식에 기반을 둔 작품들의 탄생일 것이다. 물론 이러한 변화는 문인들의 미술에의 참여에서만 비롯된 것은 아니지만 상호간 영향을 주고받는 가운데 형성되었을 가능성이 높다.

마지막으로 문인들의 미술평론 활동은 임화에 의해 정식화된 이식문학론에 아이디어를 제공했을 가능성이 크다. 조선화단의 오랜 논의 주제였던 이식미술론의 극복과 회화에서의 '조선적인 것'을 둘러싼 논의들은 결국 문학에서의 이식문학론과 그것의 극복으로서의 신문학사론을 배태시킨 토양이 되었던 것으로 보인다.

제2장

근대 한국문학과 미술의 상호작용

1. 문인들의 문학작품에 나타난 회화적 특성

1) 박태원의 자화상 연작

박태원의 자화상 연작은 일제말기 신체제의 광풍이 시작되던 1940년 안팎의 시기에 발표된 3편의 중단편소설로, 소설가인 화자를 내세워 실제 박태원의 모습을 회화적으로 표상한 사소설들이다. 한국 근대문학사에서 박태원의 실험이랄 수 있는 이러한 사소설 창작은 자기를 '있는 그대로' 표상함으로써 '모더니스트 작가 → 대일협력문학가 → 번안가·역사소설가'라는 풀기 어려운 그의 작가적 행로를 '문학주의자 → 직업 작가'의 큰 틀 속에서 조망해 볼 수 있게 한다.

자화상 연작은 박태원이 예술적 완결성을 희생하면서도 스스로를 점검하지 않으면 안 되었던 시기에 신변소설이나 자전적 소설이 갖는 허구화 장치 뒤에 숨은 작가의 맨얼굴을 사소설이라는 새로운 양식을 통해 발가숭이로 내어놓아 자기성찰을 단행한 결과물이라 할 수 있다. 박태원은 일제 파시즘의 발호기에 대일협력문학에 발을 내딛는 자신의 내면풍경을 거침없이 노출함으로써 일면, 점차 심화되어 가는 일제 지배에 대한 식민지 지식인의 내면적 균열을 드러내었고, 한국 근대문학사적으로는 사소설이라는 새로운 영역을 개척하였다.

이 글에서의 논의 대상은 박태원의 자화상 연작 세 편 즉, 「음우淫雨」(『朝光』, 1940.10),[1] 「투도偸盜」(『朝光』, 1941.1), 「채가債家」(『文章』, 1941.4)이다.[2] 박태원 자신은 자화상 연작을 제5화第五話까지 언급하고 있어,[3] 제4第四·제5화第五話를 찾으려는 연구자들의 노력이 지금껏 계속되어 왔다.[4] 이 장은 「음우淫雨」, 「투도偸盜」, 「채가債家」를 중심에 놓고, 발표 시기, 서사내용, 등장인물의 성격 등에서 자화상 연작과 밀접한 연관을 보이는 「재운財運」(『春秋』, 1941.8)과 「음우陰雨」(『文章』, 1939.10~11), 「사계四季와 남매男妹」(『新時代』, 1941.1~2)를 포함하여[5] 1940년 안팎[6]에 발표된 총 6편의 중·단

1　박태원의 「음우」는 동명의 다른 작품인 「陰雨」도 있다.
2　작품 말미에 〈自畵像 第一話〉, 〈自畵像 第二話〉, 〈自畵像 第三話〉라고 명시되어 있다.
3　박태원, 「건전하고 명랑한 작품을」, 『삼천리』, 1941.1, 247쪽.
4　한수영은 1941년 8월에 발표된 「재운財運」을 자화상 연작 제4화로 보고 있고(한수영, 「박태원 소설에서의 전통과 근대」, 『한국문학이론과 비평』 제27집, 2005.6, 227~239쪽) 정현숙은 「四季와 男妹」를 소시민의 일상사를 다루었다는 측면에서 자화상 연작과 더불어 논의하고 있다(정현숙, 「박태원 소설에 나타난 신체제 수용 양상」, 구보학회 편, 『박태원과 모더니즘』, 깊은샘, 2007, 276쪽).
5　「財運」은 소설가를 1인칭 화자로 내세운 것이나 작품제목, 서사내용, 발표 시기 등으로 미루어 보아 자화상 연작에 포함시키는 데 무리가 없어 보인다. 「四季와 男妹」는 『삼천리』가 1941년 연초에 실시한 '신체제 하의 나의 문학 활동 방침'이라는 설문조사에서 박태원이 앞으로는 "명랑하고 건전한 작품"을 쓰겠다면서 그 예로 자화상 제3화, 제5화를 거론하던 무렵에 발표되었고(박태원, 「건전하고 명랑한 작품을」, 『삼천리』, 1941.1, 247쪽) 결말이 건강하고 화목한 분위기로 끝나는 점, 다른 자화상 연작들에서 1인칭 화자인 소설가가 자기 아이들

편을 자화상 연작의 범주로 묶어 논의하려 한다.

이 글에서 논증하려는 사실을 정리하면 다음의 네 가지다. 첫째, 1940년대 초 식민지 근대 지식인의 자기이야기로서 자화상 연작은 심경소설의 극단적인 형태인 사소설이라는 것, 둘째, 자화상 연작의 서술기법은 회화적이라는 것, 셋째, 자화상에 그려진 작가 박태원의 맨얼굴은 비대칭의 이중적 면모를 보인다는 것, 넷째, 자화상 연작에 나타난 양가적 정조는 '우울(멜랑꼴리)'과 '가족'에서 비롯된다는 것이다. 본고는 박태원의 자화상 연작에 나타난 사소설적 특성과 회화적 특성을 연관지어 이해함으로써 1940년 무렵 박태원의 문제의식을 이해하고, 나아가 그의 문학세계의 새로운 면을 밝힐 수 있기를 희망한다.

기왕의 박태원 문학 연구에서 자화상 연작을 중심에 둔 논의는 아직까지 없었다.[7] 까닭은 자화상 연작은 예술성이나 문제의식에 있어서

을 돌봐주는 드난살이 언니들의 이야기를 자주 하는 점 등으로 미루어 보아, 딱히 자화상 연작의 하나라 할 수는 없으나, 그 연장선상에서 논의해 볼 수 있는 작품이라 판단된다.

6 박태원의 자화상 연작이 갖는 문제성은 무엇보다도 창작 연대가 「소설가 구보씨의 일일」과 「천변풍경」에서 「亞細亞의 黎明」과 「군국의 어머니」로 넘어가는 길목에 위치해 있다는 사실이다. 그는 자화상 창작 이후인 1942년을 고비로 중단편 창작을 접고 장편 역사물로 이동한다. 박태원, 「박태원 작품연보」, 『천변풍경』, 깊은샘, 1980, 358~365쪽 참조.

7 지금껏 박태원 문학 연구는 주로 「소설가 구보 씨의 일일」과 『천변풍경』에 모아졌다. 특히 『천변풍경』을 둘러싼 당대의 평가 — 최재서의 '리얼리즘의 확대'론과 임화, 안회남의 '기교의 강점과 사상의 결여'라는 평가 — 는 이후 박태원 문학에 대한 논의의 근간을 이룬다. 1970년대 이후 박태원 문학에 대한 이재선, 서준섭, 이주형, 최혜실 등의 논의는 주로 도시소설, 세태소설, 모더니즘적 측면에 모아졌고, 최근에는 시·공간 구조, 서술기법, 문체, 다층위적 서술자, 영화적 기법의 측면 등이 논의되고 있다. 또 리얼리스트나 역사소설가로서의 박태원도 최근 활발히 조명되기 시작했다. 예컨대 정현숙은 「박태원 소설에 나타난 연속성과 불연속성(1) — 월북 후 소설을 중심으로」(『韓國言語文學』第61輯, 2007.6)에서 그의 「조국의 깃발」과 「리순신 장군」과 『임진조국 전쟁』 등 월북 이후의 작품을 탈식민주의적 입장에서 분석하여 그의 역사의식을 추출하였고, 한수영은 「박태원 소설에서의 근대와 전통 — '합리성'에 대한 인식과 '신체제론' 수용의 문제를 중심으로」(『한국문학이론과 비평』 제27집, 2005.6)에서 『아세아의 여명』과 『군국의 어머니』를 분석하여 박태원의 '근대'에 대한 추상적 환멸이 '신체제론'을 수용하게 되는 동인이 되었고, 두 장편 가운데, 전자가 신체제론의 주관적 전유화가, 후자에서는 전유화의 정당성에

뚜렷한 성취나 문제성을 보이지 않는 것으로 치부되어 왔기 때문이다. 박태원의 문학을 논하는 자리에서 자화상 연작이 부분적으로 언급되긴 했다. 이런 사례의 성과를 간략히 정리해 본다면, 먼저 공종구는 「소설가 구보씨의 일일」부터 「음우」, 「투도」, 「채가」에 이르는 박태원의 후기 예술가 소설들은 물질적인 욕망이나 자본의 논리에 대한 주체의 양가적 태도가 지배적인 서사 대상이라고 보았다.[8] 한수영은 「투도」의 인물성격을 분석하면서, 화자인 나는 사유재산보호라는 객관적인 가치의 실천을 번잡함 때문에 포기하고 심신의 평온이라는 주관적 가치를 선택하는 인물로 유형화하였다.[9] 정현숙은 소시민의 일상을 다룬 박태원의 자화상 연작은 근대적 사회질서와 동양적 윤리의 상충에서 동양적 가치에 비중을 두고 있음을 읽어 내었다.[10]

이 장은 이러한 앞선 연구 성과들에 힘입어, 박태원의 자화상 연작이 가진 문제성과 문학사적 의의를 보다 적극적으로 해석해 보고자 한다. 자화상 시리즈가 사소설이기 때문에 이 연작의 문제성은 작품성 이전의 차원 즉, 작가 박태원이라는 개체의 고유성에 관련된다는 전제에서 이 글은 출발한다. 따라서 박태원의 자화상 연작을 면밀히 재독하는 작업은 문학이 개체성에 대해 얼마만큼 깊이 가 닿을 수 있는지를 계량해 볼 수 있는 시금석이 될 것이다.

대한 인식이 드러난다고 보았다. 이런 논의들은 그동안 박태원 문학 연구에서 빠져 있던 친일문학 부분과 월북 이후 북에서의 활동과 그 결과물에 대한 연구가 시작되었음을 말해준다.

8   공종구, 「박태원의 지식인 소설에 나타난 식민지 근대」, 『현대소설연구』 제16집, 209쪽.

9   한수영, 「박태원 소설에서의 근대와 전통」, 『한국문학이론과 비평』 제9권 2호, 한국문학이론과비평학회, 2005.6, 248쪽.

10   정현숙, 「박태원 소설에 나타난 신체제 수용 양상」, 구보학회 편, 『박태원과 모더니즘』, 깊은샘, 2007, 275~277쪽.

(1) 자화상 연작의 내용

① '예술가 구보仇甫'에서 '직업작가 복상(보꾸)'으로

박태원의 자화상 연작은 천민자본주의적 징후가 나타나기 시작한 1940년 무렵 경성을 배경으로 소설가가 직업인 가장이 생활의 쪼들림과 고단함 속에서도 심미적이고 가치 지향의 작품창작을 추구하고자 하는 과정을 보여주는 에피소드들로 구성되어 있다.

화자인 '나'는 돈암정에 새로 집을 짓고 솔가하여 이사를 하였으나 장마철에 이르자 집안 곳곳이 새어 수리를 하고(「음우」), 집을 짓는 과정에서 무리하게 돈을 대출하였는데, 사채업자에게 이자를 전해주는 애꾸눈 최가가 돈을 떼어 먹는 바람에 집이 경매처분 당할 위기에 처하는 등, 곤혹을 치른다(「채가」). 곡절 끝에 이사한 새 집에는 도둑이 든다. 경찰에 도난계도 내야하고, 이웃들의 입방아에 오르내리는 등, 일상은 번잡해지고 가정의 평화도 깨진다(「투도」). '우울한 사무'에 연루될수록 도통 글이 써지질 않아 나는 원고 독촉에 시달린다. 급기야 나는 이런 일들의 원인을 행랑집이 모신 신주나, 관상쟁이의 말, 혹은 불길한 꿈 탓으로 돌려도 본다.(「채가」). 장마철의 눅눅한 사건들로 화도 나고 우울하지만 전 민족이 가난한 시절인지라[11] 애꾸눈 최가나(「채가」), 행랑댁네(「재운」), 기와장이나 미장이(「음우」), 도둑(「투도」)을 탓할 수만도 없어 나는 곤혹스럽다. 어쨌든 나는 새 집이 경매에 넘어가는 것을 보고 있을 수만은 없어 사채업자인 와다나베를 만나러 가 '동간쪼오'에 사는 '보꾸(복상)'로 자신을 소개하고 사정을 토로하여 위기를 모면한다.[12]

---

11 박태원, 「陰雨」, 『조광』, 1940.10, 104~105쪽; 『한국 근대단편소설대계－제9권 박태원』, 태학사, 1988, 320~321쪽.

자화상 연작은 아이 셋 달린 가장인 화자가 집이 경매처분 당할지 모르는 시점에서 "뭐 대단한 작품이 아니라 무조건 글을 쓰라"는 아내의 요구를 들어 주기로 결심하는 것에서 끝난다. 박태원은 아내의 요구는 무언의 것이었고 그것을 들어주기로 맘을 먹은 것이 화자임을 다음의 대목에서 분명히 그리고 있다.

> 건넌방에서 비를 피하여 마루로 나와 있던 나의 책상이, 어느 틈엔가, 본래 그곳이 제자리인듯 싶게 방 한가운데 자리 잡고 있었다. 책상 우에는 원고지와 만년필, 담배합과 재떨이, 신자전과 조선어사전 따위의, 내가 글을 쓰는 때의 필요품이 각기 저 놓일 자리에 놓여 있었다. 나는 처음에 안해의 이 조그만 '작난'을 미소로 대하려 하였으나, 저도 모를 사이에 미소는 사라지고, 나는 근래에 없는 엄숙한 기분에 사로잡혔다. 안해가 나에게 원하는 것은, 혹은 값 높은 예술작품이 아니었는지도 모른다. 작품이야 되었든 안 되었든 그가 지금 탐내고 있는 것은 약간의 고료이었을지도 모른다. 그러나 나는 그러한 것을 캐어 알고 싶지 않았다. 안해는 내가 이 자리에 앉아 원고를 쓰기를 바라고, 나는 그의 원하는 바를 기꺼이 들어 주고 싶었다…….[13]

아내는 아무 말 없이 내가 글 쓰는 책상을 유일하게 비가 새지 않는 안방 한 가운데로 옮겨 놓고 필기구를 가지런히 정리해 두었는데, 나는 거기서 아내의 마음을 읽고 아내의 요구에 부응하기로 마음먹는다. 나는 아내와 아이들을 위해 약간의 재물을 갖다 주고 싶은 마음에서 일어

---

12 박태원, 「채가」, 『문장』, 1941. 4;『한국 근대단편소설대계 ─ 제9권 박태원』, 태학사, 1988, 602~603쪽.
13 박태원, 「淫雨」, 『朝光』, 1940. 10, 317쪽.

로 단가를 쓰기 시작한다.

작가 연보에 따르면 1940년에 박태원은 돈암정 487-22호에 집을 지어 이사를 한 것으로 되어 있다. 자화상 연작에서의 집도 돈암정의 487-22번지로 동일하다. 자화상 연작들은 한 작품에서 다른 작품의 존재와 내용이 구체적으로 언급되고 있어 작품 간의 연계성이 긴밀하다. 이런 연유들로 자화상 연작은 작가의 직접 체험에 토대한 것으로, 작가 박태원이 '가족'을 위해 '직업작가'로서 글을 쓰기까지의 과정을 보여준다 할 수 있다.

박태원이 '아즉' '문학주의자 구보'[14]였을 때 「소설가 구보씨의 일일」을 썼다면, 자화상 연작을 기점으로 '생활인 복상'이 된 후, 다시 말해 창씨개명기 이후 『아세아의 여명』(1941), 『군국의 어머니』(1942), 『홍길동전』(1947), 『수호지』(1948)를 쓴다. 등단작 「적멸」에서부터 자화상 연작까지 박태원 문학을 추동하는 두 중심축은 '문학'과 '가족'이라 할 수 있다. 이 가운데, 「소설가 구보씨의 일일」에서는 '문학'의 우위가, 자화상 연작에서는 '가족'의 우위가 포착된다.

일제 파시즘의 광풍 아래서 국권을 상실한 지 30여 년이 되었고, 국가회복의 기미가 피안으로 사라져가던 무렵, 식민지 지식인이 붙잡을 수 있는 유일한 가치는 '가족'이었을 수 있다. 박태원이라는 명민하고 실험정신이 뛰어난 문학주의자가 '문학＞가족'에서 '문학＜가족'으로 중심 이동하는 과정을 그리고 있는 자화상 연작은 가족을 매개로 예술가에서 직업작가로 변신하는 것에 대한 박태원 나름의 자기해명을 담고 있을 것으로 보인다. 대일협력의 문제뿐 아니라 당장에는 예술성과

---

14 본고와 유사하게 류보선은 박태원을 문학주의자로 보았다. 「한 문학주의자의 운명―박태원 수필 읽기」, 『구보가 아즉 박태원일 때』, 깊은샘, 2004, 455쪽.

실험성을 유보할 수 밖에 없는 지점에서 박태원은 최소한 자기 자신을 설득하지 않으면 안 되었을 것이기 때문이다.

② 자화상 연작 속 '발가숭이' 박태원

박태원은 1934년에 발표한 글에서 자전적 신변소설과 사소설의 차이를 자적하면서 사소설의 제작은 "자기 자신의 그리 아름다웁지 않은 '발가숭이'를 내놓는 것"이라 말하였다. 그는 결코 용이하지만은 않는 이 일을 작가들이 하는 이유는 "진리를 굽히지 않기 위하야"라고 설명하고 사소설의 제작은 "작가에게 매우 유의의有意義한 일"이라고 말했다.[15] 박태원이 자화상 연작으로 '발가숭이' 자신을 그린 것이 진리를 위해서일 때, 여기서 말하는 진리란 박태원 자신의 맨얼굴일 것이다.

자화상 연작에 나타난 '나' 혹은 박태원의 맨얼굴은 다음과 같다. 먼저, 나는 억울한 일을 당해도 따지지 못하는 성격이고, 번잡한 일에 연루되는 것을 매우 싫어한다. 「음우淫雨」에서의 나는 새로 지은 집에 비가 새지만 공사 하청업자에게 따지지를 못한다. 「음우陰雨」에서는 처가의 안방에서 어느 궐자와 아내가 영락없는 부부 꼴을 하고 있음을 목도했으나 나는 아무 것도 따지지 못한다. 나는 또 남에게 구차한 소리를 하는 것도 싫어하고 남을 의심하는 자신도 견딜 수 없어 한다. 예컨대 「채가」에서 나는 애꾸눈 최가에게 이자 돈을 석 달 치 떼었으나 애꾸눈의 아내가 또 자신에게 이자를 받으러 오자 사람을 불신하는 것의 서글픔을 생각하며 또 다시 최가네에게 돈을 건넸다가 결국 뜯기고 만

---

15 박태원, 「표현, 묘사, 기교―창작여록」, 『조선중앙일보』, 1934. 12. 17~31; 류보선 편, 『구보가 아즉 박태원일 때』, 깊은샘, 2004, 270~310쪽.

다. 박태원은 수필에서 스스로를 '속무俗務에는 지극히 게으른 사람'이라고 자평한 바 있는데[16] 이는 이러한 자신의 성격을 일컫는 것으로 보인다.

또 소설의 화자인 나는 몰염치와 몰상식의 세계에 지쳐 있지만 여전히 양식과 겸양의 세계를 지향한다. 나는 값싼 감상에 잘 빠지고, 유약하고 겁이 많으며 소심해서 조금치의 불길한 느낌에도 쉽게 움츠러든다. 나의 섬세한 내면은 곧잘 불안과 공포와 나약함으로 이어진다. 글을 써서 돈을 버는 생활이 너무도 곤고한 나는 "빚 없는 세상에 살고 싶어서 빚 때문에 생이 짧아지는 듯한 느낌에 젖"기도 한다. 그럼에도 불구하고 여전히 나는 예술가로서 경륜을 설파하고 사물의 이치를 깨닫고 싶고, 책을 읽고 가치 있고 추상적인 것을 사유하고 싶어 한다. 하지만 현실 속에서 이런 나의 지향은 허용되지 않고 불편한 일들만 겹치자, 나는 관상이나 꿈 등 불합리한 것들에 자꾸 핑계를 대려한다.

자화상 연작에 그려진 나는 객기도 잘 부린다. 「투도」에서 나는 도둑이 든 날 밤, 또 도둑이 오겠냐며 분합을 닫지 말라 아내에게 객기를 부린다. 또 나는 아내가 도둑을 미워하는 발언을 하자 허종許琮의 책을 펴서 아내에게 보여주며 도량을 운운하고, 꼴사납게 굴지 말라고 타이르는 등 냉정을 가장한다. 나아가 나는 도둑이 나보다 더 양복을 필요로 하는 사람일지 모른다는 감상에서 그가 안 잡히길, 혹시 잡히더라도 내가 경찰에게 "도적맞은 것이 아니라 내가 저 사람에게 준 것이오"라고 「짠발짠」에 나오는 '미리엘 증정僧正'이 된 듯 상상하면서 객기를 부린

---

16 박태원, 「신변잡기」, 『박문』, 1939.12; 류보선 편, 위의 책, 118쪽.

다. 하지만 밤이 되자 도둑이 또 오면 어쩌나 불안에 떨며 밤새 바깥의 인기척에 예민하게 반응하면서 나는 잠을 못 이룬다. 가족들은 모두 잘 자고 있는데 잠을 설치는 것은 결국 나다.

'자화상自畵像 제3화第三畵'인 「채가債家」(1941.4)에서 나는 사채업자의 하수인인 애꾸에게 돈을 떼었는데, 사채업자가 돈을 갚지 않으면 집을 경매 처분 하겠다고 내용증명을 보내오자 나는 죽을 사자가 긴 나이에 큰일을 도모하지 말라는 속설과 관상쟁이가 대사大事를 막영幕營하면 수마隨魔가 불소不少니라고 한 말을 떠올린다. 관상쟁이는 나에게 나이 32세에 손재가우損財家優이고 33세에는 녹득미초鹿得美草 신영생남身榮生男 재왕심락財旺心樂한다 했다. 사체업자가 보낸 내용증명 때문에 화자가 느낀 불안을 작가는 중언부언 갈피를 못 잡고 흔들리는 문체[17]와 끝없이 쉼표로 이어지는 장문을 통해 다음과 같이 묘사한다.

그래, 나는, 渡邊某를 만나 보기 전에, 먼저 崔某를 찾기로 작정하였던 것이나, 사실을 말하자면, 그것은 결코, 단순히, 우에서 말한, 그 이유만에서가 아니었다. (…중략…) 나의 取한 行動은, 역시, 옳았다 할 밖에 없는 것이 정작 崔某는 출타하고 없었으나, 대신, 문간까지 나온 그의 안해되는 젊은 여인은, 나의 찾아온 뜻을 알자, 순간에 얼굴을 붉히고, 그것은 도무지가 자기네의 잘못이었노라고, 만부득이한 사정이 있어서 우리에게서 받아간 이자를 급한데 쓰고, 미쳐 그에게 들여 놓지 못하기 때문인 것이나, 그래도, 그러한 일은 전에도 몇 번 있었던 터이요, 그만한 사정은 피차에 알아줄만한 사이면서도, 이

---

17 황도경, 「관조와 사유의 문체」, 『문체로 읽는 소설』, 소명출판, 2002; 김상태, 『文體의 理論과 解析』, 새문사, 1982; 김상태 외, 『한국 현대작가연구』, 푸른사상사, 2002 참조.

번에는 특히 借用證書의 辨濟期日이 臨迫한 관계로, 그래, 그 사람이 자기네들에게 자세한 사정을 알아보려고도 안하고, 그러한 편지를 띄웠던 것에 틀림없다고, 바로 어제 그의 집에 갔다가 그 사실을 알고, 우리에게 대하여 여간 未安쩍고 또 悚懼스럽지가 않았노라고, 그러지 않아도, 오늘이라도, 곧 찾아가서 謝罪를 하려하였으나, 바로 내일이 이자 받으러 오라는 날이어서, 그래, 내일, 겸지겸지해서 가려던 차이었다고, ……[18]

위의 예문은 화자가 애꾸눈 최가를 찾아갔다가 그의 처를 만나 자신이 처한 위기와 분노를 설명하는 대목이다. 이 부분은 이 작품이 작가의 직접 체험을 담고 있음을 명백히 보여준다. 왜냐하면 화자는 할 이야기가 너무 많아 숨이 목에 턱턱 차 옴을 끝없는 컴마를 통해 여실히 보여주고 있기 때문이다. 박태원은 "아빠! 안집 애가, 내가, 과자, 저, 안 준다구 날 때렸어!"라는 문장과 같이 단순한 대화에서도 네 번의 쉼표를 사용해 문장을 5도막으로 분절시킴으로써 아이의 울먹임의 리듬감과 심리상태까지를 묘사해 낸다.

자화상 연작은 체험의 절실함과 표현의 급박함 때문에 기교나 구성의 탄탄함이 무너져 있다. 탁월한 언어감각, 참신한 영상기법, 세련된 도시감각이 주 무기인 박태원은 오간 데 없고, 지루한 문장과 서사의 불균형이 도드라진다. 박태원 문학의 유려함을 뒤엎는 이 독특한 미숙함은 자기체험의 직접성 때문에 발생된 것으로 보인다. 「채가」에서 계약과 이해를 본질로 하는 근대적 인간관계 속에서 화자는 어눌함을 느

---

18 박태원, 「債家」, 『문장』, 1941.4, 104~105쪽.

끼고 어떤 판단에도 회의적이 되며 우울 또한 점차 가중된다. 그럴수록 경험의 직접성에 포박된 화자는 스스로가 작가이면서도 작품의 인식 지평이 갈수록 협소해져 감에 속수무책이다. '있는 그대로'를 쓰기 때문에 이 같은 어눌함과 미흡함, 협소함이 가공되지 않고 그대로 노출되어 있다. 자화상 연작을 통해 박태원은 자기라는 존재자를 작품 한 가운데로 호출하여 기교나 문체 이전의 것, 작품이 갖는 예술적 완결성 이전의 것, 문학 이전의 것, 식민지 지식인의 보편적 양상 이전의 것, 박태원이라는 자연인이자 작가인 개인의 고유성과 구체성을 드러내 보이고, 또 스스로 보고자 한 것이다.[19]

③ '멜랑꼴리'와 예술가의 초상

자화상 연작에 나타난 '발가숭이' 박태원은 매우 우울한 식민지 지식인의 모습이다. 자신의 실수도 아닌 일로 곤경에 처해 그 곤경으로부터 헤어 나오는 과정에서 우울憂鬱한 사무事務에 자꾸 연루되자 나는 몹시 우울해진다. 화가 나지만 도둑질과 남의 이잣돈을 떼어 먹는 일, 부실 공사 등의 사건들이 전 민족적인 가난과 거기서 오는 민족적인 황폐함에서 비롯된 일임을 아는 까닭에 나는 화를 낼 상대를 찾지 못한다. 그래서 나의 우울은 더욱 깊어진다. 자화상 연작을 뒤덮고 있는 우울은 생활상의 일들로 인해 본연의 가치추구에서 멀어진 박태원의 무의식

---

19 방민호는『꽃을 잃고 나는 쓴다』(북폴리오, 2004)와『구보 씨의 얼굴』(북폴리오, 2004)에서 "자기를 있는 그대로 보여주고 표현한다고 하는 순진한 에고이스트가 한국의 작가 가운데는 없"는데, 그 이유를 "한국의 작가는 그들 자신이 '선택받은' 남다른 개인이었지만 그들 앞에 놓인 절박한 문제는 조국의 식민지화 또는 식민화된 조국이었기 때문에 그들은 그들 자신의 문제를 놓고 고민하기에 앞서 그들 앞에 놓인 조국의 현실 및 상황을 문제시하지 않을 수 없었기 때문"으로 설명하고, 이는 당대의 자전적 소설에 가장 명징하게 나타난다고 보았다.

적 표정이라 할 수 있다.

그런데 자세히 보면, 자화상 연작의 서사를 추동하는 근원적 사건인 집을 지은 일, 즉, 소설가가 글을 써서 번 돈과 사채를 빌어 1940년 무렵에 서울 사대문 밖 조용한 동네에 방 5칸짜리의 큰집을 지은 것이 박태원의 마음이 시킨 일이라는 사실이 우울의 진원에 해당한다. 국가國家라는 큰집의 상실기에 내 가족을 위한 보금자리로서 안락한 집을 「채가債家」라는 제목처럼 일본인 전주錢主에게 빚을 얻어 지었다는 사실이 실은 자화상 연작 속 박태원의 맨얼굴의 기본골격에 해당한다. 에피소딕한 일들로 인한 짜증보다 그 이전의 예술가로서, 지식인으로서 박태원의 근원적인 우울이 여기서 비롯된다.

문사文士 개념이 아직 유효했던 시절 박태원은 근대적인 미감으로 무장된 실험적인 예술가였으나, 이제 그는 자신의 채가債家를 위해 일본어로 단가를 지어야 하는 처지에 놓여 있다. 상황논리가 일정 부분 알리바이를 제공해 주지 않은 것은 아니지만, 박태원은 사소설이라는 독특한 양식으로 집 혹은 가족을 매개로 직업작가로 나아가는 선택이 자신의 자발적인 것임을 감추지 않고 드러내고 있으며, 그로 인한 복합적인 결락감을 우울로 표상하고 있다.

정조로서 우울melancholy의 본질은 심미적 실존의 허무주의적 외양이라 할 수 있다.[20] 우울은 인간을 개별화하고 내면화하여 폐쇄적이게 한다. 폐쇄적 개별화 속에서 인간은 불안, 절망, 무 앞으로 인도된다. 우울은 원래 검은 체액을 가리키는 흑담즙의 영향으로 차가울 때 완전한 무

---

20 키에르 케고르, 임춘갑 역, 『죽음에 이르는 병』, 평화출판사, 1965 참조.

감각, 우울증憂鬱症을 낳고, 뜨거울 때 조광적燥狂的 증상, 발광에 이르는 기질을 드러내기도 한다.[21]

또한 인간의 사성론 가운데 담즙질의 인간형을 '우울질'이라 한다. 이들은 내향적이고 소극적이며 고독을 즐기는 예술가형에 해당하기도 한다. 원래 자화상은 인본주의를 토대로 르네상스기에 예술가의 혼을 고양하기 위해서 제작되기 시작했다.[22] 자화상의 한 특징인 이분법적 대립구도는 고갱의 〈황색 그리스도가 있는 자화상〉(1889)에서 뚜렷이 포착된다. 고갱은 면 분할 뿐 아니라 왼쪽의 나무 십자가에 못 박힌 황색의 그리스도와 오른편의 항아리 그 위에 그려진 그로테스크한 악마의 얼굴의 선명한 대비를 통해 화가의 이중적인 내면을 그려냈다. 남불의 빈궁한 시골 농부같은 그리스도의 형상을 통해 순후함을 표현하고 항아리에 그려진 악마 루시퍼를 연상시키는 그로테스크한 야만의 얼굴은 예민한 감각의 예술가의 정신세계를 표현한다. 중요한 것은 많은 자화상들이 음영의 대비이건, 색감의 대비이건 혹은 면 분할과 그 위에 배치된 표상의 대비이건, 예술가의 분열상, 혹은 이중적인 내면세계를 그렸다는 점이다.[23] 이분법적 대립구도에 의한, 생생히 살아있는 얼굴은 화가의 영혼을 현전시킨다. 라파엘, 렘브란트, 쿠르베, 앙소르, 고갱, 쉴레, 프리다 칼로의 자화상이 그러하다. 이들은 화가의 자기충동에 의

---

21 이들에 반해 아리스토텔레스는 병리학적 장애와 천재적 능력의 양의적 의미를 갖는 우울을 탁월한 인간들의 특성으로 설명했다. 조현일, 「손창섭·장용학 소설의 허무주의적 미의식에 대한 연구」, 서울대 박사논문, 2002, 17쪽.

22 『서양미술사』에서 곰브릿치는 이집트 시대의 미술을 논하면서 이집트인들은 신과 같이 영원히 사는 존재로서 왕을 위해 피라미드를 지어 그의 왕국을 보존하였고, 미이라를 지어 그의 육체를 살렸으며, 벽화에 왕의 얼굴을 그려 그의 영혼을 보존하려 하였다고 분석하였다. E. H. 곰브릿치, 백승길·이종숭 역, 『서양미술사』, 예경, 1997, 61쪽.

23 조선미, 『화가와 자화상』, 예경, 1995, 23~24쪽.

해 그려진 진지한 자화상들로, 인간적이며 비극적이고 가슴 아픈 예술가의 삶과 고뇌, 번민을 담고 있다.

한 컷의 표정에 전 인생의 비밀이 고스란히 묻어나는 예술가의 자화상들은 절박함, 외로움, 고통을 응시하는 예술가의 영혼을 현전시킨다고 할 때, 박태원의 자화상 연작 역시 그러하다. 기본 정조는 '우울'이고 서사 내용은 이분법적인 세계의 대립에 토대해 있다. 「음우」, 「투도」, 「채가」, 「재운」에서 '우울', '불쾌하다', '불길하다', '울다', '울고 싶다'는 표현은 매 페이지에 등장하고, '우울한 사무'란 표현 역시 그러하다. 이 표현은 그의 동시대 수필에도 자주 등장한다.[24]

자화상 연작에서의 우울은 교환가치가 아닌, 소설가의 자존감, 가치로운 삶 등 사용가치의 추구라는 소설가 박태원이 갖는 본래적인 무구함이 훼손되는 운명의 주어짐에 대한 비애의 표현으로서 우울이다. 의미(사용가치)와 욕망(교환가치)의 대립 구도에서 박태원은 욕망을 선택하면서도 그것이 채워줄 수 없는 결핍 때문에 우울의 정조에서 빠져 나오지 못한다. 우울은 그를 견디게 해주는 의미의 경계이자, 상실이나 결핍을 응시하는 작가 박태원의 눈길이기도 하다. 박태원의 자화상에 선명히 드러난 이분법적 대립 쌍들과 그 사이에 끼인 형상은 전형적인 예술가의 자화상에 해당하는 우울을 담고 있다. "오직 처자妻子를 위하는 일이라면, 나는 얼마든지 비굴卑屈하여도 관계치 않는다고, 비장悲壯한 결심을 할 때, 쓰디쓴 침이 한 덩어리, 나의 목구녕을 거북하게 넘어갔다"[25]는 대목에서는 비장함마저 느껴진다.

24　박태원, 「채가」, 『문장』, 1941.4, 104~105쪽; 「내 예술에 대한 항변」, 『조선일보』, 1937.10.21~23; 류보선 편, 앞의 책, 2004, 238쪽.

(2) 자화상 연작의 형식

① 사소설私小說적 특성

자화상 연작에 등장하는 에피소드들은 작가가 자신을 가장 잘 표상한다고 생각해서 선택한 것들이다. 자화상 연작에서 소설가인 화자는 곧 시점 서술자이고, 그려진 사건들은 작가의 직접 체험들이다.[26] 박태원은 체험에 묻어있는 내면의 갈등과 소회를 '허구화'라는 공정을 배제한 채, 가공되지 않은 직접성의 방식으로 드러낸다. 이 진정 토로식 자기고백의 작품을 두고 사소설이라 하지 않을 수 없다. 다시 말해, '묘사하는 나'와 '묘사되는 나' 사이의 거리가 전혀 없고, 작가의 직접 체험을 담고 있으며, '생활자'와 '예술가'의 대립구도 속에 갈등하는 분열된 자아를 표현하고 있어[27] 이 연작은 사소설[28]이라 할 수 있다.

서양의 루소적인 참회록들이 신 앞에 자신을 내려놓는 것과는 달리, 일본에서 발달하기 시작한 '사소설'은 자기 척결의 용기, 사회적 체면의 말살을 견딜만한 내공으로서의 자기의식을 필요로 하는 소설양식을 말한다.[29] 박태원의 1인칭 작품 가운데 「적멸」(『동아일보』, 1930.2.5~3.1), 「피로」(『여명』1권, 1933.7), 「소설가 구보 씨의 일일」[30] (『조선중앙일보』, 1934.8.1~9.1),

---

25 박태원, 위의 글; 박태원, 앞의 책, 1988, 609쪽.

26 자화상 제3편인 「채가」에서는 「음우」와 「투도」의 내용은 물론, 작품 창작에 대해서 화자가 직접 언급하고 있다. 『문장』, 1941.4, 104~105쪽.

27 진영복, 「한국 근대소설과 사소설 양식」, 『현대문학의 연구』15, 국학자료원, 2000.8, 84쪽.

28 히라노 겐平野謙, 「사소설의 이율배반」, 이토 세이伊藤整 외, 유은경 역, 『일본 사소설의 이해』, 소화, 1997, 180쪽.

29 나카무라 미쓰오中村光夫, 신현순 역, 『풍속소설론』, 불이문화사, 1998, 11쪽.

30 「소설가 구보씨의 일일」은 서술자와 초점 주체가 분리되어 있는 3인칭 서술형식을 취하고 있지만 서술자가 인물의 시점에 동화되어 그의 시점에서 서술이 전개되고 있어서 서술자와 등장인물의 거리가 없는 셈이므로, 많은 연구자들이 1인칭 소설가 소설로 분류한다. 우한용, 「박태원 소설의 담론구조와 기법」, 『표현』18, 1990; 오경복, 「박태원 소설의 서술기법 연구」, 이화여대 박사논문, 1993; 황도경, 『문체로 읽는 소설』, 소명출판, 2002; 김겸향, 「박태원 소

「거리」(『신인문학』 11호, 1936.1) 등은 자전적 요소가 짙은 '심경소설'이라 하고, 자화상 연작은 사소설이라 하는 까닭은 후자에서는 사소설의 특징인 함축된 작가implied author와 서술자narrator와 등장인물의 완전한 일치가 나타나기 때문이다. 자전적 소설이나 심경소설에 등장하는 화자인 1인칭 인물은 그려지는 대상적 존재이다. 자전적 소설이나 심경소설에서는 그려진 대상으로서 '나'와 화자인 '나'가 동일해도 그러한 동일시를 통합하는 시점으로서 작가의 눈이라는 제삼자가 완전히 일치하지 않을 수 있다. 이 삼자가 완전히 일치할 때, 심경소설의 특화된 양식인 사소설이 탄생한다. 물론 사소설과 심경소설은 일본에서도 서로의 흔적을 강하게 기억하면서 사용된다.[31] 자화상 연작은 '쓰는 나'와 '쓰여지는 나'가 철저히 일치하고, 자의식이 '나' 한 개인의 현상을 변위하고 있어 사소설이라 할 수 있다.[32]

비슷한 시기의 조선 문단에 예술가의 내면을 성찰한 자화상에 해당하는 작품들이 박태원의 자화상 연작 말고도 더러 있었다. 이상李箱의 「거울」[33](『카톨릭 청년』, 1933.10), 서정주의 「자화상自畵像」[34](『詩建設』, 1935.10), 윤동주의 「자화상自畵像」(1939년 9월)이나 김남천의 「소설의 운명」(1939), 그리고 많은 자전적 소설들, 예컨대 강경애의 「원고료 이백 원」, 현진건

설에 나타난 이중적 목소리」, 구보학회 편, 『박태원과 모더니즘』, 깊은샘, 2007 참조.

31 일본의 대표적인 사소설로는 1913년 9월에 발표된 지카마쓰 슈코近松秋江의 『疑惑』이란 작품이 있다(신인섭, 「한국 근대소설과 사소설 양식 토론문」, 101쪽). 내용은 도망간 아내의 뒤를 쫓아서, 여관의 숙박명부를 이 잡듯이 뒤지고 다니는 이야기이다. 이 작품은 작가의 직접 체험을 기록한 것인데 '자진해서 裸身을 실험대 위에 올려놓은 순금 같은 사소설'의 예로 자주 거론된다. 그런데 이 작품은 박태원의 「陰雨」(『문장』, 1939.9~10)의 내용과 매우 흡사하다.

32 안도 히로시安藤宏, 『자의식의 소화문학사』, 지문당, 1994. 신인섭, 「한국 근대문학과 근대체험」, 『현대문학의 연구』, 한국현대문학연구학회, 2000, 102쪽에서 재인용.

33 이상, 『이상 시 전집―거울 속의 나는 外出中』, 문장, 1981, 19쪽.

34 서정주, 『未堂 서정주 詩 全集』, 민음사, 1983, 35쪽.

의 「술 권하는 사회」, 김남천의 「등불」, 유진오의 「창랑정기」, 이태준의 「패강냉」, 채만식의 「민족의 죄인」, 이기영의 「오매五妹 둔 아버지」, 이광수의 「윤광호」, 최서해의 「백금」, 박태원의 「소설가 구보 씨의 일일」, 김유정의 「형」, 이상의 「봉별기」, 안회남의 「고향」, 이태준의 「손거부」, 강경애의 「산남」, 김동인의 「가신 어머니」, 한설야의 「딸」, 채만식의 「집」, 지하련의 「산길」 등이 그러하다.[35] 그러나 이들은 식민지 조국의 현실과 거리가 멀든 가깝든, 그러한 상황을 근저에 깔고서 개인의 존재를 탐구해 간다. 반면 박태원의 자화상 연작은 내면을 향해 있는 자기성찰의 문학으로서 외부를 향하는 작가의 시선이 거의 없고, 자기 내부를 향해서만 작가의 시선이 집중되어 있다. 작가 자신만이 문제적 개인으로 작품의 정중앙에 커다랗게 부각되어 있기에 이 작품에서 시대나 상황은 작가의 주관에 투영된 객관이거나 혹은 전혀 드러나 있지 않다. 그래서 이 자화상 연작은 사소설이라 할 수 있다.

박태원은 이미 1934년에 사소설과 심경소설의 차이를 정확히 인식하고 있었다. 그는 "사실 한 작가가 진리를 굽히지 않기 위하야, 자기 자신의 그리 아름답지 않은 '발가숭이'를 내놓을 수 있다면, 그는 그 태도에 있어서만이라도, 이미 한 개의 훌륭한 작가인 것이다. 사소설 제작은 그러한 의미에 있어서 작가에게 유의의有意義하다. 하지만 자기의 일을, 자기가 관여한 일을 쓰기란, 결코 그렇게 용이한 것이 아니다"라고 말하고,[36] "심경소설 혹은 신변소설은 어떠한 걸출한 작가에게 있어서

---

35 이에 대해서는 방민호, 『꽃을 잃고 나는 쓴다』와 『구보 씨의 얼굴』, 북토피아, 2004 참조.
36 박태원, 「표현, 묘사, 기교―창작여록」, 『조선중앙일보』, 1934.12.17~31; 류보선 편, 『구보가 아즉 박태원일 때』, 깊은샘, 2004, 270~310쪽.

라도 그가 참말 자신을 가져 쓸 수 있는 것은 구경 평소에 자기가 익히 보고, 익히 듣고, 또 익히 느끼고 한, 그러한 세계에 한할 것"이므로, 창작시의 '심리해부'를 위한 수련으로서 제작을 훈련할 필요성이 있다고 말하였다.[37] 박태원은 사소설은 '자기 자신'을 '발가숭이'로 내놓는 것인데, 이는 '진리를 굽히지 않기 위하야 쓰는 것인 반면, 심경소설은 '창작시의 심리해부'를 위한 연습으로서 직접 체험뿐 아니라 간접 체험까지를 포괄하는, 보다 넓은 범위의 것으로 이해하고 있다.

또 「소설가 구보 씨의 일일」 등의 소설가 소설에서는 화자가 숨어있지 않고 가끔 겉으로 드러나 독자에게 직접 말을 걸기도 한다. 화자가 돌출함으로써 이야기가 직접적으로 전달되는 효과, 즉 누군가가 옆에서 직접 음성으로 말해주고 있다는 효과를 얻고 있다. 이에 반해 자화상 연작에서는 작가이자 화자인 서술자가 처음부터 끝까지 직접 이야기를 진술한다. 나카무라 미쓰오中村光夫는 작가가 자기 경험을 '그대로' 쓴다는 점에서 사소설私小說을 작가가 허구를 통해 자기의 사상을 표현하는 서구 소설과 구별하였다. 사소설은 '그대로' 쓴다는 측면에서 리얼리즘의 일종이라 할 수 있지만, 여기서 중요한 것은 작가의 사상이 아니라 경험이다. 박태원의 자화상 연작에는 식민지 치하라는 상황에 대한 언급이 거의 없다. 오로지 화자인 '나'만이 초점화되어 있다. 또 자화상 연작에는 사건을 이끄는 '서사적 자아'보다 상황을 바라보고 이에 관해 진술하는 '서술적 자아'가 전면에 드러나 있다. '문학주의자' 혹은 '예술가'의 면모를 접고, 생활인, 직업인으로서 글을 쓰겠노라는 선택을

---

37 박태원, 「표현, 묘사, 기교」, 『조선중앙일보』, 1934. 12. 28.

한 박태원 자신을 '그대로' 보여주고 있는 것이다. 사소설은 어떤 면에서 소설의 허구성을 전면 부정한 것으로서, 심경이 절대화되면 될수록 소설의 기본적인 형식조차 무너진다. 결국 그것의 대응은 단가, 하이쿠, 수필에 이르게 된다. 「음우淫雨」의 마지막 부분에서 화자는 글이 써지지 않는 답답한 심경을 토로하며 일문으로 단가를 쓰기 시작했다고 끝을 맺고 있음도 이와 연관된다 하겠다.

② 회화적 특성

박태원의 자화상 연작은 매우 회화적이다.[38] 이런 단언은 이 작품이 경험이라는 날 것 그대로의 직접성과 구체성을 담은 연작이기 때문에 가능하다. 구체성과 직접성은 원래 문학보다는 회화의 특징이다. 회화는 대상을 무매개적으로 묘사한다. 이에 비해 언어적 구성물인 소설은 근본적으로 알레고리적이다.[39] 알레고리는 비유적인 매개vehicle를 먼저 드러내고 그것의 해석으로서 의미tenor를 부여한다.[40] 알레고리는 대상의 모습으로부터 추출해낸 추상적 인식을 비유적 언어로 번역한 것이다.[41] 본질적으로 언어 자체가 상징적이므로, 언어예술인 문학은

---

[38] 박태원은 동경유학 시절 서양미술을 공부했다. 연보에 따르면, 1930년에 그는 동경 법정대학 예과에 입학하여 영화 미술 음악 등 서양예술전반과 신심리주의 문학에 경도했다. 동경 유학생활을 그린 「반년간」에 그 내용이 잘 나타나 있다. 또 박태원은 「적멸」과 「반년간」의 신문 연재 시 삽화를 직접 그렸다. 전쟁 중에 월북한 그의 남동생 박문원도 화가였다. 박태원, 「표현, 묘사, 기교—창작여록」, 『조선중앙일보』, 1934.12, 17~31쪽.

[39] 하이데거에 따르면 모든 예술 작품은 근본적으로 사물적이다. 문학에서의 언어는 말하면서, 눈에 보이지 않고 말해질 수 없는 것 가운데서, 사물로서의 사물을 우리에게 건네준다. 하이데거, 오병남 · 민형원 역, 『예술작품의 기원』, 경문사, 1979, 173쪽.

[40] 위의 책, 27쪽.

[41] 크레이그 오웬스, 이삼출 역, 「알레고리적 충동—포스트모더니즘의 이론 정립을 위해」, 권택영 편, 『포스트모더니즘과 문화』, 문예출판사, 1991, 250~253쪽.

기본적으로 알레고리적이다.

회화는 조형된 이미지이므로 시각적이고, 시각적인 만큼 문학보다 구체성과 직접성을 특징으로 한다. 따라서 평온함이나 의혹 없는 확고함, 정리된 이미지 보다는 오히려 자연발생적인 광기나 불안, 감추어진 욕망과 내발적인 충동이 직접 노출되고, 그것은 정리되지 않은 이미지나 색의 교차 속에 표현되는 경우가 많다. 화가는 자신만의 지각방식에 의해 자신만이 읽어낸 현실을 담기 때문이다.

또한 회화로서의 자화상은 자기의식의 가시화이자 영혼의 이미지화이다. 롬 바흐에 따르면 "그림이란 단순히 재현Representation하는 데 그치는 것이 아니라, 다른 사물의 매개 없이 직접적으로 현현Presentation"한다.[42] 박태원의 자화상 연작에는 경험의 직접성이 그대로 노출되어 있고, 그것을 통해 다른 무엇을 의미하려 하지 않는다는 점에서도 회화적이라 할 수 있다.

자화상 연작의 서술방식이나 서사내용이 무의식의 지배를 강하게 받고 있어 이 또한 이들 작품을 회화적이라 말할 수 있는 근거가 된다. 원래 소설은 허구화의 과정을 거친 형상적 예술이다. 하지만 사소설의 성격이 강한 박태원의 자화상 연작은 소설화의 과정, 다시 말해 구성적 과정을 거치지 않은 작가의 맨얼굴이나 직접 육성을 그대로 노출시키고 있다. 따라서 의식에 의해 통어되기보다는 무의식적 분출의 성격이 강하다.

---

[42] H. Rombach, "Die schs Schritte von Einen zum Nicht-andern", *Philosophisches Jahrbuch* 94, 1987, 242쪽. 전동진, 「롬 바흐의 그림철학」, 한국하이데거학회 편, 『하이데거의 예술철학』, 철학과 현실사, 2004, 20쪽에서 재인용.

회화는 이미지이고 직관적이기에 문학에 비해 무의식의 지배를 강하게 받는다. 언어를 매개로 하는 문학은 설득하지만 색과 형의 이미지인 회화는 표상한다. 이런 속성 때문에 회화는 기의없는 기표라고도 한다. 그래서 더욱 선동적이고 자극적인데, 창작가의 입장에서 보면 더 직접적이고 무매개적이다. 허구화라는 가공의 과정보다는 '그대로'라는 사소설의 문법에 의해 무의식의 표출을 자연스레 허용한 자화상 연작은 그래서 영혼의 떨림이나 실타래처럼 엉킨 복잡다기한 내면, 욕망과 당위 사이의 상충을 적나라하게 노출시킨다. 화가는 붓을 놀려 색을 칠할 때, 매 순간 어떤 이성적 판단에 의하지 않고 직감에 의존해 어떤 색을 선택하여 배합하고 또 직감에 따라 어떤 특정한 곳에 그것을 칠한다. 그렇기 때문에 그림을 그린다 함은 모사하는 것이 아니라, 투명한 존재방식, 즉, 유일한 것 안에서 전체가 생생하게 임재하는 것에 해당한다고도 이야기된다.[43] 박태원의 자화상 연작에서 사건 하나하나는 작가의 맨얼굴을 묘사하는 붓칠이라 할 수 있다.

연작 형식이 요구된 것은 박태원이 자기얼굴을 그림에 있어, 형상이나 표정이 단층적이지 않고 복합적인 표정을 담아내는 그림을 원했기 때문일 것이다. 연작형식이야말로 다측면에서 자신을 보기 위한 방편이자, 공간적인 방식이기도 하다. 마치 피카소의 〈게르니카〉가 전쟁으로 인한 인간의 비극성을 불타는 집 속의 여인의 공포, 치명상을 입고 죽어가는 말의 비명, 목이 부러진 소, 부러진 칼을 쥔 채 죽어가는 전사를 하나의 화면에 병치하여 풍부하게 보여 주었듯이, 박태원은 자화상을

---

43 H. Rombach, 앞의 글, 1987. 전동진, 앞의 글, 2004, 20쪽에서 재인용.

연작화하여 다양한 자기 이미지를 공간적으로 병치시키는 효과를 얻었다고 할 수 있다. 이미지의 연속적 제시는 작가의 개성이나 인상을 공간적으로 연속 병치시킬 때 발생하는 효과를 끌어내어, 결국은 리니어linear한 1차원적인 언어예술의 시간성이라는 한계를 극복하고 2차원적인 공간적 표상으로 자신의 이미지를 객관화하는 효과를 얻고 있다고 할 수 있다. 이 역시 자화상 연작을 회화적이라 할 수 있는 요소가 된다.

어쨌든 이런 형식으로 그려진 자화상 연작을 통해 작가는 자신의 진짜 모습을 발견한다. 하이데거의 표현에 의하면 예술을 통해 진리가 탈은폐되고 현전하는 순간이 이것일 것이다. 작가는 자기 내면이나 자신의 성격, 총체적 이미지를 무의식과 직관에 의존해 그려 놓고 나서야 자신을 볼 수 있게 된다. 자기를 본다는 것, 계기적인 인과성보다는 공간화된 총체성인 이미지로서, 그것도 연작 형식의 이미지들을 통해 자신을 본다는 것은 자신을 새롭게 발견하는 과정이자 자기인식의 시작이라 할 수 있다.

자화상 연작에 그려진 작가의 진언은 생활이 예술에 앞서 제1이라는 것, 그것이 자신의 선택이라는 사실에 모아진다. 박태원은 더듬는 어투와 흔들리는 서사구조를 통해 이를 핍진하게 말하고 있다. 박태원은 '가족' 대對 '문학', 혹은 '우울한 사무' 대對 '가치의 추구'라는 이원적 대립항에서 전자의 선택이 불가피한 것이었다는 상황 논리로 도피하지 않는다. 자화상 연작의 이런 미덕은 새로움의 산출로 볼 수 있는데,[44] 이는 경험의 총체적 인상을 회화적으로 표현했기 때문에 가능한 것이

---

44 하이데거, 앞의 글, 1979, 188쪽.

라 할 수 있다. 색채는 그것이 은폐되고 해체되지 않은 채로 일할 때만, 스스로를 나타내기 때문이다. 자화상 연작이 아닌, 1인칭 소설가 소설인 「적멸寂滅」에서 작가는 프레임에 해당하는 외화와 화면에 해당하는 내화의 이중 구조 속에서 대상을 향유하는 주체의 예민한 감수성에 대한 자부심을 강하게 드러내고 있고, 「소설가 구보씨의 일일」에서는 시인조차 황금광으로 달려가는 시대에 고독한 소설가 구보를 내세워 작가는 가난한 채로 남아서 속물들을 마음껏 경멸하고 있다. 그러나 자화상 연작에서 그는 민족적 위기나 주위 사람들의 천민적 속성, 상황의 열악함이나 꼬임 때문이 아니라, 최소한 자기 자신의 적나라한 모습 때문에 울고 있다. 당위나 미화, 기획된 구성이 아닌, 실재로서의 리얼한 현실이 회화적인 직접성으로 묘사되어 있기 때문에 이들 자화상 연작에서는 사상이나 이념 등 추상적 가치에 비해 구체성의 현실이 우위에 있다고 할 수 있다. 자화상 연작은 박태원이 1938년 8월에 「일 작가의 진정서─병並 자작自作 「빈교행」 예고」(『조선일보』)에서 "생활 제1, 예술 제2"가 자신의 신조라고 밝힌 것의 작품화라 할 수 있다. 이는 1940년 경성의 소설가 박태원이 생활세계로 나아감으로써 역사공간을 무화시킨 것이 아니라, 역사공간 속에 자신의 존재를 은폐시킨 동시대의 다른 작가들과 자신을 차별화하는 지점이기도 하다.

하나 더 지적할 것은 자화상 연작의 회화성이 동양화적인 특성을 갖는다는 점이다. 여기서 동양화적이라 함은 비가역적 특성을 일컫는다. 동양화에서는 붓이 한번 지나간 길은 돌이킬 수 없다. 따라서 필법에서 이미 조화와 수긍을 본질로 한다. 양복입은 근대적 소설가의 초상은 불가역적不可逆的 세계, 다시 말해 정신의 부면에서도 세계의 인정과 수긍을 향해 나아가는 면모를 담아 내용과 형식의 상동성을 띠고 있다. 흐트러진 서사를 통해 예술성을 포기하면서까지 자기 내면 풍경을 객관화시켜 보지 않으면 안 되었던 시기에 박태원이 과감하게 사소설이라는 새로운 장르를 선택하여 무의식적이다 싶게 자신을 가공하지 않은 채 그려 보였기에 애초에 덧칠을 가정하지 않은 동양화적인 방식을 선택하였다고 볼 수 있다.

③ 시간의 공간화

자화상 연작의 회화적 특징은 문체상의 비동시적인 것의 동시적 묘사에서도 확인된다. 캔버스라는 공간을 사용하는 회화와는 달리, 언어예술인 소설은 사건의 연속으로서 뿐 아니라, 작가 입장에서 서술시간이나 독자 입장에서 독서 시간적으로도 뚜렷이 시간적이다. 그런데 자화상 연작에서 박태원은 자작 초상화를 언어로 그림에 있어서 시간적으로는 동시에, 그러나 공간적으로는 다른 움직임이나 사건을 묘사하기 위해 쉼표를 활용하고 있다. 회화라면 비동시적인 것의 공간적 병치를 통해 실현했을 동시성을 언어예술인 소설에서는 문장을 끝맺지 않고, 끊임없이 쉼표를 나열함으로써 실현하고 있는 것이다. 박태원은 리듬감이나 심리적 상태의 표현을 위해 쉼표를 활용하기도 하였지만, 자화상 연작에서는 유독 시간적으로 동시에 이루어졌으나 공간적으로는 다른 움직임이나 변화를 묘사할 때, 짧은 시간 안의 빠른 변화를 묘사할 때, 화자의 속이 탈 때를 묘사할 때 쉼표를 더 많이 사용하고 있다.

(1) 그래도, 색씨는, 시뉘가, 꼭, 오라범내외의 쌈하는 내용을 밖에서 알고,

어린 마음에, 자기를 남의집에 보내자는 오라범댁이 야속하여, 그래, 나만 없으면 그만 아니냐고, 그러한 생각이라도 품고 어디로 가버린듯만싶어 견딜 수 없었다.[45]

(2) 사흘동안은, 이모내외가 초종범절을 보아 주러 오고, 조상하러 오는 사람도, 또한, 연일 그치지 않았으므로, 오히려, 그저 애끓는 슬픔뿐이었는데, 마침내, 죽은 어머니를 바람도 모질게 부는 무학재 고개 넘어, 홍제원 벌판에다 불사르고 돌아오자, 다시는 조객도 없고, 이모 내외도 돌아가버린 휘엉청 방 속이, 견디기 어려운 외로움과 뼈아픔을 유족들에게 주었다. 오랫동안을, 자리보전을 하고 앓아 누워 있어, 가뜨기나 구차한 집안에, 그러한 병자는 걱정거리요, 두통거리이기조차 하였다. 그러나, 그 병자가, 그래도, 남어지 식구들의 오직 하나의 믿음이요, 의지이었다. 정작, 당자가 가고 없는 이제, 아들도 며누리도, 옥순이도, 명순이도, 뼈에 사모치게 그것을 느꼈던 것이다.[46]

(3) 내가 마루에 걸린 시계를 치어다보며, 이자가 거의 올시각이 되지 않았나, 하고 생각하려니까, 이곳 집에 개 짓는 소리가 요란히 나며, 언덕길을 누가 나려 오는 모양이다. 나는 자세를 좀더 정중하게 가지며, 어끄제 아침의 꿈을 생각해내고, 그 가증한 청부업자가 문 앞에 나타나는 길로, 들보가 쩡쩡 울리는 큰 소리로 저눔 잡아다 꿀려라 하고 호령을 한번 나리면 얼마나 통쾌 할까 하고, 그러한 난데 없는 생각을 하여 보았던 것이나, 정작 대문으로 들어온 것은 할멈 하나로, 가보니까 청부업자는 벌써 어디 나가고 집에 없더라 한다.[47]

---

45 박태원, 「四季와 男妹 終篇」, 『新時代』, 1941. 2, 299쪽.
46 위의 글, 292~293쪽.

위의 예문 가운데 (3)은 두 개의 문장으로 구성되어 있다. 첫 번째 문장은

사건 1-나는 마루에 걸린 시계를 쳐다본다.
사건 2-개 짖는 소리가 요란하게 난다.
사건 3-언덕길을 누가 내려온다.

이렇게 세 가지 사건으로 구성되어 있다. 작가는 이 세 사건이 동시 발생임을 묘사하기 위해 한 문장마다에 마침표를 찍지 않고 세 사건을 쉼표로 나열하여 한 문장으로 만든다. 또 두 번째 문장도 마찬가지다.

사건 1-나는 자세를 고친다.(나는 청부업자가 나타나면 호통칠 생각을 한다.)
사건 2-대문이 열리고 할멈이 들어온다.(할멈은 청부업자가 출타중이어서 없더라고 전한다.)

뚜렷한 두 개의 사건이 연속적이거나 거의 동시에 이루어짐을 문장을 끝맺지 않고 쉼표로 나열하여 묘사한다. 이러한 문장 구성법은『천변풍경』에서도 마찬가지이다.

그가, 네 번째, 반쯤 열어제긴 창 앞에가 발돋음을 하고서 그 안을 기웃거려 보았을 때, 그러나 마침내 부엌으로 통하는 문이 열리고, 분명히 삼십이 넘은, 그리고 얼굴이나 맵시가 결코 어여쁘지 않는 여급이 때묻은 행주치마를 두른

47　박태원, 「汪雨」,『朝光』, 1940.10, 310쪽.

채 맨발로 흰고무신을 끼고 나왔다. 기미꼬다. 밖에 나오는 그 길로, 개천가
로 다가서지도 않고, 그대로 그곳에서 개천 속을 향하여, 사내녀석같이 퇴에
하고 침을 뱉고, 문득 제 동무의 어머니를 발견하자,

"아까 목욕 갔에요."

표정도 고치는 일 없이 일러 주는 그 말소리가, 개천을 건너 소년의 귀에가
지 들리도록, 역시 그렇게도 크고 또 거칠다.[48]

사건 1-그가 창 앞에가 발돋움을 하고 안을 기웃거리다.

사건 2-여급이 부엌문을 열고 나오다.

사건 3-여급(기미꼬)은 사내같이 개천을 향해 침을 뱉다.

사건 4-제 친구 어머니에게 크고 거친 목소리로 "아까 목욕 갔어요"라고 말하다.

사건 1과 2나 사건 3과 4가 거의 동시에 일어났거나, 순차적으로 연이
어 일어났다. 동시성이나 간발의 차이로 연속해 일어난 사건을 묘사하
기 위해 문장을 끝맺지 않고 쉼표로 연결하는 기법은 수평적 직선구조
로서 시간성이 아닌, 시간을 공간화하는 방식이다. 시간의 공간화는 결
국 회화적 특성과 맞닿아 있다.

(3) 박태원의 자화상 연작의 성취와 한계

박태원의 자화상 연작은 매우 직접적이고 구체적으로 작가자신을
묘사해낸 사소설이다. 「소설가 구보씨의 일일」에서 박태원은 '생활'이

---

48 박태원, 『천변풍경』, 깊은샘, 1980, 37쪽.

배제된 의식과 박래적 감각의 인간을 통해 개인의 의식과 소설형식의 통일을 실험하였고, 자화상 연작에서는 '생활'의 우위를 승인하는 구체성의 세계를 회화적인 방식으로 담아냈다. 자화상 연작은 작가의 경험의 직접성 때문에 상대적으로 예술적 완결성에서나 인식의 넓이에서의 협소함이 드러난다. 그럼에도 불구하고 「소설가 구보 씨의 일일」이 30년대 식민지 사회에서 현실과의 정면 대결을 피하고 왜소하게 관념의 유희 속으로 빠져 들어간 지식인의 한 전형을 보여주었다면, 자화상 연작에서는 현실 속에서 걸어 다니는 인간의 구체상을 제시하였다. 글을 써서 밥을 벌고 가족을 부양해야 하는 구체성의 현실은 언어로 표상된 알레고리의 세계인 소설을 형과 색이라는 질료로 구체적인 이미지에 도달하는 회화적인 세계로 바짝 다가서게 하였다. 박태원의 자화상 연작은 언어로 기술한 내면의 표상으로서 시간적 연계성을 공간적으로 병치시키는 등 새로운 기법을 풍부하게 실험한 작품이라 할 수 있다.

자화상 연작의 내용은 박태원이 심미적 예술가의 세계에서 생활인 작가의 세계로 내려오는 과정의 내면을 담고 있다. 「소설가 구보씨의 일일」에서 서양 의학체계와 그에 관한 지식이 근대적인 것의 상징象徵인양 숭상하는 룸펜 인텔리의 모던한 취향과는 달리, 자화상 연작에서 박태원은 "좀더 정신적인 것을 추구하야 보아야 마땅할 것"이나, "내게 만약 약간의 재물이 있다면, 나는 그들을 — 내 안해와 내 어린 것들을, 좀더 행복하게 하야 줄 방도를 구할 수 있을 듯 싶어 마음이 늘 설레었다"[49]고 토로한다. 가족주의자 박태원의 모습이 또렷이 잡히는 대목이

---

49 박태원, 「淫雨」, 『朝光』, 1940. 10, 315쪽.

다.[50] 1940년 신체제의 광풍은 그를 예술가의 자리에서 아비와 남편의 자리로 끌어내렸다. 중요한 것은 자화상 연작에서 그는 가족을 위해 일본어로 단가를 쓰기 시작한 것이 자신의 선택임을 분명히 밝히고 있다는 점이다.[51]

자화상 연작을 통해 박태원이 회화적인 기법의 사소설 영역을 새로이 개척하였다는 성과에도 불구하고 문제점을 남기지 않는 것은 아니다. 작가가 자화상을 통해 자신을 '보는' 경험은 자신에 대해 성찰하는 경험을 처음으로 갖는 기원적 모험에 해당한다. 아무리 무의식적으로 자기를 가감없이 노출시켰다 한들, 자화상이라는 '그려진' 이미지는 본질적으로 허구성과 외부성(자아의 외부에 존재)을 갖는다. 자화상 자체가 실제 자기는 아니기 때문이다. 이런 이유로 두 가지 문제가 필연적으로 도출될 수밖에 없다.

첫째, 이미지는 원래 이미지 자체의 타자성otherness과 동일성sameness을 동시에 갖기 때문에[52] 그려진 자기와 실제 자기 사이의 간극을 완전

---

50 이 무렵에 쓴 수필에서 그는 "결혼 5년을 지나면서 (…중략…) 가난 때문에 가족들에게 죄스러운 나는 (…중략…) '돈의 귀함'을 깨달았고, 자식이란 아비의 것이 아니라, 어미의 것임을 깨달았다"고 말한다. 박태원, 「결혼 5년의 감상」, 『여성』, 1939.12; 류보선 편, 『구보가 아즉 박태원일 때』, 깊은샘, 2004, 78쪽.

51 박태원 소설에서 타자에 대해 섬세하게 배려하는 화자의 목소리는 매우 독특하다. 이에 대해 김종회는 이어적 진술이란 용어를 사용하고 있다. 그는 "(박태원의 소설가 소설에서는) 일인칭 서술자의 자기 고백적 진술 형태가 주는 느낌이 이 소설에서는 주관적으로만 느껴지지 않는다는 특징이 있다. '나'의 섬세한 심리적 추이에 서술의 중심축이 설정되어 있기 때문에, 다른 일인칭 서술자의 소설이라면 당연히 주관적이고 개인적인 차원의 심리적 토로가 되고 말았을 터인데도 객관적인 느낌마저 주고 있다. 그것은 '나'의 심리 고백 속에 아내의 입장이 반영된 二語的 진술이 원심적 언어로서의 담론 특성을 형성하고 있기 때문이다. 이것은 두 가지의 목소리를 가진 담론의 특별한 형태로서, 말하는 등장인물의 직접적인 의도와 굴절되어서 표현된 저자의 의도가 동시에 드러나는 경우라고 설명한다. 김종회, 「박태원 문학의 성격과 세계관 고찰」, 『현대문학이론연구』 22, 2004, 164쪽.

52 주은우, 『시각과 현대성』, 한나래, 2003, 63쪽.

히 무시할 수는 없다. 둘째, 자화상에 그려진 자기 이미지에 스스로를 안착시켜 고정화시켜 버릴 위험성도 존재한다. 자화상에 나타난 자기 이미지와 실제 자기 사이에 관계 맺기는 곧 작가의 에고가 자리한 지점일 터이다. 실제의 자신과 자화상 속에 구성된 이미지 사이에 간극이 존재할 수도 있고, 그 둘을 완전히 동일시하여 이미지와 실제 자신을 오인fausse reconnaissance할 수도 있다. 그럴 경우, 실제 자기 자신이 아닌, 이미지와의 동일시는 환영적 통일성을 갖게 될 것이다. 어떤 자화상도 이러한 위험성으로부터 완전히 자유로울 수는 없다.

자화상이 갖는 본질적인 문제점에도 불구하고 1940년 무렵에 자화상을 쓰지 않으면 안 되었던 것은 작가 박태원의 고유성이자 진정성일 수 있다. 박태원은 자화상 연작에서 속악한 현실과 천민 자본주의적 현실 속에서 작은 유토피아이자 친밀감의 공간인 가족을 발견하고 이를 새로운 가치로서 제시하였다. 그의 그런 내면풍경은 매우 진실한 것으로서 의미를 갖는다. 그럼에도 불구하고 작가 박태원이 세계와 현실에 관한 객관적 진실, 즉 사실을 파지한 사상을 추구하는 대신에 자기 이야기를 '그대로' 쓴다는 경험적 진실의 환상에 지나치게 매달린 것은 아니었는지 또한, 그것이 면죄부가 되어 스스로 대일협력문학으로, 혹은 덜 실험적인 작품들의 창작에로 달려가는 속도를 늦추지 않은 것은 아닌지, 하는 의문들은 여전히 남는다.

2) 이태준의 단편소설들

이 절에서는 이태준의 대표적인 단편소설 「오몽녀」, 「달밤」, 「가마귀」, 「패강냉」 등에 나타난 회화적 요소를 추출해 보는 데 일차적 목적이 있다. 이들 작품은 독자에게 인상파 회화와 같은 한 컷의 이미지를 떠올리게 한다. 이태준의 묘사력을 빌면 통속적이고 부도덕한 이야기조차 유머러스한 인물화나 고즈넉한 풍경화로 전환되는데, 이러한 독자의 체험은 이들에서 회화적인 요소를 추출해 보고자 하는 의욕을 불러 일으킨다. 이태준의 단편들에서 회화적인 창작원리를 추출해 보는 작업은 지금껏 없었다.[53] 이 글은 이태준의 대표적인 초기 단편들이 회화적으로 느껴지는 이유가 무엇인지를 작품 창작 원리의 측면에서 밝혀 보려 한다.[54] 또 회화적 소설의 성취와 한계를 짚어냄으로써 이태준 문학세계에 대한 새로운 논의의 장을 열어 감은 물론, 문학과 회화라는, 매체가 다른 예술영역 간의 비교예술론적인 논의도 짚어볼 수 있기를 기대한다.[55]

서구예술사에서는 "시는 회화처럼, 회화는 시처럼"이라는 문구가 말해주듯, 조형예술과 언어예술 간의 유사성과 교섭에 대한 논의가 오랜

---

53 박진숙은 이태준의 동양주의론이 1930년대 후반의 파시즘론과 결부된 동양담론과는 구별됨을 지적하였으나, 이태준의 미술론과 문학의 연관성에 대해서는 연구하지 않았다. 박진숙, 「동양주의 미술론과 이태준 문학」, 『한국 현대문학연구』 제16집, 2004.12, 389~415쪽.

54 위의 글, 389~415쪽.

55 상허학회의 보고에 따르면, 2004년까지 나온 이태준 문학에 관한 논문은 440여 편에 이른다. 상허학회 편, 『이태준과 현대소설사』, 깊은샘, 2004, 411~428쪽. 최근 이태준 문학연구는 탈식민주의적 특징에 관한 것이 많다. 이들은 이태준 문학세계에 나타난 피식민지 민족주의는 탈식민 저항의 가능성과 식민주의에의 포섭에의 징후를 동시에 보여주는, 따라서 그 경계에서 아슬아슬한 줄타기를 하고 있는 형국인데, 이는 어쩌면 불가피한 선택이었을 수도 있다는 것에 모아진다.

동안 있어 왔다. 두 예술양식을 상호매체성intermedialität의 차원에서 논의한 레싱의『라오콘—미술과 문학의 경계에 관하여』[56]에 따르면, 이러한 전통은 회화와 문학이라는 예술양식은 감각적 표현매체로 형상을 창조함으로써 부분과 전체가 직관되는 형식이라는 본질적인 유사함에서 비롯되었다고 한다.

한국 근대사에 있어서도 미술과 문학의 관련성은 각별했다. 일례로 조선프롤레타리아 예술동맹인 KAPF의 중앙위원부서에는 문학부, 연극부, 미술부, 영화부가 있었는데,[57] 이들 가운데 문학부와 미술부는 일단 주 이론분자가 겹쳐 있었다. 임화나 당시 서기장이었던 윤기정, 이갑기 등이 그랬다. 1927년경, 미술과 정치의 관계 설정에 대한 논의가 분분할 때, 문학분과의 이론투쟁은 곧바로 미술분과의 정치적 투쟁에 영향을 미쳤으며, 임화의 이식문학론은 역으로 조형예술 분야의 이식미술론에서 영향을 받은 정황이 포착된다.[58] 이렇듯 오랫동안 특별한 밀착관계를 유지해온 두 예술영역은 1930년대 중반 이태준의 단편소설에서 화려하게 조우하고 있는 셈이다. 선명한 이미지를 연상시키는 작품의 존재와 문학과 미술 분야를 넘나들며 창작과 비평 활동을 한 이태준의 이력은 그의 문학세계를 회화적 관점에서 조명해 볼 수 있게 하는 근거가 된다.

---

56 고위공, 「문학과 영화—'매체교체'의 양상」, 『미학·예술학 연구』 제21호, 2005.6, 287~311쪽.
57 김윤식, 「프로문학의 성립」, 『한국 근대문예비평사연구』, 일지사, 1976, 36쪽.
58 최열, 『한국 근대미술 비평사』, 열화당, 2001, 68~75쪽.

(1) 개념에 매개되지 않는 형상적 구체具體 – 「오몽녀」, 「달밤」

「오몽녀五夢女」는 이태준이 21세 때인 1925년 일본 동경에서 집필하여 『조선문단』에 투고했다가 입선한 작품인데, 동년 동월 13일자 『시대일보時代日報』에 수록되었다. 첫 단편집 『달밤』(한성, 1934)에 이 작품을 수록하면서 그는 처녀작이라 애착을 느낀다고 서두에 적고 있다. 「달밤」은 1933년 11월에 『중앙』에 발표되었다. 이태준 초기 단편세계의 특징을 살펴보기에 이 두 작품을 선택한 것은 처녀작과 첫 작품집의 표제작이라는 이유 때문이다.

「오몽녀」는 함북 북단의 항구인 서수라西水羅라는 곳을 배경으로 눈먼 점쟁이 지참봉과 그가 어려서 데려와 키우다 어느 새 부부처럼 지내게 된 오몽녀의 이야기를 담고 있다. 서사로 보면 「오몽녀」는 '오몽녀'란 여성을 중심으로 지참봉과 금돌, 남순사 등 3명의 남성이 얽힌 치정관계를 다루고 있다. 세속적인 살인극인 이 작품의 전체 서사는 오몽녀라는 중심인물의 성격화에 초점이 맞추어져 있다. '서수라西水羅'는, 이름에서 풍기듯, 물로 비단을 두른 듯한 서쪽의 작은 포구이다. 그곳에 사는 '오몽녀'는 인상파 회화의 나부裸婦들처럼 싱그러운 몸피를 가진 젊은 여성이다.[59] 그녀는 한국 근대소설에서 찾아보기 힘든 인물유형으로, 열악한 환경이나 궁핍함이 그녀를 조금도 그늘지거나 주눅 들게 하지 못하는 성격으로 그려져 있다. 그녀는 자신의 욕구를 수단과 방법을 가리지 않고 모두 충족시키며 살아갈 뿐 아니라, 그런 것에 대해 어떤 죄의식이나 불안도 느끼지 않는다. 욕망의 성취를 향해 주저 없이

59　이태준, 「오몽녀」, 『시대일보』, 1925.7; 『이태준 문학전집』 1, 서음출판사, 1988, 16쪽.

돌진하는 그녀는 일상적으로 죄를 짓지만 밝고 활기차며 매력적인 여성으로 그려져 있다.

이와 달리 「달밤」에 등장하는 '황수건'의 묘사에는 '유-머'와 '페이소스'가 묻어 있다. 황수건은 신문을 돌리는 청년인데, 개를 두려워하는 시골못난이로 동네아이들은 그를 노랑수건이로 놀린다. 그는 평생소원이 원배달이 되는 것일 만큼 소박하고 순진무구한 사람이다. 신문 배달마저 반편이란 이유로 잘리자 그는 작중화자인 내가 준 돈 삼원으로 참외장사를 시작했다가 망해서 빈털터리가 된다. 어느 날 그는 나에게 포도 몇 송이를 감사의 인사로 가져왔다가 포도원 주인에게 붙들리어 나는 포도값을 대신 물어준다. 마지막 대목에서 작가는 작중화자를 통해 "밝은 달빛이 깁을 깐 듯"한 밤에 황수건이가 길은 보지도 않고 달만 보고 담배를 피우면서 지나가는 것을 보면서 "달밤은 그에게도 유감한 듯하였다"고 말한다.[60] 너무 순박하고 무지하고 죄의식도 없는 인간, 인간이라기보다는 짐승에 가까운 자연 그대로의 인물, 마치 시골 길에 뒹구는 돌멩이 같은 인물이 바로 '황수건'이다. 작가는 관찰자적 매개 인물을 등장시켜 거리를 두고 정감어린 인물 '황수건'을 그려낸다. '황수건'을 바라보는 인텔리인 '나'는 늘 그를 애상어린 시선으로 관찰한다. 관찰자의 감상이 아닌, '황수건'에 대한 직접 묘사에는 비애나 비감 대신, 밝고 순진무구함이 지배적인 정조로 묻어 있다.

『달밤』에 수록된 「손거부」, 「색씨」, 「산월이」, 「불우선생」, 「우암노인」 등도 인물화를 연상시킨다. 이태준은 구인회 회지인 『시와 소설』 서문에

---

60 이태준, 「달밤」, 『중앙』, 1933.11; 『이태준 문학전집』 1, 서음출판사, 1988, 232~242쪽.

서 "소설은 인간사전人間辭典"이라 느껴졌다고 쓰고 있는데,[61] 묘사력에 의존한 그의 단편들은 마치 캐리커처와 같아서 인물의 개성을 묘파해 내되, 내면적 갈등은 그리지 않는 특징이 있다. 다시 말해 이태준은 '개념을 포회하는 형상'보다는 '형상 자체의 즉물감 혹은 직접성'을 그리고 있다. 즉물적으로 그려진 인물들이라 이들을 배태한 물적 토대나, 인물과 토대와의 상호작용, 인물간의 갈등에 대해서 작품은 무신경한 편이다. 소금 장수 이야기와 근대소설과의 차이가 내면의 존재여부라면, 이들 작품들은 근대적 소설에 미치지 못한다고 할 수 있을 정도이다. 회화는 외관을 그리고 문학은 내면을 묘사하는데 더 적절한 양식이라면, 「오몽녀」와 「달밤」은 붓으로 칠을 하듯 그린 회화에 가깝다고 할 수 있다. 이를 두고 언어를 매개로 했으되 문학적으로 형상화되기보다는 회화적으로 표현되었다고 일컫는다. 인물은 있으되 내면이 없고, 사건은 있으되 갈등이 없기 때문에 인물은 서사물의 인물보다는 인물화 속의 즉물적, 정태적 인물에 가깝다.[62]

형상이 개념에 의해 매개되지 않고, 직접성으로 비약해 있기 때문에 회화는 리듬과 선율을 매개로 하는 음악이나 언어를 매개로 하는 문학

---

61 구인회, 『시와 소설』, 3쪽.
62 이태준을 연구한 강진호가 "「달밤」의 세계는 자연적이라는 느낌을 주지만 실제 현실과는 거리가 먼 고정화된 대상들의 세계이고, 그래서 작품에는 대상으로부터 환기되는 특유의 정서와 분위기가 두드러질 뿐 현실의 모습은 편린의 형태로밖에 드러나지 않는다. 이태준 소설이 감각적이고 선명한 인상을 준다는 것은, 이렇듯 작가의 의식에 투영된 외적 현상이 정지화면과도 같은 조작된 형태로 제시된 데 있다"고 말한 것도 이와 연관된다. 강진호는 이런 논의의 연장선상에서 이태준의 장편이 허위적 총체성의 실례를 보여준다고 평가하였다. 또한 동경외국어대학 한국어과 교수인 三枝壽勝는 이태준의 단편은 '담담함'이 특징적인데, 이는 대상과의 거리감, 대상으로부터 몸을 빼고 결코 거기에 말려들지 않으려는 작가의 태도에서 비롯된 것이라는 진술도 이와 관련된다. 강진호, 「현대소설사와 이태준의 위상」, 상허학회 편, 『이태준과 현대소설사』, 깊은샘, 2004, 22쪽; 三枝壽勝, 「이태준 작품론─장편소설을 중심으로」, 『이태준 문학전집』 18, 서음출판사, 1988, 259~294쪽.

에 비해 직접성이 강한 예술로 인식된다. 따라서 화폭 위에 그려지지 않은 것이 회화에서 의미를 갖기는 어렵다. 가시적 사물의 현존적 순간만을 포착하여 드러내는 회화에서는 화가가 표현하고자 하는 것은 모두 평면적 화판 위에 가시적으로 드러나야 한다. 초상화를 보는 관람객이 그 인물 뒤에 무엇이 있는지를 묻지 않는 것도 이 때문이다. 정태적 구조라는 희생을 치르고 획득되는 회화의 감동은 회화를 구성하는 요소들의 순간적이고도 필연성을 띠는 전체적 배열 속에서 얻어지는데, 이는 일반적으로 자연적 매개인 색채를 통해서 사물과 회화의 거리가 가까워짐으로써 실현된다.

반면 문학에서는 말하여지지 않은 것이 때로는 말하여진 것보다 더 큰 역할을 하는 수가 있다. 문학은 회화와 마찬가지로 형상적 인식이긴 하지만 문학적 서술의 함의는 회화에서처럼 그려지는 시각적 대상에만 국한되는 것이 아니다. 모든 부분들이 동시에 눈앞에 드러나는 회화에서와는 달리, 문학에서의 모든 부분은 줄거리의 경과와 더불어 독자의 기억에 의해 점차적인 방식으로 드러난다. 점진적으로 행동과 줄거리의 세부가 밝혀지면서 그 각각의 진술은 상호작용하는 가운데 쓰여진 것뿐만 아니라 씌어지지 않은 것까지를 표현하고 암시하고 상징한다. 문학에서는 행간의 의미도 있을 수 있고, 작품을 읽어가면서 독자 스스로가 구성해 내는 의미나 감상이 존재할 수가 있는 것이다. 그래서 문학에서의 부분적인 실수보다는 회화에서의 부분적인 실수가, 그 실수가 다소 은폐되어 있는 문학에 비해 해당 작품을 보다 더 치명적으로 손상시킨다고 말해진다. 바로 이 서술의 비 현재성과 행동의 점진성이 문학의 매체로 하여금 보다 농축된 의미의 함장을 가능케 한다.[63] 이렇게 해서 문학은 형상 너머의 의미나 주제를 표현해 낼 수 있게 되는 것이다.

이들 작품에서처럼 인물의 형상화가 개념에 매개되지 않은 형상적 구체로서 등장하는 것은 감각적 구체(어떤 인물의 사건)가 추상(작품의 이념)과 매개적으로 결합되어 있지 않다는 것으로, 감각적 구체가 작품의 전부가 됨을 의미한다. 이런 측면이 그의 작품들을 더욱더 회화적으로 만든다. 특히 그의 작품들이 인상파 회화와 닮아있다 함은 거기에 '달', '밤', '달밤', '불빛', '바다', '강물', '비' 등, '물'과 '빛'의 변형 이미지들[64]이 자주 등장하고 있음과 관련된다. 원래 인상파 회화[65]는 시각 감성에 의한 즉물적 상황에의 추구를 특징으로 한다. 인상파 화가들은 감성의 표현으로서 자연공간을 포착하여, 공간 속에서 진동하는 공기, 수면 위에 반사된 빛의 운동을 색채로 그려낸다. 그들은 순간성에 착목하는 평면화의 부동성을 극복하려 하였기에 특히 '빛'과 '물'에 대해 예민하였고, 또 이를 다채로운 표현법으로 표현해 냈다.

「오몽녀」에는 금돌이 오몽녀의 범죄현장을 덮쳐 그녀를 꼼짝하지 못하게 옭아매는 장면이 시나리오의 일부처럼 현재화하여 대화체로 처리되어 있다. 이 부분[66]이야말로 작가가 극적으로 오몽녀를 현재시

---

63 문광훈, 앞의 글, 30~31쪽.
64 이혜원, 「이태준 소설의 이미지 연구」, 『상허학보』 제1집, 1993.12, 241~260쪽.
65 인상파 회화의 가장 큰 특징은 대상에 즉하여 화면을 구성하는 것이 아니라 작가의 주관적 해석, 인상을 그린다는 사실에 있다. 예술이 작가의 주관에 의해 구성될 때, 더 이상 진실과 허위가 문제되는 것이 아니라 미와 추가 관건이 된다. 이는 예술을 자율적 현상으로 파악하는 논리이자 유미주의적 입장에 닿는다. 이런 흐름이 극단화되면 세계와 삶은 오로지 미적 현상으로만 정당화된다는 니체의 테제가 나오게 된다. 대상이 중요한 것이 아니라, 구도와 구성의 미, 표현의 스타일이 중시되는 예술이 극단화되면, 색의 질료화, 표현매체의 질료화가 등장하게 된다. 언어의 질료화가 말라르메의 시라면, 색의 질료화는 마티스와 같은 인상주의 회화가 된다. 구성의 미를 극단적으로 중시하면 입체파와 표현주의 미술이 되고, 칸딘스키와 같은 표현주의 회화에서는 예술가는 건반을 통해 합목적적으로 인간의 영혼을 진동케 하는 손이 된다. 그 끝은 추상미술이다.

점에서 그려가는 부분이자, 오몽녀라는 독특한 성격의 존재가 독자의
눈앞에 현전하는 대목이라 할 수 있다. 회화적인 문학은 사물을 살아있
는 감각성 속에서 보여줌으로써 언어라는 기호가 가진 임의적 추상성
을 넘어서서 그림처럼 대상을 생생하고 살아 있는 것으로 느끼게 만든
다. 특히 극적인 방식으로 장면을 제시하면 문학에서의 임의적 기호인
언어가 색채와 같은 자연적 기호로 극도로 고양된다.[67] 왜냐하면 대화
와 동작으로서 장면을 현전화하면, 단어들은 더 이상 임의적 기호이기
를 멈추고, 어조, 음절의 균형 등에 의존하는 즉, 임의적 사물의 자연적
기호가 되기 때문이다.

　「오몽녀」의 서두 부분은 '서수라 → 삼가리 → 지참봉네'의 순으로
영화에서의 '카메라의 눈'이 '줌인Zoom-in'해 들어가는 기법으로 제시되
어 있다. 마지막 대목도 영화에서의 '화면 밖 목소리voice-over'[68]에 의해
"이들의 배는 이 밤으로 돛을 높이 달고 별빛 푸른 북쪽 하늘을 향해 달
아났다"고 되어 있는 등, 작품 전체가 상당히 영화적으로 구성되어 있
다. 실제로 이 작품은 1937년에 나운규 감독에 의해 영화화되었다.[69] 이
태준의 소설들은 이효석의 것들과 더불어 1930년대 영화감독들이 영화
화하고 싶은 첫 번째 작품으로 꼽고 있는데,[70] 그의 작품들은 신문 연재
시 삽화가들에게도 가장 인기가 있었다 한다.[71] 이러한 사실들은 그의

66　이태준, 「오몽녀」, 『시대일보』, 1925.7; 『이태준 문학전집』 1, 서음출판사, 1988, 17~18쪽.
67　Gotthold Ephraim Lessing · Helmuth Kiesel · G Braungart · Klaus Fischer, "Briefe von und an
　　lessing, 1743~1770", hrsg. v. *Wilfried Barner─Werke und Briefe*, Bd.11 / 1, Frankfurt am Main, 1987,
　　609f. 문광훈, 「라오콘의 절규와 호머의 방패」, 『카프카 연구』 제10집, 2002, 39쪽에서 재인용.
68　S. 채트먼, 한용환 · 강덕화 역, 『영화와 소설의 수사학』, 동국대 출판부, 2001, 247~249쪽.
69　이태준, 「新作映畵 五夢女」, 『삼천리』 제9권 제1호, 1937.1.
70　安夕影 · 李圭煥 · 朴基采 · 安鍾和, 「위대한 映畵를 나코저, 이 땅의 자랑할 映畵 監督 諸氏
　　의 希求」, 『삼천리』 제10권 제11호, 1938.11.

작품이 비쥬얼visual하다는 것, 다시 말해 회화처럼 즉물적이라는 것을 확인시켜 준다. 영화에 관심이 많았던 이태준은 소설가이든, 영화감독이든, 작가는 결국 "표현하는 기술자"라 보았는데,[72] 이는 그가 장르에 대한 분화된 인식보다는 예술가의 개성이 강하게 배어 있는 스타일리쉬한 작품의 창작에 관심이 많았음을 말해 준다.

(2) 속화된 세계의 미적 이미지화 ─ 「오몽녀」, 「달밤」

「오몽녀」의 서사는 배신과 치정에 얽힌 살인사건, 아내가 내연의 젊은 남자와 가정을 버리고 야반도주한 내용을 담고 있다. 늙고 눈멀고 북어처럼 마른 지참봉은 어리고 낫살이 오른 오몽녀를 귀여워 하지만, 조그만 '두멧거리에선 체꼬리를 치기에 넉넉한 일색'의 오몽녀는 늙은 소경에다 아버지뻘인 지참봉에게 별다른 관심이 없다. 오몽녀는 어부총각인 금돌의 배에서 생선과 백합을 훔치다 들킨 것을 계기로 그에게 몸을 허락하게 되고, 이후 금돌과 정분이 난다. 또 객보客報를 쓰지 않았다는 이유로 오몽녀는 주재소의 남순사에게 붙들려 갔다가 평소 그녀에게 흑심이 있었던 남순사에게 겁탈을 당하는데, 이를 계기로 오몽녀는 남순사와도 일정 간격으로 성관계를 갖게 된다. 오몽녀와의 관계를 지참봉에게 들킨 남순사는 이 참에 혼자서 오몽녀를 차지하려는 욕심에 지참봉을 살해한다. 이런 통속적인 치정살인극인 이 작품은 '훤언한', '투실투실하게 복성스럽게' 생기고 '자라나기를 빈한하게' 자라서

---

71 安碩柱・李承萬・盧心汕・李象範, 「新聞小說과 揷畵家」, 『삼천리』 제6권 제8호, 1934.8; 안석영, 노수현 등의 대담, 「畵家가 '美人'을 말함」, 『삼천리』 제8권 제8호, 1936.8.
72 이태준, 「문학과 영화의 교류」, 『동아일보』, 1938.12.14.

도덕적 감각이 둔한 것이 오히려 장점인 오몽녀의 독특한 이미지 때문에 불결하거나 부도덕하거나 추하지 않고, 오히려 장난스럽고 따뜻하며 밝은 정조로 제시되어 있다. 이 작품을 읽는 독자는 능청스럽고도 복성스러운 오몽녀의 얼굴을 떠올리며 미소를 머금게 된다. 오몽녀 때문에 오몽녀의 남편까지 살해한 남순사를 미워하거나 원망하지 않고 다만 남순사가 첩살이 살림으로 장만해준 세간들을 배에 몽땅 싣고 금돌과 함께 '별빛 푸른 북쪽 하늘'을 향해 유유자적 노를 저어 떠나는 오몽녀의 모습은 모네Claude Monet의 〈해돋이Sunrise〉(1872)의 밤 버전version 같이 상큼하다. 통속적 치정살인극을 어떻게 이렇게 산뜻한 분위기로 그려낼 수 있었을까? 는 의문은 이 작품이 회화의 원리에 의해 창작되었다는 데서 풀릴 수 있다.

회화는 아름답지 않은 요소들을 극도의 절제된 표현으로 아름답도록 현전시키는 예술이다. 인간은 감각적 대상의 미 속에서 즐거움을 찾는데, 이 가운데 시각예술인 회화는 문학이 결여하고 있는 직접성을 갖고 있다. 문학(시)은 상징(언어)을 이용하고, 시각예술은 사물을 그대로 나타낸다. 시각예술은 언제나 뭔가 구체적이고 생생한 반면, 문학은 언어라는 매체 자체가 본질적으로 상징적이기에 즉물적이지 않다. 회화는 즉물성, 직접성, 물질성을 띠지만, 문학은 물질로서의 대상이 아니라, 시간의 경과에 따른 내러티브로서의 삶이 가지는 풍부한 육체성을 그려내는 것이기 때문에 구상적이면서도 의미는 내러티브 그 너머에 존재한다. 삶은 구상 속에서 실현되고 의미의 거처는 구상 자체이지만, 문학에서 구상 자체가 곧 의미는 아니다. 반면, 묘사된 것이 전부인 것이 회화다. 따라서 회화에서는 표상된 것 너머에 작가의 전언이나 주제가 따로 있을 수 없다. 조형예술은 형식이 주主라면, 문학은 내용이 근간이다. 회화는 사물을 눈앞에 두어 집중을 요하지만, 문학은 청자나 독자에게 언어를 던짐으로써 꿈을 유도한다.

「오몽녀」에서 이태준이 치정에 얽힌 살인사건을 고통이나 불결함, 부도덕함 등과 같은 부정적인 감정을 유발하지 않도록 묘사할 수 있었던 것은 이 작품의 한 것은 이 작품의 근간이 이미지로 제시되는 조형예술작품의 본질과 매우 닮아 있기 때문이다. 독일의 문예미학자인 레싱 G. E. Lessing(1729~1781)은 라오콘의 조각상을 예로 들어 회화나 조각과 같이 시각적인 감상을 목적으로 하는 조형예술은 부정적인 관념을 그 자체의 추함으로 묘사하지 않는다고 말했다. 왜냐하면 만약 조형예술작품이 추하고 불결한 형태를 자제하지 않으면 독자의 머릿속에 그것이 너무도 강하게 각인되어 독자는 그것을 머릿속에서 지워 내거나 떨쳐 버리려 할 뿐 작품의 의미를 되새기려 하지 않게 되기 때문이라는 것이다. 따라서 고정된 이미지를 제시하는 회화는 고통이나 비참함조차도 아름다운 형상으로 그려내어야 하는데, "자연의 가장 추한 것이 진실과 표현을 통해 미술의 아름다운 것으로 변화된다"고 레싱은 보았다. "형태의 추함이 자극하는 감정은 불쾌감이고, 더욱이 묘사에 의해서 쾌감으로 변화될 수 있는 종류의 불쾌감이 아니기 때문에 형태의 추함 그 자체는 원래 아름다움의 예술로서 미술의 소재가 될 수 없다"[73]고 그는 말했다. 시간의 경과를 연속된 행위 혹은 사건으로써 표현하는 문학과는 달리, 조형예술은 공간에서의 한 순간적 계기를 드러내는 정태적인 장

---

[73] 레싱, 윤도중 역, 『라오콘—회화와 시학의 경계에 관하여』, 나남, 2008, 19~23쪽.

르이기 때문에 조형예술에서의 고통의 표현은 그 고통을 장기화하는 '오점'이 될 수 있다는 것이다. 서구예술사에서 미술은 beaux-arts(아름다움을 표현하는 예술)라 말해지고, 시는 순문학으로서 belle-lettres(잘 표현된 글)라 말해지는 것도 이 때문이다.[74] 이 모든 것은 결국 인간이 감각적인 대상 속에서 미를 찾고 그것을 통해 쾌를 경험하기 때문일 것이다.

이태준은 포우의 말 "오직 미美만이 시(문학)의 정당한 영역이다"[75]를 들어, 자신의 문학관을 피력해 왔는데 이런 생각들이 그의 단편들을 회화적으로 귀결시킨 것으로 보인다. 이태준은 언어예술인 문학과 색채예술인 회화를 매체 차이에 따른 변별적 특성보다는 문학과 회화를 넘나드는 그의 독특한 예술론으로 함께 뭉뚱그려 이해하였다고 볼 수 있다. 이태준이 정신주의 조선미술론을 펼 당시 함께 논쟁에 참여했던 미술이론가 오지호는 당시에 이미 회화의 고유성을 레싱과 유사한 방식으로 이해하고 있었던 것으로 보인다. 왜냐하면 그는 "회화는 환희의 예술이다. 환희는 회화의 본질이다. 회화는 환희만으로 되는 예술이다. 그러므로 회화는 환희만을 표현하는 것이라야 한다. 인간적 고통·비애·암흑을 표현하는 것이어서는 안 된다"[76]고 말하고 있기 때문이다.

(3) 에피소드의 병치와 정지된 시간 - 「오몽녀」, 「달밤」

「오몽녀」에 등장하는 오몽녀-지참봉, 오몽녀-금돌, 오몽녀-남순사

---

74 W. 타타르키비츠, 손효주 역, 『미학의 기본 개념사』, 미술문화, 1999, 152쪽.
75 Edgar Allen Poe, *Essays and Reviews*, The library of America, 1984, p.16. 김명렬, 앞의 글, 32쪽에서 재인용.
76 오지호, 「순수회화론」, 『오지호·김주경 2인 화집』, 한성, 1938.

의 관계는 등장인물들 간의 갈등을 유발하지 않는다. 오몽녀의 주변 인물들은, 오몽녀의 분방한 성격, 자연발생적인 욕정의 흐드러짐을 잘 드러내기 위해 필요한 일종의 장치로 작동하고 있다. 지참봉이 남순사와 오몽녀의 관계를 알게 되면서 서사는 치정사건에서 살인사건으로 변하는데, 지참봉은 남순사와 오몽녀의 애정행각을 현장에서 목격(?)하고도 남순사의 구두 한 켤레를 쥐고 있으면 남순사가 그 구두 때문에 도망을 가지 못하리라 생각하고 남순사의 구두 한 짝을 움켜쥐고 있는 장면은 현실성보다는 지참봉의 무능력함을 보여준다. 남순사 역시 구두 한 켤레 때문에 외도현장을 들키고서도 도망을 가지 않아, 결국 지참봉을 살해하는 지경에 이르게 된다. 이런 서사의 진행은 이 작품이 서사의 리얼리티보다는 오몽녀의 성격 묘사에 주안점을 두고 있음을 알 수 있게 해준다.

또한 이 작품에는 인과적인 연결고리가 없는 에피소드가 나열되고 있고, 갈등이 없는 등장인물들만이 존재한다. 사건이 공간적으로 병치되어 있는 것도 이와 무관치 않다. 동질적인 공간 배치에 의해 나열된 사건들은 인물의 관계에도 물체적 성격을 부여하게 하고, 이는 결국 작품 전체를 회화적으로 만드는 요소가 된다. 왜냐하면, 대상의 병렬적 배치는 '보이는 것'으로서의 구성에 해당하는 바, 이는 '감각적인 예술'인 회화에서 두드러지는 특징이기 때문이다. 문학에서의 사건 배치는 작가의 의도에 의해, 보이지 않는 의미를 현현시키기 위한 주제의 구성에 복무하며, 따라서 시간의 통제를 받는다. 의미의 생성은 시간을 통해서만 가능하기 때문이다. 문학, 특히 소설의 준과거형 시제에 의한 서술은 작가가 이미 이루어진 사건을 선택적으로 뽑아서 이를 인과성이라는 구성 원리에 따라 임의로 배치한다는 전제 하에서 가능하다. 때문에 문학에서는 작가의 기획이나 의도의 개입이 미술에서보다 훨씬 두드러진다. 회화가 보다 우연적 효과가 갖는 비중이 크고, 매체의 성격상 물질적, 감각적인 특성이 강한 반면, 문학은 비물질적이고 '부재하는 예술'로 규정될 수 있는 것도 이 때문이다. 레싱이 호메로스의 비유를 들어 회화는 이미 완성된 방패를 그리지만, 시(문학)는 방패가 만들어지는 과정을 보여준다[77]고 말한 것도 이를 의미한다.

뿐만 아니라, 언어를 구사하는 작가 마음의 움직임처럼, 글을 읽어가는 독자의 마음 역시 운동 중에 있는데, 이 운동이 바로 상상력의 작동을 일컫는다. 상상력은 이질적인 차원들을 서사적으로 통합시킴으로써 처음부터 어떤 차원으로 귀속되지 않는 차원들 사이를 움직인다. 탈차원적인 문학적 상상력은 변화하면서 전개되는 줄거리와 더불어 가시적 요소뿐 아니라 비가시적 요소까지도 그 매체 내에 함유한다. 하지만 회화는 자연적 기호매체로서 감각에 작용하기 때문에 그려지는 묘사 대상과 직접적인 의미 관계망 속에 존재한다. 회화성이 강한 문학작품이 갖는 즉물성, 공간성은 「오몽녀」와 「달밤」에서 주인공인 '오몽녀'와 '황수건'이 내면 토로나 고민의 발설도 하지 않고, 다른 인물들과 진지한 대화도 나누지 않는 등, 자기목소리를 갖고 있지 않은 사실과도 연관된다. 자기목소리를 갖지 않는 주체들은 입은 있으되 말은 않고, 그저 열악한 상황 속에 놓여 있거나 그 속을 지나간다. 묵음默音의 존재들, 보여지기만 하는 존재들의 행위는 갈등을 증폭시키지 않기에 축조

---

77 레싱, 앞의 책, 162쪽.

되지 않고 고정된 이미지로 공간을 채워준다. 이들에게 가난·고통·갈등·고민·죄의식이 존재하지 않는 것도 이 때문이다.

달리 보면, 이는 이태준의 단편들이 리얼리즘문학으로부터 떨어져 있음을 말해준다. 주인공의 이름을 표제로 내세운 톨스토이의 『안나 카레리나』나 토스토예프스키의 『카라마조프가의 형제들』에서의 주인공의 성격화는 서사의 진행을 통해 차츰 형성되어 가는데, 루카치는 이를 근본적으로 묘사Beschreiben에 대한 서사Erzahlen의 우위로 설명하였다. 소설에서 서사가 힘을 갖는 것은 인간의 실제 삶은 우연의 연속이지만 작가는 그런 인생을 재현함에 있어서 우연적인 것을 예술적으로 필연적인 어떤 것이 되게 고양시켜 작품을 만드는데 있는데, 이 때 필연화를 이끌어내는 요소가 바로 서사이다. 우연적 사건을 중요한 극적 문맥 속으로 가능한 한 긴밀히 통합시켜 가는 특성 때문에 루카치는 문학은 말하는 회화가 아니고, 회화는 자의적인 문자가 되어서는 안 된다고 보았다. 의미 있는 문학에서의 묘사는 대상의 완벽한 재현적 묘사가 아니라, 대상과 사건에 대한 등장인물들의 필연적인 관계, 그리고 인물들이 행동하고 갈등하는 역동적 상호작용을 통해 표현되는 그들의 운명에서 비롯된다고 보았다. 예컨대 발자크가 『잃어버린 환상』에서 극장을 묘사할 때 자본과 언론에 대한 연극의 절대적인 의존, 문학과 극장의 관계, 문학과 저널리즘의 관계, 여배우의 삶과 공공연하고 은밀한 매춘 행위 사이의 관련을 통해 풍부하게 자본주의적 기반들을 표현해 낸 것은 환경과 주체 간의 상호작용을 통해 인물의 실재성을 그려내고자 한 때문인데, 이러한 예가 여기에 해당될 수 있다.

이에 비해, 「오몽녀」와 같은 이태준의 작품에서는 표현으로서의 묘사가 중시된다. 루카치는 묘사는 모든 것을 현재화하고, 서사는 과거를 이야기한다고 전제하고, 전자는 사람이 본 것을 묘사하고, 그 공간적 '현재'는 사람과 대상에 대해 시간적 '현재'를 부여하지만, 그것은 극적 전개에서의 직접적인 행동의 현재가 아니라 환상적인 현재일 뿐이라고 비판하였다. 그는 묘사가 제공하는 현재화가 환상적인 성격의 것이라면, 서사 중심의 소설은 사건을 과거로 옮김으로써 작품에 극적인 요소를 작가가 선택적으로 주입할 수 있게 됨을 중시했다. 물론 묘사 중심의 서사체에도 묘사를 하는 관찰자의 현재성은 존재할 수 있지만, 이는 오히려 극적 구성에서의 현재성에 대한 안티테제에 가깝다. 역으로, 극적 구성에서도 정적인 상황이 묘사되지만, 이때에는 인간들의 마음의 상태나 태도 또는 사물들의 상황은 여전히 살아 움직이게 된다.[78] 소설은 서사의 표상을 통해 현실을 재현하고, 이를 통해 형상적인 인식을 한다. 서사 우위의 작품은 주체의 운동적 성격을 부각시켜 역사적 변화의 가능성에 대한 신뢰를 구현해 낸다. 반면, 묘사 위주의 소설은 인과성과 순차성이 의미를 갖지 못하는 공간적 병치 구조이기 때문에 인물, 사건, 행위, 배경 등은 모두 공간적 비율에 따라 동질적이 된다. 그런데 화판 위에 그려진 회화에서는 모든 부분은 본질적으로 동질적이다.

　이상과 같은 루카치의 논의들은 장편에 토대해 있어서 이태준의 단편 작품의 해석에 적용할 때는 분명 주의가 필요하다. 하지만 루카치의 지적들은 이태준의 회화적인 단편소설들은 주체의 역량과 역사적 변화의

78　루카치, 「서사냐 묘사냐—자연주의와 형식주의에 대한 예비고찰」, 『리얼리즘과 문학』, 지문사, 1985, 200쪽.

가능성에 대한 신뢰가 붕괴된 시점에서 가능한, 일종의 모더니즘적인 세계관에서 비롯된 것임을 설명할 수 있게 해 준다. 이태준의 회화적인 단편소설들은 이광수의 『무정』, 이기영의 『고향』, 한설야의 『황혼』, 강경애의 『인간문제』, 홍명희의 『임꺽정』 등 내러티브(서사)가 강한 장편소설들이 리얼리즘적인 세계관에 토대해 있음과 대별된다. 일제에 의한 만주사변의 발발과 세계적인 파시즘의 광풍 속에서 1930년대 중반 전일적인 순간의 찬란한 포착으로서 회화적인 성격을 강하게 띤 소설들이 대거 등장한 것은 미래의 전망이 불투명하던 시대와 무관하지 않을 것이다. 이효석의 「메밀꽃 필 무렵」, 이태준의 「가마귀」, 박태원의 『천변풍경』, 이상李箱의 「날개」, 김유정의 「동백꽃」, 김동리의 「무녀도」 등, 하나같이 선명한 이미지로 기억될 만한 작품들이 1936년 한 해에 무더기로 생산되었는 바, 이상이 『시와 소설』의 권두언에서 "절망絶望이 기교技巧를 낳고 기교技巧 때문에 또 절망絶望한다"고 한 말[79]은 이런 맥락에서 잘 이해될 수 있다.

(4) 서구 근대 회화적 이미지의 조선적 변용 - 「가마귀」, 「패강냉」

이태준의 단편소설의 세계는 「가마귀」 이후 다소 달라진다. 정태적인 속성보다는 뭔가 계몽적인 의지를 가진 목소리의 인물들이 등장하여 회화적인 데에서 소설적인 쪽으로 변화해가는 모습을 보인다. 재밌는 것은 이런 사실과 이태준이 식민지 현실로 다가가는 속도가 일정 정도 비례하고 있다는 점이다.

---

79 李箱, 『시와 소설』의 서문, 彰文社, 1936, 3쪽.

이태준의 「가마귀」는 에드가 알렌 포우Edgar Allen Poe의 시 "까마귀the Raven"을 조선현실에 맞게 창조적으로 변용한 것으로 보는 관점[80]이 매우 설득력을 얻고 있다. 이런 관점에 서면 「가마귀」는 서양화의 도구와 기법을 이용해 조선적인 회화를 그린 것에 비유될 수 있다. 폐결핵에 걸려 아픈 연인 때문에 고통을 받는 남성화자의 존재나, 외부와 단절된 곳에서의 사건을 그린 사실이나 병든 연인의 죽음을 예고하는 듯한 까마귀의 울음소리, 그리고 까마귀 울음소리의 표현방법 등에서 두 작품은 매우 유사하다. 이태준이 「가마귀」를 쓸 무렵인 1936년에 포우의 "까마귀the Raven"을 애독한 정황을 볼 때,[81] 이 작품과 포우의 "까마귀the Raven"의 관련성이 깊다 할 수 있다. 이 작품에서는 「오몽녀」나 「달밤」에서보다 내러티브의 비중이 커졌다. 소설가인 나는 산사에서 죽음을 앞둔 한 여성을 만나는데, 그녀는 까마귀의 울음소리를 매우 부담스러워 한다. 정혼자조차 그녀를 도울 수 없을 때, 안타까움 때문에 나는 그녀가 싫어하는 까마귀를 잡아 배를 갈라 내장을 보여줌으로써 까마귀를 불길하게 여기는 그녀의 미신을 없애주려 한다. 나는 새총을 만들어 까마귀를 잡지만 그녀는 이미 죽어 영구차에 실려 갔다. 나는 "Ga에 R를 빗단" 까마귀 울음소리를 듣는다. 영문자로 까마귀의 울음소리를 시각화한 마지막 부분은 "'책'보다 '冊'이 더 아름답고 冊답다"[82]고 한 이태준의 이미지 중심의 감각을 보여준다.[83] 「가마귀」는 세련된 연애소설

---

80 김명렬, 「Edgar Allen Poe의 "the Raven"와 이태준의 「까마귀」」, 『한국문화』 제32집, 129~151쪽.
81 이태준, 「幾種新書 一枝蘭」, 『조선중앙일보』, 1936. 4. 29. 당시 이태준 뿐 아니라 조선작가나 화가들에게 포우의 시는 많은 영향을 미쳤던 것으로 보인다. 이하관, 「조선화가 총평」, 『동광』, 1931. 5.
82 이태준, 「'책'과 '冊'」, 『동아일보』, 1938. 12. 1.
83 이태준, 「완고품과 생활」, 『이태준 문학전집』 17, 서음출판사, 1988, 324~327쪽.

의 양상을 띠는 전반부와 그녀의 정혼자가 밝혀짐을 계기로 계몽주의적인 작품으로 변질되는 후반부 사이에 묘한 불균형 상태가 드러나는 작품이다. 「가마귀」를 분석한 글에서 김동식은 화자가 까마귀를 잡아 배를 가르는 장면을 들어 주인공이 낭만적 환상을 포기한 후 과학을 신봉하는 이성주의자의 모습으로 돌변하여 해부학자가 되어 버렸다고 지적하였다.[84] 이 작품을 그림에 비유하자면, 전반부의 낭만적 연애담은 남폿불의 후광처럼 따듯하고도 출렁이는 인상파 회화를 연상시키고, 후반부의 계몽주의적 해부담은 근거리에서 정밀묘사로 그려낸 사실주의적인 그림, 예컨대, 렘브란트의 〈도살된 소〉(1640)와 같은 작품을 연상시킨다. 포우의 "까마귀The Raven"의 이미지를 조선의 현실에 맞게 창조적으로 변용하려한 이태준의 노력은, 어떤 부분에서는 돌출되고 어떤 부분에서는 미진하기 그지없는 그림처럼, 불균형과 비대칭의 작품을 낳고 말았던 것이다.

한편, 「패강냉」은 서양의 힘에 의해 떠밀려 사라져가는 동양적 정취들을 동양화풍의 자연묘사로 그려낸 작품이다. 여기에는 조선의 옛 정취가 사라져 가는 것에 대한 이태준의 비감이 잘 드러나 있다. 작품의 서두와 말미는 조선의 자연경관 묘사로 되어 있고, 작품의 본체는 ① 자동차를 타고 가다 평양여자들의 머릿수건이 사라짐을 봄, ② 시체애들과 달리 물들이지고 지지지도 않은 머리를 한 옛날식 평양기생인 영월을 만남 ③ 평양말 대신 서울말이, 장고와 소리 대신 유성기와 째즈가 놀이문화가 되는 현실 ④ 예술가인가? 팔릴 글을 쓰는 글쟁이인가?

---

84 김동식, 「「가마귀」에 대한 몇 개의 주석―계몽의 변증법과 관련해서」, 『상허학보』 제11집, 2003.8, 307~334쪽.

에 대한 주인공 현의 상념 등이 차례로 나온다. 그런데 「패강냉」에서 이들 에피소드들은 갈등을 유발하고 사건을 추동하는 내러티브적인 역할보다는 정조의 구성에 복무하고 있다. 작품 서두 부분의 부벽루 묘사와 끝 부분의 "이상견빙지 履霜堅氷至 …… 이상견빙지 …… 밤 강물은 시체와 같이 차고 고요하다"는 문장은 이 작품 전체의 정조를 좌우한다. 서두에서 주인공 '현'이 평양의 부벽루에서 대동강물의 언 풍경을 바라보면서 낙화암과 백마강의 호젓함을 연상하며 얼어붙은 겨울 강을 묘사한 부분은 한 폭의 애잔한 동양화를 연상시킨다.[85] 주인공 '현'은 부벽루의 풍경은 너무 고적해, "그 안에 들어서기가 마치 그림을 찢는 것 같아 망설여진다"면서 "조선 자연은 왜 이다지 슬퍼 보힐가?"라고 혼잣말을 한다. 「가마귀」에서 서양의 근대문화를 동양적으로 변용시켜 보려 했던 이태준의 노력은 어느덧 서양의 문화가 너무 깊숙이 들어와 버린 세태 앞에서 그나마 변치 않는 유일한 대상인 자연을 바라보며 비감에 젖을 뿐이다. 이 풍경화 속에 끼어있는 네 개의 에피소드 역시 공간적으로 병치되어 있어 동일한 비중으로 작품의 정조에 기여하고 있다. '이상견빙지'를 되뇌는 현의 마음은 밤 강물의 이미지를 받아 "시체와 같이" 찬데, 이는 조선적인 것, 전통과 미풍양속이 사라져가는 세태변화에 대한 이태준의 안타까움의 감각적 표현일 것이다.

(5) 1930년대 한국문단에서 이태준의 회화적 소설이 갖는 의미

한국 근대미술비평사에 관한 책들은 일제시대 조선미술계의 3대 논

---

85 이태준, 「浿江冷」, 『三千里文學』, 1938.1; 『이태준 문학전집』 2, 서음출판사, 1988, 104쪽.

쟁으로는 1927~1928년 사이에 전개된 프로미술논쟁(윤기정, 임화, 김용준, 김복진)과 1930~1931년에 있었던 동미전과 녹향전을 둘러싼 심미주의 논쟁(이태준, 심영섭, 김용준, 김주경, 유진오 대對 안석주, 정하보, 홍득순)과, 1932년경 '조선향토색' 논쟁(김복진, 이태준, 윤희순, 김용준, 오지호)이 꼽힌다.[86] 이같은 사실은 한국 근대미술사에서 이태준이 차지하는 존재감이 한국 근대문학사의 그것에 못지않음을 말해 준다. 기실 단편집 『달밤』(1934)과 『가마귀』(1937)를 간행하였고, 문장파의 거두로서 『문장강화』(1939)를 쓴 바 있는 문인 이태준은 미술에 대한 남다른 감식안을 소유한 미술평론가였다. 그의 공식적인 문단활동은 1930년 『매일신보』 신춘문예 미술평론부문에 「조선화단의 회고와 전망」이 당선되면서 시작되었다.[87] 그는 「불상한 소년 미술가」,[88] 「녹향회 화랑에서」,[89] 「동미전東美展 합평기」,[90] 「제10회 서화협전을 보고」,[91] 「제13회 협전관후기」,[92] 「단원과 오원의 후예로서 서양화보담 동양화」[93] 등의 미술평론을 썼다.

이태준은 1920년부터 1923년까지 휘문고등보통학교를 다녔고 휘문고를 졸업한 후 만 22세에서 23세까지 약 1년여를 동경 상지上智대학 예과에서 수학하였다.[94] 일제시대 조선미술평론계 최고의 논객이었던 김용준의 회고에 따르면, 와세다 시절 이태준은 유미적 사상, 악마

---

86 최열, 『한국 근대미술 비평사』, 열화당, 2001, 75쪽.
87 이태준, 「조선화단의 회고와 전망」, 『매일신보』, 1931.1.1~2.
88 이태준, 「불상한 소년 미술가」, 『어린이』, 1929.2.
89 이태준, 「녹향회 화랑에서」, 『동아일보』, 1929.5.28~30.
90 이태준, 「東美展 합평기」, 『중외일보』, 1930.4.20.
91 이태준, 「제10회 서화협전을 보고」, 『동아일보』, 1930.10.28~11.5.
92 이태준, 「제13회 협전관후기」, 『조선중앙일보』, 1934.10.24~30.
93 이태준, 「단원과 오원의 후예로서 서양화보담 동양화」, 『조선일보』, 1937.10.20.
94 민충환, 「이태준의 전기적 고찰」, 『상허학보』 제1집, 1993.12, 42쪽.

주의적 사상, 혹은 니체의 초인적 사상에 관심이 많았으며, 안톤 체홉이나 투르게네프의 책을 주로 읽었고, 일본의 고답파에 영향을 많이 받았다고 한다. 또 이태준은 김용준을 통해 일본 근대화단의 작풍은 물론, 뭉크, 삐어즐리의 그림에 심취하였다고 한다.[95] 이태준이 한창 단편소설을 창작하던 1930년대 조선화단에서는 세잔느를 비롯하여 모네, 르누아르, 보나르, 모리스 드니 류의 인상파 회화와 신낭만주의 회화가 인기를 끌었고,[96] 이태준도 이들에게서 영향을 많이 받은 것으로 보인다.[97]

이태준은 그런 인연 때문에 첫 작품집인 『달밤』을 간행하면서 발문에서 "나는 이 책을 만들면서 몇 번이나 화가들의 경우를 생각해 보았다. 이 책은 화가들에게 있어 전람회와 같은, 나의 개인전"이라고 밝히고 있다. 또 그는 『달밤』의 출간을 도와준 이로 미술평론가인 '김용준'의 이름을 거론하고 있다.[98]

이태준의 초기 단편들은, 최재서와 김환태가 명쾌하게 정리하였듯이, "인생의 그늘 속에서 움직이는 희미한 존재들"을 선명한 이미지로 되살린, 일종의 인물화[99]에 가깝다. 회화에 육박하는 그의 단편들은 유모어와 페이소스, 아이러니와 씨니시즘으로 감싸여 있어 유쾌하고도 '명

---

95 김용준, 「白痴舍와 白鬼祭」, 『朝光』, 1936.8, 96~101쪽.

96 김용준, 「김만형군의 예술―그의 개인전을 보고」, 『문장』, 1940.10, 210쪽.

97 당시 이태준, 김용준 등이 접했던 서양화가들의 그림이 어떤 인쇄수준으로 출판된 것이었는지, 서구에서 직수입된 화집들이었는지, 당시 일본에서 출간된 번역판들이었는지, 또 그들이 일본에서 전시회를 통해서라도 도판이 아닌, 실제 작품을 얼마나 감상할 기회를 가졌는지 등에 대해 사실상 별도의 연구가 필요하다. 이 글에서는 이런 부분보다는 당시 조선청년들이 즐겨보고 또 영향을 많이 받은 서양화가 사실주의적인 것이었는지, 인상파적인 것이었는지, 아니면 추상화에 가까운 것이었는지 정도만 논의할 수 있을 뿐이다.

98 이태준, 『이태준 문학전집』1(단편 I), 서음출판사, 1988, 10~11쪽.

99 최재서, 「단편작가로서의 이태준」, 『문학과 지성』, 인문사, 1939, 175~180쪽.

랑[100]한 분위기를 유지하면서도 '엷은 감상'을 자아낸다.[101] 김환태는 이런 그의 단편들을 들어 "내용 즉 형식, 형식 즉 내용"이라며 고평하였는바, 이는 바로 이태준 자신이 꿈꾼 이상적인 소설의 모습이기도 하였다.[102] 그런데 "내용 = 형식"이란 공식은 원래 훌륭한 회화의 본질적인 특징이기도 하다.[103]

이태준의 빼어난 단편들은 "그림은 소리 없는 시이고, 시는 말하는 그림"이라는 그리스 볼테르의 대구를 떠올리게 한다. 전통적으로 동양에서 시·서·화는 일원론적으로 인식된 문인의 활동영역의 일부였다.[104] 조선 근대화단의 형성에 문인들의 역할이 적지 않았던 것도 그와 무관하지 않았다. 1910년대 초, 장지연, 안확, 최남선은 조선미술계에 많은 관심을 표명했고, 이광수도 그러하였다. 1920년대 중반 이후에는 권구현, 윤기정, 김복진. 임화 등 KAPF 쪽 문인들이 운동으로서의 미술론을 펼쳤고, 1930년대에는 변영로, 김광균, 유진오, 김진송 등이 미술비평을 썼다. 이태준의 정신주의 조선미술론이나, 김복진의 형성미술이론, 윤기정의 프롤레타리아 미술론, 임화의 미술운동론은 특히 미술계에 많은 영향을 끼쳤다. 임화가 1940년경에 제기한 이식문학론[105]은 기실 '조선미술론', 즉, 조선의 근대미술은 조선고유미술과 서구이식미술의 공존과 대립이라는 현실적 조건을 바탕으로 발아했다는 논의

---

100 이은상, 「책머리에」(이태준 단편집의 서문), 이태준, 『달밤』, 1934; 이태준, 『이태준 문학전집』 1(단편 I), 서음출판사, 1988, 6쪽.
101 김환태, 「상허의 작품과 그 예술관」, 『이태준 문학전집』 18, 서음출판사, 1988, 230쪽.
102 이태준, 「小說讀本－소설에 관심하는 이를 위하여」, 『女性』, 1938.7; 『이태준 문학전집』 18, 서음출판사, 1988, 261~269쪽.
103 고트홀트 에프라임 레싱, 윤도중 역, 『라오콘－미술과 문학의 경계에 관하여』, 나남, 2008 참조.
104 이태준, 「서구정신과 동방정취」, 『이태준 문학전집』 17, 서음출판사, 1988, 313~314쪽.
105 임화, 「신문학사의 방법」, 『동아일보』, 1940.1.13~20.

에서 촉발된 감이 없지 않다. 카프의 한 구성원이었던 김복진이 토착미술과 외래미술의 대립사를 지배계급과 피지배계급의 관점에서 다루면서 제국과 식민, 서구 자본주의 문명과 조선 토착 문명의 대립과 갈등을 구조화시킨 문제의식[106]은 임화에게서 문학론의 모습으로 변형되고 심화되었다고 볼 수 있기 때문이다.

1930년대 문단과 화단의 교류는 구인회의 활동에서 정점에 이른다고 할 수 있다. 1933년 이효석, 정지용, 김유영, 이태준, 김기림, 박태원, 조용만, 유치진, 이상, 김유정, 김환태가 구인회를 결성하였다. 이들 가운데, 정지용, 이태준, 김기림, 박태원, 이상은 어떤 식으로든 미술과 관련이 있고, 그래서인지 이들의 작품들은 회화성이 짙다. 구본웅이 표지화를 그린 『시와 소설』에 실린 박태원의 소설 「방란장芳蘭莊 주인」을 보면, 이상이 운영했던 다방 '제비'와 '제비'를 거점으로 오갔던 문인들의 생활과 문화가 잘 반영되어 있다. 다방 '방란장'의 주인은 젊은 독신자이자 얼치기 화가이고 시인이다. 방란장은 '자작子爵', '만성晩成', '수경水鏡선생'으로 불리는 가난한 예술가들의 전용구락부인데, 사면 벽에는 주인 화가의 팔리지 않는 유화가 걸려 있고, 포타―블 축음기와 레코드들이 있었다.[107] 자신의 신문연재소설의 삽화를 직접 그렸던 박태원이나, 박태원의 「소설가 구보씨의 일일」에 하융河戎이란 이름으로 삽화를 그려준 이상李箱,[108] 또 자신이 학예부장으로 있던 『조선중앙일보』에 박태원의 「소설가 구보씨의 일일」의 연재를 시작하던 무렵(1934.8.1)

---

106 김복진, 「조선역사 그대로의 반영인 조선미술의 윤곽」, 『개벽』, 1926.1, 66~71쪽.
107 박태원, 「芳蘭莊 주인」, 『시와 소설』, 1936.3, 26쪽.
108 박태원, 「이상의 편모」, 『조광』, 1937.6, 303쪽.

이상李箱의 파격적인 시 「오감도」를 함께 실어준 이태준은 서양 근대미술사의 영향권에서 성장한 문인들이었다.[109]

이태준은 화가의 눈과 시인(문학가)의 눈을 동시에 갖추고 단편소설을 창작한 작가이다. 묘사는 언어로 했으나 시각적 형상물로 주조된 그의 초기 대표 단편들은 눈에 잡힐 듯한 인물화와 풍경화를 연상시킨다. 대상에 대한 감각적, 직관적인 묘사가 두드러진 작품들은 인식 이전의 직접적인 체험에 기초한 직관에 의존하고 있는데, 이는 상상력을 통해 환기되는 심상으로서 회화적인 문학을 낳는 토대가 된다. 이런 작품들에서는 행동은 있으되, 그것이 내러티브를 구성하는 것이 아니라, 작품 전체의 정조를 형성하거나 이미지의 구성요소로 작동한다. 개개의 작은 에피소드들은 시간예술인 문학이 갖는 행동의 순차성이나, 사건전개의 흐름보다는 오히려 병치적으로 배열되어 인물이나 풍경의 정조나 이미지라는 전체에 복무하는 공간적인 부분화가 되고 있다.

음악이나 문학과는 달리, 조형예술인 회화는 '새로움'을 절대적인 가치로 하기에 전위적인 성격이 매우 강하다. 예술사에서 특히 전위적인 미술이 시대를 선도해 가는 것도 그런 이유 때문이다. 조선 근대화단에서 회화에서의 조선적인 것은 무엇인가라는 화두는 서양화가 도입된 직후부터 바로 문제가 되기 시작하여 문학이나 여타의 예술영역에도 적지 않은 영향을 끼쳤는데, 그 무렵 화단과 문단의 접점에서 미술과 문학을 넘나드는 예술론을 편 사람이 이태준이다. 그는 객관세계에 대한 사실적 묘사가 아닌, 작가의 개성 표현을 중시하였고, 예술에는 국

---

109 김윤식, 「「날개」의 생성과정 ─ 이상과 박태원의 문학사적 게임론」, 『한국 현대문학비평사론』, 서울대 출판부, 2000, 245~276쪽.

경이 명확하다고 하여 조선인은 조선적인 것을 그리되, 그것은 그리는 대상의 문제가 아니라, 그리는 방식의 문제임을 강조했다. 특히 문학에서는 묘사가 작가의 개성을 표현하는 방법이고 따라서 문장이 매우 중요하다고 보았다. 이태준의 예술론은 색과 형을 매개로 한 회화와 언어를 매개로 한 문학의 변별성에 대해 별다른 인식을 보여주지 않는 것이 특징이다.

이태준의 대표적인 단편소설들은 그의 예술론이 창작의 원리로 작용하고 있어, 문학이되 매우 회화적인 특징을 나타낸다. 『달밤』(1934)에 수록된 「오몽녀」와 「달밤」에는 서구 인상파 회화의 영향이 감지되며, 『가마귀』(1937)에 수록된 「가마귀」와 「패강냉浿江冷」에는 서양화를 창조적으로 변용하여 조선적인 것으로 재탄생시키려 한 작가가 고심이 잘 나타나 있다. 「오몽녀」의 주인공 '오몽녀'의 형상화에는 르누아르Renoir의 그림 〈목욕하는 여자들The Bathers〉(1887)이나 세잔느Cézanne의 〈수욕도―다섯 명의 목욕하는 여자〉(1879~1882)에 등장하는 여성들의, 복숭아빛 살갗과 풍만한 살집, 밝은 혈색과 에너지 넘치는 표정들, 장난스런 동작들이 연상된다. '오몽녀'는 그런 명화들에 등장하는 대낮에 숲에서 목욕하는 나체의 여성들과 닮아 있다. 「달밤」의 주인공 '황수건'은 고흐Gogh가 그린 〈우체부 롤랑〉(1889)이나 〈낮잠〉(1890) 등에 등장하는 친근한 이웃집 아저씨의 모습을 연상시킨다. 『달밤』의 수록작들이 다양한 인물화로 구성된 개인전이었다면, 『가마귀』는 에드가 알렌 포우의 "까마귀the Raven"의 조선적 변용인 「가마귀」에서부터 「패강냉」이 보여주는 동양화적 풍경화의 세계를 보여준다. 이렇듯 이태준의 작품들은 동서양화의 특징을 아우르는 통섭적 소통의 경지를 보여준다.

『달밤』과『가마귀』에 나타난 이태준의 세계는, 조선의 불구적 근대성의 상징이자 전통(상고주의)과 근대(모더니티), 유미주의적 취향과 계몽적주의적 논리의 혼종混種적 동거를 감내할 수 밖에 없었던 일제강점기하 조선 근대예술의 자화상이라 할 수 있다. 여기에는 그의 단편소설이 갖는 전통에 입각한 예술적 완결성을 추구하는 경향이나, 장편소설에 잘 나타나는 통속적이고 대중적이면서도 사회 계몽적인 성격이 혼재되어 있고, 전통과 현대, 동東과 서西의 문화적 특색과 회화와 문학의 양식적 특징도 혼재되어 있다. 한마디로, 「오몽녀」(1925), 「달밤」(1933), 「가마귀」(1936), 「패강냉」(1938)등은 소설과 회화의 간間 매체적 지점에서 진동하고 있는 작품들이라 할 수 있다.

이태준의 회화적인 소설들은 우리에게 문학과 회화의 비교매체론적 인식을 요구한다. 원래 모든 예술작품의 수용은 각각의 매체가 갖는 표현의 가능성과 한계 사이의 진동 중에 실현된다. 음악은 음이라는 매체의 청각적 추상성의 한계를 극복하여 들리지 않는 것까지 들려주려고 노력할 것이고, 시인은 상상력의 보다 강력한 촉진제로서 기능할 수 있는 장면들을 제시하려 애쓸 것이며, 회화는 보이지 않는 것까지 드러내고자 노력할 것이다. 모든 예술은 보이지 않는 것들, 들리지 않는 것들, 말해 지지 않는 부분들을 포괄하여 들려주고 보여주고 상상할 수 있도록 만들어 독자로 하여금 예술을 통해 실제 세계real world로 비월해 갈 수 있도록 각각의 방식으로 분투한다.

이태준의 회화적인 문학작품은 소설의 본질인 서사성의 희생 위에서 가능한 것이었다. 따라서 그것들은 문학이 감당해야 할 역사적이고도 사회적인 소임에 충실했는지에 대해서는 의문의 여지가 있다. 1930

년대 중반을 넘기면서 한국소설사에 대거 등장한 이태준의 작품들을 비롯한 회화적인 문예의 뚜렷한 흐름은, 민족의 미래를 한 치도 가늠할 수 없었던 세계사적인 파시즘의 시절에 총체적인 현실 인식에 토대하여 주체에 의한 변혁의 가능성을 신뢰하는 서사성 짙은 문학의 창달이 어려웠던 시대적 정황과 일정 정도 관련이 있을 것으로 보인다. 서사가 무정형의 시간과 우연으로 점철된 실제 세계 속에서 어떤 이야기를 통해 세계나 현실의 인과성을 확인함으로써 인간과 삶을 형상적으로 이해하고 인식해 보려는 인간 노력의 산물이라면, 그런 인과성이 좀체 발견될 기미가 보이지 않던 파시즘이라는 광풍의 시대에 특히 회화적인 소설이 많이 등장하는 것은 분명 어떤 필연적인 측면이 있을 것으로 본다.

3) 이제하의 환상소설들

(1) 이제하 소설과 환상성

'환상성'과 연관되는 일제시대 한국 근대소설로는 1930년대 이상의 「날개」와 김동리의 「무녀도」가 있고, 1950년대 작품으로는 장용학의 「요한시집」과 「비인탄생非人誕生」 연작이 있다. 「날개」가 모더니즘적 환상성을 실현했다면, 「무녀도」는 샤머니즘적 환상성을 통해 일제강점기하 조선현실의 광포함과 역사적 격변의 질곡을 형상화했다. 한국전 직후 황폐화된 현실 속에서 인간 실존의 위기와 존엄성 상실에 대한 우려는 장용학을 비롯한 전후 작가들의 작품에서 탈현실 혹은 초현실적인 환상성의 도입으로 창작의 물꼬를 틔었다.

　4·19세대의 출현으로 시작된 1960년대에 이르면, 한국소설계에는 김승옥의 「환상수첩」, 「무진기행」, 이청준의 「마기의 죽음」, 박상륭의 「유리장」, 허윤석의 『구관조』, 최인훈의 「구운몽」과 이제하의 「임금님의 귀」, 「유자약전」 등, 환상성을 강하게 띤 작품들이 대거 등장한다. 이제하는 특히 화가 출신답게 독특한 이미지의 소설들을 창안하여 1960년대 이후 한국소설계에서 '환상성'과 가장 잘 어울리는 작가로 부상했다. 이는 그의 작품들에 등장하는 이러한 대목들 때문이다.

거울 속에서 빛이 나왔고, 빛 속에서 바퀴가 나왔던 것이니까.
—「한양漢陽고무공업사工業社」, 『문학』, 1967

벽 속에서 여자의 손이 나오고 있다. 희다. 그것이 내장 속으로 들어온다.
—「물의 기원」, 『현대문학』, 1968

잿빛 일색으로 저무는 광막한 세계 한복판에 하나의 벽이 가로 놓여 있고 그 밑에 외설하게 빠끔 뚫린 수채구멍을, 불그칙칙한 원숭이의 엉덩이가 들여다보고 있다.
—「임금님의 귀」, 『현대문학』, 1969.3

10년 전에 죽은 내 아내와 어제 처음으로 호텔에서 하룻밤 같이 지낸 얘기를 해도 좋을 때가 된 것 같다.
—「환상지」, 『세대』, 1970

1960년대에 발표된 이제하의 대부분의 작품들이 환상성을 드러내지만, 첫 단편집 『초식草食』(민음사, 1973)에 수록된 「비」, 「임금님의 귀」, 「스미스씨氏의 약초藥草」, 「유자약전劉子略傳」 등은 그 정도가 심하다. 이제하를 필두로 하여 유독 1960년대 한국문단에 환상성 짙은 소설들이 많이 생산된 것에 대해서는 서정인의 다음과 같은 말을 경청할 필요가 있다. "60년대란 어떻게 보면, 도시의 가상적 번영이 남북분단이란 역사적 현실을 잠깐 망각케 한 일류전의 시대였다."[110] 서정인의 말처럼, 그 시절은 현대적 도시화가 가속화되고, 이념의 장벽은 더없이 단단했으며, 성장위주의 경제정책을 밀어붙이는 군부정권의 서슬은 너무도 퍼렸다. 현실의 억압과 질곡이 심할수록 문학뿐 아니라 문화 전반은 현실에 골몰하고 집중하는 한편, 현실 그 너머를 꿈꾸는 자유 또한 강렬하게 향유하거나 표출하게 하기 때문이다. 아무튼 이제하는 60년대 이후에도 자신의 작품들에서 환상성을 다각도로 활용하여 창작에 임하고 있어서, 환상성은 그의 작가적 개성으로도 여겨질 정도이다. 70년대 이후에 발표된 다음과 같은 작품의 대목들은 '환상성' 하면 그의 문학을 떠올리게 하는 근거가 된다.

들뜬 군중들이 악마구리 끓듯 하는 시가지의 잡담을 뚫고, 흐린 지붕들 틈으로 눈을 쏘며 오르내리던 해안선도 이제는 보이지 않게 되어서, 발끝에 붙은 먼지가 일고 아직도 영영 꺼죽하니 말라 붙은 잡초더미들이 드문드문 눈앞에 나타나기 시작할 무렵에야 나는 (…이하 생략…).

— 「草食」, 『지성』, 1972

---

110 서기원, 「한 세대의 의미와 한계」, 『문학과 지성』 통권 제8호, 1972 여름, 346쪽.

눈 덮인 맞은 편 산봉 위로 거대한 손바닥 하나가 걸렸다.

—「나그네는 길에서도 쉬지 않는다」,『현대문학』, 1984

이제하 소설에 대한 기왕의 논의가 '환상적 리얼리즘',[111] '환상소설',[112] '추상소설'[113] 등, '환상성'과 관련된 것들과「유자약전」(『현대문학』, 1969.11)을 중심으로 한 '예술가 소설'에 관련된 것들[114]로 대별되는 것도 이 때문이다. 예술가 소설의 대명사로 불리는「유자약전」도 메인 캐릭터인 '유자'의 광기나, 작품에 제시된 몇 컷의 환상적인 이미지의 비중을 고려하면, '환상'이란 키워드를 빠뜨리고 논의할 수 없는 작품이다. '환상성'을 연구한 K. 흄Kathryn Hume에 따르면, 인간의 창조적 충동은 모방양식과 환상양식으로 나뉠 수 있는데,[115] 이는 곧 미메시스와 환타지가 예술을 비롯한 문화의 허구적 충동의 양면성임을 뜻한다. 소설에서도 '환상'과 '미메시스'는 서사를 추동하는 근원적인 두 축일진대, 이제하 문학의 유니크함은 한국문학사가 저간의 역사적 특수성으로 인해 후자만 강조해온 현실에 대해 전자의 전위적 구사로 통렬한 비판을 행하고 있다는 사실에 있다. 이제껏 논의된 이제하의 문학적 개성은 회화적 문체, 시적인 상징, 초현실적인 암유 등으로 요약되는데, 이 모두가 결국은 환

---

111 이제하의 작품세계를 '환상적 리얼리즘'이라 일컬은 것은 작가 자신이 제일 먼저이다. 김화영이 이 용어를 받아들인 후(김화영,「고독한 정서, 흐르는 의미의 아름다움」,『龍』, 문학과지성사, 1986), 환상적 리얼리즘이란 개념은 문학연구자들 사이에서 이제하의 작품세계를 일컫는 개념으로 사용되고 있다. 김정진,「환상적 리얼리즘 소설의 상징성—「나그네는 길에서도 쉬지 않는다」를 중심으로」,『이문논총』제16집, 1996, 127~137쪽.
112 김병욱,「한국 현대 환상소설의 위상과 기능」,『한국 현대소설연구』12호, 2000.6, 9~15쪽.
113 이광훈,「추상소설의 제문제—이제하의 자기구제의 문학」,『문학과 지성』통권 제8호, 1972 여름, 334~341쪽.
114 김윤식,「한 예술가의 죽음의 의미」,『한국 근대작가론고』, 일지사, 1974 참조.
115 Katheryn Hume, *Fantasy and Mimesis*, Methuen : N.Y & London, 1984, p.25.

상성과 관련된다.[116] 민족문학론 중심의 리얼리즘적 전통에 고착되어 온 한국 현대소설[117]의 새로운 돌파구로서 '환상성'이 새롭게 조명되고 있는 현실이라면, 가장 먼저 재조명이 필요한 작가가 이제하인 이유도 바로 여기에 있다.

(2) 이제하의 1960년대 소설과 1980년대 소설에서의 환상성

이제하의 첫 작품집 『초식草食』(민음사, 1973)은 60년대에 발표된 그의 작품들이 주로 수록되어 있는데, 이 소설집은 일단 매우 회화적이다. 작품들의 창작방법이 묘사 중심이고, 이미지 중심이며, 따라서 공간적이다. 예컨대, 「임금님의 귀」에는 화자(만화가)가 그린 '임금님의 귀'란 그림이 작품 중앙에 자리해 있으면서 전체 서사를 이끌어간다. 또 「유자약전」에는 화자(화가)가 꿈꾸는 F50호 사이즈의 '유자'의 초상화가 작품 전체의 분위기를 압도하고 있다.

「임금님의 귀」란 단편은 독자들에게 살바도르 달리Salvador Dalí(1904~1989)의 〈기억의 고집The Persistence of Memory〉(1931)이란 그림을 떠올리게 한다. 주지하다시피 달리의 〈기억의 고집〉에는 초현실적인 분위기의 해변을 배경으로 정체불명의 괴생물체가 누워 있다. 태아의 형상인 괴생물체는 눈썹만 긴 채, 입과 귀가 없다. 괴생물체의 곁에는 흐느적거리는 시계들이 널브러져 있고, 치즈처럼 녹아내리는 시계에는 개미들이 들러붙어 있다. 공간 저 끝에는 쏟아 놓은 허여멀건 밀가루 풀 같은 산(땅)이 바다 속으로 녹아들고 있다. 황금빛의 노을은 빛이 바래어 가고, 시간도 공간도 태초

---

116 김병익, 「상투성 파괴, 그 방법과 드러냄」, 『밤의 수첩』, 나남, 1980, 420~421쪽.
117 윤지관, 「뫼비우스의 심층－환상과 리얼리즘」, 『창작과 비평』, 2004 봄, 258쪽.

의 싱싱한 생기를 잃고 괴괴한 정적 속에 고여서 더 이상 움직이지 않는다. 다만 녹아내릴 뿐이다. 달리의 이 독특한 녹아내리는 이미지melting image 는 이제하의 「임금님의 귀」에서 그대로 변주되어 나타난다. "콘크리트 담 을 따라 흰죽 같은 햇볕이 달리고 있다"(「임금님의 귀」, 94쪽)는 문장은 햇볕 이 죽처럼 녹아내리는 독특한 이미지를 형성한다. 흰죽 같은 햇볕 속에 원숭이가 된 주인공 화자는 "2천 년이나 3천년 같은, 한정 없이 지루한 시간 의 풀糊이 내 겨드랑이를 밀봉하고, 손을 풀자 짐승은 용수철처럼 튀어 지 붕 높이만큼 뛰어올랐다가 비상해서, 들이받은 문짝과 함께 청 바닥에 나 가 떨어져 뻗"어 있는 자신을 발견한다(「임금님의 귀」, 98쪽). 화자는 "사산된 태아처럼 시커먼 형상"인 자신을 바라보면서 이것이 진짜 현실일까?라는 의문에 사로잡힌다. 원숭이가 자신이고, 자신이 원숭이가 된, 전도된 시 공간 속에 나(화자)는 있다. 이 작품의 후반은 원숭이의 일기로 구성되어 있다. 구름 낀 요일로 명기된 시간들은 '황금빛 노을'에서 '황금 노을'로, 다시 그냥 '노을'로 변해간다. 이렇듯 바래어 가는 빛깔은 기억의 퇴색이자 의미의 실종을 뜻하고, 의미가 없기에 시공간은 더 이상 움직임이 없는 정지와 별반 다르지 않는 것이 된 채, 흰죽처럼 흘러내린다.

　「임금님의 귀」에서 이제하는 디테일은 리얼하게 묘사하고 물상의 배치나 조합은 초현실적으로 하여 매우 낯선 이미지를 생성해 내고 있 다. 이 작품에서 내러티브의 축은 장군으로 상징되는 군부독재(자)가 사람들의 입을 지우고, 귀를 잘라내고, 그래서 〈기억의 고집〉에서의 귀 와 입이 없는 괴이한 생명체처럼 인간을 격하시키는 당대 현실을 비판 하고 있다. 주인공은 입도 귀도 없는 괴생명체이거나, 원숭이쯤으로 격 하되어 있다. 이 '환상 같은 현실'을 초현실주의적 그림처럼 보여주기 위해, 작가는 현실에 '환상'을 도입하여 초현실주의적 이미지로 현실을 둔갑시킨 것이다. 이 작품의 특징은 작가가 매순간 시각적인 이미지를 동원해 대상을 묘사하고 있다는 점이다. 예를 들어, 그녀의 현재 남편인 '퇴역장군'이 그녀의 옛날 애인인 주인공을 대하는 태도를 "내 마음을 쥐어짜듯이 부드럽게 어루만지고 있는 저 벌판 같은 시선 ……"으로 묘사해 낸다. 또 그녀가 나(젊은 남자)와 남편(늙은 장군) 사이에 놓여있는 처지를 묘사할 때에도 "그 여자의 눈은 총성으로 가득 차 있고, 가슴은 포연으로 미만해 있으며, 자궁은 사체로 들끓고 있다. 그 여자는 아직도 전쟁터다"라는 표현으로 시각화한다. 마치 피카소의 〈게르니카〉를 연상시키는 이런 대목들이 바로 이 작품을 언어로 그린 초현실주의 회화로 보게 한다.

한편, 「유자약전」의 환상성은 유자가 그림 속으로 걸어 들어가 소멸해버린, 그래서 옴짝 않게 된, 나부의 이미지 속에 수렴되어 있다. 나부의 머리 위에는 무거운 지붕이 있고, 그 앞에는 왕(폭군)이 있다. 그 사이를 자전거를 탄 남자(들)가 지나간다. 「유자약전」의 전체 이미지는 화자(지섭)가 상상하는 유자의 초상화 — 4명의 유자가 그림 속으로 소멸해 가는 모습 — 와, 앞서 말한 나부의 그림에 의해 결정된다. 이 이미지들은 매우 초현실적인데, 지섭과 유자의 대화는 지극히 현실적이다. 예를 들어 유자에게 지섭이 그림이 무엇이냐고 묻자, 그녀는 "30년 후에 일어날 전쟁을 종이 위에 그려서 …… 그것을 사람들한테 보여서 …… 전쟁을 못 일어나게 하는 거라고 생각합니다 ……"고 답한다. 또 경제개발 5개년 계획의 논리를 대변하는 인물인 K대 경영학과 출신의 남편을 만난 후, 유자는 "저것이 근대화예요? 저것이 5개년 계획? …… 내 것

내가 해결하겠습니다 하는 저것이? ……"를 되뇌며 눈물을 보이는 그녀의 반응도 그러하다. 유자는 광기와 천재성, 예술혼에의 집념으로 번뜩이는 인물인데, 그녀는 근대화논리가 관철되는 현실에 질식당해 이미지 속으로 스스로 걸어 들어가 버린다. 유자는 작품을 남기기보다, 그녀 자신이 그림이 되어 버리는데,[118] 이로써 이 작품의 초현실성(환상성)은 한 컷의 정지된 이미지로 완성된다고 할 수 있다.

1980년대에 발표된 「풀밭 위의 식사」(『동서문학』, 1985)와 「나그네는 길에서도 쉬지 않는다」(『현대문학』, 1983)에 오면, 「임금님의 귀」나 「유자약전」에 비해 이제하의 소설들에서 내러티브의 서사 장악력이 훨씬 커진다. 환상적 이미지는 여전하지만, 그것이 서사구성의 중추로서 보다는 서사를 완결짓고 마무리하는 마침표 정도로 기능이 약화되어 있다.

예컨대, 「풀밭 위의 식사」에는 마네의 그림 〈풀밭 위의 식사〉가 나오는데, 이 명화를 패러디한 탄광촌의 피크닉 장면은 지극히 현실적인 논리가 승해, 환상성이 그만 깨어지고 있다. 1980년대 한국 현실에서 가능한 '풀밭 위의 식사'는 강원도 탄광촌의 언덕배기가 배경이고, 화자의 아버지인 교회목사와 광부 김씨, 그리고 광부 김씨가 맘에 두고 있는 마을 조합장 최 보살이란 여자가 등장한다. 세 사람이 함께 간 피크닉에서 광부 김씨는 교회목사가 최 보살과 자신 사이에 다리를 놓아줄 것을 기대한다. 분위기가 무르익자, 김씨가 최 보살에게 살림을 합치자고 하고, 최 보살은 김씨에게 가진 재산이 얼마나 되는지를 묻다가 어정쩡

---

118 김윤식은 「유자약전」에서 교환 가치의 체계가 도래함으로써 사용 가치의 세계가 훼손되는 한국현실을 읽었고, 그런 현실에 저항하다 순교한 예술가의 한 전형을 읽어 내었다. 김윤식, 「예술에 대한 목마른 부름」, 『이제하 소설집 龍』, 문학과지성사, 1986, 267쪽.

한 피크닉은 기괴하게 끝이 난다. 그 일을 계기로 아버지의 교회에 몇 안 되던 신도마저 떨어지고, 화가 난 아버지는 최 보살의 술수임을 눈치 챈다. 이후 아버지는 최 보살과 적당한 선에서 타협함으로써 교회의 신도수를 다시 회복하고, 이 과정에서 최 보살과 아버지는 이상야릇한 사이로 발전한다. 이 작품에서 관찰자이자 화자는 목사의 아들인데, 마네의 〈풀밭 위의 식사〉의 야릇한 분위기를 차용한 이 탄광촌의 〈풀밭 위의 식사〉를 그린 작품은 최보살의 처세술이나 한국교회의 논리 등, 환상성 대신 현실성이 짙게 드러나는 부분들이 많고, 마지막 대목은 특히 희화화되어 있어, 환상적 요소가 부차적이라 할 수 있다.

또 이 작품의 희극적 마무리는 공포를 본질로 하는 서구문학작품에서의 환상성과 이 작품의 거리를 더욱더 멀게 한다. 이 작품에서 작가는 마네의 〈풀밭 위의 식사〉라는 명화에서 두 남자와 벌거벗은 한 여자의 야릇한 시선, 또 보는 사람들에게 궁금증을 유발케 하는 도발적인 분위기, 이 모두를 차용하여 이를 재밌게 한국적으로 변용함으로써 무거운 1980년대 한국현실과 당시 주류 문학의 리얼리즘적 분위기에서 중압감을 거둬내고 있다고 평가할 수 있다.

「나그네는 길에서도 쉬지 않는다」는 공무원인 화자가 화장한 아내의 뼛가루를 뿌리기 위해 아내의 고향 강원도를 찾는 여로형 소설이다. 화자는 강원도 산골에서 두 창녀의 죽음을 목도한다. 또 서른에 물가에서 세 개의 관을 지고 오는 남자가 전생의 자신의 남편이라고 믿는 '최 간호사'란 여자의 신 내림 굿을 지켜본다. 그 대목에서 화자는 "눈 덮인 맞은 편 산봉 위로 거대한 손바닥 하나가 걸"려 있는 환각을 체험한다 (「나그네는 길에서도 쉬지 않는다」, 353쪽). 세 개의 손금이 방형을 그리고 있는 자기 손바닥이 하늘에 걸려있는 환각을 체험함으로써 이 작품의 서사는 종결된다. 「나그네는 길에서도 쉬지 않는다」에서는 "한 발 물러섰다"는 작가 자신의 말(이상 문학상 수상소감)처럼, 우선 개성적인 이제하식 작법에서 전통적인 서사기법에로의 후퇴가 눈에 띤다. 그런 만큼 환상적 요소의 비중은 줄어들고 있다. 이전 작품 경향들과의 차이라면, 이 작품에서의 환상적인 이미지의 구사는 1930년대 김동리의 「무녀도」식의 샤머니즘의 세계로 향하고 있다는 점이다. 1960년대에 이제하는 「유자약전」에서 지섭과 유자가 경사했던 얀 보스Jan Voss 등과 같은 작가들처럼, 서양, 특히 유럽화단의 초현실주의나, 추상화가들의 작품에 대한 선호를 드러냈는데, 1980년대 중반에 이르면, 「나그네는 길에서도 쉬지 않는다」의 경우처럼, 한국적 환상의 요체인 샤머니즘에로 방향을 선회하고 있는 것이다. '최 간호사'의 내림굿 장면이나, 화자의 손바닥의 금, 작품의 도처에서 시종일관 반복되어 나오는 3이라는 숫자 — 동양적 세계관에서 일체, 조화, 통합을 암시하는 숫자 — 가 이를 말해준다.[119] 한국 현대소설사에서 장용학이나 박상륭 소설의 환상성이 관념성(추상성)에 가 닿고, 이제하나 김승옥의 환상성은 회화성(구상성)에 연결된다고 할 수 있는데, 80년대 이후 이제하는 특히 샤머니즘적 세계로[120] 나아가고, 김승옥은 기독교적 세계로 나아가고 있는 것이다.

이상의 논의를 정리하면, 이제하 소설의 환상성은 60년대의 것은 초현실주의적 이미지가 내러티브를 압도하고 있는 형국이고, 80년대의

---

[119] 이 작품의 이런 측면을 주로 분석한 연구는 김정진, 「환상적 리얼리즘소설의 상징성―「나그네는 길에서도 쉬지 않는다」를 중심으로」, 『里門論叢』 16, 1996. 12, 127~137쪽이 있다.

[120] 이후로 발표된 「龍」(『한국문학』, 1985)과 「독충」(『문예중앙』, 1999), 「뻐꾹 아씨, 뻐꾹 귀신」(『독충』, 세계사, 2001) 등의 작품이 그러하다.

것은 환상적 이미지가 내러티브에 부차화되어 있으며, 또한 그 이미지
들은 한국적인 해학이나 샤머니즘의 세계와 만나는 특징을 보인다고
할 수 있다. 중요한 것은 60년대이든, 80년대이든, 변함없는 이제하 소
설의 환상성은 회화적인 성격을 띤다는 점이다. 그것들은 대부분 초현
실주의 회화와 유사한, 정지된 이미지로 구현되고 있다. 이 변함없는
이제하 문학의 환상성을 본고는 '회화적 환상성'이라 명명하고자 한다.
중요한 다른 한 가지는 60년대 작품의 환상성에 비해, 80년대의 것은 서
사 내에서의 기능이 매우 제한적이어서 작품 전체의 분위기를 주도하
지는 못한다는 사실이다. 따라서 이제하 문학에 있어서의 회화적 환상
성은 60년대에는 '미메시스<환상'이고, 80년대에는 '미메시스>환상'
의 부등식으로 표현될 수 있다고 하겠다.

(3) 회화적 환상성을 통한 현실에의 우회적 접근

작가 자신은 자기 작품에는 "일체의 사상성이나 주제의식이 배제되
어 있다"고 말하고 있으나,[121] 이제하의 작품들은 대체로 한국 근현대사
를 매우 강하게 의식하고 있다고 볼 수 있다. 초현실주의적 이미지로 드
러난 회화적인 환상성은 철모, 양공주, 교회, 군부대, 탄광, 경제개발 5개
년 계획, 장군 등, 매우 현실적인 존재나 사실과 연관되어 있거나 한국
근현대사의 실제 상황 속에서 제시되고 있기 때문이다. 그의 작품들은
그의 말대로 일차적으로는 시류편승이나 몰개성화, 상투적 반응 등에
대한 강한 거부감을 가진 화가이자 소설가인 이제하의 개성을 표현하

---

[121] 이제하, 「주말을 책과 함께」, 『동아일보』, 1988.7.9.

고 있다. 하지만 그의 작품들을 문학사회학적으로 보면, 산업사회의 속물성, 성장 위주의 천민자본주의적 경제정책, 군사정권의 억압성 등에 대한 비판으로 읽히기에 전혀 부족하지 않다.[122] 그가 자신의 문학을 '환상적 리얼리즘'이라는 악시모론oxymoron(모순어법)[123]으로 표현하고 있는 점도 그의 문학이 갖는 환상성이 현실에 대한 예술적 대응이나 비판적 발언의 한 방법임을 시인하고 있음을 반영할 것으로 보인다.[124]

원래 '환상적 리얼리즘'이란 용어는 미술사에서 살바도르 달리Salvador Dalí나 르네 마그리트René Magritte와 같이, 디테일은 매우 리얼리스틱한데 물상의 조합과 배치가 낯설거나, 혹은 형태의 변형이나 질료의 왜곡 등을 통해 환상적인 이미지를 창안해 낸 작가들의 경향을 통칭하는 개념이다.[125] 환상적 리얼리스트라 일컬어지는 살바도르 달리의 그림에서는 토마토 위를 달리는 말이 등장하고, 르네 마그리트에게서는 파티장의 손님들이 천장에 둥둥 떠다니기도 한다. 불가능이 존재하지 않는 그들의 그림에서 디테일은 오히려 극사실적인데, 이제하의 소설에 나타난 환상성이 바로 그러하다. 이제하는 광기로 가득 찬 인물을 등장시켜 상식과 통념, 합리적 이해의 끈을 끊는 쉬르레알超現實한 이미지를 창안해내어, 이를 통해 개성과 휴머니티가 짓밟히는 현실을 성찰할 수 있는 비판적

---

122 대부분의 이제하 연구자들은 그의 작품들을 가족사나 성장과정과 연관지어, 심리학이나 정신분석학적으로 연구하거나 한국 근현대와 연관지어 의미를 분석하고 있다.

123 이제하, 「85 이상 문학상 수상 연설문―왜 참고 견디지 않으면 안 되는가」, 『밤의 수첩』, 나남, 1991, 416~417쪽.

124 정혜경의 「이제하 소설의 서술 방식 연구―「幻想志」를 중심으로」는 환상성에 관한 이론들을 「환상지」의 서술방식 분석의 도구로 활용하여, 이제하 작품이 1960~1970년대 지배이데올로기에 대한 서사적 대응물로서 평가하면서 환상성의 정치적 함의를 읽어내었다. 정혜경, 「이제하 소설의 서술 방식 연구―「幻想志」를 중심으로」, 『현대소설연구』 제33호, 2007.3, 46~59쪽.

125 수지 개블릭, 천수원 역, 『르네 마그리트』, 시공사, 2000; 김태 감수, 『달리』, 금성출판사, 1976 참조.

인식을 담아낸다. 이성과 비이성의 간극을 넘나드는 낯선 이미지들은 그 낯섦 때문에 독자에게 매우 강한 인상을 남기는데, 그것으로써 작가는 현실을 통렬히 비판하고 있는 것이다. 그는 환상적 리얼리스트들이 그린 초현실주의적 회화와 매우 흡사한 방식으로 자신의 메시지를 전하고 있는 셈인데, 그의 소설들은 앙리 마티스가 "그림은 보여줄 뿐, 설명하지 않는다"고 말한 대목을 연상시키기에 충분할 정도로 설명적이지 않은 특징이 있다. 특히 회화에 육박하는 그의 초기소설들은 불친절한데, 회화성이 강할수록 이미지 제시가 모든 것에 값하고 있기 때문이다.

또한 그의 작품에서는 환상적 시공간 속에서 환상적인 사건이 발생하는 등, 내러티브에 녹아있는 환상성, 다시 말해 제시된 환상 자체가 계속해서 서사 내에서 변형된다든지 하지는 않는 특징이 있다. 다시 말해 그의 작품에서 환상성은 주로 내러티브의 흐름을 중단시키는, 단속적인 이미지로 등장한다. 내러티브의 축과 연결은 되어 있으나, 사건으로 발전하지는 않는 이미지로서의 환상성이 내러티브의 중간중간에 끼어 있으면서 작품 전체의 분위기를 주도하는 식이다. 이런 이제하 소설의 환상성을 본고는 '회화적 환상성'이라 이름했다. 그의 작품들의 특성을 단순히 이미지즘으로 논하면 환상성이 무시되는 측면이 있고, 또 환상문학이란 이름으로 재단해 버리기엔 그의 작품들은 기본설정이나 주제의식 등에서 지나치게 현실적이라는 것이 본고의 생각이다. 그가 종횡무진 구사하는 초현실주의 회화와 흡사한 이미지들은 한결같이 정지된 이미지이고, 그 속에서 환상이 진행형으로 구현되고 있지는 않기 때문에, 이를 일컬어 본고는 '회화적 환상성'이라 명명하였다.

이 글이 제시한 '회화적 환상성'이란 개념은 사실 '영화적 환상성'과의 대비를 염두에 둔 용어다. '영화적 환상성'이란 용어도 본고가 처음으로 만든 것이다. 이는 설정된 환상적 시공간 속에서 유기체나 등장인물이 행위의 주체가 되어 움직이면서 사건을 만들어가는 과정 자체에서 환상성the fantastics이 발현되는 경우를 일컫는다. 쉽게 말해, 내러티브의 진행 속에 환상성이 내포되어 있어서 전체 작품이 환타지fantasy가 되는 경우를 말한다.[126] 이 경우에는 환상 자체도 움직이고 변화하며, 보다 시간적이고 따라서 3차원이나 4차원적일 수 있다. 이와 비교해 볼 때, 이제하 소설의 환상성은, 그것이 내러티브와 구분되어서 화자가 상상하는 한 컷의 이미지이거나(「임금님의 귀」, 「유자약전」), 혹은 내러티브와 연관된 한 두 컷의 정지된 초현실적 이미지(「풀밭 위의 식사」, 「나그네는 길에서도 쉬지 않는다」)에 가깝다. 요체는 그것들이 초현실적 이미지라는 것이다. 그것들은 2차원적이고, 제시된 환상 속에서 시간이 흐르거나, 어떤 변화가 추동되지는 않는다. 그것들은 공간적이긴 하되, 시간적이지는 않다. 이를 일컬어 영화적인 것과 대비하여, 회화적이라고 칭한 것이다.

원래 회화를 비롯한 이미지는 개념적 인식이 아니라 형상적 재현으로서 시각적인 것이다. 시각은 사회적이고 타인을 중심으로 하는 청각과는 달리 고립감과 거리감에 기초해 있을 뿐 아니라, 다른 감각들과의 친교성을 부인한다는 점에서 몰감각적인 감각으로 인정되어 왔다.[127]

---

[126] 이런 의미에서 보면 〈반지의 제왕〉은 호빗족이라는 기본 설정은 환상적이나, 서사의 진행이 본질적으로 인간세계의 현실논리를 추수하고 있고 권선징악을 주제로 하고 있어 서사 자체가 환상성을 갖는다고 보기는 어렵다는 것이 본고의 입장이다. 또 오늘날 많이 쏟아져 나오는 환상성을 내세운 역사물들도 과거라는 시점과 환상성을 단순 결합하고 있는 경우가 많고, SF물들 역시 단지 미래라는 시공간을 환상성으로 포장한 경우가 많다. 이런 작품들은 환상문학의 본질을 구현하고 있다고 보기는 어렵다. 환상성은 현실의 논리와는 다른 원리에 의해 구성되는 the other world를 보여주어야 한다. 인간과는 다른, 우리와는 전혀 다른 방식의 존재나 세계의 구현을 통해 인간이나 현실을 매우 우회적으로 성찰하게 하는 것이어야 한다.

모든 시각에는 사회성을 잊어버리는, 일종의 사회에 대한 건망증이 존재한다. 다시 말해, '보는 나'와 '보는 눈'은 동일성의 영역이므로, 시각 중심의 문화에서 코키토는 본질적으로 자기중심성을 면치 못한다. 그렇기 때문에 '시각'에 기초한 인식론과 문화로 형성된 근대 이성중심주의[128]가 타자 중심이나 관계 중심적이기보다는, 주체 중심적, 혹은 자아 중심적 문화를 형성해 왔다. 이런 인식론적 배경과 관련시켜 보면, 회화야말로 본질적으로 주체의 개성을 표현하거나 주정의 표현으로 갈 수 밖에 없는 예술영역이며, 회화에서 작가의 개성이 강조되는 것은 이 때문이다. 이제하 문학에서 환상성은 화가 출신의 작가가 자신의 개성을 한껏 드러내는 창작기법으로 작동하고 있다.

그의 문학에서 회화적인 환상성은 개념에 매개되지 않는 형상적 구체로서, 형상 자체의 즉물감 혹은 직접성을 드러내는데 기능적이다. 이제하 소설의 초현실주의적 이미지들이 알레고리가 아니라 환상과 관련된다고 말할 수 있는 것도 이 때문이다.[129] 왜냐하면 토도로프는 알레고리에서는 환상성이 구현될 수 없는데, 왜냐하면 환상은 기의를 따로 갖지 않는, 다시 말해 기표 자체로 자족한 것이 특징적이라고 설명하고 있기 때문이다. 그의 초기소설들에서 서사성이 약한 것도 또한 그의 작품들이 환상성을 구성원리로 하고 있다는 증거가 될 수 있다. 푸코는 환상에 대해 논하는 자리에서 환상을 효과로 보고, 환상에서 '공포'를 매우 중시하였다. 그는 공포소설들은 스토리 자체가 불러일으키

---

127 정화열, 박현모 역, 「현상학과 몸의 정치」, 『몸의 정치』, 민음사, 1999, 242쪽.
128 주은우, 『시각과 현대성』, 한나래, 2003, 39~43쪽.
129 츠베랑 토도로프, 이기우 역, 「문학과 환상」, 『환상문학 서설』, 한국문화사, 1996, 293쪽.

는 감흥, 공포, 무서움, 경악 혹은 연민이 그 작품이 읽히는 주된 이유이
므로, 공포소설에서는 스토리 라인은 빈약한 경우들이 많다고 보았다.
푸코는 이런 공포(환상의 효과)는 인간의 은밀한 절망감이나 내면에 잠재
된 항거의 욕구에서 비롯되며, 그 자체가 공포소설의 마르지 않는 소재
이자 토대라고 보았다.[130] 이런 푸코의 지적은 이제하의 환상성이 강
한 초기 작품들에서 서사성(문학성)이 약한 측면을 설명할 수 있는 이론
적 근거가 된다. 그의 초기 작품들에서 환상적 이미지는 중심적이고,
내러티브적 요소는 부차적이다. 이들에서 내러티브의 약화는 환상적
이미지의 압도적인 효과로 대신 채워지고 있다.

　이제하의 초기작품들에서 서사성이 약하다는 점은 이들이 후기작품
들보다 더 회화적이라는 사실과 연관된다. 문학은 회화와 마찬가지로
형상적 인식이긴 하지만 문학적 서술의 함의는 회화에서처럼 그려지
는 시각적 대상에만 국한되지 않는다. 모든 부분들이 동시에 눈앞에 드
러나는 회화에서와는 달리, 문학에서의 모든 부분은 줄거리의 경과와
더불어 독자의 기억에 의해 점차적인 방식으로 드러난다. 이런 맥락에
서 문학은 청각적이고, 리니어linear, 線的하고 1차원적이다. 독자가 작품
을 읽어가는 과정에서 점진적으로 행동과 줄거리의 세부가 밝혀지면
서 그 각각의 진술은 상호작용하는 가운데 쓰여진 것뿐만 아니라 쓰여
지지 않은 것까지를 표현하고 암시하고 상징한다. 때문에 문학에서는
행간의 의미도 있을 수 있고, 작품을 읽어가면서 독자 스스로가 구성해

---

130 질 들뢰즈, 『이미지-시간』, 1985, 59쪽. 장 루이 뢰트라, 김경은 · 오일환 역, 『영화의 환상
성』, 동문선, 2002, 37쪽에서 재인용; 쉬잔 엠 드 라코트, 이지영 역, 『들뢰즈 : 철학과 영화-
운동-이미지에서 시간-이미지로의 이행』, 열화당, 2004 참조.

내는 의미나 감상이 존재할 수가 있다. 바로 이 서술의 비 현재성과 행동의 점진성이 문학의 매체로 하여금 보다 농축된 의미의 함장을 가능케 한다.[131] 또 이런 특성 때문에 문학은 주체(작가) 중심적이기 보다는 대화적이라 말해질 수 있다. 문학은 작가가 창작을 함에도 불구하고, 독자 몫의 역할이 충분히 남아 있다. 작품의 의미는 독자와의 대화라는 양식 속에 내재한다. 따라서 독서행위 자체가 진리를 구성하는 과정이 될 수가 있다. 때문에 문학은 구성적인 진리를 내포한다고 할 수 있으며, 이를 통해 작품은 형상 너머의 의미나 주제를 표현해 낼 수 있다. 가시적 사물의 현존적 순간만을 포착하여 드러내는 회화에서는 화가가 표현하고자 하는 것은 모두 평면적 화판 위에 가시적으로 드러나야 함에 비해, 문학에서는 말하여지지 않은 것이 때로는 말하여진 것보다 더 큰 역할을 하는 수가 있는 것이다.

또한 문학의 매개체인 언어는 근원적으로 그 자체가 (음성)상징이고, 문학은 본질적으로 허구fiction로서 그 자체가 '환상'의 측면을 갖는다. 하지만 문학에서 내러티브가 갖는 인과성과 순차성은 본질적으로 현실의 논리를 관장하는 라오콘의 사슬[132]이 된다. 문학을 구성하는 두 축인 미메시스와 환상성은 전자는 현실에, 후자는 탈현실에 닿아 있는데, 결국 이 두 요소는 상호배타적이 아닌, 상보적인 작동으로 문학을 구성한다. 그 때문에 문학은 본질적으로 회화처럼 탈현실적일 수만은 없는데, 이는 회화가 표현매체인 형과 색을 모두 제거하여 추상에 이를 수 있는 것과 달리, 문학은 본질적으로 추상에 이를 수 없는 구상성을 갖는 이유

---

131 문광훈, 앞의 글, 30~31쪽.
132 하늘로 비상하지 못하게 땅에 결박된 라오콘의 형상 속에 나오는 사슬이나 끈.

이기도 하다. 이는 언어 자체의 속성 — 지시적 기능이나, 기의 없는 기표는 불가능함 — 과, 내러티브 자체의 인과성 때문에 빚어진다. 토도로프가 일찍이 "초자연은 언어에서 생기는 것"이라고 간파한 것[133]도, 결국은 언어를 뜻하는 'word'라는 단어의 희랍어 어원이 '이성理性'을 뜻하는 '로고스logos'인 사실과 관련된다. 다시 말해 내러티브(순차성과 인과성 - 합리적 논리)는 초자연을 비롯한 모든 환상의 출발점이다. 다시 말해 비이성조차 이성의 빛으로만 그 전모를 드러낼 수 있다는 것이다. 또한 여기서 언어에서의 기표와 기의 사이의 자의적 관계는 비이성(인과성의 결여, 무연함, 우연 등)이 이성의 토대이기도 함을 더불어 의미한다. 즉, 환상은 현실과 비현실, 혹은 초현실의 만남과 겹침, 불분명한 경계 혹은 혼재에서 비롯되는데, 이를 토도로프식으로 표현하면, '망설임'이 된다.[134] 이런 다양한 이유 때문에 언어를 매체로 하는 문학이야말로 다차원적인, 다성적인 환상성을 표현할 수 있는 장르라 할 수 있다.

그런데 이제하의 작품에서는 '환상'의 내용인 초현실적 이미지들이 감각적 구체(어떤 인물이나 사건)가 추상(작품의 이념이나 주제)과 결합하는 매개체로 기능하고 있다. 그는 화가가 그림을 그리듯, '빛', '물', '공기', '바다', '강물' 등, '물'과 '빛'의 변형 이미지들[135]을 자주 차용하여, 마치 인상파 화가처럼, 시각감성에 의한 즉물적 상황에의 추구를 특징으로 하는 초현실주의적 이미지를 창출하고 있다. 이제하의 작품에서 환상성이 강한 이미지들은 문학성과 회화성을 통합하는 요소이고, 미메시스와 환상성이 교

---

133 츠베탕 토도로프, 이기우 역, 앞의 책, 131쪽; 장세진, 「90년대 환상문학의 또다른 가능성」, 『상허학보』 제10집, 2003.2, 211쪽.
134 여기에 대해서는 츠베탕 토도로프, 이기우 역, 위의 책, 131쪽 참조.
135 이혜원, 「이태준 소설의 이미지 연구」, 『상허학보』 제1집, 1993.12, 241~260쪽.

차되는 지점이다. 그가 초기작품에서 '문학성＜회화성'의 부등식을 보이다가 후기로 갈수록 '문학성＞회화성'의 부등식으로 중심이동하면서 보다 더 회화적인 작품에서 문학적인 작품으로 변화되고 있는데, 이는 그의 환상성이 보다 서사(미메시스적 차원)와 버무려지는 과정과 나란히 간다. 회화적 이미지들이 문학 속으로 습합되어 가는 형국인 것이다.

사건의 인과적 구성이라는 내러티브의 속성이 합리성에 근거한 현실적 논리의 미메시스라면, 세계에 대한 작가의 주관적 해석이나 인상이 초현실적 이미지로 제시된 '환상'은 현실의 논리로 진위를 판별할 수 없는 영역일 것이다. 이는 마치 비사실주의 회화들의 특징처럼, 대상에 즉하여 화면을 구성하는 것이 아니라, 작가의 주관적 해석, 인상을 그리는 것에 해당한다. 다시 말해 작품이 작가의 주관에 의해 구성되기에, 더 이상 진실과 허위가 문제되는 것이 아니라 미와 추가 관건이 된다. 현격히 회화적인 초기소설들이 작가적 개성을 드러내는 데 초점이 맞추어져 있었다면, 문학성이 강화되고 현실의 논리가 지배적이 되는 후기 작품들에서 환상성은 단성적인 현실의 논리 그 너머로 비월하는 새로운 해석의 가능성을 열어놓는 장치로 작동하고 있다.

(4) 이제하 소설의 환상성을 통해 본 한국 현대소설의 환상성

이제하 문학의 환상성은 디테일의 리얼리티, 배경이나 서사구도의 현실성, 내러티브적 요소의 점차적인 역할 확대 등으로, 현실에 대한 연결고리를 놓고 있지 않을 뿐 아니라, 갈수록 그 부분이 강화하고 있어 전체적으로 현실에 대한 우회적 발언을 위해 방법론적으로 활용된 것으로 볼 수 있다. 회화사에서도 달리나 마그리트처럼, 환상적 리얼리즘을 구사한 작가들보다 그림으로 현실에 대해 더 많이 발언한 작가들은 따로 없다. 일반적으로 화가들은 화법으로(그리는 방법) 새로운 인식을 표현하는데, 환상적 리얼리스트들은 '환상'으로 '현실'을 말한다. 즉, 회화에서도 환상적 리얼리즘은 결국엔 리얼리즘인 것이다(이런 의미에서 모든 화가는 자신이 발견한(생각하는) 가장 중요한 사실fact을 화폭에 담는 리얼리스트들이다).

한국 현대소설에 나타난 환상성은, 이제하의 경우처럼, 현실에 대한 우회적 표현인 경우가 많다. 예를 들어 1950년대에 발표된 장용학의 「비인탄생」 연작이나, 2000년대에 발표된 박민규의 『카스테라』(문학동네, 2005)도 그렇다. 장용학의 「역성서설―비인탄생 2부」에는 "방위가 메워지고 공간이 죽었다 흐를 곳이 없어 시간도 꺼졌다. 나는 없이 됐다. 없다. 없어졌다. 의지할 데가 없다는 것은 없다는 것이다!"는 대목이 나온다. 또 "그는 누구인가? 나인 것처럼 행세하고 있는 그는 누구인가? 그는 내인가? 무엇을 가지고 그를 나라고 할 수 있을 것인가"라는 대목도 등장한다. 시공간의 소멸이나 관념적 카오스 상태는 환상의 대표적인 모습이다. 이 작품을 분석한 연구논문들은 한결같이 장용학 소설의 파편적 환상성은 현실의 총체적 리얼리티를 포착하기 힘든 전후 현실의 '낯섬'을 반영하고 있다고 보았다.[136] 또 박민규의 「카스테라」는 "이 냉장고의 전생은 훌리건이었을 것이다"로 시작하고, 「고마워, 과연 너구리야」는 사우나장에서 UFO를 타고 나타난 너구리 한마리가 등장하며, 「그렇습니까? 기린입니다」에서는 전철역 플랫폼에 기린이 나

---

136 이정윤, 「장용학 소설의 환상성 연구」, 『한국 현대문학연구』 제18집, 2005.12, 399~423쪽; 박정수, 「현대소설에 나타난 환상의 세 모습」, 『한국문학과 환상성』, 서강여성문학연구회, 예림기획, 2001, 221~272쪽.

타난다. 박민규의 『카스테라』에 나타난 무수한 판타지는 90년대 이후 강고한 후기자본주의적 현실에 대한 풍자로 읽힌다.[137] 이렇듯 한국 현대소설에서의 환상성은 지극히 현실적인 논리에서 배태된, 현실에 대한 우회적 표현인 경우가 많다. 따라서 한국문학의 '환상성'을 논할 때 서구문학이론인 토도로프나 로지 잭슨의 것을 바로 대입하는 것은 적절하지 않을 수 있다.

한국 현대소설에서의 환상성은 환상적 부분 부분이 알레고리라고 할 수는 없지만, 환상적인 작품 전체가 알레고리적인 경우가 많다. A로서 B를 나타내는 알레고리를 토도로프는 환상에서 제외시킨다. 그는 환상은 언어가 축자적으로 쓰일 때, 다시 말해 상징이나 알레고리가 아니라 묘사된 세계 자체가 즉물적으로 낯설 때 가능하다고 보았다. A를 가지고 B를 나타내는 것이 알레고리의 본질이라면, 이 이중적 의미구조에서는 독자가 어떤 단어를 읽을 때 자의에 따라 가변적으로 해석될 여지가 없기 때문에 망설임이 본질인 환상이 발생할 수 없다는 것이다.[138]

서구의 문학은 한국과는 다른 토대에서 환상문학을 꽃피워 왔다. 한국 전통서사물에서 환상성은 적지 않았는데, 예를 들어 『삼국유사』를 보면 전통서사물에서의 환상성은 환幻, 귀鬼, 괴怪, 몽夢으로 분류되고 있다. 조선조에서는 이것을 몽자류夢字類, 전기체傳奇體 소설과 귀신담, 속

---

137 졸고, 「냉장고 속에서도 따뜻한 카스테라—박민규의 『카스테라』(문학동네, 2005)」, 『목회와 신학』 2권, 두란노서원, 2005 참조.

138 츠베랑 토도로프, 이기우 역, 앞의 책, 163~182쪽. 하지만 바레네체아나 브룩-로스 등은 시나 알레고리도 작품에 따라서는 환상을 창출해 낼 수 있다고 보았다. 여기에 대해서는 황병하, 「환상문학과 한국문학」, 『세계의 문학』 84호, 민음사, 1997.5, 129~160쪽과 우찬제, 「소설의 카오스모스 혹은 허구의 환상성과 복합성」, 『문화예술』 265호, 2001.8, 38~45쪽에 잘 나타나 있다.

신, 신화, 환시체험담 등으로 구현되고 있다.[139] 우리의 고전문학사에는 김만중의 『구운몽』에서의 백일몽daydream이나 김시습의 『금오신화』의 세계, 『장화홍련전』 등에 나타나는 '귀신'이나 '혼백'으로서의 ghost의 세계[140]도 있고, 도깨비담 류에서의 도깨비의 존재도 있다. 동양에서는 음양陰陽에 굴신屈身하는 운동하는 기氣를 귀신鬼神이라 한다. 유교의 혼백론에서 귀신이란 혼백魂魄이 다른 사람의 몸에 붙어서 나타나는 것을 일컫는다. 사람은 죽음으로써 혼백이 분리되는데, 음陰의 성질에 속하여 육체를 관장하는 백魄은 땅에 내려가 귀鬼가 되고, 양陽의 성질에 속하며 정신을 관장하는 혼魂은 하늘로 올라가 신神이 된다고 한다.

반면, 서양문학에는 악령demon, devil이 존재하는데, 이들의 존재는 우리의 혼백 개념과는 그 성격이 다르다. 서양은 오랫동안 이성과 감성, 천사와 악마, 영혼과 육체, 자연과 문명, 삶과 죽음, 지옥과 천국 등의 이원론적 대립 구도로 세계를 인식해 왔다. 이런 이원론적 대립구도는 인간의 인식 범위를 벗어난 존재나 세계를 상정하게 만들고, 인간의 힘으로는 알 수 없는 세계, 이성이나 현실의 논리로는 도대체 접근이 불가능한 세계를 상상하는 토양이 된다. 일례로 기독교적 세계관에서 그것은 신의 영역이나, 악령, 죽음 이후일 수도 있다. 이러한 인식론적 기초는, 로지 잭슨이 거듭 예를 들고 있는 메리 셸리의 『프랑켄슈타인』이나 웰즈의 『투명인간』, 스토커의 『드라큘라』 등과 토도로프가 자주 거론하는

---

139 안숙원, 「『구관조』 연작과 백일몽의 세계」, 『한국문학과 환상성』, 서강여성문학연구회, 예림기획, 2001, 275쪽.

140 이에 대해서는 김지선, 「육조 지괴의 '幻' 대한 고찰」, 『아시아 문화』 제21호, 2005, 167~190쪽과 최혜실, 「가상공간의 환상성 연구—동서양 영혼관의 비교를 중심으로」, 『인문콘텐츠』 제8호, 2006.12, 221~222쪽 참조.

괴테의『파우스트』나 도스토예프스키의『악령』혹은 카프카의『성』등에 나타난 환상성의 토대가 된다. 이들은 현실의 논리로 접근할 수 없는 foreign한 세계, 낯선, 혹은 이해할 수 없는 완전히 다른 세계, 이곳이 아닌 저곳의 존재를 상정하고 있다. 서양문학의 프랑켄슈타인이나, 드라큘라, 악령의 존재는 동양문학에서의 귀신과는 달리, 완전한 다른 세계the other world의 존재들이다. 그들은 완전히 the others타자인 것이다.

이와는 달리, 유교적 전통에 토대한 동양에서는 본래 시원이나 종말에 대한 사유가 거의 없었다. 유교적 전통에서 말하는 현세가 아닌, 저승(내세)이나 전승은 현세(이승)와의 연장선상에 있는 pre 현세, 혹은 post 현세이다. 유교적 문화권은 매우 현실적인 사유체계를 특징으로 한다. 전승이나 내세는 현세와 전혀 다른 논리가 적용되는 낯선 세계, 완전히 foreign한 세계가 아니라, 순차적인 선후가 존재할 뿐, 전혀 다른 논리가 적용되는 세계는 아니다. 귀신의 존재 역시 인간의 연장선상에 있다. 혼백은 이승에서의 사연으로 인해 땅에 묻히거나 하늘로 올라가지 못한 영혼일 뿐, 본질적으로는 우리의 조상이다. 다시 말해, 우리 자신이 죽어서 조상이 되거나 귀신이 될 수 있다. 귀신이나 정령 등은 우리와 본질적으로 다르지 않는 존재이고, 또 산신령이나 산신 등은 자연의 일부이다. 동양에서의 자연도 통섭이나 융합의 대상으로 인식된다. 동양 문화권에서는 귀신도 신령도 완전한 타자가 아니라, 인간이라는 동일자의 변형태인 것이다. 그들은 우리의 이웃이거나 조상이고 따라서 그들은 이승의 문제점이 해결되면 해소되는 존재들이다. 이원론적 세계관에 토대한 서양의 악령이나 천국 혹은 지옥, 혹은 신의 영역 등의 존재는 현세의 문제가 해결되어도, 또 서사 내의 인물들 간의 갈등이 해결되어도 결코 해소될 수 있는 존재나 세계가 아니다.

이런 연유에서 동양에서의 귀신이나 혹은 그들과 관련된 환상성이 지각 차원의 것이라면, 서양에서는 존재론적인 성격을 갖는 것[141]이라고 할 수 있다. 한국문학에서 환상성이 자주 착시, 환각, 혹은 쉽게 '헛것'의 형식으로 등장하는 것도 이 때문이라고 필자는 생각한다. 한국 전통 서사물에서 환상성은 이승으로부터 독립된, 전혀 다른 존재나 세계, 독자적인 존립 기반을 가진 존재들을 상정하지 않는다. 때문에 존재론적인 환상성이라기보다는 지각적인 차원의 환상성이 대부분을 차지한다. 한국 현대소설에서의 환상성 역시 본질적으로는 이런 전통과 무관하지 않다고 본다. 토도로프나 로지 잭슨 식의 환상성 개념을 바로 적용하기 어려운 것은 이 때문이다.

특히 필자는 한국문학에서는 서양문학에서의 '경이the marvellous'에 해당하는 작품을 발견하기가 좀처럼 어려울 것으로 본다. 낭만주의 시대의 환상물에 대한 이론서인 『환상문학서설』(1970)을 쓴 토도로프에 따르면, "환상이란, 자연의 법칙밖에는 모르는 사람이 분명 초자연적인 양상을 가진 사건에 직면해서 체험하는 망설임"[142]이다. 그는 환상이란 현실 세계 속으로, 혹은 일상적인 불변의 법칙성 복판에 신비, 이해하기 어려운 것, 용인하기 어려운 것이 들어옴으로 시작되는데, 중요한 것은 그것이 초자연적인 힘의 존재인지조차 확인되지 않은 상태에서 작품의 내포독자이자, 실제 독자가 체험하는 망설임에서 환상이 나온

---

141 19세기 서양문학의 환상성은 낭만성과 강하게 연결되어 있다. 특히 드라큘라 백작 이야기나 유령이야기 등은 매우 그러한데, 토도로프도 이 점을 지적하였다. 이 부분은 추후 본 연구자의 연구 주제이다.
142 츠베탕 토도로프, 이기우 역, 「환상적인 것의 정의」, 앞의 책, 124쪽.

다고 본다. 토도로프는 모든 환상적 디스쿠르discourse는 본질적으로 허구이며, 자의적字義的 의미와 결부된다고 보았다. 그가 말하는 괴기怪奇, étrange는 "현실의 여러 법칙들은 손상을 입지 않은 채 남아 있으며, 기술된 현상도 그것으로 해명"될 경우이고, 경이驚異, merveilleux는 "독자의 결론이 현상을 설명할 수 있는 새로운 자연 법칙을 인정하지 않으면 안 되"는 경우를 말한다고 설명한다.[143] 그는 환상의 발생에서 망설임을 매우 강조하였다. 그에 따르면 내포된 독자의 지각은 텍스트 안의 나레이팅에 포함되어 있는데, 만약 제시된 '환상'이 초자연적인 것이라는 사실이 확인되면, 그 순간 일체의 망설임이 제거되어 환상에 종지부가 찍힌다는 것이다. 그러니까 환상은 이쪽(현실)의 논리나 저쪽(다른 세계)의 논리로도 설명이 되지 않고 있는 상태, 어느 쪽에 속하는지조차 가늠이 서지 않는 불확실한 시간이 빚어내는 효과라는 것이다.

토도로프는 작중 인물부터가 사건에 어떠한 해석을 내려야 할 것인지 결단을 내리지 못하고 있는 상태를 환상의 조건으로 말한다. 따라서 동물이 말을 하는 등, 초자연적인 요소가 포함된 이야기(동물우화)라도 독자가 그 사실을 조금도 의심을 품지 않고 받아들인다면, 이런 경우는 우의(알레고리)이지, 환상과는 거리가 멀다는 것이 토도로프의 주장이다. 이와 마찬가지로 토도로프는 시에서도 환상은 불가능하다고 보았다. 시는 단어를 '문자 그대로' 받아들이게는 하지만, 시적 이미지는 단어들의 조합이지, 사물들의 조합이 아니기 때문이라는 것이다. 시적 언어는 소설에서의 그것과 달리 사건으로 구성된 어떤 세계를 묘사는 게 아니라 순수

---

¹⁴³ 「괴기와 경이」, 위의 책, 145쪽.

한 의미소들의 집합이기 때문에 사물에 대한 순수한 표상으로 받아들일 수 없다는 것이 그의 주장이다. 시라는 텍스트에서는 각 센텐스가 하나의 순수한 의미소적 결합으로 간주되지, 그것이 어떤 세계를 드러내는 표상이 될 수가 없기 때문에 토도로프는 시를 환상문학의 범주에서 제외시켰다.[144] 토도로프가 말하는 환상문학은 미스테리문학, 경이문학, 알레고리문학, 시적 환상 등과 같이 일반적으로 환상문학의 하위 범주에 포함되어 온 장르들을 제외한, 매우 한정된 범주의 개념이다.

토도로프처럼 망설임을 환상의 제1조건으로 꼽는다면, 다시 말해 환상이란 말해진 사건에 대해 독자가 품는 애매한 지각이라고 정의한다면,[145] 이제하 소설의 환상적 이미지들은 환상이라기보다 환각hallucination이나 환영illusion에 가깝다고 할 수 있다. 무엇보다 이러한 판단이 가능한 것은 그것은 지각의 차원에서 발생하는 것이지 존재론적 차원에서의 다른 존재나 다른 세계의 이야기는 아닌 까닭이며, 독자는 이러한 장면 앞에서 그것이 현실의 논리로 설명될 수 있는지, 아니면 다른 세계인지(서구에서 생각하는)를 망설이며 고민하지 않기 때문이다.

『환상성―전복의 문학』(1986)을 쓴 로즈마리 잭슨은 토도로프가 프로이트의 이론을 환상성 연구에 전혀 활용하지 않았음에 주의하고, 줄리엣 미첼이 사회적 구조와 '규범들'을 재생산하고 유지하는 것은 그 사회를 구성하는 개인들의 무의식 속에서 이루어진다는 인식을 끌어와 토도로프 이론에 정치적 해석을 덧붙였다.[146] 그녀에 따르면 무의식적

---

144 「문학과 환상」, 위의 책, 293쪽.
145 위의 글, 131쪽.
146 위의 글, 15쪽.

충동을 표현하는 문학적 환상물들은 특히 정신분석학적 독법에 대해 열려 있는데, 그것은 결국 사회적 법칙들에 대한 무의식적 저항 사이의 긴장을 도해해 보여준다는 것이다. 그녀는 '경이the marvellous'와 '기괴the uncanny, the extraordinary, the strange'와 '환상the fantasy'에서 '환상'을 '경이'와 '기괴'의 중간단계로 보고, "경이(초자연적) → 환상(비자연적) → 기괴(자연적)"의 단계를 설정하였다. 그녀는 환상적인 것은 결국 그 존재에 대해 명명할 수고 없고 합리적으로 설명할 수도 없는 영역으로 개방됨을 보인다고 보았다.

로지 잭슨의 주된 업적은 환상성의 정치적 함의를 읽어낸 것인데, 그녀는 19세기 이후 환상성이 실재세계에 구멍을 내고 기존의 명약관화했던 것들을 교란, 해체시킴으로써 기존 질서를 전복시키는 정치적 효과를 갖는다고 보았다.[147] 욕망의 문제와 연결시켜 환상을 설명한다면, '경이the marvellous'의 차원에서 '환상'은 '다른 세계' 혹은 '부재(죽음)'에의 두려움과 호기심을 드러내고, '괴기the uncanny'로서의 '환상'은 속박이나 억압으로부터 야기된 결핍을 보상하려는 마음에서 비롯된다고 할 수 있다.[148] 이제하 소설의 환상성은 로지 잭슨 식으로 분류한다면, '기괴' 쪽에 가까운 환상이라 할 수 있다. 또 잭슨의 정치적 해석을 대입해 보면, 그의 문학 역시 전복적 상상력으로 빚은 환상적 이미지들로 현실에 대한 비판적 인식을 드러내고 있다. 로지 잭슨은 환상이 상상력과 욕망이 빚어낸 산물로서, '현실도피적인 속성'을 갖기도 하지만 '자유로운

---

147 로즈마리 잭슨, 서강여성문학연구회 역, 『환상성—전복의 문학』, 문학동네, 2001, 30~40쪽.
148 환상이 욕망의 부재와 상실로 경험되는 것들과 연관된다고 할 때, 프로이트는 환상을 병적 징후로 읽었고, 융은 환상의 창조적인 측면을 읽었다. 김병익, 앞의 글, 11쪽.

부유'로서의 적극성을 지님을 강조하였다.[149]

한국의 여성문학연구자들은 여성소설에서 환상성이 갖는 의미를 읽어냄에 있어 잭슨의 입론에 많이 기대고 있다. 그들은 여성문학에서의 환상성이 성별 정치학의 맥락에서 기존 질서에 대해 전복적인 기능을 가짐을 읽어 내었다.[150] 여성문학연구자들은 환상성이 많은 관습들, 사실주의적인 텍스트들이 가져야할 미덕들로부터 자유로워져서 연대기적 서술과 삼차원성에 갇히지 않고, 생명이 있는 대상과 생명이 없는 대상, 자아와 타자, 삶과 죽음에의 엄격한 구분을 무화시키며, 시간·공간·인물 간의 통일성이라는 편협한 범주와 규정으로부터 놓여날 수 있음에 착목한다. 이를 결국 기성의 질서에 근원적인 저항을 함축한 것으로 보고 전복적인 에너지로 승화시켜 이해한다. 그들은 환상성을 본질적으로 그것의 생산조건이자 토대인 사회적 속박과 구속, 결핍의 산물로 이해한다. 환상적인 것은 사회나 문화의 말해지지 않은 부분, 침묵을 강요당해왔거나 은폐되고 부재하는 것을 취급되어온 것들을 추적하는 장치로 이해할 수 있다. 특히 한국 현대여성소설의 경우는 더욱더 그러하다는 것이다.

거칠게 살펴본 바를 정리하면, 토도로프나 로지 잭슨은 기존의 문학 논의에서 주변화되어 온 '환상성'의 의미를 적극적으로 해석하여 본격문학론의 자장 속으로 끌어들였다. 이들 서구이론가들의 분류기준에 입각하면, 이제하 소설에서의 환상성은 '헛것', '헛기운', '곡두' 등 일종의 환각

---

149 로즈마리 잭슨, 서강여성문학연구회 역, 앞의 책, 10쪽.
150 대표적인 예로는 서강여성문학연구회의 『한국문학과 환상성』, 예림기획, 2001과 김미현의 「여성소설에 나타난 환상성 연구」, 『국어국문학』 138호, 2004.12, 339~367쪽이 있다.

혹은 착시로서 hallucination이나 phantasm에 가깝다고 할 수 있다. 그리고 그것은 서구문학에서의 환상성과는 다르다는 것을 분명히 알 수 있다. hallucination이나 phantasm은 모두 지각의 차원에서 발생한다. 엄격하게 말하면 잘못 봄, 오인이나 착각과 같은 지각적 오류나, 혹은 환각체험을 의미한다. 이제하는 환상적 소설을 통해 개발논리의 조포성, 문화적 획일성과 상투성에 저항하려 하였지, 인식론적으로 완전히 다른 세계를 상정하고, 그것에 대한 근원적인 두려움이나 대결의식을 드러내지는 않았다. 그의 환상성이 서구 문학에서의 환상성의 한 본질인 공포와도 무관한 것도 이 때문이다. 서구 문학이론가 가운데 H. P. 러브크래프트는 환상성의 본질은 독자가 느끼는 공포에 있다고 하였고, 피터 펜졸트는 요정 이야기를 제외하면, 모든 초자연적 이야기는 공포의 이야기라 하였다.[151] 이제하 소설의 환상성은 현실에 실재하지 않는 것을 그리되, 그려진 물상 자체가 존재하지 않는 것이 아니라 탈맥락적인 것일 뿐이다. 그의 환상성은 지극히 현실에 결박된 라오콘적 환상성이고, 현실의 결핍이 원인이 된, 환각의 일종이며, 회화적 환상성이다. 따라서 2차원적이고 이미지의 형태로 제시되며, 환상이 내러티브와 결탁하여 발전하거나 변형, 움직이지 않는다. 다시 말해 시간성을 갖지는 않는다.

(5) 환상성과 한국소설의 미래

그렇다면 환상성과 한국소설의 미래는 어떻게 연결될 수 있을까? 우리 식의 환상성은 어떤 방식으로 우리의 문학을 살찌우는 자양분이 될

---

151 츠베랑 토도로프, 이기우 역, 앞의 책, 135쪽.

것인가? 유비쿼터스 컴퓨팅 시스템의 도입으로 이제 동양과 서양의 문화적인 차이에도 불구하고 기술력은 거의 비등해졌다. 우리의 인터넷 보급률과 영화제작술의 성장을 염두에 둘 때, 우리문화에서의 환상성은 영상물과의 접점에서 더욱 융성해질 것이라는 것은 예측가능한 사실이다. 한국소설에서의 환상성은 서양의 그것과는 다소 다르지만, 본질적으로 이미지와 욕망이 복합적으로 작동하는 지점에서 발생한다. 문학은 리얼리티와 환상의 교직에 의해 구축되며, 내러티브의 합리적 축과 인간사의 비합리적인 측면이 새로운 환상성을 통해 융합되어 구현된다면, 앞으로 한국문학에서의 환상성은 회화적이기보다는 영화적으로 변화되지 않을까, 는 것이 필자의 조심스런 추측이다.

영화적인 환상성은 우선 회화적 환상성의 2차원성을 극복하고, 내러티브의 1차원성을 수용함으로써 시간성을 갖고 운동하는 환상성이 될 것이다. 정태적인 이미지가 아니라, 그것 스스로 움직이고 변화하며, 3차원과 4차원까지를 표현할 수 있는 성격의 것일 터이다. 한마디로 영화적인 환상성은 환상 속에서 내러티브가 진행되거나, 내러티브 자체가 환상인 경우를 말한다. 회화적인 환상성이 색(초논리적, 비합리적)의 세계이고, 색이 공간을 메움으로써 빚어지는 2차원적인 것임에 비해, 영화적인 환상성은 내러티브적 요소를 가짐으로써 순간적 정지화면 속의 1차원적 시간성과 3차원적 역동성을 모두 담아낼 수 있다. 원래 사람의 삶 자체가 3차원적인 것이고, 유비쿼터스 컴퓨팅 시스템이 인간의 체험을 6차원으로까지 확장하고 있는 현실을 감안하면, 이는 불가능한 일이 아니다. 또 유비쿼터스 컴퓨팅 시스템의 확대적용으로 앞으로는 기술복제 시대의 문화가 상실했던 아우라마저 복원될 가능성이 커졌다. 디지털의 세계는 시공간을 줄이고 늘이기 때문에 이전에 보이지 않던 세계를 볼 수 있게 한다. 최근 SK broadband의 "SEE THE UNSEEN"이란 광고 문구는 "보이지 않는 것을 보이게 하는 것"이라는 '환상'의 요체를 정확히 반영하고 있다. 통신기술의 발달은 무한한 가능성의 새로운 세계를 도래케 하고 있고, '보이지 않는 것을 보이게'만 하는 것이 아니라, 그 변화의 과정을 지속의 시간으로 보고 체험할 수 있는, 다시 말해 가상과 실재 사이에 전위가 발생하는 시공간을 우리는 이미 체험하고 있다.

벤야민의 말처럼, 기술은 복제 가능성 때문에 진리를 대중화하고 대신, 아우라를 잃었다. 진리 / 진실은 아날로그적인 것인데, 아날로그적 세계 속에 디지털 기술이 합쳐져서 보이지 않던 세계를 보여주게 되는 유비쿼터스 컴퓨팅 시스템에 이르면, 아우라마저도 회복될 수 있는 것이다. 왜냐하면 특정 상황 속에서 또 내 몸이라는 국지적 체험 속에서 글로벌한general 세계와 연결되는 유비쿼터스 컴퓨팅 시스템에서의 체험은 일회성이 회복될 수 있기 때문이다. 이는 문화 전반의 환상성을 강화시키는 계기가 될 것이다.

또한 미래의 예술은 우선 장르통합적인 양상으로 나갈 가능성이 크다. 장르통합적인 예술에서 가장 각광받는 요소는 환상성이 될 것이다. 과학이 첨단화될수록 예술이나 문화, 경제와 산업 부면에서 환상성은 더욱더 각광받게 될 것인데, 이는 상상력을 통해 과학에서의 합리성, 계산가능성 등의 엄밀성의 억압적 측면을 비틀거나 뛰어넘는 자유로움을 인간들이 추구할 것이기 때문이다. 오디오 북이 본격화되는 미래에는 영상성(이미지), 사운드(음악), 사건의 인과적 구성(내러티브)의 삼박자를 갖춘 소설이 등장할 가능성이 있다. 장르 융합적이되, 소설의 고유성을 잃지 않는 한국소설은 어떤 모습일지 아직 상상이 되질 않는다. 다만 분명한 것은 이제 미메시스와 환상성은 서로 배타적이지 않고, 보완적이라는 것, 문학에 대한 독자들의 환상성에의 욕구가 증대될 것이라는 것, 기존의 리얼리즘적 전통으로는 오늘의 현실을 담아내기에 한계가 있다는 것 등은 말할 수 있다.

인간은 환상을 통해 욕망과 억압, 이미지(비합리)와 내러티브(합리), 현실과 초현실 사이를 넘나든다. 벤야민은 "사회질서의 위기가 만연하면 할수록, 또 개개의 계기들이 생명이 없는 대립 속에서 경직된 상태로 서로 마주보고 있으면 있을수록" 변형이나 모순을 본질로 삼는 예술의 창조적인 측면들은 물신화된 현실에 대한 폭로와 구성으로서 의미를 지닌다고 말하였다.[152] 억압적 현실에 맞서는 수단으로서의 환상성은 지극히 현실적인 도구나 방식인데, 이럴 경우 환상성은 가장 비환상적인 정치적 의미를 지닌다. 이런 환상성이 당분간은 본격문학에서 가장 한국적인 환상성의 모습이 아닐까 생각한다. 환상성은 장르문학에서뿐 아니라 본질적으로 모든 서사의 한 축이다. 그리고 환상성의 기초인 부재하는 것은 결국 실재하는 것과의 연관 속에서 성립하는 것이므로, 환상을 더 잘 꽃피우기 위해서라도 객관 현실에 대한 충실한 탐구가 전제되어야 할 것이다.

---

[152] 발터 벤야민, 반성완 역, 「사진의 작은 역사」, 『발터 벤야민의 문예이론』, 민음사, 1983, 250쪽.

2. 문인들의 미술 관련 활동이 기타 예술사에 미친 영향

1) 이식미술론에서 배태된 이식문학론

(1) 임화의 '신문학사론'은 이식문학론인가?

임화의 신문학사론은 오랫동안 '이식문학론'이란 이름으로 불리어 왔다. 하지만 '이식문학론'이란 명칭은 신문학사론의 내용에 부합하지 않을 뿐 아니라 '이식'이란 단어는 문학론의 이름으로도 부적절한 개념 이므로 이 용어는 폐기하는 것이 마땅하다고 본다. 임화가 신문학사론 에서 조선문학이 '구'문학에서 '신'문학으로 탈바꿈한 계기를 서양문학 양식의 도래에서 찾고, 이를 '이식'이란 용어로 서술한 것은 당시 이 용 어가 인적·물적 자원의 이동은 물론, 신기술 혹은 신문명의 도래나 외 국서적의 번역, 예술적 양식의 도래 및 문화적 영향 관계 등을 기술할 때 널리 애용되던 표현이었기 때문이다.

그가 신문학사를 안출하던 일제강점기에 조선의 문화예술계에서 '이 식'논의는 매우 보편화된 것이었다. 특히 서양화의 도래로 전통서화와의 단절이 뚜렷해 보였던 화단에서의 '이식'논의는 임화의 신문학사론 형성 에 적지 않은 영향을 끼쳤다. 본고는 임화의 신문학사론 구성에 화단에 서의 '이식'논의가 끼친 영향을 고찰해 보기 위해 마련되었다. 이 논의는 임화의 신문학사론을 올바로 이해하고 평가하기 위해서 필요한 과정일 뿐 아니라, 회화와 구분되는 문학에 있어서 외래적 양식의 도래로 인한 변화의 폭과 한계를 짚어보는 데도 꼭 필요한 논의라고 할 수 있다.

최근 임화의 신문학사에 관한 논의들을 위시한 그의 문학 전반에 대한 재평가 작업들이 활발히 진행되고 있다. 특히 신문학사(론)는 1970년대에 얻은 '이식문학론'이란 이름 덕분에 서구편향성, 다시 말해 '인식의 식민성'을 드러낸 문학사의 난제라는 평가를 받아왔다.[153] 그러다가 2004년 문학과사상연구회가 간행한 『임화문학의 재인식』과 임화 탄생 100주년을 기념하는 2008년 민족문학사연구소의 임화문학 재평가 작업[154] 등에서 더 이상 임화의 신문학사는 '전통단절론'이 아니라, 외래문화의 이식적 요소와 내부문화의 창조적 힘이 상충하는 역동적인 역사과정 속에서 조선 신문학사를 새롭게 구성하려는 변증법적 노력의 산물로 간주되었다.

이 절에서는 최근 이러한 연구성과들을 수용하면서 화단과 문단의 '이식'논의의 상호관련성을 해명하는 가운데, 임화의 『신문학사』를 구체적으로 새롭게 이해해 보고, 나아가 외래문화와의 혼효과정에서 색과 형을 매개로한 회화와 구분되는 언어예술인 문학의 고유한 특성은 무엇일까에 대해 고민해 보려 한다.

논의에 앞서, 임화의 신문학사에서 문제가 된 부분을 다시 한번 짚어 보면, 신문학이란 조선(고유)어 가운데 구어체로 씌어진, 근대적 시민정신을 내용으로 하고 서구의 문학 양식을 형식으로 하는 문학이다. 이 정의에서 그는 "외국 문학의 자극과 영향과 모방으로 일관되었다 하야 과언이 아닌 만큼, 신문학사는 이식문화의 역사"[155]라는 결론을 도출해 내었다. 그는 신문학사의 출발점으로 육당의 시와 춘원의 소설을 지

---

153 김윤식·김현, 『한국문학사』, 민음사, 1973, 16~18쪽; 김윤식, 「임화연구」, 『한국 근대문예비평사연구』, 일지사, 1976, 579쪽.
154 이러한 논의로는 문학과사상연구회, 『임화문학의 재인식』, 소명출판, 2004가 대표적이다.
155 임화, 『문학의 논리』, 학예사, 1943, 827쪽.

목하였는데, 이들이 구조선의 과도기 문학인 창가나 신소설과 구별되는 데에 내지(일본)의 명치·대정기 문학이 결정적인 역할을 했으며, 기실 내용적으로는 서양문학의 양식 도래가 결정적이었다는 것이다.

임화는 1935년부터 1941년까지 조선신문학사에 관련된 일련의 글들을 발표했는데,[156] 여기서 그는 조선 신문학의 형성에 있어 언문일치의 문장이 갖는 의미를 매우 중시했다.[157] 그는 이를 메이지문학의 영향과 신교육의 결과로 보았다.[158] 크게 보아 그는 신문학을 문화의 자장 안에서 인식하였고, 애국계몽기와 한일합방 전과 후라는 문화적 격변기에 토착세력의 비자주적 대처로 인해 전통문화적 요소와 외래문화적 요소의 상호작용 속에서 조선 근대문학이 싹트지 못한 채, 구미 문화의 일방적 이식과 모방에 의해 신문학이 형성되어간 사실을 '객관적 소여'로서 인정하는 논의를 펼친 것이다.

하지만 임화는 서구문학 양식의 '이식' 외에도 신문화의 '이식'과 인문 개발의 공간이 새로운 근대적 교육제도의 정착과 확대실시에 의해 촉발된 것으로 간주하는[159] 등, '이식'이란 단어의 사용에 특별히 부정적인 뉘앙스를 부여하지는 않은 것으로 보인다. 그가 사용하는 '이식'이란 단어는 사실 진술의 차원에서 당대 가장 흔하게 사용되던 어휘를 선택하여 쓴 것으로 볼 수 있다.

---

156 임화, 「조선신문학사 서설—이인직으로부터 최서해까지」, 『조선중앙일보』, 1935.10.9~11.13; 「개설신문학사」, 『조선일보』, 1939.12.8~27; 「속 신문학사」, 『조선일보』, 1940.2.2~5.10; 「개설 조선신문학사」, 『인문평론』, 1940.11~1941.4; 「조선문학 연구의 일 과제—신문학사의 방법론」, 『동아일보』, 1940.1.13~20.

157 임화, 「개설조선신문학사」(3회), 『조선일보』, 1939.9.2; 김외곤 편, 『임화전집』 2, 박이정, 2001, 79쪽.

158 임화, 「조선문학연구의 일 과제—신문학사의 방법론」, 『동아일보』, 1940.1.13~20; 김외곤 편, 앞의 책, 378쪽.

159 임화, 「개설조선신문학사」(17회), 『조선일보』, 1939.10.10; 김외곤 편, 앞의 책, 117~118쪽.

임화의『신문학사』이전에도 조선문화계에 '이식'논의는 수없이 많았다. 1900년대 이후 농사기술의 도입과 신기술, 신문명의 도래와 관련된 숱한 문명담론 차원에서의 '이식'논의들은 1920년대에 이르면, 문화담론으로 확산되어 서양화가 도입된 화단에서는 끊이지 않고 이 논의가 진행되었고, 문단에서도 1920년대 후반부터 '이식'논의가 등장하고 있다. 당시 가장 보편적인 문명 인식 가운데 한 하위항목이었던 이 논의가 특히 미술 쪽에서 분분했던 것은 서양화의 기법과 화구의 도래는 그야말로 시각적으로 뚜렷이 조선 전래의 그것과 구분되는 새로움, 그 자체였기 때문이다.

임화는 화단에서의 끊이지 않는 '이식'논의들을 지켜보았고, 그 자신이 미술평론을 통해 '이식성' 극복논의에 직접 개입하기도 하였다. 그는 보성고보를 중퇴하였는데, 그 이유가 '양화를 배워보고자' 한 때문이었다고 술회한 바 있다.[160] 그는 프로미술운동가인 김복진과 더불어 KAPF의 실질적 리더로서 프로미술운동을 주창하기도 하였던 만큼[161] 화단에서 진행된 '이식'논의의 추이를 누구보다 잘 알고 있었을 것으로 판단된다. '신문학사'논의의 문제의식이나 사유방식에 있어서도 화단에서의 이식논의와 상당히 연관되는 측면이 많고, 1920년대 중반에 있었던 문학쪽의 '조선적인 것', 혹은 '민족적인 것'을 둘러싼 일련의 추구들이나 '이식'과 '모방'의 극복논의들 또한『신문학사』의 내용구성과 방법론 구성에 영향을 미친 것으로 보인다. 본고는 임화의 '신문학사'논의에 대한 현대적 이해를 위해 당시 문화적 토양에 대한 이해가 필요하다는 판단 아래, 화단의 이식논의와 임화의 이식논의의 관련성을 밝혀 보고자 한다.

---

160 임화, 「어떤 청년의 참회」, 『문장』, 1940.3, 22~25쪽.
161 최열, 「임화의 미술운동론」, 『한국 근대미술 비평사』, 열화당, 2001, 118~123쪽.

(2) 일제강점기 조선화단의 '이식미술론'

　일제강점기 내내 조선화단 최대의 과제는 '이식성'의 극복이었다. 한지에 먹을 갈아 붓으로 선을 강조하는 Drawing 중심의 전통회화와 이젤에 캔버스를 세워놓고 기름으로 만든 물감을 붓에 묻혀 면을 채워가는 방식으로 대상을 사실적으로 묘사하는 Painting인 서양화의 다름은 서양화의 도래 자체가 서양문화의 '이식移植'으로 간주되기에 일면 충분했다. 일제강점기 뿐 아니라, 조선 근대회화사의 대부분의 시간들이 서양화의 양식에 한국 전통회화적 요소를 어떻게 창조적으로 접목시켜 새로운 조선 근대회화를 창안해갈 것인가에 모아져 있었다고 해도 과언이 아닐 만큼, 독자적인 조선신미술의 창안은 중요한 과제였다. 하지만 이러한 문제의식조차 근대화 초기 서양화풍 혹은 일본화풍 모방 열기가 어느 정도 가라앉고 난 1910년대 후반에나 가능한 일이었다.

　1910년대 후반 동경서 서양화를 전공한 조선인화가들이 귀국하기도 훨씬 전, 일본인 서양화가들의 조선입성으로 인해 조선화가들은 일본화와 서양화의 영향을 동시에 받기 시작하였다. 일본인 서양화가들의 경성입성은 1902년에 아마쿠라 신라이天草神來, 기요미즈 도운淸水東雲, 고지마 겐자부로兒島元三郞 등을 필두로 시작되어 1910년대에는 그 수가 훨씬 많아진다.[162] 서양화 기법의 도입은 유학생을 통한 루트보다 조선에 온 내지인 화가들을 통한 루트가 더 확실하고 연원도 깊었다.[163] 1915년 공진회 공모전에 출품된 조선인의 수묵채색화를 심사한 일본인

---

162 최열, 「조선미술론의 형성과정」, 위의 책, 42~43쪽.
163 이중희, 「일반 화가들의 초창기 서양화 구용 방법」, 『한·중·일의 초기 서양화 도입 비교론』, 얼과알, 2003, 217~249쪽.

심사위원들은 그것들을 일본화라 칭하면서 내지의 화법을 모방한 기예가 뛰어난 작품들이라 고평하고 있을 지경이었다. 일부 미술사연구자들은 이 무렵에 조선미술의 식민화가 시작되었다고 말한다.[164] 이 무렵의 잡지와 일간지에 서양화 기법의 도래를 '이식'이란 용어로 서술하는 예들이 무수히 등장하고 있다. 1920년대에는 일본에서 유채화를 공부한 유학파 화가들이 대거 등장하여 '조선미술의 정체성' 탐구보다는 서구화를 모방하려는 열망들을 주로 표현했다. 김찬영, 김환, 임장화, 유필영, 장도빈, 이병도, 야나기 무네요시 등이 주축이 된 이들의 대외적인 모토는 예술지상주의 미학이었다.

무분별한 서양화 추수 열기에 대한 비판적 성찰이 드러나기 시작한 것은 1920년 문인인 변영로가 쓴 「동양화론」(『동아일보』, 1920.7.7)에서부터이다. 3·1운동의 여파로 일제가 문화정치를 표방하고 나섰고, 세계사적인 민족자결주의의 흐름에다가 조선의 서구문물 도입도 어느 정도 안정적 궤도에 오르자, 서구문화의 무조건적인 모방과 이식에 대한 반성이 일기 시작했고, 차츰 조선문화의 민족적 정체성 모색이란 문제가 대두되었다. 이 무렵, 「동양화론」에서 변영로는 시대정신의 발로가 예술의 관건인데 현재 조선회화는 시대정신(타임스피릿)의 표현이나 예술가의 독특한 화의畵意나 예민한 예술적 양심은 없고, 단지 복사와 모방으로 낡아빠진 예술적 약속만을 엄수하고 있다면서 조선화단을 비판하였다.[165]

1925년경부터 1927년 무렵에는 문학 분야에서 육당, 춘원, 가람, 위당,

---

164 최열, 앞의 글, 44쪽.
165 변영로, 「동양화론」, 『동아일보』, 1920.7.7.

조운 등이 시조부흥운동을 일으켰고, 시가에서의 민요 수용열기와 역사소설의 제작, 귀농소설의 형성 등, 조선적인 것과 민족적 개성에 대한 문단에서의 다각적인 탐구가 진행되었다.[166] 문단의 이러한 흐름과 맞물려 1926~1927년경, 서구화단의 모방과 이식으로 점철된 조선화단에 대해 비판과 각성을 촉구하는 글들이 쏟아지기 시작한다.

예를 들어 김복진은 1926년에 프로미술운동론의 입장에서 서양화의 '모방'과 '이식' 문제를 양화기술의 도래라는 차원이 아닌, '조선미술론 확립'이라는 차원에서 민족문화의 정체성 탐색 문제로 전환시켜 갔다. 그는 '이식' 논의의 새 차원을 연 것이다. 그는 「조선역사 그대로의 반영인 조선미술의 윤곽」에서 조선의 미술은 역사적으로 제국주의의 침략정책과 인연이 깊다고 전제하고, 현금은 이민미술이 흥성하는 반면, 조선미술은 위기에 빠져 있다고 진단하고 '외래미술 = 이민미술'과 '조선미술'을 대립구도로 파악하였다. 그는 조선미술이 이민미술과 항쟁하는데 힘을 소진하고 있고, 자부하였던 향토성(민족성)은 자본주의 문명으로 말미암아 성선城線이 무너지고 이민 취미로 말미암아 개변되어 가는 과정에 있다고 진단하였다. 그는 조선미술이야말로 자체 분해의 과정을 거칠 것이라 전망하고, 변화하는 시대에 걸맞는 미의식은 향토성·민족성이 알맹이가 되어야 한다면서 예술이 원칙의 정로正路를 가야할 것이라고 주장하였다. 그는 '향토성'이란 봉건 전통의 표현이 아니라 오히려 현대를 내용으로 한다면서, 향토성의 문제를 민족성의 차원으로 끌어올려 그 핵심으로 시대성을 거론하기도 하였다. 또 그는 예술은 사회의 상부구

---

166 김용직, 「자생적 양식에 대한 촉수, 시조부흥운동」, 『한국 근대시사』 下, 학연사, 1986, 353~356쪽.

조이므로 사회의 기초구조인 생활 — 경제조직과 정치 — 에 변화가 있게 되면 예술자체도 자기해체, 자신액사自身縊死를 수행해야 한다면서, 조선회화 내지 조선미술 자체의 분체작용을 촉구하였다.[167]

한편, 김기진은 「제6회 선전작품 인상기」(『조선지광』, 1927.6)에서 일본색을 노골적으로 드러낸 화가들을 비판하였고, 김진섭은 「제6회 조선미전 평」(『현대평론』, 1927.7)에서 조선화단은 서구미술을 소화할 능력이 없으므로 일단 모방과 학습에 충실한 다음, 창조로 나가자고 주장하였다. 김진섭은 서양미술의 모방은 불가피한 과정일 뿐, 그것 자체로는 선도 악도 아니며, 다만 그것의 극복에는 시간에 걸린다고 말하였다.[168] 미술계에서 이식과 모방에 대한 비판이 정점에 달했던 1927년, 안석주는 「미전을 보고」에서 조선미술의 이중모방론이라 할 수 있는 매우 뚜렷한 이식미술론을 제기하였다.[169] 그는 일본에서 본 '이과회전'에는 유럽 화단의 거장들의 그림을 모방한 작품들이 특선에 많이 뽑혔는데, 일본 '제전'은 이보다 훨씬 더 '잡탕'이며, '조선미전'은 그보다 더 심한 경지라고 비판했다. 안석주는 '서구의 모방 : 일본화단 → 일본의 모방 : 조선화단'이라는 구도로 조선화단이 봉착한 심각한 정체성 상실을 지적하였다. 비슷한 시기에 김복진은 「조선화단의 일년」에서 조선의 재래미술과 서구의 이민미술의 야합이 현단계 조선미술계의 풍토라 지적하고, 새 시대의 향토성을 희망하면서 어설픈 모방과 직수입, 절충을 비판하였다.[170]

---

167 김복진, 「조선역사 그대로의 반영인 조선미술의 윤곽」, 『개벽』, 1926.1, 66~71쪽.
168 김진섭, 「제6회 조선미전 평」, 『현대평론』, 1927.7, 96~97쪽.
169 안석주, 「미전을 보고」(3회), 『조선일보』, 1927.5.27~30.
170 김복진, 「조선화단의 일년」, 『조선일보』, 1927.1.4~5.

　　이들의 논의를 이어받아 화단의 이식성 극복 방안을 제시한 이가 바로 임화이다. 임화는 1928년에 발표한 제8회 서화협전을 비평한 글에서 이식미술과 전통미술이 모두 시대성을 결여하고 있다고 비판하고, 비판없는 모방, 혁신없는 전통계승, 퇴폐성에 대한 혁신을 촉구하였다.[171] 모방의 극복과 민족성 확보를 향토색에서 찾으려한 임화는 조선인의 감수성과 생활감정을 바탕 삼아 자연과 생활을 묘사해야 하며 향토인의 향토정조를 갖고 조선적 색채와 포치로 형상을 개발할 것을 제창하였다.[172]

　　한편 '문장파'의 거두인 이태준은 수묵채색화가들의 맹목적인 일본화 모방현상이야말로 조선화단의 위기의 본질이라고 경고하고, 서화협회 전람회가 조선미전 수묵채색화 분야를 압도했다며 조선미전에 대한 서화협회의 승리를 선언했다. 이태준은 동양주의 미술의 방법론으로 "즉흥성, 대담한 주관성, 주정主情 표현의 남화 기분과 객관 자연을 주관화, 상징화, 환상화하는 수법"을 내놓았다.[173]

　　1930년에 또다시 안석주는 「동미전과 합평회」에서 일본화단은 불란서를 비롯한 구주화단과 상통하고 그들을 모방하는 경향이 있고, 또 조선화단은 일본화단의 영향을 받을 수밖에 없는 현실을 적시하였다. 이어 그는 동미전은 조선화단의 변혁의 한 단계라면서 예술은 대다수 민중의 생활의 반영이므로 〈각텔〉 같은 작품으로는 민중의 생활과 유리되지 않은 예술이 되기는 어렵다고 말하고, 동경유학 출신자들의 '일본

---

171 임화, 「서화협전의 진로─제8회전을 보내며」(5회), 『조선일보』, 1928.11.22~29.
172 임화, 「조선인의 예술」, 『조선일보』, 1927.10.1.
173 이태준, 「녹향회 화랑에서」, 『동아일보』, 1929.5.28~30.

화한 서양미술 모방경향을 비판하고, 모방을 극복하고 '조선색'을 성취하자고 주장하였다.[174]

한편 심미주의 미술론을 주창한 김용준은 조선화단의 현단계를 서구미술의 '모방시대', '번역시대'라 규정하고, '남화풍의 쇠미와 일본화풍의 유행'이 일어나고 있음을 비판했다. 그는 일본화란 남화의 편각에 지나지 않는 것이라며 서예와 사군자야말로 조선정신을 표현하는 예술의 극치로 보아 김진우의 사군자를 격찬했다. 한편 고유섭은 1931년 제11회 서화협회전에 즈음하여 백윤문의 〈추정秋情〉이야말로 "갓 쓰고 왜나무신 끄는 격"이라며, 자주적 입장의 선택을 강조했다.

또 김주경은 1932년에 조선미술계의 서구예술사조 수입이 일본을 통한 것임을 지적하였다.[175] 김주경은 수묵채색화는 중국문화를 그대로 보수하고 있고, 유채수채화는 '일본을 통한 유럽 미술사조의 수입사'라고 규정했다. 그는 조선화단의 서구미술 수입은 일본과 구분이 안될 만큼 비슷하다면서, 후기인상파 위에 포비즘, 쉬르리얼리즘도 나왔고, 큐비즘 중간, 포비즘 중간, 인상파 중간이 뒤섞여 있다고 지적하였다. 또한 야수파적인 그림으로 유명한 구본웅은 최근 이십년간 조선 유채화단은 인상파에 지나지 않았으며, 동경화단의 서양회화 수입의 재탕 수입만 해왔을 뿐이라고 지적하면서 이식미술을 비판했다. 그는 현단계의 조선미술은 일 변방이자 중앙(일본)화단의 연장으로 볼 수 있을 정도라며 이에 우려를 표명했다.[176]

---

174 안석주, 「동미전과 합평회」, 『조선일보』, 1930.4.23~26.
175 김주경, 「화단의 회고와 전망」, 『조선일보』, 1932.1.1~9.
176 구본웅, 「조선미술을 봄」, 『조선중앙일보』, 1934.6.1~5; 「선전의 인상」, 『매일신보』, 1935.5.23~28; 「양화참견기」, 『조선일보』, 1939.6.13~16.

위의 논의에서 알 수 있듯이, 조선의 양화이식 문제를 진단하면서 이미 김복진, 임화, 이태준 등은 이식성 극복의 방안까지 구체적으로 제시한 바 있다. 이런 논의와 한반도에 서양화와 일본화가 이식된 지 얼마되지 않았을 무렵부터 시작된 문화예술에 있어서의 정신사적 근저와 환경, 시대정신과의 연관성에 대한 논의들이 신문학사론 형성에 적지 않은 영향을 미쳤을 것으로 보인다.

예컨대, 1917년 최남선은 「예술과 근면」(『청춘』, 1917.11)이란 글에서 근대미술의 도입이 고작 서구인들이 외부세계를 묘사하는 방법만을 소개할 뿐, 근저를 흐르는 그들의 정신과 사상에는 무지했기에 조선화단에는 인상주의로 알려진 축약된 서양화 기법만 도입되었을 뿐, "모든 것이 색채의 진동 속에 포착되어, 선도 빛도 요철도 원근법도 명암도 없"는 쥴라포르그의 인상주의 미학을 정확히 이해한 작품은 결코 생산되지 않았다고 지적했다.[177]

또 김복진은 「조선화단의 일년」(『조선일보』, 1927.1.4~5)에서 예술은 생활과 사회조직과 환경의 영향을 받음을 지적하면서, 이때 환경은 고정되어 있는 것이 아니라 가변적인 성격을 지닌다고 설명하였다. 또 김용준은 「서화협회의 인상」(『삼천리』, 1931.11)에서 조선미술이 민족의 역사, 정치, 지리적 조건 등을 헤아려 민족의 정신적 활동의 가능성을 상정해야 할 것이라고 보았고, 고유섭은 「협전관평」(『동아일보』, 1931. 10.20~23)에서 조선미술은 시대의 요구나 변화를 수용해야 한다면서 우리의 현실, 우리의 자연과 환경을 우리미술에 담아내자고 주장했다. 홍득순은 「제2회

---

177 오병욱, 「한국 근대회화사에 가해진 서구 미술의 충격과 그 반향」, 『미술사연구』 제2권, 1988, 128~133쪽.

동미전평」(『동아일보』, 1931.3.21~22)에서 전통적 사상, 동양 취미, 조선 정조를 특히 강조하였다.

이렇듯, 1920년대 중반 이후 1930년대 초반에 이르면, 화단의 이식논의는 이식과 모방에 대한 단순한 비판을 넘어 조선고유의 근대적인 미술양식의 창안에 대한 구체적인 논의로 발전해 간다. 최남선은 미술에 있어서 양식에 깃든 정신과 사상의 중요성을 지적했고, 김복진은 환경의 중요성과 가변성을 지적했으며, 김용준은 미술이 결국 민족의 역사, 정치, 지리적 조건을 고려한 정신적 활동임을 인식하였다. 또 고유섭은 조선의 미술이 시대의 요구나 현실의 변화를 수용할 것을 강조했고, 홍득순은 조선 정조를 강조했으며, 김주경과 구본웅은 조선 근대미술이 "일본을 통한 유럽 미술사조의 수입사"나 "동경화단의 재탕"에 불과함을 비판했다. 이렇듯 '이식'과 '모방'의 극복을 위한 논의들은 자연스럽게 '향토색' 혹은 '조선적인 것'을 둘러싼 논의로 이어졌다.

1932년 총독부는 조선미전 조소분야와 서예 분야를 폐지하고, 사군자 분야는 수묵채색화 분야에 끼워 넣고 공예 분야를 신설하자, 윤희순은 총독부의 이러한 결정이 순수미술과 상업예술의 혼종을 가져왔다고 비판했다. 또한 그는 지방색이란 "시대와 사회와 계급의 저류를 흐르는 정서"라면서 "로컬 컬러는 결코 외국인 여행가에게 엑조틱한 호기심을 만족시킬 수 있는 풍속적 현상"의 차원에 있지 않음을 지적하고,[178] "초가집, 문루, 자산, 무너진 흙담, 색상자, 소반 및 인물에서 물동이 얹은 부인에 아기 업은 소녀, 노란 저고리 파란 치마, 백의, 표모" 등

---

[178] 윤희순, 「제11회 조선미전의 제 현상」, 『매일신보』, 1932.6.1~8.

의 소재주의에서 조선적인 것을 찾는 논의들을 비판하고, 그것을 어떻게 보았느냐는 차원의 정조와, 어떻게 표현하였느냐의 차원이 중요하다고 말하였다. 그는 안견과 신윤복 등의 거장들을 예로 들어 형식주의와 기교 편중주의를 모두 비판하였다.

또 윤희순은 같은 해, 「조선미술계의 당면문제」에서 "미술의 예술적 가치는 미에 있으며, 미는 캔버스의 색채를 거쳐서 인생의 신경계통에 조화적 율동과 고조된 생활을 감염 및 발전시키는 힘이다. 그러므로 에네르기의 약동 내지 생활의 발전성이 없는 작품은 반 / 비反 / 非 미학적 사이비 예술"이라고 말하였다. 그는 김홍도와 신윤복을 예로 들어, 18세기 조선미술의 수준이 다빈치와 렘브란트를 능가한다고 주장했다. 그는, 김홍도는 동양화에서 서양화적 사실묘사를 이루어냈고, 신윤복은 동양화의 조선화화朝鮮畵化와 미술의 생활화를 실현한 것으로 평가했다. 이 글의 내용을 일컬어 '윤희순 구상'이라 하는데, 이식미술론을 극복하기 위해 그가 주장한 구체적인 방안은 사실주의 기교와, 미술의 생활화, 그리고 조선화 형식의 발전적 계승이라 할 수 있다.[179]

이에 비해 일본제국의 재조선 지식인들의 관심사는 식민지 경영에 유리한 정신적인 이념을 유포하면서 피식민지인들의 저항이나 반발을 적정한 수위에서 무마할 수 있는 전략의 수립에 있었다. 1934년 조선미전 심사위원들은 심사의 모든 기준을 "조선색의 표현 여하"에 두었으나, 그것의 내용은 '향토색'이었다. 심사위원인 야마모토 가나에山本鼎는 "조선의 자연과 인사의 향토색을 선명히 표현한 출품을 표준으로 심

---

179 윤희순, 「조선 미술계의 당면 문제」, 『신동아』, 1932.6, 41~45쪽.

사한 것은 물론입니다"[180]라고 하였고, 총독부 학무국장인 와타나베 도요히코渡邊豊日子는 공예분야에 대해 "반도 독자의 향토색이 충일한 민예적 작품을 볼 수 있다"라며 '향토색'을 강조하였다.[181] 하지만 이들은 중앙에 대한 변방으로서의 조선 지방색을 강조한 것에 불과하였다. 그들은 조선역사의 정체성론과 조선민족열등론, 구습개혁론을 동시에 내어 놓았는데, 기실 내용은 제국주의가 식민지 침략에 활용한 사회진화론에 바탕을 둔, 서구화지상주의론과 조선미술비하론을 골자로 한 것이었다. 이는 곧 조선의 전통폐기론으로 이어졌다.[182]

일제가 주동이 된 논의의 저의가 뚜렷해질수록 이식미술에 대한 비판의 움직임도 강화되었다. 김억이 제창한 '조선심'과 '조선혼' 논의와, 김복진의 '조선의 마음' 강조와 '서양화의 동양화론', 김용준의 조선정신주의회화론 등의 이론화 작업들은 1930년대 말, 이쾌대, 김은호, 김상범, 이응로 등의 유화와 수묵채색화 부문에서의 새로운 흐름을 가능케 하였다. 이렇듯 서양화의 '이식'과 '모방'의 극복문제는 한국 근대미술사 최대의 과제였다. 한국 최초의 미술비평전문가인 이경성은 1950년대 한국미술까지를 모두 '이식'의 역사로 규정하고 있고,[183] 이구열, 윤희순, 최열 등은 한국 근대미술은 조선고유미술과 서구이식미술의 공존과 대립이라는 현실적 조건을 바탕으로 발아한 것으로 파악한다.

화단의 이런 인식들이 그와 논의구조나 문제의식의 차원에서 매우 흡사한 임화의 이식문학론의 탄생 배경이 된 것으로 보인다. 그의 『신

---

180 야마모토 가나에, 「향토색 표현 선명한 것을」, 『매일신보』, 1934.5.16.
181 와타나베 도요히코, 『조선미술전람회 도록』 제13집, 조선사진통신사, 1934.8.
182 최열, 「조선미술론의 형성과정」, 『한국 근대미술 비평사』, 열화당, 2001, 37쪽.
183 이경성, 『現代韓國美術의 狀況―李慶成 韓國美術評論集』, 일지사, 1976.

문학사』의 문제의식, 사유방식 등은 화단의 이식논의의 성과들과 일맥
상통하는 측면이 많기 때문이다. 특히 임화와 더불어 KAPF의 실질적인
수장이었던 김복진이 토착미술과 외래미술의 대립사를 지배계급과 피
지배계급의 관점에서 다루면서 제국과 식민, 서구 자본주의 문명과 조
선 토착 문명의 대립과 갈등을 구조화시켜 이해한 방식[184]은 임화에게
문학론의 모습으로 변형되고 심화되었다고 볼 수 있다. 1920년대 후반
이후 조선화단은 서구미술의 단순 이식이나 모방을 넘어서 어떤 요소
를 조선회화의 고유성을 인식하여 이를 지켜가면서 신미술을 창안해
갈 것인지의 탐구로 나아갔다면, 1930년대 말 임화는 이식문화의 역사
를 극복하고 제3의 신문화로서 조선고유의 신문학을 어떻게 창안할 것
인지의 문제에 골몰하였다.

(3) '이식'논의의 두 가지 층위 - 문명담론과 문화담론

일제강점기 '이식'이란 단어는 인적 자원의 이동을 뜻하는 이민, 이
주민, 식민 등이나 농사 기술을 비롯한 신기술 혹은 신문명의 도래를
서술하는 차원에서 사용되다가 차츰 문화적 층위에로 적용범위를 넓
혀갔다. 그러자 복잡한 문제가 발생하였다. 문화적 차원의 '이식'논의
는 전통단절의 문제나 민족 정체성의 문제를 야기하였기 때문이다. 원
래 '문명'이란 모든 인간에게 공통 적용되는 보편적 특징을 갖는 것임에
비해, '문화'는 한 민족의 자의식과 주체성을 문제 삼는 특수성의 영역
에 해당하는 경향이 있다.[185] 게다가 문화란 높은 데서 낮은 곳으로 흐

---

184 김복진, 「조선역사 그대로의 반영인 조선미술의 윤곽」, 『개벽』, 1926.1.
185 노버트 엘리아스, 유희수 역, 『문명화 과정 — 매너의 역사』, 신서원, 1999, 35~39쪽.

른다는 사회진화론적 문화우열론에 입각한 문화전파론이 가세하면 상황은 훨씬 더 복잡해진다.

'이식'을 둘러싼 담론들이 일제시대 문헌에 등장하는 빈도를 살펴보면, 1910년경까지는 주로『서북학회월보』,『기호흥학회월보』,『태극학보』,『호남학보』,『대한자강월보』등, 대한제국시대에 문명개화를 부르짖던 잡지들에 이 용어가 주로 등장함에 반해, 1920년대에는『동아일보』와『조선일보』등 민족지를 비롯하여,『개벽』,『동광』,『삼천리』,『별건곤』,『대동아』,『조선』등 종합문예지에 더 자주 등장한다. 예컨대 1906년『대한자강회월보』에서 '이식'이란 용어는 과목果木, 채소蔬菜, 약초藥草 재배 등을 비롯한 농사기술의 도입을 서술하는 데 사용되었고, 1907년 박은식의 논설「문약지폐文弱之弊는 필상기국必喪其國」(『서우』제10호, 1907.9.1)과 김락영의「동서 양양인東西 兩洋人의 수학사상數學思想」(『태극학보』제10호, 1907.5.24), 창해거사滄海居士의 논설,「근화삼천리槿花三千里를 답파踏破하고서, 남북선南北鮮의 현재문화정도現在文化程度를 비교比較함」(『개벽』제7호, 1921.1.1) 등에서는 수학이나 신풍속의 도래를 지칭하는 서술어로 사용되고 있다. 하지만 1920년대에는 '동서양간 윤리 이식', '로서아 크로포트킨의 사상 이식', '서양화의 이식' 등에서처럼 문화교류를 기술하는 서술어로 그 적용범위가 확대되고 있다.

'이식'이란 단어가 가장 빈번하게 사용된 영역인 '미술' 부문에서 '미술'이란 개념 자체도 이식된 것이었다. '미술'이란 용어가 처음으로 도입될 당시, 이는 '신기술'이란 뜻의 '박람회' 용어였다. 다시 말해 '미술'은 문명담론에서 사용되었던 용어이다. 기록에 따르면, '미술美術'이란 개념이 조선에 처음으로 등장한 것은 1884년『한성순보』에서 였다. 이 단어는 '박람회'에 진열된 '공예품'의 빼어난 '기술'을 지칭하는 개념이었다. '미술국'이라는 단어에 등장한 '미술'이란 신조서는 일본이 1873년 빈 만국박람회의 출품목록 가운데 독일어 'Schöne Kunst'를 번역하면서 처음 사용한 것으로, 이 용어가 조선에 전래되던 당시 일본에서 이 단어는 이미 활발히 사용되었고, 독자적인 미술미학의 탐구로도 이어지는 등, 예술 개념으로서 입지를 굳힌 이후였다.[186] 하지만 조선에서 이 개념은 도입 당시 '미美를 표현하는 예술'이 아니라 '훌륭한 기술'의 의미로 통용되었다. '미술가'도 역시 정치가, 군인, 변호사와 함께 근대적 '신사'의 한 부류로 새로운 기술을 소유한 '신지식인'의 개념으로 통용되었다.[187] 동경유학을 통해서나 국내에서 서양화를 습득한 화가들조차 그들의 그룹 명칭을 '경성서화미술원', '서화연구회', '서화협회'라는 식으로 지어, '미술'이라는 용어 대신 전통적인 용어인 '서화'를 그대로 사용한 것도 이 때문이었다. 이렇듯 '미술'은 '신기술'을 지칭하는 개념으로 서구의 문명 특히 박람회라는 공간을 중심으로 서구의 진보된 기술과 산업을 경험하면서 탄생한 것으로 1910년대까지는 근대적 신기술의 도래를 서술하는 문명담론의 용어였다.

'미술'이란 용어를 탄생시킨 박람회는 '산업'과 '제국'을 재현하기 위한 제도였다. '박람회'의 근간은 자본주의와 제국주의인 바,[188] 이들의 밀착관계가 절정에 달한 19세기 말에서 20세기 초에 박람회가 전성기를 맞은 사실은 이를 잘 말해준다. 서양에서의 박람회는 1851년 런던에

---

186 윤세진, 「근대적 미술 개념의 형성과 전개」, 김윤수 외, 『한국미술 100년』 1, 한길사, 2006, 126쪽.
187 이은기, 「장이에서 예술가로」, 『미술사논단』 2호, 한국미술연구소, 1995, 134쪽.
188 권혁희, 「박람회와 인종전시관」, 『조선에서 온 사진엽서』, 민음사, 2005, 130쪽.

서 시작된 만국박람회를 기점으로 1889년 에펠탑의 완공을 기념하기 위한 파리 만국박람회를 비롯하여 1903년 오사카 덴노지에서 일본의 내국박람회도 열렸다. 조선에서는 1906년 일한상품박람회를 시작으로, 1915년 조선물산공진회, 1929년 식민통치 20주년 기념 박람회를 비롯해 매년 박람회가 개최되었다. 일제는 박람회를 선전하고 기념하기 위해 신문, 잡지, 엽서 등의 인쇄물들을 발간하여 문명개화라는 명분 아래 조선을 '조용한 아침의 나라', '은자의 나라'라는 이미지로 재탄생시켰다. 이는 서구의 오리엔탈리즘을 아서구인 일제가 조선에 투사하여 만들어낸 타자화된 조선의 이미지로서, 제국의 시선이 관철된 것이었다. 에드워드 사이드Edward Said의 지적처럼, 제국의 식민통치는 군인과 대포에 의해서만이 아니라, 관념과 형식, 이미지와 상상을 통제하는 이념적 형성을 통해서 피지배민족의 내면에 일종의 규율장치들을 심어서 이를 작동시킴으로써 가능한 것이었다.[189]

박람회가 근대적 미술 도입의 한 축이라면, 나머지 한 축은 근대적 교육제도라 할 수 있다. 1895년 소학교령의 공포에 따라 소학교 고등과에 도화과목이 등장하였고, 1905년에 보통학교령이 시행됨에 따라 1906년에는 수공手工과목이 생겼다. 당시 일제가 도입한 도화와 수공과목은 인간형성 교육의 일환이거나 미적 감각의 육성, 혹은 창조성과 정서함량을 본질로 하는 현대적인 미술교육과는 판이하게 다른, '양학洋學의 보조적 학과'의 성격이 짙었다. 도화는 기능중심으로, 수공은 실용중심으로 구성된, 일종의 노작교육이었다. 이러한 도화와 수공교육의 내용

---

189 에드워드 사이드, 김성곤 · 정정호 역, 『문화와 제국주의』, 창, 2002, 52~53쪽.

과 방식은 1920년대까지 지속되어 '임화臨畵' 중심의 묘사기술 습득을 위한 수기 훈련식 교육이 주를 이루다가 1938년 3차 조선교육령에 따라 '임화' 교육은 '사생화'와 '사상화' 교육으로 선회하게 되고, 해방이후 미군정기에 죤 듀이의 교육철학이 도입되면서 도화와 공작이란 교과목은 '미술'로 명칭이 바뀌면서 오늘날과 유사한 형태로 미술교육이 정착되기에 이른다.[190] 아무튼 일제강점기 내내 실시된 소학교나 보통학교에서의 도화와 수공교육은 전통서화와는 전혀 다른 도구, 기법, 원리를 지닌 서양화가 조선에 이식되는데 실질적인 토대로서 기능하였다.

또한 총독부가 실시한 조선미술전람회도 서양화가를 꿈꾸는 비유학파 조선인들에게 최고의 서양화 교육의 장이자, 서양화를 익힌 조선인 화가들에게 최고의 발표의 장으로서, 서양화 이식에 있어서 견인차 구실을 했다.[191]

1910년대 후반에 잡지나 일간지에 실린 '미술' 관련 담론들은 박람회나 산업·공업의 차원에서 탈피하여 미적 가치를 창조하는 문화적 생산의 측면을 부각하기 시작한다. 예컨대 1915년에 안확이 쓴 「조선의 미술」은 '미술'을 문화담론의 차원에서 다루고 있다. 제1절 '미술과 문명'에서 안확은 미술을 "국민의 문화사상을 관觀"하기에 가장 적절한 것으로 보고,[192] 순정미술인 회화와 조각과 기타 준미술인 공예품을 구분하고, 미술을 통해 국가의 흥망이 가늠된다며, 미술은 정신이 대상을 통해 구현된 것이고 미술품의 가치는 사상의 표현 여부에 달려 있다는

---

190 박휘락, 「한국 미술교육의 내용과 방법에 관한 사적 고찰」, 『미술교육연구논총』 제7집, 1995.4, 37~68쪽.
191 이중희, 「'조선미술전람회'의 창설과 한국 근대회화」, 『한·중·일의 초기 서양화 도입 비교론』, 얼과알, 2002, 276~285쪽.
192 안확, 「조선의 미술」, 『학지광』 제5호, 1915.5, 169쪽.

인식을 제시하였다. 또 그는 문학이 승하면 미술이 승하고 미술이 승하면 그 국가의 승패를 추론할 수 있다면서 미술과 문학의 밀접한 상관성과 문화전반에서 미술이 차지하는 가치와 위상을 강조했다.[193] 1917년 최남선은 「예술과 근면」(『청춘』 11호, 1917.11)에서 회화를 전통서화식의 수신수양의 방편으로나 일제의 교육정책과 같은 '임화'식의 묘사력 연마가 아닌, '창작'의 개념으로 바라보는 관점을 제시하면서 이는 서양화의 도입으로 인해 가능하게 되었다고 말하였다. 이렇게 점차 '미술'이란 용어는 '손노동'에서 '창조적 행위'로 격상되어 '재주'가 아닌 '정신적인 활동, 다시 말해 머릿속에서 상상하고 이념으로 형성된 어떤 것을 눈에 보이도록 표현하고 묘사하는 '디세뇨disegn'의 개념으로 인식되어 갔다.[194] '창작'개념의 도입으로 '미술'은 '신기술'을 뜻하는 문명담론의 용어에서 예술의 한 하위범주로 문화담론의 개념이 된다. 미술이 정신을 대상에 투사하는 예술로서 지성적인 활동의 한 예가 되면서 미술가 역시 단순 기능인에서 지성인의 일종으로 격상되어 갔다. 서구에서 이러한 변화가 르네상스기에 이루어졌다면, 조선에서 그것은 1910년대 후반에 이루어졌다. '미술'이 새로운 기술에 의해 제조된 일상적 실용품이란 측면은 차츰 거세되어 가고 '문화적 수준의 지표'라는 측면이 부각되어 갔다.[195] 이와 더불어 미술은 인문학이나 과학, 철학과 더불어 정신작용들의 관계 속에서 해명해야 할 문화예술의 대표적인 한 분야로 자리매김하게 되었다.

---

193 위의 글, 147~152쪽.
194 이은기, 「장이에서 예술가로」, 『미술사논단』 2호, 한국미술연구소, 1995, 134쪽.
195 윤세진, 「근대적 미술담론의 형성과 미술가에 대한 인식」, 『미술사논단』 12호, 2001, 6; 김영나 편, 『한국 근대미술과 시각문화』, 조형교육, 2002, 63~65쪽.

이 무렵에 전통서화와 대립된 개념으로 서양화를 지칭하는 '신미술'이란 용어가 조선에 등장한다. 이 용어는 임화의 '신문학'이란 용어를 연상시킨다. '신미술'에 관한 논의는 무엇을 '신'의 내포로 볼 것인가를 놓고 분분하게 진행되었다. 하지만 결국 이식된 '외래적인 것'에 '조선적인 것'을 접목시켜 조선의 고유한 미술론으로서 '신미술'을 어떻게 구성해 낼 것인가 하는 문제가 이 논의의 핵심이었다. 서양식 신기술을 지칭하던 '미술'이란 용어가 계몽적 성격의 '문명' 담론에서 문화예술의 영역으로 옮겨와서 '신미술'이 되기 위해서는 이식성을 둘러싼 논의가 '조선적인 것', '향토색'이란 과연 무엇인가,라는 논의를 거쳐야 함은 필연적이다. 왜냐하면 피지배상태에 있는 민족은 민족소멸이란 공포에 항상적으로 노출되어 있으므로 민족적 정체성의 외현인 문화 부문에 있어 남달리 예민한 것이 일반적이기 때문이다.

3·1운동의 여파로 일제의 문화정치로의 통치방식의 전환은 이러한 변화의 한 계기가 되었다. 물론, 일제가 치안유지법을 신설하는 등, 문화정치를 내세웠으나 이런 변화의 본질이 전시국가체제의 통치성governmentality을 세련화하고 강화하는 데 있었다.[196] 제국의 통치권력의 강화는 식민지의 교육, 종교, 위생제도, 치안제도, 대중매체 및 예술 등의 부면에서 '문화'라는 개념으로 포장되었다. '문화'를 내세움으로써 일제는 '정신'을 지배의 대상으로 삼았고, 점차 통치방식을 능동적으로 전환시켜 갔다.[197] 이런 가운데 총독부는 조선미술전람회를 문화정치

---

[196] Michael D. Shin, 「'문화정치' 시기의 문화정책, 1919~1925년」, 김동노 편, 『일제 식민지 시기의 통치체제 형성』, 혜안, 2006, 270쪽.

[197] 일제는 문화정치를 표방하면서도 총독부 산하에 '문화'라는 용어가 들어간 어떤 공식 기구나 조직도 두지 않았으며, 오히려 박물관이나 종교를 규제하는 기구를 만들어 식민지인들의 정

의 모범적인 사례로 여겨 미전의 관리에 많은 신경을 썼다.[198]

1922년 6월 서울에서 제1회 조선미술전람회가 열린 이후, 1940년대까지 매년 개최되었고, 일본인 심사위원단은 '조선적인 것', '향토적인 것'을 장려하였다.[199] 또한 총독부는 1932년부터 미전에서 사군자와 서예 부문을 없애고 공예부문을 신설하여, 순정미술보다는 실용예술을 장려하는 조선문화정책을 실천해 갔다. 일본인으로 구성된 선전 심사위원들은 조선적 색채를 강조했는데, 이는 내지인들의 식민지에 대한 엑조시티즘적 욕구를 충족시키고 조선통치의 저항을 완화시키기 위한 '문화정치'의 일환이었다. 반면 비슷한 시기에 조선 지식인의 조선적인 것에의 추구는 예술의 조선적 고유성과 우수성을 되살려, 반식민지적 혹은 탈식민지적 저항을 꾀하려는 노력의 일환으로, 일본인들의 그것과는 대척적인 성격의 것이었다.

그럼에도 불구하고 3·1운동 이후 문화정치의 실시는 조선문화계에 많은 변화를 야기했다. 1920년대 중반을 넘기면서 조선의 화단도, 그리

신생활에 개입하려 하였고, '민속학ethnology'붐을 일으켜 총독부가 필요로 하는 정보들을 수집·관리하려 하였으며, 산미증산계획을 통해 식민지 수탈체계도 오히려 강화하였다. 야나기 무네요시가 선도한 경복궁 부지 내에 조선민족박물관의 건립은 민속예술이 식민지의 에너지를 문화소비로 전환시켜 일본 통치에 대한 저항을 줄이도록 한 '문화정치'의 일환이었다. Michael D. Shin, 「'문화정치'시기의 문화정책, 1919~1925년」, 김동노 편, 『일제 식민지 시기의 통치체제 형성』, 혜안, 2006, 270쪽.

198 위의 글, 296쪽.

199 일본인 지식인들 가운데 야나기 무네요시柳宗悅의 것은 '미학적'인 것으로 널리 알려져 있다. 그는 근대 서양을 모방한 군국주의적 식민주의에 대해 비판적인 관점을 가졌고, 조선의 자유와 독립을 빼앗은 일본 제국의 세력에 대해 '부정不正하다'고 평했고 조선인의 주체적 역량을 나름대로 평가해 주는 입장이었으나, 조선민족박물관에 고대사 유물보다는 조선시대 유물을 많이 전시하는 등 조선역사의 자주성과 우수성을 인정했으나, 고려청자보다는 조선백자의 아름다움을 숭상함으로써, 백자의 순백이 표상하는 단순, 소박함, 나약함과 열등함을 조선적인 것의 내용으로 규정하는 데 일조하게 된다. 무라야마 시게노리, 「식민지기 일본인의 한국관─선택지의 소장」, 김용덕·미야지마 히로시 편, 『근대교류사와 상호인식』 II, 아연출판부, 2007, 254~268쪽.

고 문단도 외래적 양식의 단순한 '이식'과 '모방'에 대한 반성적 성찰들이 제기되기 시작했다. 1930년대까지 화단은 조선미술론을 확립하기 위한 다양한 논전을 벌였다. 문단 역시 1925년 KAPF 해소로 전형기를 맞아 문학적 다양함의 혼재 속에서 조선문학의 미래를 새롭게 모색해 가기 시작하였다. 이런 노력조차 가능하지 않게 된 만주사변 이후의 경색기에 임화는 조선 신문학사를 서술하였다. 조선어 사용금지와 창씨개명,『조선일보』와『동아일보』의 폐간 등, 상황의 위기국면은 '모방'과 '이식'에 대한 우려가 문제가 아니라, 조선문화의 소멸의 위기 앞에서 어떻게 하면 조선문화를 지켜나갈 수 있을 것인가가 문제시되던 시점에 봉착했고 이 문제의 돌파를 위해 임화는 '신문학사'를 구상했던 것이다.

1939~41년은 조선의 문화적 전통이나 정체성의 사멸위기 앞에서 1910년대부터 줄기차게 있어온 이식과 모방 논의들을 어떤 식으로든 정리하지 않으면 안 되었던 시기이자, 또 외래문화와 고유문화의 혼류를 통한 제3의 신문화를 설정하지 않을 수 없는 역사적 시기였다고 할 수 있다. 임화의 신문학사에 관한 논의들은 1910년대 사실 진술의 차원에서 가치중립적으로 기술된 문명과 문화 부면에서의 다양한 '이식' 논의와 1920년대 후반 이후 민족적 자의식이 투과된 이식논의, 즉 이식과 모방을 넘어 민족예술의 '고유항 찾기'에 대한 논의를 포괄할 수 있는 시점에 안출되었으나, 외적 현실은 어느 때보다 열악했다고 볼 수 있다.

미술에서 먼저 시작된 문화담론의 '이식' 논의는 1920년대 중후반에 문학부면에서의 '이식' 논의로 확산되었고, 논의의 참가자들도 겹쳐 있는 만큼 미술과 문학에서의 이식논의는 상호 밀접한 영향을 주고받으며 진행되었다고 보아야 한다. 그런데 임화의 논의는 두 민족이나 국가의 병합 과정에서 문명의 이동과 문화적인 교섭의 필연성을 인식한 것이었고, 조선이 피지배 상태였던 때문에 일본과 서구의 것이 조선에 이식되는 식으로 진행된 것 또한 필연적이었음을 인정한 것이었다. 임화는 정신적이며 민족적 정체성과도 관련된 문화의 이식은 적응과 변화, 창조로 이어지는 총체적인 교섭과정을 포괄하거나 또는 이를 후속과정으로서 필연적으로 수반할 수밖에 없음을 지적하였다.

(4) 화단의 이식미술론이 임화의 '신문학사론'에 미친 영향

임화는 미술계에서 선행된 '이식논의'의 경과와 추이를 지켜보았고 또 거기에 동참하면서 많은 영향을 받아 신문학사론의 '이식'논의 부분을 기술한 것으로 보인다. 이런 판단의 근거는 그의 신문학사론에는 화단의 이식논의의 성과들이 고스란히 녹아들어 있기 때문이다.

그는 민족문화의 대명사인 민족어(언어)를 사용하는 문학이라는 예술양식은 형과 색이라는 보편적 매개체에 의지하는 회화와는 본질적으로 다른 측면이 있음도 인식하였던 것으로 보인다. 그는 일본어가 국어로서 공식어의 지위를 차지하던 1940년 이후에도 조선문학가의 창작 언어는 조선어여야 함에 대해 뚜렷한 인식을 제시하였다.

또한 그는 문학양식의 이식에 있어서 문학이 회화와는 달리 본질적으로 이식주체의 언어인 조선어에 의해 이루어짐을 의식하였던 것으로 보인다. 이는 그가 조선고유어에 의한 언문일치의 채택을 신문학의 커다란 표지로 내세우고 있기 때문이다. 임화는 조선의 신문학을 서구의 양식을 이식했으되 조선의 문학가들이 조선어로 조선인의 삶을 그린 조선문학으로 보았다.

하지만 회화에서 서양식 화구와 기법의 도입으로 인해 가능해진 서양화는 전통서화와는 완전히 다른 그림이다. 회화는 만국공통어인 색과 형을 매개로 한다. 또 회화는 '무엇'을 그리느냐의 차원보다는 '어떻게' 그리느냐의 차원이 관건인 예술이다. 이 말은 예컨대, 동일한 사과를 앞에 놓고 그렸을 때 발생하는 고갱, 클림트, 피카소, 신윤복, 박수근의 그림이 각각 다름, 이것이 바로 회화의 고유성이자 예술성의 내용이 되고, 작가적 개성이 된다. 동일한 대상을 그렸어도 화법 즉, style의 차이가 그 그림이 고흐의 작품인지, 브라크의 작품인지를 알게 해 준다. 회화가 개성을 중시하는 것도 이 때문이다.

화단에서 이식논의가 한창이던 1910년대에서 1920년대 초반 조선화단의 그림은 당시 유럽에서 유행하던 인상주의 중심의 화풍이 일본을 거쳐 조선에 도입된 것이었고, 이는 한지에 먹으로 글씨의 연장으로서 성리학적 세계관을 표현하던 전통서화에 익숙한 조선인들에게는 완전히 새로운 그림의 '이식'이었다. 이식 직후에 그려진 조선인 화가들의 작품이 당시 유럽화단이나 일본화단의 그것과 크게 다르지 않았다는 사실은 동일한 화풍으로 그려진 그림은 작가의 개성을 드러내지 못한다는 사실을 말해준다. 따라서 화단에서의 이식은 최소한 이식초기에는 목화씨나 농사기술의 이식과도 같이 말 그대로 '이식'인 측면이 사실상 있었던 것이다.

하지만 문학은 민족어가 매개된 예술이며, 조선문학은 조선인이 조선인의 감각으로 조선현실을 조선어로 재현한 것이다. 설사 그것에 서구적 양식이 도입된 흔적이 뚜렷하고, 그로 인해 신문학의 주된 양식들이 구문학과는 뚜렷이 구분되는 양식적 특성을 보인다 할지라도 그것은 미술에서의 이식과는 다른 성격을 띤다. '민족어'가 그 민족의 고유한 사유체계의 반영이자 그 자체이고, 또 작품에 반영된 현실을 읽어내는 독특한 시각은 작가의 사회경험적, 물질적 세계관이 반영된 것이며, 그것을 산출한 그 사회의 독특한 역사적 발전단계와도 연관된다. 어떤 작품이 무엇을 표상하는가의 문제는 또한 당대 사회의 전반적인 물적 토대가 처한 상황에 지배되는 정도가 크다. 반면, 미술은 어떻게 그리는가, 다시 말해 스타일style이나 양식 자체가 거의 전부인 예술이라 할 수 있다. 때문에 문학에서는 형식에 못지않게 내용이 중요하거나 때로는 내용이 형식 보다 규정적이기도 하다. 문학에서는 자유시다, 단편소설이다, 장편소설이다, 하는 양식이 말해주는 것은 일부분이며, 무엇을 어떤 관점에서 왜 그렸는가 하는 점이 매우 중요하다.

회화와 문학이 모두 형상적인 예술이긴 하지만, 회화가 보다 감각적이고 직접적이며 지각이 우선시되는 예술이고, 문학은 보다 인식의 측면이 강한 예술이다. 감각과 지각은 보편적인 성격이 짙고 인식은 보다 창작자와 향유자의 사회·역사적 혹은 경제적 경험이나 토대의 영향을 받아 개별성의 영역이 상대적으로 중요한 예술이라 할 수 있다. 따라서 문학에서 서구적 양식의 이식은 곧 문학 자체의 이식은 아닌 것이다. 임화는 외래문화와 고유문화의 변증법적 종합으로서 제3의 문화인 신문학을 이야기함으로써, 문화의 혼성화 과정에 대한 이해를 보여주었다. 근대초기에 언문일치의 의미를 짚어낸 부분이나, 일제말기에 조선인 작가의 창작어로 조선어를 허용해야 한다는 주장에 이르면, 그가 문화 가운데서도 언어예술인 문학의 차별적 지점에 대해서 충분히 의식적이었음을 알 수 있다. 이러한 사실들은 결국 그가 '이식'이란 용어를 채택하여 조선신문학사의 초기를 설명한 것은 '객관적 소여'를 인정하기 위한 불가피한 선택이었음을 확신할 수 있게 해주는 근거가 될 수 있다.

2) 구인회와 목일회의 결합으로 탄생된 문장파

(1) 모더니스트 창작가그룹 구인회(문학)와 목일회(회화)

구인회九人會는 1933년 8월 15일, 순연純然한 연구적 입장에서 상호의 작품을 비판하며 다독 다작多讀 多作을 목적으로 이태준李泰俊(조선중앙일보 학예부장), 정지용鄭芝溶(휘문고보 교사), 이종명李種鳴(前 記者), 이효석李孝石(경성농업학교 교사), 유치진柳致眞(극작가) 이무영李無影(문학타임스 및 조선문학 초기 발행인, 동아일보 객원기자), 임유영(영화감독), 조용만(매일신보 학예부장), 김기림金起林(조선일보 기자) 등 9명의 문인文人이 모여 결성結成한 그룹이다. 박태원朴泰遠과 이상李箱은 뒤에 가입加入했다. 이들은 근대 문학 초기의 효용론적 문학관效用論的 文學觀이나 반영론적反映論的 문학 이해에 저항하며 처음에는 무정형無定型 · 무조직無組織의 친목단체를 지향하였다. 이들은 문학을 '언어의 건축물'로 여겼고 예술의 자율성을 옹호했다. 이들이 모임을 구상하고 그것을 구체화할 당시 가장 의식한 단체는 KAPF였다. 친목단체 형태나마 그룹을 결성한 것도 이념우위의 문학, 창작을 질식시키는 정치주의 문학에 대한 반감 때문이었다.[200] 이들은 창작의 활성화를 도모했으며, 창작방법의 혁신을 통해 '새로움'

---

200 조용만, 「구인회의 기억」, 『현대문학』, 1957. 1; 『울밑에 핀 봉선화야—30년대 문화계산책』, 범양사, 1985, 124~139쪽; 「九人會 만들 무렵」, 『구인회 만들 무렵』, 정음사, 1984, 36~91쪽 등 참조.

을 추구하는 문학주의적 태도를 견지했다. 결집할 당시 이들은 20대 중
후반의 젊은이들이었다. 때문에 이들의 작품들에서는 이광수나 박영
희의 것과는 다른, 근대화의 수혜를 입은 세대다운 면모가 읽힌다.[201]
이들은 1920년대 박팔양, 임화, 김화산, 김우진 등에 의해 시도된 다다
이즘적 문예기법과 실험정신, 언어감각 등을 건설적인 방향에서 승계
하여 한국모더니즘문학을 활성화시켰다.[202]

목일회牧日會는 1934년 5월 양화계의 주목을 받기 시작한 이종우, 장
발, 임용련, 백남순 등 구미유학파들과 이병규, 송병돈, 김용준, 길진섭,
이마동, 황술조, 구본웅, 김응진 등 도쿄미술학교 출신들이 모여 결성
한, 최초의 뚜렷한 양화가洋畵家 단체이다.[203] 이 그룹은 백만양화회의
후신이라 할 수 있다. 목일회가 해산된 후에도 이들은 목시회, 동인전,
양화동인전으로 명칭을 바꾸면서 1930년대 말까지 활동했다. 1920년대
조선화단은 KAPF 중심의 프로미술과 총독부가 주관하는 조선미전의
양대 체제를 이루었는데,[204] 백만양화회는 "사상가는 예술가연하고,
예술가는 사상가연하는 당착된 현상"을 선도하던 프로미술론과, 인상
파와 고전주의를 절충한 아카데미즘에 빠져 있던 조선미전朝鮮美展에

---

201 구인회란 명칭은 일본 신흥문학파의 전위단체인 13인 구락부(1929)를 염두에 둔 것이다. 서
  준섭, 「'구인회'와 새로운 문학정신」, 『한국모더니즘 문학 연구』, 일지사, 1988, 13~63쪽.
202 이태준의 주관과 개성, 전통의 존중과 추구, 이상의 내면탐구와 형태파괴 등 실험적인 구성
  법, 박태원의 개성있는 작법추구, 김기림의 주지주의 시론과 『기상도』의 문명 비판은 이 그
  룹이 한국 근대문학사에서 차지하는 위상을 말해준다.
203 목일회에 대한 당대 자료로는 A생(안석주), 「목일회 제1회 양화전을 보고」, 『조선일보』 특
  간, 1934.5.22이 있다. 목일회는 34년에 제1회 전시회를 가진 이후 37년까지 뚜렷한 활동 없
  었다. 1937년 6월, 목일회는 목시회牧時會로 이름을 바꾸고, 송병돈, 김응진이 빠지고, 백남
  순, 임용련, 장발, 이마동, 이병현, 신홍휴, 이봉영, 홍득순, 공진환이 합세하여 15인이 대대적
  인 전시회를 개최한다. '목일'과 '목시'는 '때를 기다린다'는 뜻이다. 1938년 11월에는 양화동
  인전을 개최하였고, 1939년 7월에 김환기를 영입하였다.
204 김영나, 「1930년대의 한국 근대회화」, 『미술사연구』 제7호, 1993.12 참조.

반발하며 조직되었다.[205] 이 단체는 전시회 한번 개최하지 못한 채 해산되었는데,[206] 이후 이마동을 제외한 백만양화회 구성원들은 목일회로 재결합한다. '때를 기다리는 모임'이라는 뜻의 '목일회牧日會'는 비슷한 시기에 조직된 녹향회나 동미전과 함께 순수미술을 지향하였으나, 反아카데미즘적 지향에서 두 단체와 차별화된다.

문인단체인 구인회와 화가그룹인 목일회는 비슷한 시기에 구성되었고, 규정이나 강령을 발표하지 않았으며, 반反정치주의와 반反아카데미즘 예술관을 견지했다. 그들은 사실주의의 틀을 넘어서는 예술을 지향했고, 무엇보다도 평론을 통해 예술관을 피력하거나 특정 예술사조 혹은 이론에 집착하기보다는 작품으로 말하고자 했다.[207] 두 그룹 성원들 간의 친분이 남달라서,[208] 숫한 일화들을 남겼다. 특히 고보시절 ― 동경유학시절 ― 귀국 후로 이어지는 김용준, 길진섭과 이태준과의 특별한 교우관계와 구본웅과 이상李箱의 친분에서 시작된 이들 화가 그룹과 문인 그룹간의 교류는 이미 널리 알려져 있다.[209] 두 그룹 간의 남다른 관계에 대해 구인회를 연구한 서준섭은 "(구인회의) 현대미술과의

---

205 김현숙, 「모더니즘 미술과 동양주의」, 『한국미술 100년』 1, 한길사, 2006, 254쪽.
206 목일회의 전신인 백만양화회는 1930년에 김용준, 길진섭, 구본웅, 이마동, 김응진 등이 조직한 화가그룹이다. 이들은 프로미술에 대항하고, 제전 및 조선미전을 관통하는 외광파적 아카데미즘과의 차별화를 표방한 단체였다. 김용준, 「백만양화회를 조직하고」, 『동아일보』, 1930.12.23.
207 목일회는 '화업의 연마와 교우의 친목을 도모함'을, 구인회는 '순연한 연구적 입장에서 상호의 작품을 비판하며 多讀多作을 목적으로 하는 문학적 사교단체'를 꿈꾸었다. 기혜경, 「1920·30년대 한국 근대미술과 문학의 교류상에 관한 연구」, 홍익대 석사논문, 1998 참조.
208 김기림은 김형만, 최재덕, 이쾌대, 유영국과 교유했고, 이태준은 김용준, 김주경과, 또 구본웅은 이상과 특별히 친했는데, 이상은 구본웅 외에도 오장환과 가까웠다.
209 다음의 자료에서 이를 확인해 볼 수 있다.
   기자, 「다방과 예술가」, 『동아일보』, 1934.6.6; 이태준, 「소설의 어려움 이제 깨닫는 듯」, 『문장』, 1940.2; 김용준, 「白痴舍와 白鬼祭」, 『풍진세월 예술에 살며』, 을유문화사, 1968; 조용만, 「울밑에 핀 봉선화야」, 범양사, 1985; 고은, 『이상평전』, 민음사, 1974.

교류가 모더니즘 세계의 새로운 문학정신을 가져오게 한 원동력"[210]이었다고 말하고 있고, 목일회를 연구한 기혜경은 "저널리즘 속에서 화단의 신경향을 옹호한 '구인회' 작가들의 역할이 '목일회' 성립의 한 배경"이었고,[211] "이들(목일회)이 화단의 한 축을 형성할 수 있었던 것은 이들이 화단에서 차지하고 있던 인지도뿐만 아니라 모더니즘 문학단체 '구인회'와의 공조관계에 영향을 받은"[212] 때문이라고 말한다. 1930년대 문화예술계를 회고한 글에서 김광균은 또한 두 그룹은 "시대를 함께 하던 공동운명체"로서, "서로를 反射하는 사이"였다고 기술하고 있다.[213] 이렇듯 구인회의 시인들과 목일회의 화가들이 어울리면서 "화가의 작품에 시가 담기고 시인의 시에 회화의 모티브가 반사되었다."[214]

이 장에서는 이렇듯 여러 모로 밀착된 두 그룹이 생산한 작품들의 공통점을 살펴보려 한다. 필자는 이들 두 그룹의 창작경향을 아우르는 예술사조는 '표현주의'라고 본다.[215] 이 가설에서 표현주의란 1930년대 조선에서 통용되던 개념이다. 이는 현대예술사에서 특정 시기 유럽을 중심으로 대두된 '표현주의'와는 다소 다르다. 1930년대 조선예술계에 통용되던 표현주의는 매우 포괄적인 개념이어서, 미래파, 야수파, 입체파, 초현실주의, 표현주의를 망라한, '주관성의 표현'에 착목한 예술을

---

210 서준섭, 앞의 책, 63쪽.
211 기혜경, 앞의 글, 1998, 54쪽.
212 위의 글, 193쪽.
213 김광균, 「1930년대의 화가와 시인들」, 『김광균 문집 臥牛山』, 범양사, 1985 참조.
214 김광균, 「1930년대의 화가와 시인들」, 『계간미술』 23호, 1982 가을; 김학동 · 이민호 편, 『김광균 전집』, 국학자료원, 2002, 406~412쪽.
215 이런 판단은 비단 이 글의 것만은 아니다. 목일회를 학계에 처음으로 자세히 소개한 기혜경은 목일회 회원들의 전반적인 경향은 표현주의로 보았다. 기혜경, 앞의 글, 1998, 54쪽. 또 구인회를 연구한 이명희도 구인회 멤버들의 다채로운 작품들이 표현주의적 특징을 갖는다고 보았다. 이명희, 「『시와 소설』과 구인회의 의미」, 『근대문학과 구인회』, 상허문학회, 1996, 170쪽.

모두 지칭하였다.[216] 이 장에서는 목일회와 구인회 회원의 작품들에서 표현주의적 양상을 고찰한 후, 1930년대 조선예술계에 표현주의 예술이 만개한 사실이 함의하는 바를 짚어보려 한다. 또 1939년에 이들이 문장파로 뭉쳐, 목일회와 구인회 시절 추구했던 모더니즘예술에 '전통'이라는 새로운 가치를 융합시켜 간 과정도 살펴려 한다. 문장파가 보여준 '모더니즘'과 '전통'이라는 다소 상반되는 예술적 지향의 융합이 어떻게 가능할 수 있었는가라는 의문은 문장파의 전신인 목일회와 구인회가 추구했던 모더니즘이 표현주의적 특징을 가졌다는 사실에서 찾아 보고자 한다. 구인회가 한국문학사에 차지하는 비중을 고려하건대, 이 연구는 결국 한국모더니즘예술이 한국 근대사와 어떻게 조우했는지를 이해하는 데 도움을 줄 수 있을 것으로 본다. 이를 위해서 필자는 두 단체에 관한 개별적 연구성과들[217]을 수용할 것이다.

---

[216] 목일회와 구인회 회원들이 활발히 활동하던 무렵, 화가이자 미술평론가이던 김주경은 "(표현주의) 그림이란 대상 그것을 그대로 재현해 주려고 하는 타동적 노력이 아니라, 자기의 심적 상태 또는 정신내용, 주의사상을 표현하는 (…중략…) 자동적 노력"에 해당한다고 규정하였다. 김주경, 「녹향전을 앞두고─그림을 어떻게 볼까?」, 『조선일보』, 1931.4.5~9. 또 「아세아주의 미술론」을 편 심영섭은 "객관적 자연주의 사실주의 인상주의에 대한 위대한 반동이 최근의 서양미술의 근본적 경향의 표현파라고 볼 수 있으니 미래파 입체파 등이라 하여도 모두 광의로서는 한가지로 표현주의 운동의 예술"이라고 포괄적인 정의를 내리고 있다. 심영섭, 「아세아주의 미술론」, 『동아일보』, 1929.8.21~9.7.

[217] 지금껏 나온 목일회 관련 연구 성과물에는 다음의 것들이 있다.
기혜경, 「목일회 연구─모더니즘과 전통의 길항과 상보」, 김영나 편, 『한국 근대미술과 시각문화』, 조형교육, 2002, 189~214쪽; 김현숙, 「구본웅의 작품을 통해 본 모더니즘 수용의 일례」, 『미술사 연구』 11호, 1997, 129~152쪽; 김현숙, 「1930년대 한국 서양화단」, 홍익대 석사논문, 1984; 김현숙, 「정착기의 양화계」, 『근대를 보는 눈』, 국립현대미술관, 1998, 94~106쪽; 김현주, 「김용준과 『문장』의 신문인화 운동─동양주의 미술과의 관련을 중심으로」, 『미술사연구』 제16호, 미술사연구회, 2002.12, 365~392쪽; 김미라, 「1920~30년대 한국 양화단체의 연구」, 이화여대 석사논문, 1997.
구인회에 관한 연구들은 상당히 축적되어 있다. 대표적인 것만 제시한다면 다음과 같은 것들이 있다. 상허문학회, 『근대문학과 구인회』, 깊은샘, 1996; 서준섭, 『한국 모더니즘 문학연구』, 일지사, 1988.

(2) 목일회와 구인회 회원들의 작품들

1930년대 조선의 모더니즘예술계에서는 회화가 문학을 리드했다.[218] 따라서 목일회 회원들의 작품을 먼저 살펴보고자 한다. 목일회의 예술적 지향성을 가장 뚜렷이 보여주는 작품으로는 흔히 구본웅의 다음그림들이 꼽힌다.

1930년대 한국화단을 총괄적으로 연구한 김영나는 당시 우리화단을 ① 김인승으로 대표되는 선전鮮展 중심의 아카데믹한 인물화와 누드화,

그림 1. 구본웅, 〈여인〉 1930년대 중반 [219]

그림 2. 구본웅, 〈친구의 초상〉 [220]

---

[218] 김광균은 당시를 회상하면서 "시는 (…중략…) 앞서가는 회화를 쫓아가기에 바빴다"고 표현하기도 하였다. 김광균, 「1930년대의 화가와 시인들」, 『김광균 문집 臥牛山』, 범양사, 1985, 172~173쪽.

[219] 이 작품은 일본의 표현즈의 화기인 사토미 가쓰조의 〈女〉(1929)의 영향을 받아 제작된 것으로 보인다. 이에 관한 자세한 내용은 김현숙, 「모더니즘 미술과 동양주의」, 『한국미술 100년』 1, 한길사, 2006, 254~259쪽.

[220] 이 작품은 독일 표현주의 화가인 블라맹코의 〈파이프를 문 남자〉의 영향이 읽힌다. 이에 대한 자세한 설명은 김영나, 「1930년대의 한국 근대회화」, 『미술사연구』 제7호, 1993.12, 31~46쪽 참조.

그림 3. 구본웅, 〈비파와 포도〉 1930년대   그림 4. 구본웅, 〈나부와 정물〉 1940년대

② 오지호, 김용조, 이인성 등의 인상주의풍의 풍경화, ③ 구본웅을 중심으로 한 전위적 회화, ④ 김환기로 대표되는 자유미술가협회의 추상화, ⑤ 이상범 중심의 동양화의 세계로 정리해 냈다.[221] 이 분류에서 ③과 ④는 표현주의적이라 할 수 있다. 특히 ③의 구본웅은 위에 예시한 〈여인〉, 〈친구의 초상〉에서 야수파적인 거친 붓질로 폭발적이고도 강렬한 색채들의 드라마틱한 구성을 통해 자유로움, 주정성, 즉흥성, 야수성을 드러냈고, 〈비파와 포도〉와 〈나부와 정물〉에서는 입체파(큐비즘)를 실험하고 있다. 이들 작품에서 원근법적 질서와 point of view의 통일성이라는 기존의 사실주의의 틀은 완전히 깨어져 있다. 구본웅은 표현기법상의 전면적인 새로움을 추구한 셈인데,[222] 문학에서의 이런 강한 개성과 조형원리는 다음과 같은 이상李箱의 시詩에서 포착된다.

---

221 위의 글, 31~46쪽 참조.

222 구본웅의 대표작 가운데 하나인 〈여인상〉은 이상의 시 「광녀의 고백」(『조선과 건축』, 1931.8)의 여성이미지를 회화화한 것으로 보기도 한다. 기혜경, 앞의 글, 2002, 62~63쪽.

```
    1 2 3 4 5 6 7 8 9 0
1 • • • • • • • • • •
2 • • • • • • • • • •
3 • • • • • • • • • •
4 • • • • • • • • • •
5 • • • • • • • • • •
6 • • • • • • • • • •
7 • • • • • • • • • •
8 • • • • • • • • • •
9 • • • • • • • • • •
0 • • • • • • • • • •
```

(우주는멱에의하는멱에의한다)

(사람들은숫자를버리라)

(고요하게나를전자의양자로하라)

스펙톨

— 이상, 「線에關한覺書 1」 中

1 + 3

3 + 1

3 + 1 1 + 3

1 + 3 3 + 1

1 + 3 3 + 1

3 + 1 1 + 3

3 + 1

1 + 3

線上의點 A

線上의點 B

線上의點 C

A + B + C = A

A + B + C = B

A + B + C = C

二線의交點 A

三線의交點 B

數線의交點 C

3 + 1

1 + 3

1 + 3 3 + 1

3 + 1 1 + 3

3 + 1 1 + 3

1 + 3 3 + 1

1 + 3

3 + 1

· ·

(太陽光線은, 凸렌즈때문에收○光線이되어一點에있어서爀爀히빛나고爀

爀히불탔다, 太初의僥倖

은무엇보다도大氣의層과層이이루는層으로하여금凸렌즈되게하지아니하

였던것에있다는것을생각 …… 하니樂이된다, 幾何學은凸렌즈와같은불장난

은아닐른지, 유우크리트는死亡해버린오늘유우크리트

　의焦点은到處에있어서人文의腦髓를마른풀과같이燒却하는收○作用을羅

列하는것에의하여最大의收

　○作用을재촉하는危險을재촉한다, 사람은絶望하라, 사람은誕生하라, 사

람은絶望하라)

1931.9.11

— 이상, 「線에關한覺書 2」

　위의 시들에서 '형태'라는 시각적인 기표는 '의미'라는 기의(관념)보다 작품의 성격을 규정하는 힘이 크다. '형태시'[223]의 성격을 띤 이런류의 작품들을 김기림도 창작한 적이 있는데, 아래의 예처럼, 김기림의 것은 보다 이미지적이고, 형태면에서도 이상의 과격함에 비하면 유머러스한 정도이다.[224]

月

　火

　　水

　　　木

---

223 형태시에 대해서는 정끝별, 「현상시 · 형태시 · 상형시, 그 언어주의 시들의 전략」, 『현대시』 7~11, 1996. 11, 241~253쪽 참조.

224 김기림의 이 작품은 조향의 「코스모스가 피어있는 층계」, 「물구나무 선 네모꼴의 抒情」과 흡사하다. 조향, 『조향전집』 1, 열음사, 1994, 59~71쪽.

　　金

　　　土

하낫 둘

　하낫 둘

일요일로 나가는 '엇둘' 소리

자연의 허대에서

너를 놓아라

— 김기림, 「일요일 행진곡」 中

　　예시된 이상과 김기림의 시들은 구성에서 시간적 계기성의 공간화를 지향하고 있는데, 이는 포말리즘formalism적 특징으로, 표현주의적이라 할 수 있다. 구인회를 대표하는 또 한명의 시인인 정지용의 작품들에는 형태파괴의 측면은 약화되어 서정시의 전통적 형식을 크게 훼손하지 않으면서 새로운 이미지(그림)를 창안하여, 보다 온건한 표현주의적 특징인 이미지즘적 경향이 뚜렷하게 나타난다.

바다는 뿔뿔이

달아나려고 했다.

푸른 도마뱀 떼같이

재재발렀다.

꼬리가 이루

잡히지 않았다.

흰 발톱에 찢긴

산호珊瑚보다 붉고

슬픈 생채기!

— 정지용, 「바다」, 『시원』 5호, 1935.12

　　조향의 파격적인 시작법[225]의 계보를 이은 이상과 김기림의 형태파괴적 작품들에는 문명과 과학에 기초한 근대(상)에 대한 양가적 판단, 즉 비판적 성찰과 새로운 비전에의 모색이 담겨 있다. 무절제한 감정주의와 특정한 사상을 중시하는 내용주의를 다 같이 비판하고 그 대안으로 제시된 김기림의 주지적 방법은 시를 지성에 의한 절제된 언어로 제작하자는 것이었다. 김기림의 주지적 방법은 창작기술의 문제만이 아니라 문명비판의 정신을 포함한다. 1930년대 중반 모더니즘 시의 수용을 둘러싸고 의견이 달라 벌어진 논쟁이 기교주의 논쟁인데, 1935년 말, 임화가 정지용, 김기림, 신석정의 시를 총괄하여 언어의 기교에만 탐닉하는 기교주의 시라고 비판하자, 김기림이 이를 반박한 것이다. 김기림은 시인의 계급적 입장에 대한 선입관으로 시의 성실한 독서를 통한 개성의 정신적 고투를 읽어주려는 의도가 없었음을 비판한다. 김기림은 구인회의 대표이고, 임화는 구 카프계의 대표자인데, 김기림은 기교 아닌, 내용으로서 문명비판을 내세웠다. 김기림은 기교주의에 대한 반성의 글과 더불어 「기상

도」를 제출하였는데, 내용과 형식을 조화시킨 전체시를 하나의 대안으로 제시하고 시인들의 조선어에 대한 관심을 촉구하였다.

반면, 감각적인 언어구사를 통한 참신한 이미지의 표현에 성공한 정지용의 시에는 모더니즘적 경향과 전통지향성의 거리가 많이 좁혀 있고, 감각적 명징성이 두드러진다. 유럽의 표현주의는 현실의 투영이 아닌, 선과 색채로, 또는 말의 운용으로 전달하는 내적 진실인 이미지, 곧 추상화되고 독자적인 혹은 자기목적적autotelic인 이미지를 중시했다. 이들은 이미지는 일순간에 지성과 감성의 복잡한 상태를 제시하는 것으로 이해했다. 특히 에즈라 파운드와 같은 시인은 이미지는 관념이 아니라, 생각이 끊임없이 쇄도하는 일종의 소용돌이로,[226] 의미의 중심을 이룬다고 말했다. 이렇게 표현주의자들은 이미지를 구사함으로써 사실세계를 기술하는 것이 아니라, 모사의 원칙을 뛰어넘어, 세계를 재해석하고, 그 과정에서 격앙된 의미들을 수합하고자 한다. 이미지를 사용하여 표현의 명징성을 추구하는 이미지즘은 표현주의와 밀접한 관련이 있다. 인상주의는 현상의 촉각적·관능적 양상에 매혹되는 반면, 표현주의자는 이를 넘어서서, 이미지와 상징을 예민하게 사용하여 세계의 궁극적 의미는 외면적인 모습, 그 너머에 존재함을 보여주려 한다.

이상李箱에서 김기림, 정지용에 이르는 작품 경향은 형태파괴적인 측면에서 점차 이미지즘이 강화되는 특징을 보이는데, 이들의 구성원

---

226 에즈라 파운드는 "이미지는 관념이 아니다. 그것은 빛나는 매듭 혹은 빛나는 덩어리이다. 그것은 (…중략…) 소용돌이Vortex이다. 이 소용돌이로부터, 이 소용돌이를 통하여, 이 소용돌이 속으로 생각이 끊임없이 쇄도하는 것이다"라고 했다. Ezra Pound, 『고디에 브르제스카의 회고Gaudier-Brezeska, A Memoir』, 106쪽. R.S. Furness, 김길중 역, 『표현주의』, 서울대 출판부, 1985, 26쪽에서 재인용.

리는 한결같이 회화적 조형성에 기초해 있다. 한편, 김기림의 『기상도』는 그림으로 치자면, 1930년대 황술조가 그린 〈나부〉, 〈소년〉, 〈자화상〉 등의 과감한 생략과 빠른 붓처리로 사색적이면서도 경쾌한 화면을 구성해 낸 것에 비유될 수 있다. 이 시집에서 그는 몽타주 기법을 실험하는 등, 회화적 발상법을 시에 적용시키면서 신생의 세계에 대한 비전과 문명에 대한 낙관적인 전망을 드러냈다. 이는 독일 표현주의 미술의 한 유파인 청기사파와 일맥상통한다.[227] 김기림은 야수파의 그림에 관심이 많았다. 그는 야수파인 블라맹코와 마티스, 루오를 좋아하였고, 구본웅의 그림에 칭찬을 아끼지 않았다. 블라맹코에게서 현대인에게 결핍된 원시성을 읽어내는 등, 야수파의 색채들에서 단순성, 상충하는 힘들의 긴장을 높이 평가했다.[228] 또 그는 마티스가 어린애의 눈으로 세계를 볼 것을 강조한 것에서,[229] 건강성과 순진성을 읽어내어, 이를 곧 그의 「오전의 시론」과 『태양의 풍속』에 반영하였다.

소설의 경우, 이상은 「실화」, 「동해」, 「종생기」를 통해 언어(기호)로 사물을 제작하는 과정 자체를 보여주고 있다. 시에서 데포르마시옹의

---

227 독일 표현주의 회화는 크게 다리파와 청기사파로 구분된다. 1905년부터 1914년 사이에 활발히 전개된 독일 표현주의 회화는 프로이드의 꿈의 해석, 아인슈타인의 상대성 이론, 플랑크의 양자론 등과 니체와 베르그송의 철학 등을 배경으로 한다. 기존의 불변하고 고정적인 진리나 물질에 이해가 불확실한 것임을 깨닫고 합리주의의 굴레에 억압되어 잇던 본능, 의지 등 보다 주관적이고 개인적인 삶을 옹호하는 사회적 인식이 토대가 되었다. 크게 다리파와 청기사파로 나뉘는 독일 표현주의 회화는 전자는 에밀 놀테, 키르히너, 뭉크, 마티스 등의 경우처럼 원시적 감정과 격렬한 형태, 충동적인 색감 등을 기초로 인간의 주관적 정서를 분출하는 특징이 있다. 반면, 칸딘스키와 마르크를 중심으로 하는 청기사파는 창조적 미술을 통해 인류의 긍정적 재생을 꿈꾸는 등, 보다 자연의 외형 너머의 낙관적인 비전을 제시한 유파이다. 자세한 내용은 김영나, 「독일 표현주의 회화—다리파와 청기사파를 중심으로」, 『미술사연구』 제6호, 1992.10, 3~28쪽 참조.
228 김기림, 「수첩 속에서—현대예술의 원시에 대한 욕구」, 『조선일보』, 1933.8.9.
229 김기림, 「小兒聖書」, 『조선문학』, 1934.1, 91쪽. 산문집 『바다와 육체』, 1948에 재수록.

형식파괴를 실험했다면, 소설에서 그는 당대의 통상적 모랄이나 감각을 전복하였다.[230] 이상은 형식과 내용, 기법과 의식의 차원에서 종횡무진 새로움을 추구했다. 이효석은 「메밀꽃 필 무렵」에서 소금을 뿌려놓은 듯한 메밀밭의 정경을 묘사했고, 박태원은 『천변풍경』에서 흰 수건을 쓴 빨래터 아낙들의 모습을 머리에 나비가 앉은 것에 비유하여 멋진 장면을 묘사해 냈다.[231] 또 박태원은 「소설가 구보씨의 일일」과 『천변풍경』에서 세부적으로는 다르지만 큰 틀에서는 유사한 방식의 일화들을 병풍처럼 나열하는 식의 구성을 보였다. 이는 이태준의 첫 단편집 『달밤』과 유사하다. 『달밤』의 발문에서 이태준은 자신의 단편들이 인물화로 구성된 개인전시회와 흡사하다고 소회를 피력했다.[232]

이렇듯 구인회 회원들은 시와 소설에서 전통적인 서사문법과 서정시의 구성법을 파괴하고, 또 당대의 통상적 모랄을 전복하거나 비트는 등, 새로운 표현과 새로움의 표현에 매달렸다. 이들은 묘사를 통해 참신한 이미지를 창안하였고, 회화의 조형적 구성 원리를 원용하여 주관적 감흥을 표현해 내는 등, 표현주의적 특징이 강한 작품들을 창작하였다.[233]

(3) 표현주의적 창작경향과 탈脫내셔널미디어로서의 예술

조선에 표현주의를 최초로 소개한 것은 1920년대의 임노월이다. 그는

---

230 최재서는 이상의 「날개」를 주관세계에 관한 객관적인 묘사로서 리얼리즘의 심화로 보았으나, 모랄의 파괴는 문제적이라고 지적하였다. 최재서, 「『川邊風景』과 「날개」에 關하야」, 『문학과 지성』, 인문사, 1938, 98~113쪽.

231 졸고, 「박태원의 자화상 연작 연구」, 『국어국문학』 148호, 2008.5.30, 123~152쪽 참조.

232 이태준의 초기단편들은 「오몽녀」에서 극명하게 드러나듯, 인물화를 연상케 한다. 졸고, 「이태준 단편소설의 회화적 특성 연구」, 『정신문화연구』 113호, 한국학중앙연구원, 2008.12.30, 79~106쪽.

233 구인회 회원은 아니지만, 동시대의 김동리의 「무녀도」 역시 선명한 이미지를 갖는 작품이다.

악마주의를 중심으로 표현주의를 소개하였다.[234] 반면, 프로예술운동
가인 임화는 포비즘(야수파)과 볼티즘(소용돌이파)을 주로 소개하였다.[235]
임노월이 소개한 표현주의 예술론의 정수라 할 수 있는 칸딘스키의 이
론을 잠시 보자.

> 자연의 인상을 여실히 재현코저하는 재래의 예술은 전혀 타락한 예술일다.
> 예술가 자신의 內界에서 발효율동하는 즉 주관의 요동분탕에 의하야 색채는
> 전혀 표현에 충만하여 윤곽은 대담히 초자연적의 형태를 의미하고 그래서 우
> 리의 영혼이 무한히 생활할 세계는 표현파의 예술일다. 자연은 벌써 인류의
> 동격도 아닐다. 표현파의 예술일다. (…중략…) 표현파에 대한 색채와 선은
> 관능적 여율배합의 기인한 정신의 홍투일다. 자연을 재현하는 것은 물론 예
> 술가를 내적 충동에서 외계의 노예되게 하는 것이다. 예술의 진은 외계와 일
> 치하는 것이 아니라 예술가의 내계와 일치하야 재현하는 것이 아니오 표현하
> 는 것이다 (…중략…) 예술은 사실에서 나가 '미'에 들어가야만 되겠다. 그리
> 고 진실한 예술미는 순수한 '콤포디슌'에 의하야 표현이 된다. 순수한 '콤포디
> 슌'은 내적 감정을 의식적으로 표현한 것이다. 그럼으로 '美 '는 심령의 상징
> 적 표현에만 존재한다.[236]

234 임노월, 「최근의 예술운동─표현파(칸딘스키 화론)와 악마파」, 『개벽』, 1922.10, 2~4쪽. 이 밖
에도 임노월, 「사회주의와 예술─신개인주의의 건설을 칭함」, 『개벽』, 1923.7; 「미의 절대성」,
『영대』, 1924.10; 「예술과 계급」, 『영대』, 1924.12; 「예술과 인격」, 『영대』, 1925.1; 「지옥찬미」,
『동아일보』, 1924.5.19 참조.
235 임화는 村山知義를 거론하면서 표현주의의 일종인 볼테스파Vortex(소용돌이파)를 국내에
처음으로 소개하였다. 임화星兒, 「볼테스파의 선언」, 『매일신보』, 1926.4.11.
236 임노월, 「최근의 예술운동─표현파(칸딘스키 화론)와 악마파」, 『개벽』, 1922.10, 2~4쪽.

위의 인용문에서 칸딘스키는 자연의 단순 재현은 예술가의 내적 충동을 외계의 노예로 전락시키는 일에 해당한다고 비판하고, 예술의 참맛은 '재현'이 아니라 '표현'에 있음을 표나게 강조하고 있다.[237] 칸딘스키를 비롯한 표현주의자들은 자연주의와 인상주의가 사물의 표면에 지나치게 머물렀고, 상징주의와 신낭만주의는 탈속과 세련을 추구하면서 탐미와 퇴폐에 빠졌다고 비판하면서 새로운 미학을 모사원칙mimesis의 파괴를 통한 주관적 세계의 표현에서 찾고 있다.

임노월과 임화가 유럽 표현주의 예술론을 소개했으나, 이는 단편적인 것이었다. 또 당시 목일회 회원들은 유학파들이었다. 따라서 이들이 실제로 표현주의 예술론을 접한 것은 유럽과 일본을 통한 것이었을 가능성이 크다. 원래 유럽에서의 표현주의는 1880년대부터 1920년대에 걸쳐 회화에서 먼저 부각되었다. 마티스가 『화가의 노트A Painter's Notes』에서 한 말, "회화는 결국 표현이다"는 표현주의예술론의 모토였다. 고흐나 뭉크의 예처럼, 표현주의 회화는 인습적 형식의 해체, 색채의 추상적인 사용, 강렬한 감정의 우위, 무엇보다도 모사원칙에 등을 돌리는 것을 특징으로 한다. 사실상 이때부터 '표현적'이라는 말은 '사실적'이라는 말과 대극적인 것이 되었다. 표현주의는 좀더 활기에 찬 감정, 좀더 역동적인 묘사를 예찬한다. 안으로부터의 창조, 표현을 보다 힘찬 것으로 하기 위해 사실적 묘사의 인습적 방법을 주저없이 파괴한다. 즉, 이들은 강렬한 주관성을 칭송하며, 감정의 공격적인 표현이나 일그러뜨림distortion을 지닌 작품을 새로운 전망을 여는 선구자로 찬양한다.[238] 문학

---

237 칸딘스키, 권영필 역, 『예술에서의 정신적인 것에 대하여』, 열화당, 2000, 17~24쪽.
238 R. S. Furness, 김길중 역, 『표현주의Expressionism』, 서울대 출판부, 1985, 3~4쪽.

에서의 그것은 도스토예프스키, 카프카, 스트린드베리처럼 주관성을 강조하고, 비이성에의 애호와 사고와 감정에서 '정상적'인 준거를 거부하는 경향을 띠며, 과감한 가치의 전도를 도모하고 새로운 모험과 비전을 추구한다. 표현주의 예술은 철학적으로는 니체와 칸트, 베르그송에 기초해 있다. 불변의 진리, 과학적 지식에 대한 확신이 무너지던 19세기 말부터 1차 세계대전 무렵, 프랑스와 독일을 중심으로 불확실성, 불안의식, 개인의 내면과 주관성에의 몰두, 새로운 비전에의 갈구 등을 내용으로 하는 표현주의가 대두되어, 개연성과 논리적 정합성에 기초한 자연주의의 아성을 위협했다.[239]

일본에서는 유럽의 표현주의 가운데 유독 야수파가 각광을 받았다. 목일회 회원들이 유학할 당시 제국미술학교 서양화과 교수들은 대부분 유럽의 야수파에 심취해 있었다.[240] 제국미술대학 교수들과 일본 서양화가들이 가장 선호한 유럽의 화가는 모리스 드 블라맹코와 앙드레 드랭, 마티스, 피카소, 루어, 수틴, 샤갈이었다. 특히 당시 일본의 양화는 마티스와 블라맹코의 영향을 가장 많이 받았다. 블라맹코와 마티스는 단순화되고 왜곡되었으나 단단한 형태감, 활발한 붓터치, 짜임새 있는 색배합이 특징인 대표적인 표현주의 화가들이다. 1930년대 일본 근대양화단은 주관성, 단순화 및 평면화, 대담한 색채의 사용이 특징인

---

239 김광우, 『뭉크, 쉴레, 클림트의 표현주의』, 미술문화, 2003, 15~33쪽.

240 일본 양화에 있어서 포비즘은 3차례에 걸쳐서 수용되었다. 1단계는 퓨잔회에서 받아들인 포비즘의 표명이고, 2단계는 나카가와 기겐의 포비즘, 3단계는 1930년 협회 및 독립미술협회를 통한 포비즘이다. 이들의 공통적인 특징은 강한 왜곡과 강조된 윤곽선, 무엇보다도 대담한 원색의 사용이라는 측면에서 프랑스의 포비즘의 양식적 특징을 나타낸다. 마티스의 제자였고, 귀국 후 제국미술학교 교수가 된 나카가와 기겐은 1921년 프랑스 유학을 마치고 돌아오면서 일본에 포비즘을 도입하였다.

유럽식 포비즘에 일본화의 고유한 방식, 특히 장식성이 가미된 일본적 포비즘을 탄생시켰다.[241]

1930년대에 조선은 엄밀한 의미에서 일본의 한 부분이었다. 당시 일본은 유럽문화를 워낙 광범위하게, 또 빠른 속도로 이식하고 있었기에 조선화단의 감각과 유행은 유럽과 일본의 그것과 거의 동시대적이었다고 할 수 있다. 유학파이자 세련된 모더니스트들이었던 목일회 회원들은 유럽이나 일본화단의 경향을 함께 호흡하면서 유럽이나 일본 전위예술의 창작방법에 매료되었다. 구인회 회원들 역시 그림에 대한 관심이 지대했고, 또 목일회와의 교류를 통해 유럽과 일본의 표현주의적 화풍을 일찍 접했다. 그들은 서구 현대시집, 블라맹코, 피카소, 달리의 미술전집, 프랑스·이태리·미국의 현대 영화, 동경서 발행되는 문예잡지『시와 시론』,『세르팡 Les serpents』 등을 함께 즐겼고, 빅타·콜롬비아 등 수동식 축음기에서 흘러나오는 서양고전음악과 째즈의 세계에 열광하면서 근대 문화에 대한 인식과 도시적 삶의 감각을 익혔다. 목일회와 구인회 회원들은 이런 맥락에서 보면, 글로벌화된 근대지식인의 첫 세대인 셈이다.

목일회와 구인회 회원들이 획득한 새로운 인식과 감각은 사회의식의 변화로 이어졌고, 이는 예술창작상의 변화를 유도했다. 결과적으로 이들은 한국 근대문학 1세대인 이광수, 최남선 류의 계몽주의문학과 2세

---

241 1930년대 중반까지 일본화단에 유행처럼 번진 포비즘은 30년대 말 신일본주의의 열기에 의해 다소 주춤한다. 신일본주의에 의한 양화의 일본화는 1935년(소화 10)을 고비로 에도시대의 남화, 수묵화, 유키요에를 연구하고 전통적인 일본화의 장식성을 의식적으로 가미시킴으로써 다시 본격화된다. 전혜숙, 「제국미술학교의 조선인 유학생들―서양화과를 중심으로」, 『제국미술학교와 조선인 유학생들 1929~1945』, 눈빛, 2004, 212~217쪽.

대인 임화, 박영희, 김기진, 김동인, 염상섭 류의 이념 우위의 문학과는 전혀 다른 차원의 예술, 다시 말해 계몽성을 탈각한 예술, 혁명의 예술이 아닌, 예술의 혁명을 추구하기에 이른다.[242] 목일회와 구인회는 자연주의나 사실주의가 묘사하는 외적 세계나 사회적 조건보다는 훨씬 강렬하고 예리한 의식으로 인간의 내면과 주관성, 개성의 세계로 파고 들었다. 국권침탈과 함께 시작된 한국 근대예술은 그 특수성으로 인해 오랜 세월 내셔널미디어의 역할에 주력해 왔다. 다종양한 예술관이 출몰했으나, 이들은 결국 계몽주의라는 큰 우산 아래 있었다. 그런데 정치적·이념적 예술단체에 대한 견제의식과 대항의식에서 출발한 구인회와 목일회는 탈내셔널미디어로서의 예술을 창안하여, 한반도에 진정한 현대적 예술의 길을 열었다. '표현주의'라는 큰 틀로 묶일 수 있는 이들의 탈내셔널한 미디어로서의 예술은 개아(성)의 발견, 주관의 표출, 예술(문화)의 자율성 인식이라는 모더니즘적 기초 위에 서 있는 것이었다.

(4) 표현주의의 동양적 요소와 문장파의 구성

1930년대 중반 조선문학계는 글로벌한 감각에 발맞춘 표현주의적 특성이 강한 작품들을 대거 생산해 냈다. 이상의 「날개」, 이태준의 「가마귀」, 이효석의 「메밀꽃 필 무렵」, 박태원의 「소설가 구보씨의 일일」, 유진오의 「창랑정기」, 심지어는 구인회와 무관한 김동리의 「무녀도」까지, 회화적 조형성이나 이미지성이 강한, 다시 말해 표현주의적 측면이

---

[242] 새로운 감각의 언어 구사, 조이스의 의식의 흐름과 유사한 내적 독백, 이상소설의 형태실험 등이 그것이다. 조용만, 「구인회의 기억」, 『현대문학』, 1957.1; 『울밑에 핀 봉선화야—30년대 문화계산책』, 범양사, 1985, 124~139쪽.

강한 작품들이 생산된 것이다. 카프해소로부터 만주사변이 일어나기 전까지 한국 근대문학사의 주요작품들이 대거 생산될 수 있었던 까닭은 구인회와 목일회가 주축이 된 표현주의로 포괄되는 모더니즘예술의 도입과 실천이 있었기 때문으로 본다. 계몽주의 문학론의 극복은 그야말로 내셔널미디어가 아닌, 예술성 자체의 다채로운 추구로 이어졌고, 이는 카프해체 이후 한국문단이 주류의 문학론이 없는 전형기를 맞으면서 얻게된 수확이라 할 수 있다.

조선예술계의 현대화를 촉진시킨 목일회와 구인회는 1930년대 말 민족적 특수성이 문제시되던 상황에서, 모더니즘이라는 보편성의 추구를 다소 늦추고, '전통'이라는 특수성의 요소를 가미할 길을 모색하게 된다. 이는 1939년 문장파의 구성으로 외화되어, 1940년 2월, 『문장文章』이 창간된다. 구인회와 목일회 구성원들이 모여 창간한 『문장文章』은 목일회와 구인회의 모더니즘 지향성에다가 전통에 대한 인식을 가미한 종합문예지이다. 발행인은 문학인이 아닌 김연만金鍊萬이고, 편집자는 이태준이며, 삽화 및 커트는 길진섭(김용준)이 맡았다. 첫 호의 표지는 추사 김정희의 필적집안이며, 첫 호에는 이광수, 유진오, 이효석, 이태준의 소설과 1938년도 노벨문학상 수상작가 특집으로 펄벅여사에 대한 글, 이병기의 주석으로 혜경궁 홍씨의 『한중록』과 이희승의 「조선문학연구초朝鮮文學研究抄」를 수록하는 등 조선의 문화적 전통에 대한 현대적 계승을 창간호에서부터 전면화했다. 미술 관련해서는 김진화의 「종군화가전을 보고」와 김용준의 「이조인물화—신윤복과 김홍도」가 실렸고, 이원조의 「교양론」, 양주동의 「문장론」, 안회남의 「작가박태원론」와 연재물로 이태준의 「문장강화」가 게재되었다. 『문장文章』을 이끈 사람은 문인 이태준, 이병기, 정지용과 화가 길진섭, 김용준, 김환기이다.[243] 문장파의 몇 작품을 보자.

하늘로 날을 듯이 길게 뽑은 부연附椽 끝 풍경이 운다

처마 끝 곱게 늘이운 주렴에 반월半月이 숨어

아른아른 봄 밤이 두견杜鵑이 소리처럼 깊어 가는 밤

곱아라 고와라 진정 아름다운지고

파르란 구슬빛 바탕에

자주빛 호장을 받친 회장저고리

회장저고리 하얀 동정이 환하니 밝도소이다.

— 조지훈, 「고풍의상」 中, 『문장』, 1939

老主人의 障腸에

無時로 忍冬 삼긴물이 나린다.

자작나무 덩그럭 불이

도로 피여 붉고,

구석에 그늘 지여

무가 순돋아 파릇 하고,

---

243 이후 이상, 박태원, 박노갑 등이 가세하였다.

황술조, 〈정물〉

김용준, 〈춤〉 244

길진섭, 〈자화상〉, 1924 245

흙냄새 훈훈히 김도 사리다가

바깥 風雪소리에 잠착 하다.

山中에 冊曆도 없이

忍冬이 하이얗다.

—정지용, 「忍冬茶」, 『문장』 22호, 1941

머리는 틀어 올리었고 저고리는 노르스름한 명주빛인데 고동색 쉐타를, 아이업듯, 두 소매는 앞으로 느러트리고 등에만 걸치었을 뿐, 퍽 날씬한 허리 아래엔 옥색치마 자락이 부드러운 물결처럼 가벼운 주름살을 일으키었다. 빨-간 단풍잎 하나를 들었을 뿐, 고요한 아침 산보인 듯하다. 그는 장정고운 신간서에 처럼 호기심이 일어났다. 가까이 축대 아래로 지나가는 것을 보니 새 양봉투 같은 깨끗한 이마에 눈결은 누여 쓴 영어글씨 같이 채근하다. 꼭 담은 입술, 그리고 뽀로통한 코봉우리에는 약간치 않는 프라이드가 느껴지는 얼굴이엇다.[246]

—이태준, 「가마귀」 中

구인회와 목일회와 달리, 『문장文章』은 처음부터 '전통주의'와 '선비정신'이라는 이념을 내걸었다. 특히 3집에 조지훈이 「고풍의상」으로 신인

---

244 홍원기, 「특별기고1 – 발굴, 김용준의 미공개작」, 『미술세계』 통권 165호, 1998.8, 132~136쪽.
245 편집부, 「간결한 필치로 심리적 충동 예리하게 일반화한 – '길진섭' 화백」, 『통일한국』 통권 제293호, 2008.5, 52~53쪽에 의하면 자화상의 제작년도는 1924년이다. 다른 자료에는 1932년으로 많이 기록되어 있다.
246 이태준, 「가마귀」, 『조광』, 1936.1.

이중섭, 〈싸우는 소〉, 1950년대, 17X39cm 종이에 유채

추천된 후 '전통'에의 비중은 더욱 커진다. 동양화적 획劃과 서양화적 선線을 구분할 만큼 미감이 뛰어났던 정지용[247]은 동양화론東洋畵論과 서예론書藝論에 관심을 기울이면서, 이미지즘의 시를 썼다. 이태준은 단편 「가마귀」에서 표현주의적 묘사와 전통미를 적절히 섞어서 새로운 이미지를 생성해 내었다. 이태준은 가을날 맑은 햇살을 받으며 아침 산책을 하고 있는 여인을 "새 양봉투 같은 깨끗한 이마에 눈결은 누여 쓴 영어글씨 같이 채근하다"고 묘사하여 동서양을 종합한 독특한 한 폭의 미인화를 그려냈다. 이 장면은 김용준의 그림 〈추양秋陽〉에 나타난 '고담한 맛, '뜰 앞에 일수화를 심은 듯한 한아한 맛'[248]을 연상시킨다. 길진섭의 〈자화상〉은 간결한 필치, 세밀함에 구애받지 않는 묘사법, 심리적 충동을 예리하게 포착하여 오랫동안 여운을 남기는 인상을 창안했다.[249] 황술조

---

[247] 정지용, 「女像四題」, 『여성』, 1936.4, 13쪽.
[248] 김용준, 「회화로 나타나는 향토색의 음미」, 『동아일보』, 1936.5.3~5.

의 〈정물〉은 인상파적 요소와 구성주의적 표현 속에 한국적인 색감과 입체파적인 요소를 더하고 있어, 양화의 조선화화를 추구한 흔적이 역력하다. 이 무렵부터 김환기도 서서히 한국적 정서로 표현한 모더니즘 1세대 작가[250]로 불릴 만큼 양화의 한국화화를 시도하기 시작한다.

『문장文章』의 표지화 및 삽화는 김용준, 길진섭, 정현웅이 주로 담당하였는데, 특히 김용준의 활약이 컸다. 맑은 먹색과 섬세한 필선으로 단아함, 고아함, 소담함의 경지를 보인 김용준의 한국화적인 삽화들은 동양적, 조선적 세계와 선비의 기품과 고매함에 잘 어우러져 이 잡지의 성격을 뚜렷이 보여준다. 『문장』은 전량 판매되었기에 수록된 삽화나 표지화의 파급력이 전시회에 걸린 작품 못지 않았다.[251] 이 잡지에 그림을 수록한 대부분의 화가들이 유학파 출신의 서양화가들이었으나 수록된 그림들이 한국화적이었던 것은 『문장』이 표방한 신문인화가 조선적인 전통을 살린 새로운 동양주의에 입각한 것이었음을 말해준다.

또 문장파는 아니었지만 『문장』이 발행되던 무렵 제작된 이중섭의 '소' 시리즈[252]는 표현주의적 요소와 전통적 요소가 골고루 드러나 있는 대표적인 한국의 표현주의회화라 할 수 있다. 〈소〉의 붓놀림은 구본웅의 표현주의적(야수파적) 그림들에서의 그것과 유사하고, 이들은

---

249 안석주, 「녹향회 인상기」, 『조선일보』, 1929. 5. 26~28.

250 한국문화예술위원회, 「한국적 정서로 표현한 모더니즘 제1세대, 김환기」, 『월간 문화예술』, 2002. 2 참조.

251 김현숙, 「김용준과 『문장』의 신문인화 운동—동양주의 미술과의 관련을 중심으로」, 『미술사 연구』, 388~390쪽.

252 이중섭은 평생 동안 다양한 소 그림들을 그렸다. 1940년에 김환기는 "침착한 색채의 계조, 정확한 데포름, 솔직한 이마주, 소박한 환희"를 들어 이중섭의 '소' 시리즈를 1940년 한 해 화단의 성과라고 칭송하고 있어 (「구하던 1년」, 『문장』, 1940. 12)에 이중섭이 1930년대부터 소를 그려온 것임을 알 수 있다.

또 추사체의 그것과 흡사하다. 피카소와 마티스의 영향이 진하게 배어 있는 이중섭의 〈소〉에는 일본의 포비즘의 장식성과는 다른, 거칠고 투박하지만 담백하고 소박한 조선의 맛이 담겨 있다. 배경을 따로 설정하지 않고 여백처럼 바탕 처리를 하고 있는 점도 전통회화의 여백처리 기법을 이어받고 있다. 구본웅의 〈여인상〉의 굵은 선, 간결한 붓터치와 마찬가지로 이는 표현주의의 선線인 동시에 동양의 서체적인 선線이기도 하다. 안석주는 이를 일컬어 '사군자의 휘호식 화풍'이라 한 바 있다. 휘호식 붓질[253]과 종횡무진한 색채구사로 내용과 형식의 경계를 탈각시킨 이중섭의 '소' 시리즈는 말 그대로 표현주의적인 그림이라 할 수 있다.[254]

이 무렵, 심영섭은 「아세아주의 미술론」에서 1920년대 말까지 서양 미술계에서 작가의 주관을 강조한 마티스, 고흐, 뭉크 등의 표현주의 계열 화가들이 사용한, 절대적이며 주관적인 자유와 생명을 창조하기 위한 격렬한 선은 '생명의지의 창조로서의 선인 동양미술의 선'과 유사한 것으로 보았다.[255] 원색의 색채 사용과 형태의 단순화 및 데포름, 동양화적인 선에 대한 자각은 구인회와 목일회의 공통점이었으나, 문장파로 전환하면서 포비즘적 요소는 약화되고 작품 전체의 정조는 조선적인 것으로 안정된다.

그런데 문장파에서 모더니즘과 전통이 자연스럽게 융합할 수 있었

---

253 A생, 「목일회 제일회 양화전을 보고」, 『조선일보』, 1934.5.23.
254 이구열은 '조선의 로트렉'으로 불린 구본웅의 표현주의 등 급격하고 혁신적인 창조 열기(파격을 일삼음)는 그의 불구와 경제적인 여유로움에서 기인하는 것으로 이해한다. 이구열, 「한국 현대미술의 선구자」, 이구열·김윤수 편, 『한국 근대회화선집 양화 4－구본웅·이인성』, 금성출판사, 1990, 79~91쪽.
255 심영섭, 「제9회 협전평」, 『동아일보』, 1929.11.22.

던 것은 표현주의가 강조한 주관성이 서양미술의 객관적 사실성 추구
와 대별되는 동양적인 특성이기도 하기 때문으로 볼 수 있다. 통상적으
로 지적, 구성적, 체계적인 서양문화에 비해, 동양문화는 주관과 감성
의 세계를 강조하고, 직관적, 형성적인 특징을 갖는다고 말해진다. 주
관, 내면의 강조는 표현방식 상에서는 객관적인 묘사보다 주관적인 자
기표현의 중시로 이어져 개성, 스타일의 창조를 위한 조형적 요소인
색·선·형에 대한 인식이 강화된다. 때문에 회화적 포름과 데포르마
숑이 등장하게 되는 것이다.

목일회는 1930년대 중반 조선학 연구 붐의 영향을 받아 서구식 표현
주의의 조형적 요소보다는 전통 속에서 발견되는 조형적 요소를 통해
조선적인 정서를 표출코자 하는 방향으로 회화적 추구의 방향을 선회
하였다. 하지만 이들은 여전히 표현주의적 태도를 간직하고 있어 회화
의 소재나 주제보다는 작품의 형식을 통해 이를 달성하려 하였다. 이들
은 색채(면)를 우위로 사실성을 추구해 가는 서양화보다 선을 우위로
사의성思義性을 추구하는 동양화를 점차 더 중시하였다. 선을 우위로
하기에 동양화는 비입체적이며, 기技를 중시하는 예술이다. 바위를 묘
사해도 서양적인 입체감보다는 간일하면서도 기운생동氣運生動하는 선
線이 주도한다. 수묵화적인 선과 느낌을 강조하는 동양화의 세계를 표
방한『문장』은 단원과 오원의 전통에 기대고 있다. 목일회 시절 서양화
가였던 황술조와 구본웅은 문장파가 되면서 동양화와 서양화를 병행
하게 되었고, 김용준은 아예 동양화로 전환하였다. 또 서양화단의 중진
들이 수묵화전을 개최하였고,[256] 일부 서양화가들은 유화에 동양화적
기법을 도입하기도 하였다.[257]

특히 문장파의 회화 부문을 대표하는 김용준은 조선화란 묵색墨色이
갖는 오묘함 속에 작가의 인격을 담아냄과 동시에 대상의 본질적 요소
를 드러내는 것이라 규정하고 조선화의 뿌리를 남종화에 두었다. 또 그
는 조선화의 모범을 청조 화단의 석도와 양주팔괴류의 신문인화에서
찾았다. 가람이나 상허가 중심이 된 문장파는 "고결한 인격과 순수한
감정과 위대한 정신"을 작품을 통해 보여주어야 한다면서 예술작품과
작가의 인격을 등치시켜 이해했다. 이들은 일제말기 '차고 담백함'을
특징으로 하는 식민지배 하의 지식인의 모본을 조선시대 선비사상에
서 찾았는데, 이는 일제말기 일체의 행위가 부인되는 현실 속에서 민족
의 문화 정체성을 지켜나가기 위한 선택이었다.

문장파가 모더니즘과 전통을 융합할 수 있었던 것은 칸딘스키의 회
화론에서 나타나듯이 표현주의가 본질적으로 동양적인 특성을 속성의
일부로 갖고 있기 때문이기도 하다. 모계가 동양쪽인 칸딘스키[258]는
추상회화가 동양화의 기법과 정신에 깊이 연관되어 있다고 보았다. 청
기사파로 불리는 칸딘스키 예술론의 요체인 정신적인 것은 동양예술
의 최고 극점인 '기운생동氣韻生動'의 정신과 맞닿아 있다. 그는 회화에
서 정신적, 혹은 마음의 상태를 표현하는 선線과 여백餘白의 미美를 강
조하고 있다.[259] 칸딘스키에게 예술은 내면의 특성이 외적인 형태로
표출된 것으로, 일종의 정신적 반향反響이었다.[260] 사변적이고 객관주

---

256 박광진, 김무삼, 이제창, 구본웅, 이승만, 윤희순이 출품하였다. 「수묵전」, 『매일신보』, 1942.3.13.
257 윤희순, 「19회 선전개평」, 『매일신보』, 1940.6.12~14.
258 칸딘스키의 어머니는 모스크바인이고 증조모가 몽골의 황녀로 알려져 있다. 정영아, 「칸딘
스키 회화에 나타난 동양적 특징에 대한 연구」, 숙명여대 석사논문, 1998, 4쪽.
259 정영아, 「칸딘스키 회화에 나타난 동양적 특징에 대한 연구」, 숙명여대 석사논문, 1998 참조.
260 칸딘스키는 '청기사'란 그룹을 결성하면서 독일의 다리파가 표현주의를 벗어나지 못한 것을

의적인 서양화에 비해, 직관적, 주관적인 동양의 인식론과 예술론은 칸
딘스키의 예술론과 이렇게 내부적으로 연결되어 있다.

또한 당시 일본의 양화계에서도 동양주의가 붐을 이루고 있었다. 러
일전쟁의 승리로 자신감을 회복한 일본은 대륙 진출을 도모하는 과정
에서 동양의 정치적 연대를 주창하면서 동양주의를 부르짖었는데, 그
핵심이 일본주의였다. 제1차 세계대전 후 슈펭클러의『서구의 몰락』등
에 나타난 서구사회의 문제점들과 대안으로서의 동양의 재발견은 심영
섭의「아세아주의 미술론」, 이태준의「동양주의 미술론」등의 형성에
도 영향을 미친다. 서구사회의 위기에 대한 저항의 양태로 원시적, 상징
적, 표현적 원리를 동양주의에서 찾고자 하는 흐름은 주관적인 표현주
의와 쉽게 연결될 수 있었다. 문장파의 동양화로의 선회나 문인화 운동
등은 동양주의 사상을 기반으로 그림에 '문文'을 회복시키고 낙관을 조
형화했으며, 섬세하고 유려한 필선을 강조하는 등 전통 문인화의 가치
를 재해석하여 현대화를 시도함으로써 모더니즘에 동양, 혹은 전통을
덧입혔다. 하지만 일본제국주의자들의 동양주의와 조선 문장파 지식
인들의 선비정신에 토대한 동양주의는 상반되는 입장의 것이었다.

목일회와 구인회는 회화와 문학이라는 '자매 예술'의 친밀함으로[261]

발전적으로 극복하여 표현주의에서 추상적 이념에 도달하게 된다. 그는 추상으로 형태를 분
해해도 기하학적인 추상과는 달리(몬드리안의 '차가운 추상') 사물이 가지는 고유한 울림이
내재되어 있는 추상으로 강렬한 색채와 어우러져 '뜨거운 추상'을 구성해 냈다. 오광수,『추
상미술의 이해』, 일지사, 1988, 116쪽.

261 특히 프랑스에서는 중세부터 현대까지 시인, 작가들과 미술가들의 정신적 교감은 매우 활발
했다. 19세기 보들레르는 시인이기에 앞서 예리한 통찰력의 미술비평가로 출발했고, 들라크
루아론을 비롯한 일련의 빼어난 화가론 및 살롱 평을 썼던 사실은 너무나 잘 알려져 있다. 20
세기 몽파르나스의 방랑기사들 모딜리아니와 콕토, 브라크와 아폴리네르, 피카소와 엘뤼아
르, 에밀 졸라와 세잔느의 뜨거운 연대감정과 동지의식의 실천은 널리 알려진 사실이다. 자
코메티와 사르트르는 실존의식으로, 미로와 브로통은 초현실주의 운동의 기수로서, 이 밖에

서로 공조하여 1930년대 한국모더니즘예술을 선도하였다. 이들은 회화와 문학을 내셔널미디어로 생각하는 통념에 저항하여, 회화와 문학을 자기목적적 예술로 승격시키는 데 일조했다. 목일회의 표현주의적 회화와 예술관은 객관주의, 리얼리즘 일색의 문학판도에 미적 자율성에 대한 인식, 창작방법의 혁신을 자극하여 한국모더니즘문학이 활성화될 수 있는 사회 전반적 분위기를 조성했다. 구인회는 목일회에 자극받고 또 목일회와 소통하면서 이상, 김기림, 박태원, 이태준 등 한국문학사의 걸출한 문인들을 배출해 냈다. 목일회와 구인회는 또한 1940년대에 문장파를 구성하여, 조선어에 대한 관심을 환기시켰고, 한국어 문장론과 언어론을 정리해 냈으며, 모더니즘과 전통을 융합한 새로운 민족문예미학을 추구하였다. 객관세계의 사실적 묘사보다는 주관적 세계의 감각적 표현에 착목하는 동양회화의 미학적 측면이 목일회와 구인회가 추구한 표현주의 미학의 본질과 어느 정도 일치하였기에 이들의 문장파로의 전환은 자연스레 이루어질 수 있었다.

문제는 목일회와 구인회의 매우 강렬한 모더니즘적 예술경향이 어떻게 '전통'을 적극적으로 수용하여 새로운 미학을 창출하는 쪽으로 선회할 수 있었는가? 다시 말해, 목일회와 구인회의 표현주의적 작품경향과 동양적 가치, 혹은 조선적 전통의 옹호 사이에 어떤 연결가능한 지점이 있는가 하는 점이다. 문장파를 결성하기까지 목일회와 구인회는 일

도 마그리트와 로브그리예, 몽드리안과 빅토르 위고, 모딜리아니와 콕토, 브라크와 아폴리네르, 르동과 말라르메, 고흐와 아르토, 드가와 발레리, 모네와 바슐라르, 마네와 바타이유, 쿠르베와 플로베르, 제리코와 아라공, 샤르댕과 프루스트, 와토와 보들레르, 푸생과 솔레르스, 달리와 로트레아몽, 샤갈과 바슐라르, 마티스와 르베르디 등이 개인적 친분관계를 떠나 예술적 동지로 연계되어 있다. 이가람,『미술과 문학의 만남』, 월간미술, 2000, 6쪽.

본에서의 포비즘이 신일본주의와 결합되는 과정을 지켜 보았고, 또 조선의 일부 모더니스트들이 황국논리로 치닫는 과정도 지켜 보았다. 또 이들은 1920~30년대 조선예술계의 최대 화두였던 조선적인 것, 향토색 논의에 직간접으로 개입하였다. 이런 과정들을 거치면서 결국 가장 강렬한 모더니즘 예술그룹이었던 목일회와 구인회는 신체제 논리의 발호기에 '전통'의 현대적 변용과 계승을 새로운 가치로 선택함으로써 선비의식을 실천하는 길을 선택하였다. 민족의 소멸이라는 위기감의 팽배는 예술의 내셔널미디어적 측면과 탈내셔널미디어적 측면의 화학적 융합을 요청했고, 문장파는 그것에 적극적으로 응답했던 것이다.

문장파가 추구한 모더니즘과 전통의 결합이 가능했던 것은 목일회와 구인회가 추구했던 모더니즘이 표현주의로서, 표현주의는 그 내부적 본질에 동양적인 요소를 간직한 것이었기에 가능한 일이었다. 객관적, 지적, 사실적, 분석적인 것에 비해 주관적, 정적, 정감적, 통합적 요소를 강조하고 옹호하는 동양주의는 표현주의의 한 측면이기도 하다. 이는 특히 칸딘스키 회화론에서 드러나는데, 그는 추상미술미학에서 동양 전래의 추상성, 다시 말해 직관의 원리를 존중하고, 순수한 심성에의 호소, 절대적 자유의지의 표백 등을 옹호하였다. 이는 동서미술의 양식적 융합의 가능성을 여는 이론적 토대가 되었다. 칸딘스키의 회화론이 대표하는 표현주의예술은 과학과 문명에 기초한 서양적 근대화에 대한 불신과 비판을 바탕에 깔고 있는 것으로, 1930년대 목일회와 구인회에 이어 문장파의 논리적 저변이 되었다.

탈내셔널미디어로서의 예술을 추구한 목일회와 구인회, 나아가 문장파는 '전통'을 중심 가치로 민족문화의 아이덴티티를 고수하려함 자체가 가능한 최고의 정치성이 되는 현실, 즉, 일제말의 전시체제를 맞아, 결과적으로는 매우 정치적인 예술이 된다. 이 진풍경은 한국 근대 모더니즘예술만의 고유항이다.[262] 전쟁이라는 광란의 시간은, '황국'이라는 파시즘과 결합하든, '민족전통'이라는 특수성과 결합하든, 문화예술이 내셔널미디어의 역할로부터 벗어날 수 있는 여지를 남겨주지 않았다.

3) 문인들의 문학에 관한 인식 변화

(1) 묘사에 대한 인식

문학인 가운데 그림을 그리거나 혹은 그림에 대한 평문들을 많이 쓴 사람들은 그렇지 않은 작가들에 비해 '묘사'의 중요성에 대해 더 깊이 천착하거나 인식한 것으로 보인다. 문학과 미술의 접점에 위치한 문학인들의 대표적인 예가 '구인회'의 성원들인데, 이들은 문학을 통해 개인의 내면세계에 대한 탐색과 미학적 자의식 혹은 자기 반영성의 문학을 추구하였다. 이들은 또한 전통과의 단절의식이 비교적 뚜렷했고, 근대문명과 도시적 삶을 추구하였다.[263]

이러한 '구인회' 성원들의 성향은 특히 서양화에 대한 그들의 깊은 관

---

262 여기에 대해 김현숙은 문장파의 동양성 강조가 대립 보다는 융합을 강조하고 저항이나 초극이 아닌 내재적 해탈을 강조함으로써 동양연대의 당위성을 가정하고 현실 비판의식을 원천적으로 차단하는 데 효과적이었다. 동양문화의 문인 취향의 미술은 결국 반문명적, 비과학적 동양성을 내면화시키는 결과를 초래하였다. 문사정신의 회복으로 인해 친일로부터 일정한 거리를 유지하는 데에는 효과적이었으나, 현실타개에 능동적으로 대처하는 힘은 미약했다는 평가한다. 김현숙, 「모더니즘 미술과 동양주의」, 『한국미술 100년』 1, 한길사, 2006, 254쪽.

263 강성룡, 「한국 근대미술의 근대성 연구」, 경원대 석사논문, 1998, 26~27쪽.

심과 맞물려 있다. 서양화에 관심이 많았던 이상, 박태원, 김기림 등[264]
은 한결같이 묘사의 문제에 대한 남다른 인식들을 드러내거나, 창작상
에 있어서 묘사부문에서 탁월한 성취를 나타낸다. 이상李箱은 「조춘점
묘早春點描」(『매일신보』, 1936.3.3~26)라는 수필에서 화재가 발생한 장면을
회화처럼 생생하게 묘사해 내었고,[265] 「행복」(『여성』, 1936.10)이란 수필
에서도 배경이라는'보이는 부분'의 묘사를 통해 화자의 내면이라는'보
이지 않는 부분'을 다음의 인용문에서처럼 탁월하게 드러내었다.

> 달이 天心에서 왔으니 이만하면 足하다. 물은潮 아직 좀 덜 드러온 것같다.
> 축은 모래와 마른 모래의 境界線이 月光아래 멀리 아득하다. 찰삭찰삭-한열
> 아픈에-터는 되나 보다. 斷崖바위우에 우리들은 걸터앉어 그 한 순간을 기다
> 리고 있다. "자 인제 이러나요" 마흔아홉개 꽁초가 내앞에 무슨 푸성귀싹처럼
> 헤여져있다. 나머지 담배가 한대 탄다(이하생략)[266]

외부를 묘사함으로써 내면을 창조해가는, 다시 말해 묘사가 주체의
내면을 향해 있는 이상李箱의 소설들을 가르켜 임화는 「세태소설론」
(1938)에서 내성소설內省小說이라는 용어를 사용하여 여타의 소설들과
구분하였다.[267] 이상과는 반대로, 이태준 같은 작가는 『달밤』에 수록

---

264 이상, 「현대미술의 搖籃」, 『매일신보』, 1935.3.14~23; 김기림, 「協展을 보고」, 『조선일보』,
   1933.5.6~12; 박태원의 경우는 그림에 대한 관심이 소설 「방란장 주인」(『시와 소설』, 1936.3)
   에 잘 나타나 있고, 묘사에 대한 관심은 「표현, 묘사, 기교-창작여록」(『조선중앙일보』,
   1934.12.17~31)에 잘 드러나 있다.
265 이상, 「조춘점묘」, 『매일신보』, 1936.3.3~26; 오규원 편, 『이상 수상집-날자, 한번만 더 날
   자꾸나』, 문장, 1980, 180~183쪽.
266 이상, 「행복」, 『여성』, 1936.10, 30쪽.
267 임화, 「세태소설론」, 『문학의 논리』, 학예사, 1940. 『임화 평론집-문학의 논리』, 서음출판사,

된 단편들에서 인물의 행동이나 외형 등의 외부를 묘사함으로써 인물화에 버금가는 이미지들을 창조해 냈는데, 이에 관해 최재서는 '스케치적 필치'라고 다음과 같이 말했다.

> 인간상을 描出하는데 李泰俊만큼 명확한 수완을 갖인 작가도 드물께다. 그는 인물을 그리되 수다스럽지 않고 또 구태여 그 인물의 내면생활로 드러나 무슨 비밀을 끄러내려고도 하지 안는다. 스켓취적 필치로 그 인물의 말이나 행동을 점점히 탓치하야가는 동안에 어언간 선명한 인간상이 나타난다. 만일 이씨의 인간묘사의 비법이 있다면 그것은 그들에 대한 不絶한 흥미와 동정 그것뿐일 것이다.[268]

최재서가 이태준의 묘사력을 '스케치적 필치'라고 표현한 것은 그의 묘사가 언어로 그린 그림을 연상시키기 때문이다. 이태준의 묘사는 소설의 장면제시법 가운데 '말하기telling'보다는 '보여주기showing'에 가깝다. 이는 서술자가 인물과 사건을 요약적으로 제시하는 설화적說話的인 말하기에 비해 인물의 성격이나 생각을 행동이나 감각적인 심상으로 시각화함으로써 서술자의 해석적 개입을 최대한 줄이는 방식에 해당한다.[269] 따라서 '보여주기'는 서술보다 묘사 위주가 된다. 이와 유사한 생각이 1930년대 중반 임화광의 글 「'로만' 논의의 제諸 과제와 「고향」의 현대적 의의」에서도 나타난다. 그는 장편소설의 구성을 테마를 구

1989, 204~217쪽에 재수록.
268 최재서, 「묘사작가로서의 이태준」, 『문학과 지성』, 인문사, 1938, 176쪽.
269 Wayne C. Booth, 최상규 역, 『소설의 수사학The Rhetoric of fiction』, 예림기획, 1970, 154쪽.

성하고 창조하는 설화적 요소와 심정의 산책자적 수단이자 감정의 휴소休所인 묘사로 양분하여 파악하였다. 설화적 요소는 네러티브를 추동하는 서사적 근간을 이루고, 묘사적 부분은 등장인물이나 독자로 하여금 줄거리의 진행을 잠시 멈추고, 전후 심경과 분위기를 이해하여 서사적인 부분의 감동을 배가시키는 역할을 한다고 본 것이다.

이런 암함광의 묘사에 대한 이해는 묘사를 더 이상 서사의 보조적 수단으로 보는 것이 아니라, 스토리를 중지시키면서 독자적 의미단위를 형성하는 '잉여'로 바라보는 관점이라 할 수 있다.[270] 아무튼 이태준이 단편소설에서 보여준 묘사는 근대소설의 특징인 인물의 내면묘사를 철저히 배제하고, 시각화된 이미지를 통해 인물의 외향을 그리는 데 주력한 것이다.[271] 이태준은 스스로도 첫 단편집 『달밤』(1934)의 서문에서 이 책을 회화개인전에 비유하였다. 마치 인물화첩과도 같은 자신의 단편소설의 작법에 대해 그는 「글 짓는 법 ABC」(1934)에서 다음과 같이 설명한다.

描寫란 '그려내는 것'이다. 그림으로 그려내는 것이 아니라 文字로 그려내는 것이 여기서 말하는 描寫다. 이 描寫에 能하지 못하면 모든 情景, 人物에 '참됨'과 '자연스러움'을 나타내지 못하는 것이니 어떤 글에고 정말 같아서는 읽는 사람의 눈에 그 人物, 그 情景이 그대로 보이는 듯하지 않으면 그 글은 실패다. 글을 보는 것은 그림과 같이 어떤 人物이면 人物, 情景이면 情景을 視神經으로 직접 느끼는 것이 아니라 그 글의 描寫에 의지해서 마음속에 推想

---

270 김미지, 「한국 근대소설에서 '묘사'의 방법론에 대한 문제 설정」, 『한국 현대문학회 2008년 제3차 전국학술발표대회 자료집』, 2008.8, 150쪽.
271 졸고, 「이태준 단편소설의 회화성 연구」, 『정신문화』 제61호, 2008.12, 79~105쪽.

해가지고 보는 것이다. 그러므로 描寫에 萬人이 다 같이 肯定할 보편적인 자연스러움, 참다움이 없으면 그 글은 누구의 마음속에서나 자연스러운 推想을 일으키지 못할 것이다. 즉 그 글은 독자의 心眼에 작자가 보히려든 어떤 종류의 온전한 人物, 온전한 情景을 보이지 못하고 마는 것이다.[272]

위의 인용문에서 이태준은 문자로 그려내는 문학에서의 묘사는 독자의 눈에 인물이나 정경을 직접 느끼게 하지는 못하지만, 독자는 글의 묘사에 의지해 마음속에 추상推想해 가지고 인물과 정경을 본다고 말하고, 문학에서의 묘사란 만인이 긍정할 보편적인 자연스러움, 참다움을 통해 독자의 심안心眼에 추상을 불러일으키는 것으로 정의한다. 이태준은 문학에서의 묘사는 회화나 조형예술작품이 직접 독자에게 불러일으키는 감흥을 독자가 자신의 심중에서 스스로 발흥하게 하는 촉발제라설명한다. 다시 말해 그는 그림에서의 묘사와 문학에서의 묘사를 기능이나 작용의 측면에서 특별히 구분하지 않으며, 다만 문학은 문자라는 추상적 상징체계 때문에 하나의 단계를 더 거쳐야 하는 것으로 보고 있다. 그의 단편소설들은 이 묘사론을 실천한 결과물이라 할 수 있다.

임화의 「세태소설론」에 비추어 보면, 이와 같은 이태준의 방식은 내성묘사가 아니라 세태묘사에 가깝다고 할 수 있다. 임화는 이 글에서 "소설은 묘사의 예술"이라며 묘사의 중요성을 확실하게 인정했다. 하지만 그는 사상성이 거세된 세태 묘사, 다시 말해 "소설의 구조가 시츄에이션으로 분리되어 버린, 모래알 같은 세부묘사의 집합체"로서의 세

---

272 이태준, 「글 짓는 법 ABC」, 『중앙』, 1934.11.

태소설에서는 전형적 성격과 운명적 치열미熾烈味를 가진 플롯이 불가능하기 때문에 현실을 있는 그대로 파악함을 목적으로 하는 진정한 묘사의 기술과 세태묘사에서의 묘사는 구별하지 않을 수 없다고 보았다.

이러한 관점은 루카치의 글 「서사냐 묘사냐」의 관점과 흡사하다. 루카치는 졸라와 톨스토이 작품에서의 유명한 경마장면을 예로 들어, 졸라의 경우처럼 관찰자의 시점으로 묘사된 장면과는 달리, 톨스토이의 경우처럼 등장인물의 관점으로 서사화되어 있는 경마장면을 읽는 독자는 등장인물이 겪는 사건에 적극적으로 참여하여 사건을 등장인물과 함께 체험할 수 있다고 보았다. 하지만 묘사가 인물들의 삶이나 행동과 무관한 세부묘사로 치달을 경우에는 인조예술의 긴장된 부자연함으로 흐를 수밖에 없다고 비판했다.[273] 루카치는 묘사적 방법에 의존하는 문학이나 회화는 객체나 사건을 공평히 다룰 뿐이라고 하면서 중요한 것과 중요하지 않은 것에 똑같은 비중을 두어 그려진 사건이나 대상은 그려진 것의 모든 인간적 의미를 박탈하는 특징이 있음을 지적했다.[274]

이는 묘사에 절대적으로 의존하는 회화양식이 화폭을 구성하는 부분들을 동질적으로 만드는 사실과도 연관된다. 회화는 본래 공간적 예술이다. 회화에서 모든 부분적 공간들은 동질적인데, 회화는 묘사 위주의 예술이기 때문에 그렇다. 결국 색과 형이 아닌 언어를 매개체로 하는 문학이 회화에서처럼 묘사에 치우치게 되면, 서사물이 지녀야할 '핍진성 verisimilitude : lifelikeness'에 문제가 발생한다. 문학에 형상화된 삶의 본질이

---

273 루카치, 김복순 역, 「서사냐 묘사냐」, 최유찬 외역, 『리얼리즘과 문학』, 지문사, 1985, 202쪽.
274 위의 글, 196~201쪽.

독자에게 진실된 것으로 체험되려면, '묘사'된 부분은 등장인물의 삶과 어떤 식의 연결고리를 가져야만 하고, 사건의 연쇄로 이루어진 내러티브에서 시간은 동질적이지 않고, 또 각각의 행위나 사건, 혹은 장면은 동질적이지 않게 된다. 소설에서 내러티브 전체가 표상하고자 하는 가치나 묘사된 현실의 진실함과 핍진함은 이렇듯 동질적이지 않는 시간과 공간의 구성을 통해 성취된다. 따라서 문자로 표현된 문학에서의 묘사와 색과 형으로 구성된 회화에서의 묘사는 다를 수밖에 없다.

회화나 조각 등 조형예술은 본질적으로 정지된 순간을 표현하기 때문에 변화의 계기를 포함하기가 어려운 반면, 문학은 시간예술이므로, 움직임 혹은 변화를 본질적 계기로 한다. 이를 가리켜 레싱은 "화가의 작품에서는 완성된 것으로밖에 볼 수 없는 것이 시인의 작품에서는 생성되어 가는 과정을 보게 된다"고 지적하였다.[275] 레싱은 회화와 문학을 묘사의 소재와 방식에 의해 구별되는 예술 양식으로 보았는데, 회화에서는 가시적 존재와 비가시적 존재들의 구별이 없는 반면, 문학은 그렇지 않다고 보았다. 임화 식으로 말한다면, 소설에서 세태묘사가 보이는 것들의 표현이라면 내성묘사는 보이지 않는 것들의 표현일 것이다. 레싱은 조형예술은 병립하는 행위 또는 자세를 통해 행동을 추측케 하는 물체(조형물)로 만족해야 하나, 시인(문학)은 독자 내부에서 일깨우는 생각을 아주 생생하게 만들어서 그 대상들의 진정한, 감지할 수 있는 인상들을 느낀다고 믿게 만들되, 독자가 언어라는 매체를 의식하지 못한 채 그렇게 해야 한다고 말했다. 그는 만약 그림의 묘사가 육체적 아름다

---

275 고트홀트 에프라임 레싱, 윤도중 역, 『라오콘―미술과 문학의 경계에 관하여』, 나남, 2008, 148쪽.

움을 나타낸다면, 문학에서의 묘사는 그림이 보여준 육체적 아름다움을 매력으로 전환하는 데 있다고 보았다. 레싱은 또 물질적인 대상을 언어로 묘사하는 경우, 그려진 대상에 잠재적으로 포함된 것이 실제로 눈에 보이는 것과 연결되는 지점을 정확히 짚어내어야 한다고 말했다.[276]

이런 논의들에 비추어 볼 때, 임화가 「세태소설론」에서 박태원의 『천변풍경』과 같은 작품을 세태소설이라 평가한 것은 납득할 만하다. 그는 『천변풍경』에는 작가나 작중의 주인공이 생사의 운명을 만들어가는 장소로 '청계천변'이 묘사되어 있지 않고, 단지 관찰하는 자의 시각에 포착된 디테일한 현실만 묘사되어 있다고 비판했다.[277] 나아가 임화는 이러한 세태소설은 본질적으로 모자이크적일 수 밖에 없다고 보았다. 임화는 세태소설은 "꼼꼼한 묘사와 다닥다닥한 구조, 느린 템포와 자그막씩한 기지機智"만을 가질 뿐인 반면, 채만식의 『탁류』와 같은 작품은 "쪼각보와 같은 비심미적非審美的 체재를 피하려"고 통속미를 가미하여 플롯을 굵게 하였으나 본질적으로는 세태소설에 불과하다고 평했다. 그는 『천변풍경』, 『탁류』가 모두 장편의 형식을 취하지만 한 토막 한 토막의 시츄에이션 위에 걸려 있는 단편의 집합에 불과하며, 이런 측면에서 볼 때 홍명희의 『임꺽정』도 파노라마적이지만 본질적으로 세태소설의 범주를 벗어날 수 없다고 말했다. 이러한 임화의 입장이라면, 이태준의 『달밤』도 파노라마식 인물화첩에 해당하는 일종의 세태소설이라 할 수 있다.

---

276 위의 책, 167~188쪽.
277 임화, 「세태소설론」, 『문학의 논리』, 학예사, 1940. 『임화 평론집―문학의 논리』, 서음출판사, 1989, 210쪽에 재수록.

1930년대 중반 KAPF 해산 이후, 진정한 사실주의 소설의 구축이 현안으로 떠오른 시기에 세태소설이 만연하는 현실에 대해 임화는 우려를 표명했다. 그는 조선조설사가 묘사의 기술을 완성해 본 단계를 가지지 못했기 때문에 묘사 중심의 소설들이 당장에는 청신하게 비칠 수는 있으나, 세태소설世態小說이든 내성소설內省小說이든 "어느 한쪽으로 부조화하게 치우치는 슬픈 상태를 방치하는 것은 태만한 비평의 정신"이라며 양자의 조화(하모니)를 제안했다. 그는 당시 소설계를 진단하면서 작가들이 김남천과 이상李箱처럼 자기 가운데로 수직적으로 파고드는 내성소설이나 박태원이나 채만식처럼 외부묘사 일방으로 치우치는 세태소설로 치닫고 있는 현실에 대해 이는 곧 작가의 사상과 현실이 분열된 결과로 보고, 이를 극복하여 조선문단이 묘사기술의 성장을 이룩하는 길은 묘사되는 현실의 가치를 작가가 정확히 인식할 때 가능하다고 말했다.[278] 그는 "묘사에는 반드시 묘사 이상의 묘사하는 의식이 잠재해 있다"면서, 이를 묘사의 배후에 흐르는 '작가정신'이라고 지적했다. 작가정신이 부재하는 묘사 위주, 특히 묘사의 양적 풍부함으로 작품을 치장하는 세태적인 문학의 성행은 무력한 시대의 특색이라고 그는 일갈한다. 임화의 우려에도 불구하고 1930년대 중반 한국소설계는 이태준의 단편집 『달밤』(1934)을 위시하여 묘사력이 탁월한 작품들, 예컨대 김동리의 「무녀도」, 이효석의 「메밀꽃 필 무렵」 등을 탄생시켰고, 이들은 한국 근대문학사의 주요한 성취가 된다.[279]

---

278 위의 글, 204~217쪽.
279 이런 분위기는 시단에도 영향을 미쳤는데, 김기림은 「신휴머니즘의 요구」, 『조선일보』, 1934.8.29 에서 '말하기'보다는 '보여주기'를 통해 심상을 제시할 것을 강조하고 있다.

지금까지 일제강점기 조선의 문학인 가운데 그림에 관심이 많았던 이들은 문학에서도 특별히 '묘사'에 대해 남다른 관심과 인식들을 보였음을 살펴보았다. 하지만 이태준을 비롯한 대부분의 문학인들은 그림에서의 묘사와 언어를 통해 하는 문학에서의 그것의 변별성을 뚜렷이 의식하지 못한 것으로 보인다. 다만, 임화는『천변풍경』,『탁류』,『남생이』등에서는 "조밀하고 세련된 세부묘사가 활동사진 필름처럼 전개하는 세속생활의 재현이 우리를 즐겁게 하"지만, 세태소설에서 작가는 주의를 한군데 집중시키는 법이 없다면서 "현실의 어느 것이 중요하고 어느 것이 중요치 않은가 — 이것을 구별하는 것이 진정한 리얼리즘"임을 강조하고 있다.[280] 이 부분은 매우 중요한데, 한 시대의 인물상과 생활상의 만화경 같은 제시는 문학에서의 리얼리즘 혹은 핍진성의 획득보다는 회화적인 묘사력에 가까운 것임을 말해주기 때문이다. 원래 회화는 공간적 예술로서, 화폭의 모든 부분들이 동질적인 가치를 지닌다. 하지만 문학은 시간적인 예술일 뿐 아니라, 플롯이 전개되는 각각의 시간들은 전혀 동질적이지 않는 성격의 의미를 지닌다. 그러나 묘사 위주의 소설은 인과성과 순차성이 의미를 갖지 못하는 공간적 병치 구조를 나타내기 때문에 인물, 사건, 행위, 배경 등은 모두 공간적 비율에 따라 동질적이 된다. 이는 화판 위에 그려진 회화에서 모든 부분은 본질적으로 동질적인 것과 유사하다.

루카치는 문학에서 묘사는 모든 것을 현재화하고, 서사는 과거를 이야기한다고 전제하고, 전자는 사람이 본 것을 묘사하고, 그 공간적 '현재'

는 사람과 대상에 대해 시간적 '현재'를 부여하지만, 그것은 극적 전개에
서의 직접적인 행동의 현재가 아니라 환상적인 현재일 뿐이라고 말하였
다. 그는 묘사가 제공하는 현재화가 환상적인 성격의 것이라면, 서사 중
심의 소설은 사건을 과거로 옮김으로써 작품에 극적인 요소를 작가가
선택적으로 주입할 수 있게 됨을 중시했다. 물론 묘사 중심의 서사체에
도 묘사를 하는 관찰자의 현재성은 존재할 수 있지만, 이는 오히려 극적
구성에서의 현재성에 대한 안티테제이며, 역으로 극적 구성에서도 정
적인 상황이 묘사되지만 이때에는 인간들의 마음의 상태나 태도 또는
사물들의 상황은 여전히 살아 움직이게 됨에 주목하였다.[281] 소설은 서
사의 표상을 통해 현실을 재현하고, 이를 통해 형상적인 인식을 한다. 서
사 우위의 소설은 주체의 운동적 성격을 부각시켜 역사적 변화의 가능
성에 대한 신뢰를 구현해 내기 때문이다. 이런 입론에 기대면 1930년대
중반 이후 한국 근대소설사에 묘사 위주의 중단편소설들이 대거 등장하
는 것은 만주사변 이후 경색되어가는 민족현실 앞에서 서사적 주체의
운동성 보다는 현실에 대한 정태적 관망이 문학인들에게 만연하였음을
말해준다고 볼 수 있다.

(2) 예술의 자율성에 대한 인식

묘사에 대한 뚜렷한 자각을 보여준 작가에는 '구인회'를 중심으로 활
동하던 모더니스트들이 많았다. 이들은 원래부터 예술의 미적 자율성
에 대한 뚜렷한 자각을 드러냈다. KAPF 출신의 문학인들 가운데 미술에

---

281 루카치, 앞의 글, 200쪽.

관심이 많던 작가들도 묘사에 대해서 일정한 인식을 나타내었는데, 이들도 30년대 중반에 이르면 예술의 정치주의에 대한 부정과 더불어 예술의 자율성에 대한 인식에도 어느 정도는 이르고 있다. 이들의 이러한 변화에 그림에 대한 관심이 어떻게 구체적으로 작용했는지를 확인하는 것을 쉽지 않다. 다만, 회화는 묘사를 비롯한 표현기법의 문제가 내용에 못지않은 비중을 가지는 예술이기 때문에 이에 대한 관심이 문학 부분에도 전이되었을 것으로 추정하는 것은 자연스럽다 할 것이다.

1930년대 조선문학은 1910년대 이광수류의 계몽성과 1920년대 KAPF 중심의 이념성을 어느 정도는 극복하였다. 이에 따라 근대예술의 미적 자율성에 대한 인식과 조선민족의 문화적 특수성에 대한 이해가 문단에서도 점차 부각되었고,[282] 30년대 후반에는 새롭고도 다양한 경향들이 혼재하는 양상이 문단에 나타난다. 이러한 흐름은 1920년대 조선미술계가 서양화를 전공한 화가들의 출현과 서양화 기법의 도래로 분주했다면, 1930년대에는 조선미술의 특수성과 정체성, 예술의 심미주의와 사회문화로서의 역할 등의 문제를 놓고 논쟁을 벌이면서 '조선미술론의 정립'이라는 시대적 과제를 풀기 위해 분투한 사실과 맞물려 있다.[283] 1930년대 화단에서는 '조선주의적인 것' 혹은 '향토색'을 둘러싼 논쟁과 세계사적 보편성의 차원에서 계급주의미술론, 심미주의미술론 등이 담론의 중심에 놓여 있었다. 미술에 관심을 가진 문학인들은 이러한 흐름에 참여하거나 혹은 관망하면서 미술이라는 영역이야말로 내용 못지않게 형식이나 기법이 중요하고(기법의 새로움으로 평가받는 예술이 미

---

282 류보선, 「1930년대 후반기 문학비평 연구」, 서울대 박사논문, 1996 참조.
283 최열, 『한국 근대미술 비평사』, 열화당, 2001 참조.

술), 따라서 자율성이 보장되지 않으면 성장하기 어려운 전위적 예술임을 이해하기 시작했다. 이 징후는 여러 군데에서 확인된다.

예를 들어 KAPF의 일원이자 화가이기도 했던 권구현은 1920년대 말에 이미 팔봉과 회월 간에 있었던 '내용-형식'논쟁에 개입하여 예술에 있어서 표현의 중요성, 다시 말해 주제의식이나 내용이 아니라 창작방법의 중요성을 강조했다. 그는 '장검長劍과 백인白刃'의 비유를 들어, 예술이라는 장검에 있어서 제재는 강철이며 표현은 백인白刃이므로 프로예술비평가는 강철의 양부良否를 먼저 조사한 다음 검인劍刃을 만져보는 것이 순서라고 말하였다. 그는 장검의 목적 달성은 백인의 예銳·둔鈍에 달렸다며 표현의 중요성을 강조하였고, 나아가 창작방법의 자율성을 주장했다.[284] 문예 분야의 논전이긴 했으나 내용-형식 논쟁에서 권구현은 회월의 논리 즉, "프롤레타리아 숲문화가 한 건축물이라면 프롤레타리아 예술은 그 구성물 중의 하나이니 서까래도 붉은 지붕도 될 수 있다"는 쪽의 손을 들어주면서도[285] "남의 것, 재래의 것을 모방한 것이 아닌, 새로운 형식을 가진 작품을 창조하지 않으면 시대적 선구적 사명을 가진 작가의 소명을 다할 수 없다"면서[286] 예술에 있어서 새로운 기법을 창안하는 일의 중요성을 정확히 짚어내었다. 그가 KAPF의 구성원이면서도 이렇듯 표현 문제에 남다른 인식을 가질 수 있었던 것은 그가 문학인이자 화가였기 때문으로 보인다.

또한 KAPF 미술분과 위원이었던 이갑기는 신건설사 사건으로 1934

---

[284] 권구현, 「계급문학과 그 비판적 요소」, 『동광』, 1927.2; 임규찬·한기형 편, 『카프비평자료총서 III―제1차 방향전환론과 대중화론』, 태학사, 1989, 50쪽.

[285] 박영희, 「투쟁기에 있는 문예비평가의 태도」, 『조선지광』, 1927.1, 61~62쪽.

[286] 권구현, 앞의 글, 1927.2; 임규찬·한기형 편, 앞의 책, 52쪽.

년 7월에 체포되어[287] 1935년 12월에 집행유예로 풀려났는데,[288] 이 과정에서 전주에서 공판을 받던 도중 그는 예술에 있어서 정치주의에 반대한다는 자신의 입장을 분명히 밝혔다. 김남천이 특파원으로 특별 취재하여 『조선중앙일보』 1935년 10월 31일자에 보고한 기사에 따르면, "이갑기는 푸로레타리아 문학이 예술성에 있어서는 우수한 것임으로 공명은 하였으나, 예술에 있어서 정치주의에는 반대한다. 그리고 지금은 예술의 독자적 정당성을 주장한다"면서 공판장의 좌중을 웃겼다고 한다.[289] 그는 예전의 강경한 입장에서 예술의 정치예속에 반대하는 방향으로 입장을 선회한 것이다. 이 무렵이 그가 만화나 포스터 등, 그림과 연관된 작업들을 한창 했던 1935년경이다.

그림은 '그리는 방식'의 새로움이 관건인 예술이기에 정치성을 앞세우면 성공하기가 어려운 것이 사실이다. 다른 어떤 예술보다 이데올로기성을 거부하는 영역이 회화인 것도 이 때문이다. 그림은 다른 무엇인가를 표현하기 위해 동원된 매개물이 아니라, 그리는 행위와 그 결과물 자체의 아름다움이 전부인 예술이다. 미술은 아름다움 자체가 유일한 메시지인 예술이다. 따라서 미술작품은 그 자체가 아름답지 않으면 물질의 지속성이란 성질 때문에 관객에게 계속된 불쾌감을 유발하여 제대로 된 감상에 이르지 못하게 하는 양식적 특성이 있다. 조각 작품인 〈라오콘〉처럼 '고통'이나 '인간의 한계'와 같은 개념concept을 재현하고

---

287 「이갑기 검거 십구일에 전주로 압송, '카프'사건관계자(대구)」, 『동아일보』, 1934.7.1.
288 「'카프'사건 판결 언도, 대부분 집행유예, 박완식, 정청산 양명은 체형……」, 『조선중앙일보』, 1935.12.10.
289 김남천, 「프로예맹 공판견문기 (2) ─ 이상춘의 법정을 웃긴, '유모어'한 진술과 예술의 정치주의를 반대하는 이갑기 · 이기영의 태도」, 『조선중앙일보』, 1935.10.31; 김남천, 「예술에 있어서 정치주의 반대」, 『조선중앙일보』, 1935.10.29.

자 할 때도 미술은 작품자체는 아름다워야 한다는 것이 레싱이 설명한 문학과 미술이란 예술양식의 본질적인 차이이다.[290]

언어로 된 문학은 언어 자체가 상징이고 사유이므로, 표현되어진 것 너머의 무엇인가를 전하고자 하는 경향이 클 수 있다. 이에 비해 미술은 물질적이고 직접적이며 감상 역시 즉각적이다. 따라서 회화를 비롯한 미술에서는 특히 미적 자율성이 강조된다. KAPF의 맹원이었던 이갑기조차 예술의 정치주의에 대해 부정하고 연이어 예술의 자율성에 대해 천명한 것은 그가 단지 문학인이기만 한 것이 아니라, 그림에 관심이 있었던 때문으로 볼 수 있다.

이렇듯 미술에 관심을 가진 KAPF 출신의 문학인인 권구현이나 이갑기, 임화 등은 그림과 인연이 깊은 '구인회'계열 문학인들과 함께, 표현이나 묘사에 대한 직·간접적인 인식들을 많이 드러냈고, 예술의 창작방법론에 대한 뚜렷한 인식을 보였는데 이런 인식들은 결국 자연스레 예술의 자율성 옹호로 이어졌다고 할 수 있다. 이로써 프로문예운동과 민족주의문예 운동의 대결구도로 점철된 1920년대 내용주의적 편향과 이데올로기 과잉의 문학적 풍토는 서서히 극복되어 갔으며, 1930년대 중후반에 이르러 한국 근대문학은 좀 더 미적 자율성에 입각한 다채로운 문학으로 발전해 가게 된다.

(3) 예술에 있어서 '조선적인 것'에 대한 인식

1920년대 조선문화계의 최대 화두가 '계급'과 '민족'이었다면, 1930년

---

290 고트홀트 에프라임 레싱, 윤도중 역, 『라오콘―미술과 문학의 경계에 관하여』, 나남, 2008 참조.

대 그것은 '문화'와 '국민' 혹은 '제국'이라 할 수 있다. 1930년대 화단에서 시작된 '조선적인 것' 혹은 '향토색'을 둘러싼 논의는 '지방색local color'의 측면을 강조한 제국의 담론과 '문화적 민족정체성cultural nationality'의 측면에 초점을 맞춘 조선 지식인들의 저항민족주의적 담론이 길항하는 접점에 놓여 있다. '향토색'에 관한 제국의 담론은 1931년 가와사키 쇼코川崎小虎와 이케가미 슈호池上秀畝 등, 조선미술전람회의 일본인 심사위원들이 입상작의 요건으로 '조선적인 것'을 찾아 나서고,[291] 야나기 무네요시柳宗悅가 주축이 되어 '민예품' 육성운동을 벌이면서 확연히 나타난다.

이들은 1930년대 조선의 미를 지방, 변방, 농촌, 향토색, 동양적 전통, 낙후, 실용미술 등으로 특징화하여 일본, 중앙, 근대화, 서구화, 도시화, 귀족화, 순수미술 등에 대한 일종의 대항 개념으로 자리매김시켜 나갔다.[292] 이로써 제국의 담론은 조선에 봉건적 회고취미를 장려한 셈이다. 1937년 만주사변을 거친 직후인 1938년에 일제는 조선에 제3차 조선교육령을 공포하였는데, 여기엔 어문정책이 포함되어 있었다. 어문정책의 골자는 이중어diglossia 정책이었는데, 이는 식민지의 중심어는 일본어로, 주변어는 조선어로 규정한 것이었다. 이 제도의 실행은 언어뿐 아니라, 민족 정체성의 문제로 확대되어 '조선인' 혹은 '조선적인 것'에 대해 수치와 열등감을 갖도록 유도하는 장치로 작동했다.[293]

이에 반해, 조선의 문화계와 지성계는 1930년대 후반에서 1940년대

---

291 최열, 『한국 근대미술 비평사』, 열화당, 2001, 42쪽.
292 이런 흐름은 1960년대까지 이어져 결국 조선의 미의 본질을 '비애의 미', '백색의 미', '선의 미'론 등으로 발전한다. 김희정, 「1930년대 조선과 야나기 무네요시柳宗悅의 '민예'」, 『일본어문학』 제32집, 2006.2, 216쪽.
293 김경미, 「1940년대 어문정책 下 이광수의 이중어 글쓰기 연구」, 『한민족어문학』 제53집, 2008.12, 41~74쪽.

전반기에 '조선적인 것'에 대한 인식을 재검토하고 또 이에 관해 탐구를 거듭하면서 조선문화의 새로운 패러다임을 모색하려 했다. 이 문제에 가장 예민하게 반응한 것이 화단이었다. 그 이유는 서양화라는 존재가 시각적으로도 전통서화와는 확연히 구분되고 기법이나 도구에서 완전히 다른 것이었기에 도입 때부터 그것을 어떻게 동양적 혹은 조선적인 회화전통이나 조선적 여건에 접목시켜 나갈 것인가를 놓고 의견이 분분했기 때문이다. 일례로 1926~1927년에 이미 김복진은 새 시대의 향토성은 회고취미와 무관하다며, 변화하는 새 시대에 걸맞는 새로운 현대적 미의식을 향토성과 민족성의 알맹이로 내세웠다.[294]

임화는 미술에 있어서 향토색을 찾는 방법으로 모방의 극복과 민족성 확보를 내세웠고,[295] 미술에서 '조선적인 것'을 시대성과 현실성에서 찾자고 하였다. 반면,『문장』을 이끌던 거두 이태준은 동양적 정신주의 미술론을 내세우고, 즉흥성, 대담한 주관성, 주정 표현의 남화 기분과 객관 자연을 주관화 상징화 환상화하는 수법을 향토색의 내용으로 제시하였다.[296] 또 권구현은 '조선적인 것'을 강조하기보다는 '남의 것을 모방하지 않고 자신만의 형을 창안하는 것'을 강조하였다.[297]

1920년대 후반에 시작된 화단의 향토색 논의는 30년대에 이르면 한층 심화된다. 본격적으로 미술을 전공한 화가와 이론가들이 이 문제에 나서고 있기 때문이다. 김용준과 안석영은 동양정신주의 예술론을 제

---

294 김복진, 「조선역사 그대로의 반영인 조선미술의 윤곽」,『개벽』, 1926. 1; 김복진, 「조선화단의 일년」,『조선일보』, 1927. 1. 4~5.
295 임화, 「서화협회의 진로」,『조선일보』, 1928. 11. 22~29.
296 이태준, 「녹향회 화랑에서」,『동아일보』, 1929. 5. 28~30.
297 권구현, 「덕수궁 석조전의 일본미술을 보고」(5회),『동아일보』, 1933. 11. 16.

창하면서, 동양의 전통적 미술유산에 눈을 돌리고 거기서 자양분을 섭취하여 향토적 정서와 율조를 회복할 것을 주창한다.[298] 이런 논의에 힘입어 서양화의 한국적 변용이라 할 만한 창작상의 성과물은 1940년대 이후 이쾌대, 오지호, 길진섭, 고유섭 등에 의해 안출된다. 예를 들어 이쾌대의 〈군상〉과 〈봄처녀〉, 〈자화상〉 등은 전통과 현대, 동양과 서양, 좌우 이데올로기의 대립과 갈등에서 양자의 조화와 융합을 화폭 위에서 달성해 내어, 혁명적 낭만주의와 진보적 리얼리즘을 결합시킨 것으로 평가된다.[299]

서양화의 조선적 변용을 둘러싼 논의들은 문학에 있어서의 '조선적인 것'에 대한 문제의식과도 연관되어, 전반적으로 당시 근대문학이 조선적 특수성을 어떻게 이해할 것인가의 문제도 더 깊이 탐구되는 계기가 되었다. 이미 문학계에서도 1926년경 현진건은 「조선혼과 현대정신의 파악」이란 글에서 "오직 조선혼과 현대정신의 파악!"이야말로 "조선문학의 생명"이라며 "달 뜬 기염에서 고지식한 개념에서 수고로운 모방에서 한 걸음 뛰어나와 차근차근하게 제 주위를 관조하고 고요하게 제 심장의 고동하는 소리를 들을 제 이것이야말로 우리문학의 운명"임을 깨닫자고 주장하였다.[300]

또 박영희도 KAPF를 비판하면서 선진국에서 유행하는 문예사조나 사상이 후진국에서 무비판적으로 모방되는 현실에 대해 참회하고, 문학계가 '독창'에 이르자고 주장하였다.[301] 이 밖에도 김억이 제창했던

---

298 김용준, 「동미전을 개최하면서」, 『동아일보』, 1930. 4. 12~13; 안석주, 「미술계에 대한 희망」, 『문예월간』, 1932. 1.
299 윤범모, 「이쾌대의 경우 혹은 민족의식과 진보적 리얼리즘」, 『미술사학』 제22호, 2008. 8, 327~354쪽.
300 박영희 외, 「신년의 문단을 바라보면서」, 『개벽』 제65호, 1926. 1. 1, 135쪽.

조선심과 조선혼에 관한 논의와 이태준이 '동양적 전통'에 기반하여 '조선인'의 근원적인 정서와 미의식을 창출하자며 내세운 동양적 정신주의 문학,[302] 또 이효석의 향토적 정조와 코스모폴리타니즘적 의식도 이와 연관된 탐색의 결과물들이다. 이태준의 입장이 '문화적 민족주의'에 가깝다면, 이효석은 조선문학의 '향토성'을 제국의 '지방성'에 국한시키지 않고 제국의 경계를 넘어 다문화적·통국가적 세계인으로 나아가고자 한 사례라 할 수 있다.[303] 왜냐하면 이효석은 1930년대에는 「메밀꽃 필 무렵」, 「산」, 「들」, 「돈豚」 등, 향토(성)에 대한 탐구에 집중하다가 이를 바탕으로 1940년대에는 『벽공무한』과 『화분』에서 보여준 것처럼 코스모폴리타니즘으로 나아가고 있기 때문이다.

이렇듯 전반적으로 미술계에서 촉발된 '조선적인 것'을 둘러싼 논의와 탐색들은 문학과 영화 등 문화전반으로 퍼져 나갔다. 영화계는 구미영화나 일본영화와 차별화된 조선영화의 내포를 확보하기 위해 기술적 측면은 물론 미학적 차원에서 노력을 기울여 1930년대 후반에 이르면 '민족적이고 대중적인' 조선영화를 생산해 내게 되었다. 하지만 한계도 분명하였는데, 영화에 묘사된 '조선적인 것'은 '농촌'이라는 한정된 특수공간을 통해서 재현되고 있어,[304] 결과적으로 조선영화의 '향토색'추구가 제국과 식민지의 대립구도를 도시와 농촌의 공간적 위계를 통해 상상하도록 만드는 데 기여하고 있는 측면이 있기 때문이다.

---

301 박영희, 「과장과 실제 ─ 분지선, 약간의 문예잡감」, 『개벽』 신간 제1호, 1934. 11. 1, 106쪽.
302 정종현, 「제국 / 민족 담론의 경계와 식민지적 주체 ─ 1940년대 이태준 '문학에 나타난 혼종성」, 『상허학보』 제13집, 2004. 8, 97~130쪽.
303 오태영, 「향토의 창안과 조선문학의 탈지방성」, 『한국 근대문학연구』 제14호, 2006. 10, 225~255쪽.
304 이화진, 「식민지 영화의 내셔널리티와 '향토색' ─ 1930년대 후반 조선영화 담론 연구」, 『상허학보』 제13집, 2004. 8, 363~388쪽.

그럼에도 불구하고 1930년대 조선에서 광범위하게 진행된 '향토색' 논의는 조선의 지식인과 문화인들이 제국의 향토색 담론이 지닌 야만적이고 원시적인 영토로서의 '향토=지방=조선'의 관점, 다시 말해 "일본적 오리엔탈리즘을 전유하여 식민지 권력의 시선 위에 피차별자의 응시를 되돌리는 전복의 전략"[305]에 대항하고, 조선의 문화적 정체성을 탐색하고 정립시켜 가기 위한 노력의 일환이었다는 사실에서 의의를 갖는다.

4) 문인화에서 문학과 회화로 분화 촉진

1930년대 중반을 넘기면서 그림을 그리거나 미술비평을 하던 문학인들의 수는 급격히 줄어든다. 문학인들이 문학에 매진하게 됨에 따라 잡지와 일간지의 삽화와 만화에서 문학인의 이름이 사라지게 된다. 이 무렵에 생산된 한국문학은 이기영의 『고향』, 채만식의 「레디 메이드 인생」과 『탁류』, 강경애의 『인간문제』, 박태원의 「소설가 구보씨의 일일」과 『천변풍경』, 김유정의 「금 따는 콩밭」, 김동인의 「광화사」, 이효석의 「산」과 「메밀꽃 필 무렵」, 김동리의 「산화」, 심훈의 『상록수』, 한설야의 『황혼』, 이상의 「날개」와 「동해」, 「종생기」, 김남천의 「남매」, 최명익의 「비오는 날」 등이 있는데, 이들이 일제강점기에 창작된 조선소설의 가장 높은 수준에 해당한다.

이 무렵 조선의 회화에서도 서양의 인상주의나 표현주의, 혹은 일본

---

305 위의 글, 225~255쪽.

화의 영향에서 벗어나 조선적인 정취와 색감을 찾아가는 작품들이 서서히 나타나기 시작한다. 훈련된 선과 조선적인 색감, 활달한 화면 구성으로 시원하면서도 꽉 차 있는 느낌을 주는 그림들이 생산되고, 흑백의 삽화나 만화에서도 안석영, 길진섭 등은 잉크의 농도차를 이용하여 다양한 색감까지를 표현해 내는 발전을 이룩한다. 문인화 전통에서 비롯된 서화나 시화는 점차 근대적인 '문학'과 근대적인 '회화'로 뚜렷이 분화되어 간다. 김복진의 〈백화百花〉(1938)와 서양화와 전통화의 기법을 접목시킨 이쾌대의 〈봄처녀〉를 비롯한 작품들, 그리고 김기창, 이응노, 박수근, 이중섭의 작품들이 그러한 예들일 것이다. 1950년대에는 이경성과 같이, 화가출신이 아닌 전문미술비평가도 등장하게 된다.

이상의 과정들에서 1910년대에 시작되어 1930년대 중반까지 이어진 문학인들의 미술 관련 비평 참여와 회화 창작 활동들은 한국 근대미술 형성에 일정 정도 도움을 주었고, 더불어 한국문학의 근대적 성숙에도 적지 않은 도움이 되었다고 평가할 수 있겠다.

제3장

회화와 문학의 비교매체론

1. 문학과 회화의 근친성

한국예술사에서 회화와 문학의 친연성은 다양한 양태로 목도된다. 근대 이전의 전통적인 예술인식에 있어서 시詩·서書·화畵를 일체로 여긴 사실이나, 도화서 화공을 제외하고는 사대부계층이 시와 그림, 서예書藝를 담당했으며, 문인화가 조선시대 내내 성행한 사실도 이를 입증한다. 서구적 예술양식이 도입되던 20세기 초, 회화와 문학은 여전히 밀착된 모습을 보인다. 화단과 문단의 인적 구성의 겹침과 활발한 교류가 그렇다. 근대적 회화가 막 출현하던 무렵 미술전람회의 관전평을 쓴 이들은 문인이었다. 일부 문인들은 미술공모전의 심사위원을 맡기도 했고, 직접 유화나 수묵채색화를 그리거나, 신문과 잡지에 삽화와 만화를 연재하기도 했다.[1] 『창조』와 『폐허』 동인에는 문인과 화가가 망라되어 있었고, 동경유학파 출신의 화가 그룹인 '동미회'의 한 분파인 '목일회'와, 모더니즘 문학가그룹인 '구인회'는 인적 교류나 예술성향상 공통점이 많았는데, 결국 이들이 모여 '문장파'를 이루기도 하였다.[2] 1920년대에는 서화협전(서화협회 주관)과 조선미전(총독부 주관)이 조선화단의 양대 산맥이었다면, 1930년대 조선화단은 다양한 화가 그룹전이 개최되어 내용적으로 보다 다양화된다. 그 가운데 1934년에 김용준, 황술조, 길진섭, 구본웅 등이 중심이 되어 구성한 목일회는 서구의 모더니즘과 우리의 전통을 융합시키기 위해 노력하였다. 김용준과 길진섭이 일본 유학시절 이태준과 교우관계를 맺은 이후 꾸준히 교류하였고, 구본웅은 이상과 밀착되어 있었다. 이들은 구본웅의 화실 겸 작업실인 '다옥정'을 본거지로 구인회 동인들과 교류하였다. 이들은 일단 프로예술운동에 반대하고, 저널리즘의 매체 블록화 현상에 대한 비판적 인식을 공유하면서 전통과 모더니즘의 통합과 조화라는 예술적 이념에 동조하였다. 목일회 성원들은 구인회의 이태준, 이상, 김기림, 정지용, 박태원과 교류하였고, 관전인 조선미전에 맞서 재야의식으로 뭉쳐 있었다. 목일회는 순수미술론과 반아카데미즘 정신을 실현하면서, 무조건적인 서구화를 반성하고 전통적 요소에 대한 깊은 관심과 성찰을 드러냈다. 1939년에 창간된 『문장』은 구인회 구성원들을 주축으로 목일회 동인들이 참여하여 고결한 인격과 선비사상을 앞세워 파시즘에 맞서는 예술론을 펼쳤다. 몇몇 문인들은 미술평론을 써서 화단의 논쟁에 개입하였

---

1   졸고, 「일제강점기 문학인의 그림 연구」, 『한국문화』 46호, 2009.6.30 참조.
2   기혜경, 「1920·30년대 한국 근대미술과 문학의 교류상에 관한 연구」, 홍익대 석사논문, 1998; 기혜경, 「목일회 연구―모더니즘과 전통의 길항과 상보」, 김영나 편, 『한국 근대미술과 시각문화』, 조형교육, 2002, 189~214쪽 참조.

고 독자적인 미술론까지 펼쳤다.[3] 이렇게 1930년대 중후반까지 문인과 화가들의 연종과 제휴는 거듭되었다.

근대이후 조선의 회화와 문학의 친연성은 작품 구성방식의 '선적' 특징에서도 확인된다.[4] 서양의 그림들이 사물을 입체적으로 파악하여 면을 색채로 채우는 방식의 painting인 것에 비해, 우리의 전통회화는 사물의 경계를 선으로 그리는 drawing 방식이 특징적이다. 수묵채색화조차도 칠은 보조적일 뿐, 선이 우선시 되었다. 조선의 회화에서는 색채보다 형상shape이나 실루엣이 강조되고 있는 것이다. 계몽기 이후 조선에 양화洋畵가 도입될 때 인상주의 회화 중심이었는데, 이후 조선에서는 서구 유럽의 인상파 그림과는 완전히 다른 작품들이 생산된다. 인상파 회화는 회화적 속성이 강하기로 유명하다. 독일의 미술사학자 뵐플린 (1984~1945)에 따르면, 회화적繪畵的, painterly(영) malerisch(독)이란 선적線的 (또는 조각적)에 대립되는 말이다. 작품이 선적이라 하면 마치 손으로 만져질 듯이 윤곽이 강조되며, 조각적인 명확함을 지니게 된다. 이에 반해, 회화적인 경우란 그런 뚜렷한 구별과 윤곽은 없고 단지 명암, 색채, 반점, 운동의 현상이 주로 표현되는 경우를 일컫는다. '선적'이라는 개념은 선화線畵나 조각, 건축에 모두 적용될 수 있다. 뵐플린은 모든 회화

---

3 졸고, 「식민지 시대 문인들의 미술평론의 두 가지 양상—임화와 권구현을 중심으로」, 『한국문화』 44호, 서울대 규장각한국학연구원, 2008.12, 175~200쪽.
4 야나기 무네요시柳宗悅는 『조선을 생각한다』에서 조선민예품, 특히 이조백자의 단아함과 소박한 미를 가지고 조선의 미를 '線'으로 꼽은 바 있다. 그는 조선민족박물관에 고대사 유물보다는 조선시대 유물을 많이 전시하는 등 조선역사의 자주성과 우수성을 인정했으나, 고려청자보다는 조선백자의 아름다움을 숭상함으로써, 백자의 순백이 표상하는 단순, 소박함, 나약함과 열등함을 조선적인 것의 내용으로 규정하였다. 무라야마 시게노리, 「식민지기 일본인의 한국관—선택지의 소장」, 김용덕 · 미야지마 히로시 편, 『근대교류사와 상호인식』 II, 아연출판부, 2007, 254~268쪽.

다빈치
라파엘로
르누아르
렘브란트
모네
세잔느
이쾌대
박수근
이유태

는 선적인 상태에서 출발하여 회화적인 상태로 옮겨가는 정신물리학적 발전법칙이 있다고 하였다.[5]

이 두 개념을 사례로 설명해 보면, 라파엘로 작품에 비해 렘브란트의 작품은 회화적이라 할 수 있다. 이렇듯 서양의 미술은 공간적 직각直覺의 예술로서[6] 사물을 공간적(덩어리나 부피감)으로 파악한다. 특히 인상주의는 모네의 〈해돋이〉나 성당을 그린 그림들에서처럼 빛의 변화 variation를 표현하는 데 주력한다. 인상주의를 중심으로 서구미술사조를 받아들였음에도 불구하고, 조선의 근대회화는 전통회화와 마찬가지로 여전히 형상적이고, 평면적이며, 선이 강조되고 있다. 이러한 특징은 전통회화에 사용되는 붓과 화선지, 먹이 글씨를 쓸 때 사용되던 것들과 동일한 데서 연원한 것이기도 하다.

회화의 선적 특징은 조선 근대문학작품들이 서사중심, 다시 말해 linear하게 사건중심으로 구성되고 있음과도 연결된다. 서양의 novel은 우리의 근대문학작품들에 비해 상대적으로 서사적 요소 이외의 부분에 많은 지면을 할애하고 있는 특징이 있다. 이들은 서사의 배경인 현실의 총체적 재현에 소설의 풍부한 육체성을 활용한다. 이광수의 『무정』이나 염상섭의 『삼대』와 빅토르 위고의 『노틀담 드 파리』나 톨스토이의 『안나 카레리나』를 비교해 보면, 한국화와 서양화의 화면구성법만큼이나 조선의 소설들은 선적이고 시간적인 내러티브에 치중해 있는 반면, 서양의 장편들은 내러티브를 발생시킨 특정 시대나 사회에 대한 총체적 모습을 공간화하여 재현해내고 있음을 알 수 있다. 조선 전

---

5 이한순, 「하인리히 뵐플린의 '미술사의 기초개념」, 『미술사학』 제8권, 1996.12, 100쪽.
6 윤희순, 「미술의 교류 변천」, 『조선미술사연구—민족미술에 대한 단상』, 서울신문사, 1948, 126쪽.

통회화의 선적 요소나, 민담, 전설, 소금장수 이야기 등 고전적 서사물들의 스토리라인 강조라는 특징이 근대문학에서도 여전히 재현되고 있는 것이다. 이러한 사실은 오늘날 한국 TV 프로그램에서 스토리성이 강한 드라마가 특히 대중의 사랑을 많이 받고 있는 사실과도 연관이 있지 않을까 싶다.

우리의 근대문학과 미술의 친연성은 왜 생겨났을까? 서양의 경우, 고대 그림에서 원시적인 알파벳이 등장한 이후, 구상성을 담당하는 회화와 자의적 기호로 일상적 소통과 개념적 인식을 담아내는 문자활동은 뚜렷이 구분되어 발전해 왔다. 반면, 한국을 포함한 동양에서는 중국의 한자문화에 영향을 받아 그림과 시(문학)의 뚜렷한 구분이 없었다고 할 수 있다. 게다가 동양의 문화는 글을 쓰는 문필용 도구와 그림을 그리는 화구도 구분되어 있지 않았다. 그만큼 동양은 문화 자체가 독특한 통합적 의식에 기초해 있다고 할 수 있다. 한자의 일부는 형성원리가 형상성에 있기도 하다. 그런 만큼 한자는 끝내 형상성으로부터 완전히 자유롭지 못한 문자체계이다.

자연발생적인 음성언어인 말과, nation, 즉 정치체제인 국가가 관여된 문자체계는 다른 차원의 것인데, 근대이전에도, 또 근대이후에도, 말은 조선어를 사용했으나, 문학에서의 표기는 근대문학에 와서야 '한글'이 된다. 한문문학이 아닌, 한글문학이 되면서 근대적 서사양식에서 대화의 재현과 서술 주체의 상정이 가능해진다. 표의문자인 한자(문)로 구현된 한문문학 뿐 아니라, 언문으로 기록된 고전서사물들은 기본적으로 율문적 성격, 다시 말해 낭독을 위한 작품이었기에, 본질적으로 대화의 재현이 불가능하였다. 또한 "— 더라"체로 끝나는 서사물들은

데 바쳐진 사실은, 이런 면에서 필연이었다.

그런데 화단은 시각적으로도 전통서화와는 확연히 다른 서양화의 도래로 입게 된 문화적 충격파를 흡수하는 데 다른 예술영역에 비해 오랜 시간이 소요되었다. 그도 그럴 것이, 화가가 한지를 방바닥에 깔고 앉아서, 먹을 갈아서, 글씨를 쓰는 붓과 동일한 붓을 세워서 주로 drawing을 해 가는 전통서화와는 달리, 서양화는 이젤에 캔버스를 세워놓고 oil용 물감으로, 글씨를 쓰는 펜과는 완전히 다른 붓을 이용하여, 화가가 서서, 위에서 아래로 면을 색칠하는 painting인 까닭이다. 시각적으로도 확연히 구분되는 이 양화洋畵는, 따라서 당시로는 서구근대문화의 아이콘이 되기에 모자라지 않았다. 서양화는 1900년대 이후 조선에 다양한 방식으로 도입되기 시작하였지만, 1930년대 말~1940년대에 와서야, 그러니까 서양화 양식의 이식과 모방에만 온전히 한 세대를 거친 후에야 비로소 '조선신미술'이란 이름에 값하는 작품들을 생산하게 된다. 이쾌대, 오지호, 김상범, 이유태, 임직순, 길진섭, 이응로, 박수근 등의 유화와 수묵채색화가 그것이다. 조선신문학 역시 1920년대 중반에 가서야 국한문체가 아닌, 순한글체 문장에 의한, 근대적 서사양식이 비교적 안정된 기조로 드러나는 작품들을 생산할 수 있었다.[12] 시(문학)와 그림이 일체를 이룬 문인화적 전통에서 근대적 문학과 근대적 미술로의 분기와 전환은 피식민지 저항 민족주의적 문화활동의 짐을 걸머쥔 지난한 도정에서 서

---

[12] 1921년에 발표된 현진건의 「빈처」(『개벽』, 1921. 1)나 1922년에 나온 염상섭의 「만세전」(『신생활』, 1922. 7~8에 「墓地」라는 제목으로 실림)은 모두 국한문체로 된 소설이었다. 국한문체는 1894년 이후 시대적 요청에 의해 생겨난 한국 계몽주의 시대의 문체적 특산물인데, 이것의 완전한 극복은 1925~1926년에 가서야 가능했다. 임형택, 「소설에서 근대어문의 실현 경로」, 임형택 · 한기형 · 류준필 · 이혜령 편, 『흔들리는 언어들—언어의 근대와 국민국가』, 성균관대 대동문화연구원, 2008, 235쪽.

서히 그 실체가 드러나기 시작하였다.

우리의 문학과 미술은 계몽기에서 현대로 넘어가는 근대적 전환기에 상호영향을 주고받으며 각자의 전문영역을 개척하였고, 나름의 독자적 미학을 구축해 가면서 근대적 분화의 길을 걸어갔다. 전통문화에서 매우 가까웠던 회화와 문학의 거리는 근대이후 차츰 멀어져 각자의 길을 걷다가, 영화나 디지털 게임서사 등, 보다 현대적인 예술장르에서 다시 통합되는 양상을 보인다. 영화는 특히 양식혼용이 극명하게 드러난 기법인 몽타주와 콜라주가 형성의 원리로 활용되는 예술이고, 형태시나 구체시 등에서도 장르 융합적인 조짐들은 쉽사리 감지된다. 물론, 회화와 문학은 지금껏 각자의 독자적인 영역을 잘 구축해 왔고, 영화나 디지털 서사는 그 자체가 새로운 예술이나 문화양식인 측면도 없지 않다. 다만, 혼성적 사회의 특성인 '경계의 사라짐'은 앞으로 어떤 양태로든 예술양식 간, 혹은 양식적 특질 간 통합이나 연종의 가능성을 부채질할 것이 분명해 보인다. 21세기에 탄생될 새로운 예술양식은 기존의 각 예술영역의 고유성들이 뒤섞인 양태가 될 개연성이 크다. 변화에의 이러한 예측은 각 예술영역이 갖는 고유성에 대한 이론적 점검을 우리에게 촉구한다. 다차원적 매체 전이를 예견하면서 매체중심으로 예술 간의 관계를 상호 해명함은 개별 예술의 표현한계를 뛰어 넘어, 전체 예술의 표현능력의 확대를 가능케 하는 기초적 작업이 될 것이다. 이제 예술의 매체통합적 혼성화에 대한 의미규명과 함께, 그 활용방법에 대한 연구를 위한 비교매체론Intermedialität적 논의들을 시작할 때이다.

이런 문제의식에서 본 장에서는 우리 근대예술사를 중심으로 회화와 문학의 친연성과 독자성을 해명하여 예술 영역별 상호 이해를 도모하고, 문학전공자로서 언어의 본질에 대해 조금 더 깊은 이해에 이르기를 희망한다.

3. 문학과 회화의 매체–언어와 색 / 형

회화와 문학은 각각 색(형)과 언어를 매개(체)로 형상적 지각과 인식을 표현하는 예술장르로 이해되어 왔다. 이 두 영역은 타 예술들보다 '조형성'이라는 공통요소 때문에 근친성이 인정되어 왔다. 서양에서는 고대로부터 회화와 조소를 비롯한 조형예술에 비해 문학의 상대적 우위가 인정되어 왔다. '조형예술bildende Kunst'이라는 용어는 괴테Goethe가 '조형하다bilden'라는 동사를 모사적abbildend 표현과 자율미학을 강조하는 창조적, 예술적 형상화를 가리키는 말로 사용한 데서 유래되었다. 조형예술은 흔히 회화, 조각, 그래픽, 공예, 건축이 포함되며, 넓게는 영화와 사진도 포함될 수 있다.[13] 희랍에서는 문학과 음악은 뮤즈여신의 보호를 받는 예술로 여겨진 반면, 조형예술은 7개의 자유학예arts liberales에도 들지 않을 만큼 평가 절하되어, 예술이 아닌, 일종의 techne로 여겨졌다. 하지만 르네상스기에 이르러 이태리에서 발굴된 고대 그리스 조각의 미가 연구되기 시작하면서 조형예술은 문학, 음악과 더불어 당당히 예

13　고위공, 「문학과 조형예술의 관계에 관한 이론적 고찰」, 『미학예술학연구』, 한국미학예술학회, 1999, 5쪽.

술beaux arts의 반열에 오를 수 있었다.

　　조형예술과 문학은 일단 구상적이며 종국적으로는 이미저리로 기억되는 공통점 때문에 "시는 그림처럼, 그림은 시처럼"이란 예술사의 오랜 경구를 낳았다. 특히 18세기 독일을 중심으로 한 낭만주의 문예운동의 흐름을 타고 슐레겔과 피셔 등에 의해 예술가의 이중재능 문제가 공론화되었고, 같은 시기에 '공감각'에 관한 이론들이 대두되면서 문학과 조형예술의 내적 연관성은 다시 한번 예술사의 관심 테마로 떠올랐다. 조형예술과 문학의 표현방식과 매체사용의 방법을 둘러싼 빙켈만과 레싱의 비교학적 매체미학Medienästhetik 논쟁은 서양예술사에서 이 논의의 정점을 이룬다. 이들은 두 예술 영역 간의 접합과 이탈의 조건과 가능성을 둘러싼 문제들을 탐구하였는데, 서로 다른 결론을 제시하여 논의를 뜨겁게 달구었다. 사실상 조형예술과 문학의 관계에 관해서는 이 논쟁을 뛰어넘는 인식이 없기에 이들의 논점을 간단히 정리해 보고 넘어가기로 한다.[14]

　　빙켈만이 먼저 조각상 라오콘의 얼굴에 나타난 고통을 위대하고 자제된 영혼의 표현이라면서 조형예술의 위대함을 찬양했다. 이에 레싱은 고통에 대한 인간적, 자연적 표현으로서 문학적 형상화는 조형적 미와는 다르다는 사실을 지적하며 맞섰다. 조각은 병행적 특성을 지니는 육체를, 문학은 순서적, 줄거리를 양대 개념으로 한다면서 레싱은 문학의 우월성을 주장했다.[15] 그는 彫像으로서의 라오콘은 육체의 미를, 사

14　이에 관한 소개는 고위공의 글에 그 구체적인 경과가 잘 정리되어 있다. 고위공, 「문학과 조형예술의 관계에 관한 이론적 고찰」, 『미학예술학연구』, 한국미학예술학회, 1999, 5~27쪽; 고귀공, 『문학과 미술의 만남』, 미술문화, 2004 참조.

15　레싱은 1776년에 발표한 논문, 「라오콘 혹은 시와 회화의 경계에 관하여」에서 시와 그림의

라오콘Laokoon 군상 [16]

제복을 입은 소설 속 라오콘은 줄거리(행동)를 강조하기 위한 것인데, 후자에서 모방이 더 점진적으로 이루어진다고 보았다. 또 그는 회화나 조각 등 조형예술은 본질적으로 정지된 순간을 표현하기 때문에 변화의 계기를 포함하기가 어려운 반면, 문학은 시간적 예술이므로, 움직임 혹은 변화를 본질적 계기로 포함한다고 주장했다. 레싱은 "화가의 작품

동일성 규범을 허물고 문학과 조형예술을 대조적으로 이해하여 비교매체론을 제시하였다. 이 논문은 윤도중의 번역으로 국내에 소개되었다. 고트홀트 에프라임 레싱, 윤도중 역, 『라오콘―미술과 문학의 경계에 관하여』, 나남, 2008 참조.

16 높이 2.4M, 제작연대 150~50년 BC, 재료 대리석. 라오콘은 아폴로를 섬기는 트로이의 신관神官으로, 트로이 전쟁 때 그리스 군의 목마木馬를 트로이 성 안에 끌어들이는 데 반대하다가 신의 노여움을 사, 해신海神 포세이돈이 보낸 두 마리의 큰 뱀에게 두 자식과 함께 졸려 죽는 벌을 받았다. 조각은 뱀에게 죽어가는 라오콘의 고통스런 표정과 죽음의 공포에서 벗어나려는 두 아들의 극심한 공포마저도 생생하게 표현되어 있다.

에서는 완성된 것으로 밖에 볼 수 없는 것이 시인의 작품에서는 생성되어 가는 과정을 보게 된다"면서,[17] 회화는 호메로스의 아름다운 문양이 새겨진 완성된 방패를 보여주나, 시는 그 방패가 만들어지는 과정을 보여준다는 예를 들었다.

레싱은 회화에서는 가시적 존재와 비가시적 존재들의 구별이 없는 반면, 문학은 그렇지 않다고 보았다. 조각작품은 병립하는 행위 또는 자세를 통해 행동을 추측케 하는 물체로 만족해야 하나, 시인(문학)은 독자 내부에 생각을 일깨움을 아주 생생하게 만들어서 독자가 그 대상들의 진정한, 감지할 수 있는 인상들을 느낀다고 믿게 만들되, 독자가 언어라는 매체를 의식하지 못한 채 그렇게 되도록 만들어야 한다고 말했다. 그는 만약 그림의 묘사가 육체적 아름다움을 나타낸다면, 문학의 묘사는 그림이 보여준 육체적 아름다움을 '매력'으로 전환하는 데 특징이 있음도 통찰해 냈다.

레싱은, 조형예술은 물질성을 가짐에 비해 문학은 그렇지 않음을 또 하나의 고유성으로 지적했다. 그는 조각이나 회화는 그 자체가 아름답지 않으면 물질의 지속성이란 성질 때문에 관객에게 계속된 불쾌감을 유발하여 제대로 된 감상에 이르지 못하게 하는 양식적 특성이 있다고 지적한다. 조각 작품인 〈라오콘〉처럼 '고통'이나 '인간의 한계'와 같은 관념concept을 재현하고자 할 때도 조형예술은 작품자체가 반드시 아름다워야 한다는 것이다.[18] 언어로 된 문학은 언어 자체가 상징이고 사유

---

17 고트홀트 에프라임 레싱, 윤도중 역, 『라오콘―미술과 문학의 경계에 관하여』, 나남, 2008, 148쪽.
18 위의 책, 19~23쪽.

이므로 표현되어진 것 너머의 무엇인가를 전하고자 하는 경향이 크지만, 조형예술은 그 자체가 물질적이고 직접적이며 감상 역시 즉각적으로 이루어지기 때문이라는 것이다. 조형예술의 감상자는 한번 사로잡힌 인상에서 헤어나기가 어려운 것도 이 때문이라는 것이다. 문학이 물질적인 대상을 언어로 묘사하는 경우에는, 그려진 대상에 잠재적으로 포함된 것이 실제로 눈에 보이는 것과 연결되는 지점들을 정확히 짚어내어야 하는데,[19] 이 부분은 조형예술의 심미적 수용과정보다 문학의 추상적인 언어기호의 해독인 텍스트 읽기가 더 넓고 자유로운 유희공간의 설정을 가능하게도 하지만, 독자로 하여금 보다 적극적인 텍스트 해석작업을 요한다는 사실을 의미하기도 한다. 이런 인식은 4절에서 인지과학적으로 보충 설명할 부분이기도 하다.

빙켈만의 회화우위의 예술관에 대해 레싱은 문학우위를 주장한 셈이다. 그는 시는 회화보다 광범위하고 정신적이며, 시인의 환상적 재능은 더 무한하며, 외형적인 회화의 구상성보다 내면의 시적 상상력이 더 큰 가치를 지닌다고 보았다. 레싱은 조형예술은 美만을 문제삼으나, 문학은 혼醜까지를 포괄할 수 있는 예술임을 보여준 것이다.

문학과 조형예술의 본질적인 차이는 결국 매체의 다름에서 비롯된다. 회화는 형(색)을, 문학은 언어를 매개체로 한다. 그렇기 때문에 예술사는 오랜 동안 문학은 (개념)언어로 하는 형상적 인식이며, 회화는 (도상)조형을 통한 직감적 향유로 구분해 왔다. 앞에서 보았듯이, 레싱은 문학은 언어라는 비물질적 매개에 의해 형상화됨에 비해 회화는 물질

---

19 위의 책, 167~188쪽.

적이고, 문학은 음악과 더불어 시간성의 예술인 반면, 조형예술은 공간
적임을 밝혔다.

이제 문학의 고유성을 좀 더 천착해 보기 위해 언어의 본질을 짚어보
기로 하자. 문학의 매개인 언어란 무엇일까? 불문학자이자 철학자인
박이문은 데리다와 로티 등, 포스트모더니즘적 이론가들이 문학과 철
학의 구별을 부정하고 있으며, 베르그송은 철학저서로 노벨문학상을
수상했고, 또 플라톤의 『대화편』은 훌륭한 문학적 가치를 가지는 예를
제시하면서 문학의 본질은 표현 형식에 있는 것이 아니라 '언어'의 기능
에 있다고 말하였다.[20]

이 대목은 임화가 신문학사에서 신문학을 '서양문학양식의 이식에
조선의 언문일치의 문장과 조선적 현실을 내용'으로 하는 것임을 주장
한 사실을 떠올리게 한다. 임화의 신문학 정의는 한마디로 '서구적 양
식에 조선적 내용'을 결합한 것인데, 이는 1930년 제16차 소련공산당 대
회에서 스탈린이 발표한 명제 "민족적 형식과 사회주의적 내용"과 보편
성과 특수성의 종합이란 측면에서 유사하다. 다만 임화는 식민통치국
인 일본을 살짝 건너뛰고 서구의 보편적인 문학양식에 조선어의 구어
체 한글표기와 조선의 현실을 내세웠다. 임화의 신문학사를 잘 읽어보
면, 그가 서구적 양식의 이식보다는 민족어의 문화어로의 등극을 더 강
조하고 있음이 눈에 띤다.[21] 신문학사를 서술하던 무렵에 쓴 언어에 관
한 많은 글들에서 임화는 말이란 풍토와 같이 자연스런 것이라면서 목
수에게 있어서의 도구가 문학인에게 있어서 언어에 해당하는데, 기술

---

20 박이문, 『문학과 언어의 꿈』, 민음사, 2003, 6쪽 · 169쪽.
21 졸고, 「일제강점기 이식미술론과 이식문학론의 관련성에 관한 고찰」, 앞의 자료집 참조.

(표현력)은 말(도구)이 있고 나서야 문제되는 것이라고 말한다. 또 그는 기술이란 윤리를 거부하는 것이기에, 제작자의 표현에의 의지나 전달에의 욕망은 최량의 말을 요구하게 된다면서, 양식의 이식보다는 언어의 문제(조선어창작 허용)에 대한 깊은 고민의 흔적을 노출시키고 있다.[22]

인간과 사물, 인간과 자연이 직접 마주하는 것이 회화라면, 기호인 상징과 의미를 마주 세우는 것이 언어이고 그것의 집적물이 문학이다. 그런데 언어는 의식과 사물, 인식주체와 객체 사이의 거리를 필요로 한다. 언어는 사물, 사태, 개념과 같은 언어 아닌 것들을 전달하기 위한, 즉 의미화하기 위한 유력한 수단이다. 일제강점기 내내 언어와 문학과 문화의 관계에 대해 깊이 고민한 문학인으로 사실상 임화의 오른편에 나설 자는 따로 없을 것이다.[23] 그런 그가 「조선어와 위기 하의 조선문학」에서 언어는 문학표현의 수단이자 형식이며, 그 가운데서 작자의 현실에 대한 태도와 사상의 방향까지도 체현하게 됨을 지적한 것이다. 그는 문학에서 언어는 분명 도구이지만, 좋은 문학이란 작가에게 있어

---

22 김윤식, 「임화를 위한 변론―정치적 진실과 문학적 진실」, 『실천문학』 통권 9호(1988 봄), 1988.3, 301쪽에서 재인용; 김윤식, 「특별기고 친일문학과 언어문제 : 작가와 말의 관계에 대한 임화의 태도―임화, 말을 의식한다 해제」, 『실천문학』 통권 67호(2002 가을), 2002.8, 325쪽; 임화, 「말을 의식한다」, 『경성일보』, 1939.8.16~20; 김윤식 역, 앞의 글, 319쪽.

23 임화의 언어관이 표현되거나 연관성이 있는 글들에는 다음의 것들이 있다. 「집단과 개성―다시 형상의 성질에 관하야성」, 『조선중앙일보』, 1934.3.13~20; 「언어와 문학―특히 민족어와의 관계에 대하야」, 『문학창조』, 1934.6; 「언어와 문학―특히 민족어와의 관계에 대하야」, 『예술』, 1935.1; 「언어의 마술성」, 『비판』, 1936.3; 「조선어와 위기하의 조선문학」, 『조선중앙일보』, 1936.3.8~3.24; 「언어의 현실성―문학에 있어서의 언어」, 『조선문학』, 1936.5; 「예술적 인식 표현의 수단으로서의 언어」, 『조선문학』, 1936.6; 「예술의 융성과 어문정리」, 『사해공론』, 1938.7; 「문학어로서의 조선어―일편의 조잡한 각서」, 『한글』, 1939.3; 「言語な의식する」, 『경성일보』, 1939.8.16~20; 「현대조선문학の환경」, 『문예』, 1940.7; 「失鍋永三郞과의 대담」, 『朝光』, 1941.3; 「역사・문화・문학」, 『동아일보』, 1939.2; 「전체주의문학론」, 『조선일보』, 1939.2; 「19세기의 청산」, 『동아일보』, 1939.5; 「시민문화의 종언」, 『매일신보』, 1940.1.6; 「문화의 신대륙」, 『조선일보』, 1940.6.29.

서 문학 이전의 상태에 의하여, 즉 관찰하고 생각하고 행위하는 인간으로서의 작가 자신의 실천에 의해 최후적으로 담보된다고 보았다. 그렇지만 그는 또한 문학의 형식적 요소 가운데 가장 외적인 것인 언어는 실제에 있어서는 표현의 대상인 소재나 사상과 전혀 분리하여 존재하는 것이 아니라면서, 의미 없이 언어는 없음을 강조하기도 하였다. 그는 언어에서 의미를 우선시하고 있는 것이다.

이러한 임화의 언어관은 스탈린의 관료주의적 민족정책에 반영된 언어관과는 달리, 레닌의 민족의 자치적 성격을 강조한, 프롤레타리아 세계주의에 입각한 언어관과 보다 밀접하다. 레닌은 러시아와 같이 거대한 나라에서 공식어의 존재가 필요하며, 그것은 러시아어일수 밖에 없음을 인정하면서도, 비러시아 민족들에 대한 인위적인 러시아화를 반대했다. 그는 노동계급의 민주주의의 슬로건은 '민족문화'가 아니라, 민주주의 및 전세계 노동계급운동의 국제문화임을 강조하면서도, 국제문화가 비민족적인 문화가 아님도 강조했다. 그는 각 민족의 지배적인 문화인 부르조아 문화가 '민족문화'로 둔갑하는 현실에는 비판적이었으나, 노동자 국제주의가 민족문화라는 슬로건에 반대하거나 배치되는 것은 아님을 강조했다. 그는 민족의 자치권, 자율권을 존중하였고, 민족 및 언어의 평등을 옹호하고 어떠한 민족 억압이나 불평등에 대항해 싸우는 것이 마르크스주의자의 할 일임을 천명했다.[24]

그는 또 동시대의 문학에서도 민족적 계급적 차이와 역사적 시대의 구별을 위해 상이한 언어적 특장을 구유하게 된다면서, '민족어+조선어'의

---

24 임화, 「언어의 현실성―문학에 있어서의 언어」, 『조선문학』, 1936. 5.

완성이라는 과제를 문학자에게 부여하였다.[25] 그는 그러한 실천의 모범적 사례로 이기영의 『고향』을 거론하고 있다.[26] 그에게 있어 문학의 언어는 파롤이 아니라, 랑그의 측면이 강조된, '추상'이었는데, 왜냐하면, 그는 민족어는 향토적 색채이지만, 그것은 자연, 역사, 혈통과는 달리 번역이 가능하다고 보고 있기 때문이다.[27] 그는 일제 말기에, 국어(제국어)를 인정하면서 조선작가의 창작어로서 조선어를 주장하였다.[28] 이때 그가 구사한 논리는, 언어란 풍토와 더불어 자연이면서 또한 도구이기에 경우에 따라서 바뀔 수도 있으나 실상은 바뀌기가 매우 어려운 것임도 함께 지적했다. 정치적 내셔널리즘을 떠나서 작가가 태어나면서 듣고 말해온 언어, 일상 사용함에 불편·부자연함을 느끼지 않는 언어가 작가에게 있어 모어이고, 이 모어가 가장 좋은 문학어라는 논리를 그는 내세웠다.

이에 비해 김사량은 조선인으로서 국어(일본어) 체득자는 12.3%에 불과하여 조선언문을 읽는 사람들이 더 많은데 그들에게 문화의 광명을 박탈해야 하는가의 문제라면서, 조선문학은 기후 풍토와 오랜 동안의 역사에 순응하여 이루어진 조선인 독자의 기질과 성격과 언어와 감성의 증거이고, 반향이라며 조선문학에서 조선어의 특권성을 인정하였다.[29]

임화는 국가nation는 인공artificial의 산물이나 민족ethnic은 자연nature인 것[30]인데, 일제는 오족협화의 논리를 내세워 국가주의를 완성하기 위

<hr>

25 이에 관해서는 레닌, 이길주 역, 「민족문제에 관한 비판적 고찰에서」, 『레닌의 문학예술론』, 논장, 1988, 124~139쪽 참조.

26 임화, 「조선어와 위기하의 조선문학」, 『조선중앙일보』, 1936.3.8~24.

27 임화, 「예술적 인식표현의 수단으로서의 언어」, 『조선문학』, 1936.6.

28 임화, 「문학어로서의 조선어―일편의 조잡한 각서」, 『한글』, 1939.3.

29 김사량, 「조선문화통신」, 『문예춘추』, 1940.9; 「조선문학과 언어문제」, 『삼천리』, 1941.6.

30 임화, 「반도작가의 표현력」, 『경성일보』, 1939.12.6.

해 '인종-민족-국가'를 통합하려 한다면서, 장인(목수)과 도구의 예를 들어 조선작가의 조선어창작을 옹호하면서[31] 일제의 정책을 간접적으로 비판하였다.[32] 그는 문화로서 민족어는 일종의 특수임을 인정했다. 그는 민족어와 개인의 경험이라는 특수성을 통해 인간의 보편적 측면을 표현하는 문학의 특징을 이미 이해하고 있었던 것이다. 그는 근대어의 탄생과 근대문학의 형성이 맞물려 있다고 보고, 서양문학양식의 이식을 어떻게 조선적 전통과 또 당대의 조선현실을 연계시켜 제3의 신문화를 만들어 낼 것인가를 끊임없이 고민했다.

임화가 피력한 언어에 관한 논리 가운데, 「예술적 인식과 표현의 수단으로서의 언어」에서 그는 회화에서도 언어라는 매개가 중간에 개입됨을 지적하고 있어 이채를 띤다.

의연히 언어는 예술적 인식과 표현의 수단으로서의 의의를 가질 뿐더러 언어의 예술인 문학 이외의 예술 영역에서도 이 원칙은 역시 통용하는 것이다. 여기에 彩筆을 들고 들에 서서 풍경을 畵幅에 옮길려는 화가의 제작 과정을 상상한다면, 화가는 우선 그의 시야에서 들어오는 개개의 이미지를 한개의 정비된 조형적 체계로 조직할려고 노력할 것이다. 물론, 그것이 繪畵인 한 모든 대상이 시각을 통하여 物的 造型으로서 腦裏에 들어오고 畵幅에는 역시, 線·面·色을 가진 形象으로서 移植되는 것이다. 그러나 화가의 눈에 비치는 것은 단순한 線·面·色이 아니라 草花, 樹木, 天空, 구름, 사람, 새, 냇물 등

---

31 임화, 「말을 의식한다」, 『경성일보』, 1939.8.16~20; 김윤식 역, 앞의 글, 2002.8, 316~323쪽.

32 이러한 임화의 입장을 후학은 요네타니의 '동화하면서 저항하기'의 사례로 읽기도 한다. 김예림, 「초월과 중력: 한 근대주의자의 초상—일제말기 임화의 인식과 언어론」, 『한국 근대문학연구』 제5권 제1호, 2004.4, 46쪽.

의 구체적인 대상이고, 그것은 푸른 잎, 어여쁜 사람, 고운 새, 맑은 하늘 등이며, 그것의 표현으로서도 平面, 斜面, 直線, 曲線, 紅色 등의 산 物象이다. 이런 경우에 회화적 형상을 생산키 위하여 언어가 演하는 바 역할은 우리가 상상하는 것보다 훨씬 큰 것임을 알 수가 있다. 만일 그 화가가 보고 손만 놀릴 줄 알았고, 그 모든 것을 언어(그것은 의식의 수단이다)로서 파악할 줄 몰랐다면 아마 그는 붓을 놀릴 수가 없었을 것이다. 음악에 있어서는 線·面·色 대신에 音의 기호를 사용한다 하드라도 언어는 듣고 표출하는 수단임은 변치 않는다. 더구나 언어를 그 유일의 표출수단으로 하는 문학예술에 있어 이 특성은 전혀 전형적인 것이다.[33]

위의 인용문에서 임화는 언어는 지시나 개념어로서 인식을 담당하는 기능을 하는데, 형과 색에 의해 표현되는 회화도 화가에게 있어서는 언어를 통해 이미지가 창안되고, 수용자에게 있어서도 회화는 이미지로 저장되었다가 언어에 촉발되어 환기가 가능해진다고 보고 있다. 임화의 이 같은 언어관은 일면 하이데거의 그것에 육박한다.

하이데거는 『존재와 시간』에서 "언어가 있는 곳에만 세계가 있다"면서, 언어를 '존재의 집'으로 보았다. 그는 인식은 그 인식이 스스로 인식되었을 때만 가능하다면서, 참다운 앎은 내가 무엇인가를 알고 있다는 것을 알 때에만, 즉, 자의식이 섰을 때에만 가능하다고 보았다. 자의식은 한편으로는 의식과 그 대상, 또 한편으로는 의식 자체에 논리적 거리를 둠으로써만 가능한데, 이 거리가 바로 언어이며, 언어를 매개로

---

33 임화, 「예술적 인식과 표현수단으로서의 언어」, 『조선문학』, 1937.12.6.

해서 주체로서의 의식과 객체로서의 대상이 구별되고, 이런 구별이 인식을 가능케 한다는 것이다. 언어를 가짐으로써 인간은 사물과 직접 부딪치지 않고서 사물 자체가 아닌 사물의 상징인 언어의 의미와 관계를 가질 수 있다고 보았다. 그는 사유란 언어로 표현할 수 없는 것, 즉, 존재 자체를 말할 수 있는 언어를 발견하는 것으로 보았다. 그에게 언어란 비지칭적non-referential이며, 언어의 의미와 그 언어가 가리키는 대상의 존재는 서로 독립해 있다. 의미는 관념의 세계에 속하고 실재하는 대상은 존재의 세계에 속한다.

하이데거는 또 『예술작품의 근원』의 1~2장을 언어문제에 할애하고 있다. 이 책의 서두에 그는 슈테판 게오르게의 시 "언어Das Wort"에서 "언어가 없는 곳에 사물은 존재하지 않으리라"는 구절을 인용하면서,[34] 존재하는 것은 이름을 필요로 하는데, 이름은 바로 표현하는 언어이고, 이 언어는 이미 존재하고 있는 것을 사유에로 이끈다고 하면서, 언어는 말하면서 눈에 보이지 않고 말해질 수 없는 것 가운데서 사물로서의 사물을 우리에게 건네준다고 한다.[35]

하이데거는 사유만이 홀로 언어를 가질 수 있는 것이 아니라, 느낌이나 기분과 같이 이성적으로 오해가 되어버린 것들도 언어를 통해 존재를 더욱 잘 드러내준다고 보았다. 이 부분 역시 임화가 회화에서도 언어가 매개됨을 인식한 대목과도 통한다. 하이데거는 사물과의 직접적인 만남인 시각, 청각, 촉각, 혹은 그것들 가운데 색채적인 것과 음향적인 것, 거칠고 딱딱한 것을 촉각으로 감각할 때, 사물이 우리를 문자 그

---

34 마르틴 하이데거, 『예술작품의 근원』, 경문사, 1979, 8~9쪽.
35 위의 책, 2장 「시에 있어서의 언어」, 66쪽.

대로 육체를 향해 밀어 붙인다고 말한다. 사물은 감각기관의 지각을 통해 인지되는 것인데, 하이데거는 시인에게 그가 구성하는 언어는 그 자체가 목적이며, 시는 발생학적으로 인간이 자의식을 갖게 되고 언어를 갖게 됨으로써 필연적으로 발생한 소외 상태를 극복하기 위해 탄생한 것으로 보았다. 시는 사색되기 이전에 피부로 느끼는 가장 원초적이며 직접적인 체험으로서, 시인의 표현은 거의 무의식적으로 이루어진다는 측면에서 "시는 회화처럼, 회화는 시처럼"에 나타난 것처럼, 시는 무의식적으로 탄생되는 회화와 더욱 친연한 예술양식임을 재인하고 있는 셈이다.[36]

그는 철학적 사고가 가장 추상적인 것임에 비해 시적 경험은 가장 구체적인 사고이며, 따라서 시의 이상은 가능한 한 구체적인 상태로 경험의 대상을 표현하는 데 있다고 보았다. 시인은 될 수만 있다면 언어로써 그 대상을 상징함으로 그것을 표현하는 것이 아니라, 그 대상을 구체적인 상태로 그냥 그대로 나타내고자 하는 불가능한 꿈을 꾼다고 보았다. 그런 시인은 그 경험의 대상, 또는 경험 그 자체가 언어이기를 바란다. 왜냐하면 언어는 반드시 추상적일 수밖에 없으며, 따라서 경험의 대상을 구체적으로, 다시 말하자면 있는 그대로 나타낼 수 없는 운명을 갖고 있다. 시인은 언어로부터 해방되어 언어 없이 경험이나 경험의 대상을 표현하고자 하는 인간인 것이다. 이것이 시인의 근본적인 욕망과 노력이라고 하이데거는 말한다.

하이데거는 기타 예술장르들 가운데 시(문학)가 갖는 탁월한 지위는

---

36 위의 책, 3장 「예술작품의 근원에 대하여」, 89쪽.

언어와 존재자의 비은폐성 사이의 본질 연관에서부터 귀결돼 나온다
고 보았다.[37] 하이데거는 언어를 다른 방법으로 이미 우리에게 나타나
는 그것에 추후적으로 언어적 표현의 형태로 부가되는 그런 어떤 것이
아니라고 간주했다. 오히려 언어는 존재자를 하나의 존재자로서 열린
장場 안으로 데려온다. 이 말은 존재자를 그것이 무엇인 바 그것과 그것
이 어떻게 존재하는 바 그것으로서, 다시 말해 개방되는 바 그것으로서
개방되게 한다는 것을 말한다. 존재자는 언어에 앞서 그것이 무엇인 바
그것과 그것이 어떻게 존재하는 바 그것으로서 개방되어 있는 게 아니
라, 오직 언어 안에서만 그리고 언어를 통해서만 개방된다. 다시 말해
언어의 본질은 존재자의 탈은폐성에 있다는 것이다. 그는 존재자의 실
존적-존재론적 기초를 언어의 본질로 보았다.[38] 궁극적인 인식이 언어
라는 매개 없이 직접 직감으로 이루어질 수 있다고 보는 후설과 같은
현상학자도 존재하지만,[39] 일반적인 인식에서, 최소한의 언어라는 매
개체 없이 인식은 불가능하다고 보는 것이 하이데거이다.

후설의 제자인 하이데거는 말년에 후설과 대립하게 되는데, 이유는
지각과 의미의 연관관계를 해명하는 부분에서 본질적인 입장차를 드
러냈기 때문이다. 범주적 직관(하이데거식으로 하면 존재 : 보편적 존재)와 감
각적 직관(존재자 : 개별적 존재)의 관계에 대해 후설은 개별자의 주어짐은
감각적으로 직관되지만 보편자의 주어짐은 범주적으로 직관된다고 보

37　F. W. 폰 헤르만, 이기상·강태성 역, 『하이데거의 예술철학』, 문예출판사, 1997, 441쪽.
38　위의 책, 180~181쪽.
39　더 상세한 논의는 이승종, 「후설과 하이데거—Différance」, 『철학과 현상학 연구』 제25집, 한
　　국현상학회, 2005.5, 23~46쪽; 최신한, 「현상학과 해석학의 관계」, 『철학과 현상학 연구』 제
　　22집, 2004.5, 289~324쪽 참조.

았다. 또 보편자는 개별자와 함께, 개별자를 통해서 주어지고 직관된다고 보았다. 그는 개별자는 보편자를 통해 직관된다고 보았고, 시간적으로는 감각적 직관과 범주적 직관은 동시에 수행된다고 보았다. 후설은 지각은 언어에 미치지 못하며, 언어는 지각된 것 뿐 아니라 거기에 남겨진 잉여를 표현한다고 본다. 예컨대 "이 종이는 희다"에서 '희다'는 감각적 직관이고, '희다'의 잉여가 보편적 직관이라고 보았다. 하지만, 하이데거는 범주적 직관에 의해 감각적 직관은 비로소 해석되고 드러난다고 보았다. 지각의 해석이란 지각된 개별자를 의미라는 보편자에 귀속시키는 작업으로서, 보편자가 개별자를 '밖으로 드러남'이 가능하게 해 준다는 것이다. 하이데거에게 있어서 본질은 유적 성질을 지니고 있지 않으며, 존재는 특히 현존재는 근본적으로 특수화되어 있다고 보았다. 하이데거는 현상학적 구성이란 "존재자를 구체적으로 드러냄"으로 보았고, 본질은 존재자를 통해 스스로 드러날 뿐이라고 주장했다. 즉, 하이데거는 현상학을 존재론의 방법으로 본 것이다. 이런 측면에서 하이데거의 언어관은 임화의 언어관과 매우 유사하다고 할 수 있다.

그러면 회화와 조각 등 조형예술은 어떠한가? 이에 관해서는 가다머의 『진리와 방법』의 「그림의 존재가存在價」라는 장章이 시사하는 바가 많다. 가다머는 "조형 예술은 작품이 표현의 어떤 가변성도 허용하지 않을 정도로 작품과 표현이 명백한 동일성을 지닌 것처럼 보인다"고 말한다. 회화는 '그림像 Bild'인데, 이는 모사가 아닌 부분을 본질로 한다는 것이다. 모사상의 사명은 자신의 고유한 독자적 존재를 지양하고 전적으로 모사된 것의 매개에 기여하는 것이기 때문에 모사상의 이상적인 형태는 거울상이라 할 수 있다. 모사상은 어떤 것의 재현일 뿐이며, 따라서 모사상은 어떤 것과의 동일화(예를 들어 증명사진이나 상품 목록의 사진) 가 그 유일한 기능이다. 모사상의 자기지양은 모사상 자체의 존재에 깃들어 있는 지향志向적 계기이다. 모사상은 이렇듯 자기지양이 사명이지만, 그림은 그림 자체를, 즉 표현되는 것을 어떻게 표현하는가를 사명으로 한다. 그림은 '그림' 그 자체가 사념된 것이다. 이러한 가다머의 통찰은 동일한 사과나 화병, 혹은 벗은 여성의 몸을 그려도 피카소의 방식과 르누아르의 그림, 신윤복과 구본웅의 그림이 다른 것을 설명할 수 있게 해 준다. '그림'은 곧 '그리는 방법' 그 자체인 것이다. 다시 말해 style이나 작가적 개성이 전부인 것이다.[40] '무엇을 그렸는가'가 중요한 것이 아니라 '어떻게 그렸는가'가 관건인 분야가 회화이다.

이를 가다머는 이렇게 설명한다. 회화에서 그려진 상은 그것이 아니면 표현할 수 없는 것을 표현하고 있기에 대체가 불가능하다. 이 상은 원형에 대해 무언가를 진술하고 있다. 표현은 본질적인 의미에서 원형과 관계되어 있으며, 원형은 표현을 통해 표현된다. 그러나 표현은 원형이 아니라 하나의 상인데, 원형은 이 표현을 통해서 자신을 드러내지만, 그렇다고 그 원형이 나타나기 위해 바로 이 표현에만 의존할 필요는 없다. 원형은 다르게 표현될 수도 있는 것이다. 다시 말해 상은 원형에 대해 자율적 현실성을 갖는다. 하지만 원형이 그렇게 표현될 경우

---

40 예술에서 작가적 '개성'을 중요시한 그룹으로는 일본의 시라카바파가 있다. 조선의 근대미술과 문학은 일본의 시라카바파의 영향을 많이 받았는데, 이 그룹은 1910~1923년까지, 관동대지진이 발생하기 직전까지 일본예술계에 미술평론도 하고, 서양미술사조를 소개하기도 하였다. 이들은 자연주의를 예찬하고, 목적론적인 문학이나 예술관을 비판하였으며, 자아중심, 주관주의 중시, 개성을 강조하는 등, 인도주의적 색채의 예술론을 폈으며, 상대적으로 역사적, 사회적 의식의 결여가 주된 비판적 항목으로 거론되었다. 자세한 내용은 왕태웅, 「시라카바白樺파의 성격과 특질」, 한국일본근대문학회, 『일본 근대문학─연구와 비평』 2호, 2003.5, 65~90쪽 참조.

이것은 결코 일시적인 과정이 아니라 원형의 고유한 존재의 한 부분이
다. 모든 표현은 존재의 과정이며, 동시에 표현되는 것의 존재 지위를
형성한다. 말하자면 표현되는 것은 표현을 통해 존재의 증대를 경험한
다. 상의 고유 내용은 존재론적으로 원형의 유출로 규정된다. 유출의
본질은 유출된 것이 흘러넘친다는 데 있다. 유출되어 나왔다고 해서 본
래의 것이 더 줄어들지는 않는다.[41]

　가다머가 말하는 '그림'은 사실상 예술작품 일반으로 확대될 소지도
없지 않다. '그림'이 현실과 구분되어 프레임 속에 들어가 표현된 것 그
자체를 의미한다고 할 때 '그림'은 예술 작품 일반이 될 수 있다. 이는 문
학작품일 수도 있고, 실제 조형예술작품일 수도 있는데, 이런 판단의
근거는 그가 말하는 그림이 단순한 기호가 아니라는 사실 때문이다.[42]
문학의 언어는 물론 특정 사유를 실어 나르지만, 그 자체가 도구로서만
끝나는 것은 아니다. 이를 가다머 식으로 표현하자면, 기호의 지시구조
는 자신을 벗어나 지시함이라는 구조 자체에 있다. 기호는 자신을 벗어
나는 까닭에 시선이 계속해서 자신에게 머물러 있지 않도록 하는 것이
고, 현재의 자기가 아닌 다른 어떤 것을 지시하는 까닭에 비-현재적인
것이 현재적으로 되도록 의도하고 있는 것이다. 이는 문학의 언어가 일
반적인 언어와 구분되는 이유이기도 하다.

　하이데거는 예술의 근본적 기능을 존재자가 자신의 존재의 비은폐
성 가운데로 나타난 것, 즉 진리의 현현으로 보면서, 특히 시적 언어를
통해 인간이 언어를 갖게 됨으로써 자연으로부터 생긴 거리 때문에 발

41　한스 게오르크 가다머, 이길우 외역, 『진리와 방법』 I, 문학동네, 2000, 245~247쪽.
42　정은혜, 「문학과 독서에 대한 예술론적 해석」, 『하이데거 연구』 제11집, 2004, 129쪽.

생한 소외와 인공의 세계, 의미의 세계, 추상의 세계에서 발생한 근원적인 불안에서 해방되는 길을 모색할 수 있게 되었다고 설명한다. 인간의 꿈은 의미로부터, 언어로부터 해방된, 유토피아의 세계에 귀의하거나 보다 가깝게 가는 것이라면 이런 맥락에서 회화는 문학에 비해 보다 유토피아적일 수 있겠다. 하이데거가 말한 이상적인 시적 언어는 그러한 상태를 지향한다. 일반적인 언어가 지닌 거리, 추상화, 인식적 기능보다는 언어를 통해 가장 비언어적인 상태를 실현시키고자 하는 것과 같이 말이다. 가다머는 모사가 아닌 '그림'의 존재는 존재의 증대 혹은 유출이라는 형태로 설명했다. 그림은 고도의 시적 언어와 마찬가지로 의미의 거리를 경유하지 않고 제시된 사물의 이미지와 직접 부딪쳐서 반응을 하게 하는 감각과 직관에 의존하는 예술이다.[43]

가다머의 설명에 따르면, 회화의 색과 형은 그 자체가 일차적인 목적이다. 경우에 따라서 다른 무엇인가를 의미하거나 상징하기 위한 형상이 있을 수도 있으나, 대개의 경우 회화는 형상 자체가 목적이다. 형상 자체가 목적인 회화나 비언어적이고자 하는 시적 언어가 무엇을 할 수 있을까? 루돌프 에른하임Rudolf Arnheim은 시각적 사고visual thinking라는 개념을 사용하여, 회화작품의 감상에서 동원된 지각은 고도의 심리학적 수준에서의 이해나 혹은 통찰과 거의 유사함을 설명하였다.[44] 즉, 그는 일반

---

43 후설과 하이데거, 가다머로 이어지는 철학계의 계보는 H. R. 야우스나 이저, 등으로 이어지는 수용미학의 철학적 토대를 제공한 하였다. 본 장의 4절에서 다룰 인지심리학적 설명모델은 결국 수용미학의 과학적인 버전에 해당한다. 또한 후설과 하이데거의 언어관과 가다머의 회화와 언어의 관련성에 관한 인식은 1930년대 임화의 언어와 회화에 대한 이해와 거의 흡사하다. 임화는 1930년대에 이미 하이데거의 1927년 저작인 『존재와 시간』에서의 언어에 대한 인식이나, 1952년 저작인 『예술작품의 근원』에서의 언어에 관한 이해의 수준에 거의 육박하고 있다. 이러한 임화의 언어관은 일제의 식민지 언어정책에 대한 일종의 '동화하면서 저항하기'의 측면이 있다.

적인 인식의 매체인 언어와 수 등의 추상적인 것과 이미지와 같은 지각적인 것 가운데, 음성상징으로서 추상적 개념인 언어는 특수한 것에서 일반적인 것으로 일반화를 유도하는 경향이 있으나, 다른 한편으로는 언어의 사용자가 경험하는 대상 그 자체로부터 멀어지게 하는 경향이 있다고 말하였다. 하지만 그것과 같은 시각 이미지는 대상에 대한 직접 경험을 가능케 하여 생생함과 역동적 성격이 특징적인 통찰을 가능하게 한다는 것이다.[45] 시적 언어가 개념적 인식보다는 직관적 통찰로 빛나듯이 회화 역시 시각적 사고를 통해 이러한 경지에 가 닿을 수 있다는 것이다. "시는 그림처럼, 그림은 시처럼"이란 경구는 이렇게 해서 시(소설이 아닌, 혹은 하이데거의 시적 언어)는 모사가 아닌 그림과 더불어 존재의 유출이나 존재의 탈은폐성을 통해 (직관적) 진리를 우리에게 현현한다.

4. 수용자의 입장에서 본 문학과 회화

레싱의 회화와 문학의 차이 설명은 주로 제작자의 관점이나 작품 자체의 특성에 즉卽한 것이었다. 수용자의 입장에서 볼 때, 회화와 문학은 어떤 본질적인 차이가 있을까? 수용자의 입장에서 보면, 일단 빛의 예

---

44 이모영, 「시각적 사고visual thinking가 미술교육에 시사하는 함축적 의미에 관한 고찰」, 『미술교육논총』 제19권 2호, 2005, 35쪽에서 재인용.
45 위의 글, 25~46쪽.

술인 회화작품은 시각을 통해 주체의 망막에 무차별적으로 '다가온다'. 관람자인 주체는 빛의 도래에 대해 취사선택의 권리가 없다. 따라서 관람 자체는 소극적일 수밖에 없다. '좋은 그림'은 관객을 '압도한다'는 말은 이래서 가능하다. '좋은 그림'은 작가의 개성, 다시 말해 화가의 독특한 '그리는' 방법으로 감상자의 발을 묶는다. 그림은 색다를 때 다시 한 번 눈길이 가고, 관람자의 뇌리에 각인되어 오래도록 기억된다.

또 그림의 화면은 각각의 부분들이 동질적인 가치를 지닌다. 고흐의 〈해바라기〉 그림에서 화병이 그려진 부분이나 탁자, 꽃이 그려진 부분들의 가치는 동일하다. 이는 소설에서와는 다른, 회화만의 특징이다. 문학 가운데 특히 소설에서는 주제가 부각되는 갈등의 climax가 있을 수 있고, 이는 배경이 묘사된 부분과 비교해 볼 때 작품 전체에서 차지하는 비중이 같지 않다. 독자는 읽은 부분 전체를 기억하는 것이 아니라, 자기이해에 필요한 대목들을 기억하는 것이다. 그림은 동질적인 부분들로 이루어진 전체 화면이 감상자에게 '동시에, 와락' 안겨온다. 그림은 직각直覺의 예술인 것이다. 또한 언어로 이루어진 문학을 독자가 수용할 때는 일단 시간이 소요된다. 게다가 기억과 해석이라는 수용자의 보다 능동적이고 주체적인 개입도 요구된다. 시각은 공간적인 지각 처리 방식이므로 전 과정이 순식간에 이루어짐에 반해, 언어로 된 문학은 순차적인 진행을 보인다. 이런 면에서 문학은 음악과 유사하다. linear하다는 측면에서 문학의 감상이나 해석에는 논리적, 계열적, 인과적인 추리력과 사고력이 요구된다.

시간의 흐름에 따라 진행되는 인간의 인식활동에 대한 인지과학자들의 설명[46]은 문학작품의 수용과정에 대해 매우 흥미로운 통찰을 제공해준다. 여기서 수용미학이 아닌 인지심리학적 설명 모델을 차용하는 이유는 야우스나 이저 등의 수용미학은 대체로 작품이 만들어진 시대의 문화적 상황지평과 독자의 독서행위가 이루어지는 상황지평의 일치와 어긋남이란 상로작용을 문제 삼으나, 인지심리학에서의 역동적 기억모델은 수용자 개인의 차원에서 시간적 스키마와 공간적 스키마가 어떻게 서로 다르게 작동하여 기존의 인식지평을 확대하는가를 잘 설명해 주고 있기 때문이다. 인지과학자들은 인간의 인식은 인식 주체가 항상 인식 내용을 선행적線行的으로 따라갈 때, 앞선 어떤 사실이나 인식에 대한 예견이나 예지를 가지게 되며, 작품의 감상이란 자신의 예견을 실제 작품의 진행에서 확인해 가는 과정이라 말한다. 인간의 기억은 단순한 저장고warehouse가 아니라 작업장workhouse이라는 전제 아래, 이들은 맥락성이 풍부한 사례의 형태로 되살려진 기억과 현안 문제에 대한 예상들은 실제에 적용하는 과정에서 빗나갈 수 있고, 이러한 기대실패expectation failure를 통한 깨달음은 사례 추출 과정이나 또는 특정 사례의 인덱스를 변하게 하여 수용자의 인식지평을 결과적으로 심화·확대시켜 간다고 한다.[47]

인지심리학은 원래 칸트의 『순수이성비판』의 형태심리학에 영향을 받아 Bartlett이나 Schank 등에 의해 20세기 중후반에 가다듬어졌다. 칸트는 현실세계에서의 경험과 분리된 순수한 선험적 상상을 '스키마schema'라고 불렀다. 이미지가 경험에 의한 재생적 상상의 소산이라면,

---

46 조일현, 「Goal-Based Scenario(GBS) 이론의 재검토」, 『산업교육연구』 9(2), 2003, 1~23쪽.

47 R. C. Schank, "Goal-based scenarios — Case-based reasoning meets learning by doing", In David Leake(ed.) *Case-Based Reasoning, Lessons & Future Directions*, AAAI Press · The MIT Press, 1996, pp.295~347.

시간과 공간 속에서의 감각적 개념의 스키마는 순수한 선험적 상상의 소산일 수 있다. 20세기 인지심리학자들은 인간은 어떤 현상을 부분 또는 부분들의 단순한 결합으로 이해하지 않고 전체적인 인상에 따라 세부사항들을 구성하는데, 이 구성은 전체적인 인상을 정당화하는 방향으로 진행된다고 보아, 스키마를 과거의 경험의 능동적인 조직이라고 간주하였다. 이들은 문학작품의 감상 및 상상은 스키마의 적극적인 활용에 의해 이루어진다고 본다.[48]

인지심리학자로서 역동적 메모리 이론Dynamic Memory Theory을 제시한 Schank는 자신이 창안한 독특한 기억의 구조를 '스크립트'라는 용어로 설명한다. 이는 칸트의 스키마와 크게 다르지 않다. 스크립트는 기억의 단위 속에 시공간이 교차하면서 하나의 통일성을 이룬다는 측면에서 Bakhtin의 크로노토프 개념과 유사한데, 크로노토프는 행위의 시간적 절차성이 공간성에 포함되어 있다는 독특성을 갖는다. 문예학자이자 언어철학자이기도 한 Bakhtin은 독자가 소설을 이해하는 과정을 독자와 저자가 텍스트를 중심으로 대화하는 과정dialogism으로 보았다.

Kant의 Schema와 Schank의 스크립트, Bakhtin의 크로노토프는 장조점과 주로 사용되는 분야나 담론의 층위가 약간씩 다르다고 할 수 있다. 스키마는 scheme(계획, 기획, 설계나 개요)에서 나온 말로, 두뇌의 활동 가운데 전체 그림을 짜는 윤곽이나 틀, 도해에 가까운 것으로 주로 정신작용의 측면에서 공간성이 강조된 개념이다. 반면, script는 시나리오의 대본으로서, 주로 공연을 염두에 둔 text의 시간적 흐름을 염두에 둔 개

---

48 노명완, 「이해, 학습, 기억 — 독서과정에 관한 인지심리학적 연구 분석」, 한국교육개발원, 『한국교육』, 1987.12, 29~55쪽.

념이다. 이에 반해 바흐친의 크로노토프는 시간적 흐름을 주축으로 하면서도 공간 이동까지를 동시 진행하는 개념으로 문학 작품 분석시, 여로형 크로노토프와 같이 사용된다.

어쨌든 바흐친은 소설 속의 담론 구조를 분석하기 위해 이 크로노토프라는 개념을 고안했고, 이 개념은 독자가 소설이라는 텍스트를 이해하는 과정에서 활용하는 원형적stereotypical 스키마에 해당한다. 다시 말해 크로노토프란 단지 의미론적인 요소가 아니라 독자와 텍스트 간에 상호작용적으로 활용되는 인지 전략이기도 하다. 예를 들면 〈웨스트 사이드 스토리〉를 관람했던 관객이 〈로미오와 줄리엣〉을 읽을 경우 "가족간 분쟁—이루어지지 못하는 사랑—젊은 연인들의 안타까운 죽음"이라는 크로노토프를 일종의 인지전략으로 활용하게 된다. 독자들은 새로이 입력된 소설 속의 정보를 스크립트나 크로노토프의 형태로 처리하는데, 새로운 정보는 기존의 스크립트와 비교되고 변용되어서 장기 기억 장치 속에 저장되었다가 다음에 비슷하지만 디테일에서 서로 다른 소설을 읽을 때 꺼내어져 재사용하게 된다. 이때 재사용되는 스크립트는 이전 것과 동일한 모사copy가 아니라, 의미론적으로 재생산된regenerated 것이며, 또 다른 텍스트에 적용된다는 점에서 점진적인 확장성 또는 학습성을 갖는다는 것이다.[49]

문학작품이나 회화는 감상 이후에는 수용자에게 이미저리의 형태로 인상을 남긴다. 읽은 이후 시간이 오래 지난 후에 그것은 일종의 '상'으

---

49 이 이해와 기억의 순환적 확장성은 역동적 메모리 이론의 가장 중요한 특징들 가운데 하나이자 Bakhtin의 철학적 편향인 마르크스주의적 변증법이 갖는 특징이기도 하다. R. C. Schank, *Dynamic Memory Revisited. Cambridge*, Cambridge University Press, 1999; 조일현, 앞의 글, 1~23쪽.

로 기억된다. 사람의 기억 장치 가운데 냄새(후각)나 멜로디(청각)의 형태가 아닌 경우, 지식이나 인식체계라 이름하기 어려운 감각적인 기억은 결국 '이미지'의 형태로 저장되는 것이다(색깔의 기억을 상기해 보라). 문제는 다른 작품을 감상할 때, 인지심리학적으로 말해 기억을 다시 불러내어 새로운 자극과 접합시켜 새로운 이해나 기억을 만들어 낼 때, 이미 저장되어 있던 이미지는 언어에 의해 매개되어 환기된다. 사실 이미지의 저장 자체도 언어에 의해 매개되는 부분이 있다. 인간이 소리(누구의 목소리인지 등과 같은)나 냄새, 촉감을 기억하는 경우와 달리, 시각에 매개된 이미지를 기억하는 경우 그것은 언어와 무관한 것이기 어렵다. 언어로 매개될 수 없는 형태나 이미지가 오랫동안 기억되기란 불가능한 일이기 때문이다. 다시 말해 회화조차도 감상(이해)은 즉각적으로 언어의 매개 없이 이루어지나, 그것의 환기나 작용(기억과 새로운 국면에의 적용)은 언어에 매개된다고 보아야 한다.

예술작품의 향유라는 측면을 본다면, 인지심리학자인 Douglas와 Hargadon이 schema theory를 이용하여 text와 수용자의 상호작용에 대한 미학적 즐거움을 두 가지 단계, 즉, immersion과 engagement로 나누어 설명한 부분을 차용해도 좋을 것이다. 이들에 따르면, immersion은 수용자의 지각과 반응이 주어진 text의 frame 안에서 이루어짐에 비해, engagement는 수용자가 기존에 지니고 있던 schema가 그가 몰입해 있는 text의 더욱 날카로워진 스크립트에 의해 분열되고 깨어지면서 extra-textual perspective로 확장되어 가는 경우에 해당한다. immersion은 마치 따뜻한 목욕물에 몸을 담그듯이 text에 몰입해 가는 경우로, 수용자는 text frame 안에서 제공된 한 개나 혹은 몇 개의 스크립트와 안온하게 상호작용을 한다. 반면,

engagement는 text에 담겨있는 스크립트가 수용자의 기존의 인식과 마찰 혹은 갈등을 빚음으로써 새로운 인식지평의 확장을 꾀하는 미학적 경험에 수반되는 과정을 일컫는다.[50] immersion의 단계에서 engagement로 진입하는 과정에는 독자의 적극적인 개입이 요청된다. 독자의 기존의 경험과 지식체계, 취향과 가치관에 따라 새로이 주입된 정보들을 재배열하고 거기서 나름의 의미를 읽어내어 자신의 지식체계를 재구성하는 과정을 치뤄내야 하기 때문이다. engagement는 독자의 주체적인 노력이 개입되므로, 독자마다 서로 같지 않은 이해와 해석들에 이르게 된다. immersion에 비해 engagement는 작품을 향유하는 보다 고차의 단계로, 작품 감상의 즐거움이 배가됨은 물론, 수용자의 인식지평의 심화와 확대가 이루어지는 단계이다.

회화 보다는 문학작품을 감상할 때 독자가 engagement의 단계로 나아갈 가능성이 크다고 할 수 있다. 이런 판단은 인지심리학자들이 '공간적 스키마'와 '시간적 스키마' 가운데서, 정태적이고 분절적인 선언적 지식의 학습에는 공간적 스키마가, 시간성을 가진 절차적 지식으로서 구체적인 상황의 전개와 관련된 현실적인 문제해결의 수행에 직접적인 도움을 주는 것은 시간적 스키마임을 강조하고 있기 때문이다.[51] 문학의 구상성인 사건의 전개에 대한 해석은 절차적이고 인과적인 추론을 필요로 한다. 인지심리학자들은 크로노토프나 스크립트, 혹은 스키마를 중립적인 실체라기보다 구체적인 상황이라는 목표 하에서 구성되고 활용되는 것

---

50 J. Yellowlees Douglas & Andrew Hargadon, "The pleasures of immersion and engagement —Schemas, scripts and the fifth business", *Digital Creativity* Vol. 12, No.3, 2001, p.156.
51 조일현, 앞의 글, 10~15쪽.

으로 상정한다. 수용자 중심의 이런 논의에 따르면, 소설을 이해하고 즐기다는 목적을 가진 독자나 유기체의 마음속에서가 아니고서는 소설은 스스로 통일성을 확보하지 못한다고 할 수 있다.

5. 언어 혹은 시간의 힘

회화는 빛의 예술이요, 문학은 소리(말)의 예술이다. 태양빛은 인간 누구에게나 평등하게 비추어져 무차별적이며 보편적인 혜택이 되듯이, 색은 인종과 시대를 망라하여 누구에게나 감지 가능한 보편적인 소통이나 기억의 매개체이다. 그것에 비해 소리, 특히 말은 지역적이며, 개인적이고, 관계 중심적이며, 상황에 좌우될 여지가 매우 크다. 말은 발성하는 주체에 의해 전적으로 규정되는 영역인 것이다. 따라서 빛에 비해 말은 특수성이 강한 영역이며, 발언 상황이 의미나 소통에 개입하는 진폭이 훨씬 더 큰 매개체이다. 빛의 예술인 회화나 사진은 보편적 속성을 이용하여 개별성에 가 닿지만, 말과 글을 통해 구성되는 문학은 매체학적으로도 특수성을 통해 보편적 진리를 현현하는 예술이라 할 수 있다.

이는 마치 '문명'과 '문화'가 모두 '文'에 기초해 있으나 '文明'은 '문'을 밝히는 것, 다시 말해 '문'에 빛을 쏘이는 것처럼, 도덕과 윤리를 떠난, 가치중립적인 '기술'에 근거하여 인류 전체의 보편적 풍요로움에 봉사하는 영역이나, '문화', 다시 말해 '문'을 이루는 것은 곧 주체의 문제이자, 자기정체성에 관련되기에 보다 섬세하게 다변수를 고려해야 하는 것임과도 관계된다. 문명화 과정을 연구한 엘리아스가 '문명'이란 모든 인간에게 공통 적용되는 보편적 특징을 갖으며, '문화'는 한 민족의 자의식과 주체성을 문제 삼는 특수성의 영역에 해당하는 경향이 있음을 지적한 사실은, 따라서 매우 적확한 통찰로 보인다.[52] 게다가 문화란 높은 데서 낮은 곳으로 흐른다는 사회진화론적 우열론에 입각한 전파론까지 일반적으로 통용되고 있어, 문화의 이해나 해석에는 보다 복잡한 논리가 동원되어야 할 것이다.

상황이 이러함에도 통상, 회화는 조형적 지각을, 문학은 추상적 사유를 표상한다고 여겨졌고, 또 그런 통념 가운데 양자는 서로 영향을 주고받으며, 때론 교차하고 융합하기도 하면서 발전해 왔다. 누구도 부정하기 어려운 사실은 회화의 매체인 색(형)은 보편적인 성격을 가짐에 비해 언어는 민족적, 지방적이라는 사실이다. 회화에서 작가의 style이나 개성이 강조되는 것도 이 때문이다. 회화는 '보편 → 특수'를, 문학은 '특수local color → 보편'을 지향한다고 할 때, 이는 일차적으로 매체의 차이에서 비롯된다.

그런데 의외로 회화에는 추상화가 존재하는데, 문학에는 추상소설이 존재하지 않는다. 이 말은 회화의 본질이 구상성이 아님을 말해준다. 문학의 구상성은 서사문학에서 미메시스mimesis적 부분을 말할 것이다. "시(문학)는 그림처럼"이란 모토가 암시하고 있는 문학의 본질적인 구상성('그림'적인 요소)은 처음에는 단순히 회화의 자연(대상)모방과

---

52 노버트 엘리아스, 유희수 역, 『문명화 과정—매너의 역사』, 신서원, 1999, 35~39쪽.

크게 다르지 않는 차원의 것이었을 것이다. 하지만 아리스토텔레스는 이를 '개연성'으로 확장했고, 아우어바흐는 '현실해석'으로 심화시켰다. 또한 20세기 반영론자들은 이 개념을 현실을 전유한 '총체성의 표현'으로 심화된 해석을 제시하였다.[53]

한편, 문학의 구상성의 요체에 대해 임화는 신문학사에서 주체와 토대와 현실과 환경의 총합을 제시하고 있다. 그는 문학의 이런 구상적 부분을 민족어인 조선어의 언문일치와 더불어 신문학의 가장 중요한 본질규정으로 꼽았다.

한일합방과 더불어 이 지구상에서 공식적으로 조선은 사라졌다.[54] 하지만 당시의 대부분의 문화예술인들은 끊임없이 조선을 상정하면서 예술에 관한 담론을 안출하였다. 조선은 사라졌으나, 조선의 자연도, 습속도, 전통문화도 있었고, 혈통으로서 한민족도 있었다. 또한 조선어가 있었다. 문화정치를 표방한 일제는 관변학자들을 동원하여 조선미술전람회를 발전시키기에 심혈을 기울였고,[55] 회화에서의 '조선적인 것', '향토색'을 독려하는 등, 조형예술분야에서는 다소의 너그러운 태도를 견지하였다. 하지만 상황이 급박해지자 그들은 언어부터 정리하려 든 것은 왜일까? 언어를 매개로 한 문학이 문화전체와 맺고 있는 연관은 무엇이며, 문화에서 언어가 차지하는 의미와 역할은 무엇일까? 왜 만주사변 이후부터 해방기까지, 조선의 근대회화는 우수한 창작물들

---

53 고위공, 앞의 글, 23쪽.
54 황호덕은 일제시대에 조선은 '상상의 공동체'였다고 주장한다. 황호덕, 「국어와 조선어 사이, 내선어의 존재론」, 임형택 · 한기형 · 류준필 · 이혜령 편, 『흔들리는 언어들—언어의 근대와 국민국가』, 성균관대 대동문화연구원, 2008, 445쪽.
55 Michael D. Shin, 「'문화정치'시기의 문화정책, 1919~1925년」, 김동노 편, 『일제 식민지 시기의 통치체제 형성』, 혜안, 2006, 296쪽.

을 대거 생산해 내고, 조선신미술론 역시 나름의 미학을 개척하여 한단
계 질적 성장을 이룩해 가는데, 문학은 국민문학 혹은 친일문학의 오명
을 뒤집어 쓴 채, 국민총동원령에 봉사하는 작품들을 양산하는 암흑기
를 맞게 된 것일까? 임화는 문화사의 주요 부분으로 조선신문학사를 쓰
면서 1939~40년 암흑기에 왜 그토록 언어에 관한 많은 글들을 써야만
했을까? 문학은 회화와 어떻게 다르고, 예술의 매개로서의 언어는 무엇
인가? 민족문화는 무엇이고 언어는 그것과 어떤 관련이 있는가? 이런
질문들이 사실상 필자가 일제강점기 문학과 미술의 상호작용을 연구
하기 시작할 때부터 품어온 것들이다.

이 책을 준비하는 동안 필자는, 이 같은 질문들을 사실상 하나도 명
쾌하게 해소하지 못했다. 다만, 아름다움을 표현하는(그리는) 방식을 제
시하는 회화는 문학에 비해 전위적이라는 것, '방식의 새로움'을 추구하
기 때문에 아방가르드적이고, 따라서 시대를 직관적으로 통찰해 낼 수
있는 시적 힘이 있다는 것을 알게 되었다. 마치 피카소의 〈아비뇽의 처
녀들〉이나 마르셀 뒤샹의 〈샘〉이 그러했던 것처럼 말이다.

또한 언어를 매개로 한 문학은 시간적이라는 특질로 말미암아, 형상
화된 문학작품을 수용하는 자들에게조차, 주체의 능동적이고 적극적인
개입, 다시 말해 기존의 스키마와 충돌을 일으켜 그것들을 재해석하게
하여, 기존의 스키마들을 재배열하게 만드는 과정을 내포하고 있음을
알게 되었다. 이는 결과적으로 수용자의 인식지평을 확대해 가는 과정
이기에, 수용자에게 아무 부담 없이 이루어질 수 있는 과정은 아니다.

또한 작품을 향유하는 즐거움에 있어서도 문학은 immersion에서
engagement의 단계로 주체를 끌어올리는 힘이 상대적으로 크다는 사실

도 알 수 있었다. 이는 곧 언어의 힘이며, 시간성의 힘일 것이다. 미완의 글을 맺으면서 필자는, 그래서, 또 그렇기 때문에, 지구상에서 이미 공간적으로는 조선을 실종시킨 일제가, 언어를 통해, 실체로는 여전히 펄펄 살아 있는, 조선의 시간을 묶으려 했는지도 모른다는 생각을 해 보았다. 이유는, 언어를 관리함으로써 시간을 통제하고, 이는 곧 미래를 장악하는 일이기 때문일 것이다.

제4장

결론

    이 책은 일차적으로 일제시대 문인들의 활동 가운데 미술 관련 활동, 예컨대 미술비평활동이나 일부 문인들의 서양화나 만화, 삽화 등의 창작활동들을 고찰한 것이다. 한국 근대 문인들과 미술계 인사들의 친교와 예술적 교류, 나아가 그들이 공조하여 예술가 단체를 만들어 문화예술운동을 주도한 경우에 대해서도 조사하였다. 이를 토대로 문학과 미술 분야의 인적 교류와 종합문예지 발간에의 공조가 그들 각자의 예술 창작에 어떤 구체적인 영향을 끼쳤는지에 대해서도 조사하였다. 이는 일제강점기 하 문학계와 미술계의 밀접한 상호작용의 실상을 실증적으로 고찰하기 위한 것일 뿐 아니라, 문학과 미술(특히 회화)이 예로부터 근친성을 인정한 이유를 이해하는 데까지 나아가고, 또한 한국 근대예술사에서 시서화 일체의 문인화적 전통에서 문학과 회화가 각기 독립된 예술영역으로 분기해 가는 과정까지를 살펴 볼 수 있는 기회가 되었다. 이 책은 특히 근대 한국 문인들의 미술 관련 활동들이 그들의 문학에 미친 영향을 살펴봄으로써 한국문학사의 흐름이 타 예술영역과의 상호작용의 결과임을 인식할 수 있는, 융합 예술적 연구의 시발로서도 의미를 가질 것으로 본다.

이 책의 출간 의의를 좀 더 구체적으로 항목화하면 다음과 같다. 첫째, 그 동안 문학과 미술분야 연구에 있어서 처녀지로 남아 있던 부분, 다시 말해 문학과 미술의 경계부분인 일제시대 문인들의 미술 관련 활동들을 일목요연하게 정리한 실증적인 연구서이다. 둘째, 한국 근대예술의 발전사에서 서구적 양식의 이입에 의해 전통적 시·서·화에서 근대문학과 근대미술로 전문화, 내지 장르 분화가 이루어지는 과정을 밝혔다. 양대 예술영역의 접점 연구는 각각의 예술영역이 독자성을 갖고 분화되어 가는 과정에 대한 고찰이자, 서로의 근대적 변모에 여타의 예술영역이 어떤 역할을 하였는가를 추적하는 과정일 것이다. 셋째, 이 책은 문학과 회화의 본질적 차이, 즉, 매체의 차이에서 비롯된 고유한 속성을 이해할 수 있게 해 준다. 넷째, 한국 근대문학사의 넘어야할 산으로 인식되었던 '이식문학론'을 극복할 수 있는 논의의 실마리를 찾을 수 있었다. 다섯째, 박태원, 이태준, 이제하 등 보다 회화적 특성이 강한 작품들을 내어 놓은 한국 근·현대 소설가들의 작품세계를 이해하는 데 많은 도움을 얻게 되었다.

21세기 현대사회에서 예술은 장르통합적인 양상을 보인다. 예술과 산업이 접목되면서 우리시대의 대표적 장르가 되다시피 한 영화가 그러하고, 뮤지컬 역시 문학과 미술, 음악과 무용이 종합된 양식이다. 온라인상에서 이루어지는 디지털 서사물이나 게임서사 역시 그래픽과 시나리오, 음향이 종합되어 있다. 이렇듯 현대예술은 날이 갈수록 장르

통합적인 양상을 더욱 강하게 띤다.

그런데 한국 근대예술의 시발기인 일제강점기 초반에는 오히려 예술의 각 영역들이 독자적으로 뚜렷이 분화되지 않고 장르 간 혼종적인 양상을 띠었다. 이러한 현상은 우선 각 예술 양식에 종사하는 구성원들이 일정 부분 겹쳐 있는 데서도 잘 드러난다. 그러다가 1930년대 후반으로 갈수록 회화와 문학의 장르 분화는 뚜렷해진다. 따라서 장르 간의 혼종적 양상이 두드러진 근대 초의 한국예술사에 대한 이해는 오히려 장르통합적인 예술에의 요청이 일고 있는 오늘날의 예술에 대한 이해를 심화하는 데 많은 시사점을 제공해 줄 수 있다. 장르 간 융합과 통섭의 시대에 예술이 보다 잘 적응해 가는데 이와 같은 연구는 어떤 새로운 통찰을 제공해 줄 수 있을 것이다. 따라서 이 책은 학제 간 연구의 한 유의미한 사례로서 여타 예술 영역이나 학문 간에도 이와 같이 경계나 접점에 대한 연구를 자극하는 계기가 될 것으로 기대한다.

이 책의 연구 성과를 정리해 보자. 전통적인 문인화의 관점에서 볼 때, 시(문학)와 서(예)와 (회)화는 일체의 것으로서, 이는 문인의 여기의 하나로 간주되었다. 서구적 근대회화가 도입된 1910~20년대는 문인화적 전통에서 독립된 '회화'로 조선화의 개념이 새롭게 정립되던 시기였는데, 이 무렵 문인들은 미술평론 부분에서 실제 회화 창작에 이르기까지 폭넓게 한국 근대회화의 형성에 관여하였다. 예컨대, 권구현, 이상, 박태원, 이갑기 등은 직접 그림이나 만화, 삽화 등을 그렸고, 임화나 이태준, 권구현 등은 미술 관련 평론들을 많이 썼다. 이 시기, 서양이나 일본에서 근대적 양화를 공부하고 돌아온 화가들이 있었음에도 양화전람회에 대한 관전평은 주로 문인들의 몫이었다. 이러한 현상은 미술을 전공한 전문 미술평론가가 등장하는 1940년대까지 지속되었다.

　이 같은 문인들의 헌신은 결국 그들의 문학관이나 작품의 구성에도 영향을 미쳤다. 예컨대, 이태준, 박태원, 이상 등의 문학작품에는 회화나 건축 등 조형예술적 창작원리나 그것에 깊이 관여한 흔적들이 강하게 나타나 있다. 또한 임화에 의해 제기된 신문학사에 관한 논의들은 이식문학론으로도 불리었는데, 이는 1920년대 화단에서 있었던 이식미술론에서 많은 영향을 받은 것으로 보인다. 또한 1939년에 결성된 '문장파'는 문인 그룹인 구인회와 화가 그룹인 목일회의 연종에 의한 것이었다. 그 두 그룹은 모더니즘적 지향이 강한 창작가 집단이었는데, 그들이 어떻게 '전통'이란 새로운 가치를 근간으로 하는 '문장파'로 집결할 수 있었는지에 대한 연구도 이 책의 중요한 성과의 한 부분이다.

　이렇듯 이 책은 한국 근대화의 초기인 일제강점기 동안, 문인들과 화가들 간의 인적 교류와 문화적 근친성과의 관련성, 나아가 문인들의 화가로서의 활동이나 삽화가, 미술평론가로서의 활동과 그들의 문학과의 관련성, 문학과 회화를 망라한 초예술양식적 단체로의 통합 과정에 대한 해명 등을 담고 있다. 색과 형을 위주로 하는 형상적 인식으로서의 회화와 언어를 매개로 하는 형상적 인식인 문학은 어떤 면에서는 가장 가까운 예술양식이라 할 수 있다. "시는 그림처럼, 그림은 시처럼"이란 문구처럼 매개체는 다르지만, 형상적 인식이기에 그러하다.

　이 책은 한국 근대예술이 일제강점기 하 각기 독립된 예술양식으로 전문화되고, 분화되어 가는 과정에서 인접 예술 간의 상호작용에 관한 융합적 지점에 관한 새로운 연구서라 할 수 있다. 오늘날 '융합'과 '통섭'이 많이 논의되고 있지만, 인문학과 예술분야의 상호 교류와 작품상의 영향관계에 관한 실증적인 연구는 이제 시작단계에 있다. 한국 근대문학과 한국 근대미술의 상호작용에 관한 최초의 연구서인 이 책은 인문학과 과학, 예술과 디지털기술, 혹은, 서로 다른 예술 영역 간의 소통과 통섭이 적극적으로 논의될 것이 요청되는 오늘날의 현실 속에서 문학이, 혹은 문학연구가 보다 적극적이고 능동적으로 이러한 시대에 적응해가는, 작은 시발점이 되기를 희망한다.

참고문헌

1차 자료

『문예』, 『인문평론』, 『동아일보』, 『개벽』, 『신생활』, 『경성일보』, 『조선중앙일보』, 『문학 창조』, 『예술』, 『비판』, 『조선문학』, 『사해공론』, 『한글』, 『朝光』, 『매일신보』, 『문예춘추』, 『삼천리』, 『어린이』, 『중외일보』, 『문장』, 『삼천리』, 『시대일보』, 『조선일보』, 『문학과 지성』, 『女性』, 『시와 소설』

구본웅, 「제13회 조선미전을 봄」, 『조선중앙일보』, 1934.5.30~6.6.
______, 「선전의 인상」, 『매일신보』, 1935.5.23~28.
권구현, 「「水獺皮의 강산 구경」에 잘 드러나 있고」, 『조선일보』, 1927.11.22.
______, 「계급문학과 그 비판적 요소」, 『동광』, 1927.2.
______, 「권구현 개인전람회」, 『조선중앙일보』, 1934.11.5.
______, 「권구현씨 서화회」, 『조선중앙일보』, 1935.2.1.
______, 「德壽宮 石造殿의 日本美術을 보고」(전6회), 『동아일보』, 1933, 11.9~17.
______, 「落葉지면 긔여나오는 것들」, 『별건곤』 10호, 1927.12.20.
______, 「貧民同情의 書畫會 開催―權九玄氏를 맞아(鎭南浦)」, 『동아일보』, 1935.1.31.
______, 「선사시대 회화사」, 『동광』 제2권 3~5호, 1927.3~5.
______, 「速修인물화 강의」, 『동광』 제2권 6~7호, 1927.6~7.
______, 「신문삽화만평」, 『별건곤』 제10호, 1927.12.
______, 「人肉市場點景」, 『조선일보』, 1928.10.10~11.17.
______, 「작년에 비하여 81점이 감소, 약간 적막한 감이 있는 미전의 입선자 발표」, 『조선중앙일보』, 1933.5.9.
______, 「전기적 "푸로"예술」, 『동광』 제2권 3~5호, 1927.3~5.
______, 「조선미전단평」, 『동아일보』, 1933.5.25~6.8.
______, 「풋볼선수」, 『조선일보』, 1933.8.1~18.
______, 「諷刺諧謔, 新流行豫想記」, 『별건곤』 제11호, 1928.2.1.
______, 「畫家 天摩山人 權九玄氏 個人展을 開催(河東)」, 『동아일보』, 1938.4.24.

______, 「畵壇 10인 서화전 금25일부터 4일간 장곡천町 푸라타뉴에서」, 『조선중앙일보』, 1934.1.25~2.4.

금화산인, 「미전인상」(전6회), 『매일신보』, 1930.5.20~25.

김광균, 「1930년대의 화가와 시인들」, 『계간미술』, 1982 가을.

김기진, 「제6회 선전 작품 인상기」, 『조선지광』, 1927.6.

김기림, 「협전을 보고」, 『조선중앙일보』, 1933.5.6~7.

김남천, 「소설의 운명」, 『인문평론』, 1940.11. 신상성 편, 『김남천 연구 — 김남천 평론 자료집 1 — 문학론』, 경운 출판사, 2009.

김문집, 「교의식의 직감적 양상 — 예술철학의 근본문제」, 『문장』 제1권 2호, 1939.3.

______, 「로단조각의 근대적 악마주의의 연구」, 『비평문학』, 1938.7.

______, 「세잔느, 무정」, 『비평문학』, 1938.7.

김복진, 「나형선언 초안」, 『조선지광』, 1927.5.

______, 「美展第五回短評」, 『개벽』 제70호, 1926.6.1.

______, 「조선역사 그대로의 반영인 조선미술의 윤곽」, 『개벽』, 1926.1.

______, 「조선화단의 일 년」, 『조선일보』, 1927.1.4~5.

김안서, 「예술과 감상」, 『조선문단』, 1926.3.

______, 「예술적 생활」, 『학지광』 6, 1915.7.

______, 「요구와 회한」, 『학지광』 10, 1919.9.

______, 「조선심을 배경 삼아」, 『동아일보』, 1924.1.1.

김용준, 「김만형군의 예술 — 그의 개인전을 보고」, 『문장』, 1940.10.

______, 「나의 자화상」, 『여성』 제4권 1호, 1939.2.

______, 「동미전과 녹향회평」, 『혜성』 제1권 3호, 1931.5.

______, 「동미전을 개최하면서」 상하, 『동아일보』, 1930.4.12~13.

______, 「모델과 여성의 미」, 『여성』 제1권 6호, 1936.9.

______, 「무산계급회화론」, 『조선일보』, 1927.5.30~6.5.

______, 「미술에 나타난 곡선표징」, 『신동아』 제1권 2호, 1931.12.

______, 「백이양화회를 만들고」, 『동아일보』, 1930.12.23

______, 「白痴舍와 白鬼祭」, 『朝光』, 1936.8.

______, 「서화협전의 인상」, 『삼천리』, 1931.11.

______, 「속과정론자와 이론 확립, 이론 유희를 일삼는 輩에게(6)」, 『중외일보』, 1928.3.4.

______, 「엑스푸레숀이즘에 대하여」, 『학지광』 14권 2호, 1927.3.

______, 「이조의 산수화가」, 『문장』 제1권 2호, 1939.4.

______, 「이조인물화-신윤복과 김홍도」, 『문장』 제2권 제1호, 1940.1.

______, 「조선화단의 회고와 전망」, 『매일신보』, 1931.1.13.

______, 「최북과 임희지」, 『문장』 제1권 5호, 1939.6.

______, 「푸롤레타리아 미술비판」, 『조선일보』, 1927.9.18~30.

______, 「화가가 본 여인」, 『여성』 제3권 4호, 1938.4.

______, 「화가와 괴벽」, 『조광』 제5권 7호, 1939.7.

______, 「회화로 나타나는 향토색의 음미」, 『동아일보』, 1936.5.3~5.

김윤식 편, 『한국 근대리얼리즘 비평 선집』, 서울대 출판부, 1988.

김주경, 「화단의 회고와 전망」, 『조선일보』, 1932.1.1~9.

김환태, 「상허의 작품과 그 예술관」, 『이태준 문학전집』 18, 서음출판사, 1988.

나혜석, 「꽃의 파리행」, 『삼천리』, 1933.4.

______, 「나의 동경여자미술학교시대」, 『삼천리』, 1938.5.

______, 「나의 여교원시대」, 『삼천리』, 1935.7.

______, 「미술과 설치에 대하여」, 『조선일보』, 1936.5.10.

______, 「백림과 파리」, 『삼천리』, 1933.3.

______, 「백림에서 윤돈까지론」, 『삼천리』, 1933.9.

______, 「서양미술과 나체미」, 『삼천리』, 1933.12.

______, 「서화협회, 조선미전에 출품하는 여류화가들」, 『신가정』 제5호, 1933.5.

______, 「신생활에 입하여」, 『삼천리』, 1935.2.

______, 「이태리 미술기행」, 『삼천리』, 1935.2.

______, 「일년만에 본 경성의 잡감」, 『개벽』, 1924.7.

______, 「조선미전을 보고」, 『개벽』 제5권 9호, 1924.9.

______, 「화가로 어머니로-내가 걸어온 10년 세월」, 『신동아』 제3권 1호, 1933.1.

______, 「회화와 조선녀자」, 『동아일보』, 1921.2.26.

노자영, 「미래파의 예술」, 『신민공론』 제3권 1호, 1922.1.

류보선 편, 『구보가 아즉 박태원일 때』, 깊은샘, 2004.

박영희, 「투쟁기에 있는 문예비평가의 태도」, 『조선지광』, 1927.1.

박태원, 「건전하고 명랑한 작품을」, 『삼천리』, 1941.1.

______, 「사계와 남매」, 『신시대』, 1941.1~2.

______, 「擁爐漫語」, 『조선일보』, 1938.1.26.

______, 『한국 근대단편소설대계-제8권 박태원』, 태학사, 1988.

______, 『한국 근대단편소설대계-제9권 박태원』, 태학사, 1988.

방민호, 『구보 씨의 얼굴』, 북토피아, 2004.

______, 『꽃을 잃고 나는 쓴다』, 북폴리오, 2004.

변영로, 「동양화론」, 『동아일보』, 1920.7.7.

서정주, 『未堂 서정주 詩 全集』, 민음사, 1983.

심영섭 「백의백벽 폐한일예술상으로 본 편견의 일단」, 『동아일보』, 1922.1.15.

______, 「제9회 협전평」, 『동아일보』, 1929.10.30~11.5.

심　훈, 「총독부 제9회 미전화랑에서」, 『신민』 제53호, 1929.11.

안석주, 「동미전과 합평회」, 『조선일보』, 1930.4.23~26.

______, 「미전을 보고」(전5회), 『조선일보』, 1927.5.27.

안　확, 「조선의 미술」, 『학지광』 5권, 1915.5.

양주동, 「예술과 생활－예술과 철학서설」, 『동아일보』, 1926.2.5.

오지호·김주경, 『오지호·김주경 2인 화집』, 한성, 1938.

유진오, 「제2회 녹향전의 인상」, 『조선일보』, 1931.4.15~18.

윤기정, 「계급예술론의 신전개를 읽고」, 『조선일보』, 1927.3.25~30.

윤희순, 「제11회 조선미전의 제 현상」, 『매일신보』, 1939.6.8~11.

이갑기, 「제12회 조선미전 평－동양화 평」, 『조선일보』, 1933.5.24~28.

이광수, 「구경꾼의 감상－이종우씨 개인화랑에서」, 『동아일보』, 1927.11.7.

______, 「김관호의 〈夕暮〉를 중심으로 한 문전관전기」, 『매일신보』, 1916.10.28.

______, 「문부성 미술전람회기」 1~3, 『매일신보』, 1916.10.28~31.

______, 「예술평가의 표준」, 『동광』, 창간호, 1926.5.

______, 「임용연 백남순씨 부처전 素人인상기」, 『동아일보』, 1930.11.9.

이　상, 『이상 시 전집－거울 속의 나는 外出中』, 문장, 1981.

이태준, 「녹향회 화랑에서」, 『동아일보』, 1929.5.28~30.

______, 「단원과 오원의 후예로서 서양화보담 동양화」, 『조선일보』, 1937.10.20.

______, 「東美展 합평기」, 『중외일보』, 1930.4.20.

______, 「불상한 소년 미술가」, 『어린이』, 1929.2.

______, 「小說讀本－소설에 관심하는 이를 위하여」, 『女性』, 1938.7.

______, 「제10회 서화협전평」, 『동아일보』, 1930.10.28~11.5.

______, 「제13회 협전관후기」, 『조선중앙일보』, 1934.10.24~30.

______, 「조선화단의 회고와 전망」, 『매일신보』, 1931.1.1~2.

______, 『무서록』, 깊은샘, 1994.

______, 『문장강화』, 창비, 2005.

______, 『이태준 문학전집』 1~18, 서음출판사, 1988.

이헌구, 「여류화가」, 『동광』 제3권 5호, 1937.5.

임규찬·한기형 편, 『카프비평자료총서 Ⅲ－제1차 방향전환론과 대중화론』, 태학사, 1989.

임　화, 「문단의 그 시절을 회상한다－평정한 문단에 거탄을 던진 '신경향파'」, 『조선일보』,
　　　　1933.10.5~8.

______, 「미술영역에 在한 주체이론의 확립－반동적 미술의 거부」, 『조선일보』, 1927.11.20~24.

______, 「서화협전의 진로－제8회전을 보내며」, 『조선일보』, 1928.11.22~29.

______, 「신문학사의 방법」, 『동아일보』, 1940.1.13~20.

______, 「어떤 청년의 참회」, 『문장』, 1940.3.

______, 「조선인의 예술」, 『조선일보』, 1927.10.1.

______, 「화가의 시」, 『조선일보』, 1927.5.8.

______, 『임화 평론집－문학의 논리』, 서음출판사, 1989.

장지연, 『일사유사』(회동서관, 1922), 김영일 역, 『한국기인열전』, 을유문화사, 1969.

______, 「화가열전」, 『매일신보』, 1916.1.16~5.24.

전미력, 「프롤레타리아 미술의 개척－신흥 미술가동맹의 결성을 촉함」, 『시대공론』, 1932.1.

최남선, 「예술과 근면」, 『청춘』, 1917.11.

최재서, 「단편작가로서의 이태준」, 『문학과 지성』, 인문사, 1939.

______, 「동양화, 서양화의 특색은 무엇인가」, 『怪奇』 제1호, 1929.5.

한설야, 「카프와 김복진」, 『조선미술』, 1957.5.

한용운, 「고서화의 3일」, 『매일신보』, 1916.12.7~11.

야나기 무네요시, 『조선을 생각한다』, 학고재, 1996.

야마모토 가나에, 「향토색 표현 선명한 것을」, 『매일신보』, 1934.5.16.

와타나베 도요히코, 『조선미술전람회 도록』 제13집, 조선사진통신사, 1934.8.

ASC, 「만화자가 본 문인－피리젓대 黑星 권구현」, 『조선일보』, 1927.11.21.

2차 자료

고위공, 「문학과 영화－'매체교체'의 양상」, 『미학·예술학 연구』 통권 제21호, 2005.6.

______, 「문학과 조형예술의 관계에 관한 이론적 고찰」, 『미학예술학연구』, 한국미학예술
　　　　학회, 1999.

______, 『문학과 미술의 만남』, 미술문화, 2004.

공종구, 「박태원의 지식인 소설에 나타난 식민지 근대」, 『현대소설연구』 제16호, 2002.6.

권성우, 「이태준의 수필 연구」, 『한국문학이론과 비평』 제8권 1호 제22집, 2004.3.

권영민, 「개화 계몽 시대 서사 양식과 국문체」, 김완진 외, 『문학과 언어의 만남』, 신구문화
　　　사, 1996.

권택영, 「한국의 모더니즘, 그 대안 모색」, 『문학수첩』 제1권 제2호 통권 2호(2003 여름),
　　　2003.5.

기혜경, 「1920·30년대 한국 근대미술과 문학의 교류 상에 관한 연구」, 홍익대 석사논문, 1998.

______, 「목일회 연구－모더니즘과 전통의 길항과 상보」, 김영나 편, 『한국 근대미술과 시
　　　각문화』, 조형교육, 2002.

김겸향, 「박태원 소설에 나타난 이중적 목소리」, 구보학회 편, 『박태원과 모더니즘』, 깊은
　　　샘, 2007.

김광균, 「1930년대의 화가와 시인들」, 『계간미술』, 1982 가을.

김동석, 「「가마귀」에 대한 몇 개의 주석－계몽의 변증법과 관련해서」, 『상허학보』 제11집,
　　　2003.8.

김명렬, 「Edgar Allen Poe의 "The Raven"과 이태준의 「까마귀」」, 『한국문화』 제32집, 2003.12.

김미영, 「모더니즘 예술의 시간성」, 『한국 현대문학의 표상과 인식』, 청운, 2007.

______, 「문학성이 문학의 미래다」, 『혼성적 사회와 소설의 미래』, 제이앤씨, 2007.

______, 「식민지 시대 문인들의 미술평론의 두 가지 양상－임화와 권구현을 중심으로」,
　　　『한국문화』 44호, 서울대 규장각, 2008.12.

______, 「일제강점기 문학인의 그림 연구」, 『한국문화』 46호, 2009.6.30.

______, 「일제강점기 이식미술론과 이식문학론의 관련성에 관한 고찰」, 『20세기 한국의 언어·
　　　문학·문화－52회 국어국문학회 학술대회 발표자료집』, 국어국문학회, 2009.5.29.

김상태, 『文體의 理論과 解析』, 새문사, 1982.

______ 외편, 『한국 현대작가연구』, 푸른사상사, 2002.

김영나, 「선망과 극복의 대상－한국 근대미술과 서양미술」, 『서양미술사학회 논문집』 23
　　　집, 2005.6.

김예림, 「초월과 중력 : 한 근대주의자의 초상－일제말기 임화의 인식과 언어론」, 『한국 근
　　　대문학연구』 제5권 제1호, 2004.4.

김용철, 「한국 근대미술비평 연구」, 홍익대 석사논문, 1978.

김윤식, 「「날개」의 생성과정－이상과 박태원의 문학사적 게임론」, 『한국 현대문학비평사
　　　론』, 서울대 출판부, 2000.

______, 「임화를 위한 변론－정치적 진실과 문학적 진실」, 『실천문학』 통권 9호(1988 봄),

1988.3.

______, 「특별기고 친일문학과 언어문제 : 작가와 말의 관계에 대한 임화의 태도-임화, 말을 의식한다 해제」, 『실천문학』 통권 67호(2002 가을), 2002.8.

______, 「프로문학의 성립」, 『한국 근대문예비평사연구』, 일지사, 1976.

______, 『한국 근대문예비평사연구』, 일지사, 1976.

김종회, 「박태원 문학의 성격과 세계관 고찰」, 『현대문학이론연구』 22권, 2004.

노명완, 「이해, 학습, 기억-독서과정에 관한 인지심리학적 연구 분석」, 한국교육개발원, 『한국교육』, 1987.12.

류보선, 「1930년대 후반기 문학비평 연구」, 서울대 박사논문, 1996.

______, 「한 문학주의자의 운명-박태원 수필 읽기」, 『구보가 아즉 박태원일 때』, 깊은샘, 2004.

류시현, 「무정부주의와 아나키즘」, 『역사비평』 통권 73호(2005 겨울), 2005.11.

문광훈, 「라오콘의 절규와 호머의 방패」, 『카프카 연구』 10집, 2002.

민충환, 「이태준의 전기적 고찰」, 『상허학보』 제1집, 1993.12.

박이문, 『문학과 언어의 꿈』, 민음사, 2003.

박진숙, 「동양주의 미술론과 이태준 문학」, 『현대문학연구』 제16집, 2004.12.

방민호, 「일제말기 이태준 단편소설의 '사소설' 양상」, 『상허학보』 제14집, 2005.2.

상허학회 편, 『이태준과 현대소설사』, 깊은샘, 2004.

서정걸, 「한국 근대미술의 흐름-양화도입기와 정착기를 중심으로」, 『조형논총』 제2호, 1997.

신인섭, 「특집 : 한국 근대문학과 일본체험 9-한국 근대소설과 사소설 양식 토론문」, 『현대문학의 연구』 제15집, 국학자료원, 2000.8.

오경복, 「박태원 소설의 서술기법 연구」, 이화여대 박사논문, 1993.

오병욱, 「한국 근대회화사에 가해진 서구 미술의 충격과 그 반향」, 『미술사연구』 제2권, 미술사연구회, 1988.6.

왕태웅, 「시라카바白樺파의 성격과 특질」, 한국일본근대문학회, 『일본 근대문학-연구와 비평』 2호, 2003.5.

우한용, 「박태원 소설의 담론구조와 기법」, 『표현』, 1990.1.

윤세진, 「근대적 미술개념의 형성과 미술인식」, 서울대 석사논문, 2000.

윤희순, 『조선미술사연구-민족미술에 대한 단상』, 서울신문사, 1948.

이구열, 『한국 현대미술의 형성과 비평』, 열화당, 1980.

이모영, 「시각적 사고visual thinking가 미술교육에 시사하는 함축적 의미에 관한 고찰」, 『미술교육논총』 제19권 2호, 2005.

이승종, 「후설과 하이데거-Différance」, 『철학과 현상학 연구』 제25집, 한국현상학회, 2005.5.

이주영, 「미메시스의 관점에서 본 문학과 미술의 관계」, 한국미학예술학회, 『미학예술학연구』 16권, 2002.12.

이한순, 「하인리히 뵐플린의 '미술사의 기초개념'」, 『미술사학』 제8권, 1996.12.

이혜원, 「이태준 소설의 이미지 연구」, 『상허학보』 제1집, 1993.12.

임형택·한기형·류준필·이혜령 편, 『흔들리는 언어들-언어의 근대와 국민국가』, 성균관대 출판부, 2008.

장성규, 「이태준 문학에 나타난 이상적 공동체주의」, 『한국문화』 제38집, 2006.12.

전동진, 「롬 바흐의 그림철학」, 한국하이데거학회 편, 『하이데거의 예술철학』, 철학과현실사, 2004.

정은혜, 「문학과 독서에 대한 예술론적 해석」, 『하이데거 연구』 제11집, 2004.

정화열, 박현모 역, 「현상학과 몸의 정치」, 『몸의 정치』, 민음사, 1999.

정현숙, 「박태원 소설에 나타난 신체제 수용 양상」, 구보학회 편, 『박태원과 모더니즘』, 깊은샘, 2007.

______, 「박태원 소설에 나타난 연속성과 불연속성(1)」, 『한국언어문학』 제61집, 2007.6.

조남현, 「한국 근대문학의 아나키즘체험 연구」, 『한국문화』 12호, 1991.

조두섭, 「권구현의 아나키즘문학론 연구」, 『우리말글』 통권 12호, 1993.6.

조선미, 『화가와 자화상』, 예경, 1995.

조용진·배재영, 『동양화란 어떤 그림인가』, 열화당, 2002.

조일현, 「Goal-Based Scenario(GBS) 이론의 재검토」, 『산업교육연구』 9(2), 2003.

조현일, 「손창섭·장용학 소설의 허무주의적 미의식에 대한 연구」, 서울대 박사논문, 2002.

주은우, 『시각과 현대성』, 한나래, 2003.

진영복, 「한국 근대소설과 사소설 양식」, 『현대문학의 연구』 15, 국학자료원, 2000.8.

최신한, 「현상학과 해석학의 관계」, 『철학과 현상학 연구』 제22집, 2004.5.

최 열, 『한국 근대미술 비평사』, 열화당, 2001.

______, 『한국 근대미술의 역사』, 열화당, 1998.

______, 『한국 현대미술의 역사』, 열화당, 2006.

하정일, 「일제 말기 이태준 문학의 탈식민적 가능성과 한계」, 『작가세계』 제71호, 2006.11.

한수영, 「박태원 소설에서의 근대와 전통-'합리성'에 대한 인식과 '신체제론' 수용의 문제를 중심으로」, 『한국문학이론과 비평』 제27집, 2005.6.

______, 「박태원 소설에서의 전통과 근대」, 『한국문학이론과 비평』 제27집, 2005.6.

______, 「이태준과 신체제」, 『친일문학의 재인식』, 소명출판, 2005.

홍기돈, 「식민지 말기 이태준의 소설과 백산 안희제」, 『탈식민주의를 넘어서』, 소명출판, 2006.

황도경, 「관조와 사유의 문체」, 『문체로 읽는 소설』, 소명출판, 2002.

휘문중고등학교, 『휘문칠십년사』, 휘문칠십년사편찬위원회 편, 1976.5.

고트홀트 에프라임 레싱, 윤도중 역, 『라오콘-미술과 문학의 경계에 관하여』, 나남, 2008.

나곰브릿치, 백승길·이종숭 역, 『서양미술사』, 예경, 1997.

나카무라 미쓰오中村光夫, 신현순 역, 『풍속소설론』, 불이문화사, 1998.

노버트 엘리아스, 유희수 역, 『문명화 과정-매너의 역사』, 신서원, 1999.

로즈마리 잭슨, 서강여성문학연구회 역, 『환상성-전복의 문학』, 문학동네, 2001.

루카치, 최유찬 외역, 「서사냐 묘사냐-자연주의와 형식주의에 대한 예비고찰」, 『리얼리즘
    과 문학』, 지문사, 1985.

마르틴 하이데거, 『예술작품의 근원』, 경문사, 1979.

무리야마 시게노리, 「식민지기 일본인의 한국관-선택지의 소장」, 김용덕·미야지마 히로
    시 편, 『근대교류사와 상호인식』 II, 아연출판부, 2007.

이토 세伊藤整 외, 유은경 역, 『일본 사소설의 이해』, 소화, 1997.

츠베탕 토도로프, 이기우 역, 「문학과 환상」, 『환상문학 서설』, 한국문화사, 1996.

크레이그 오웬스, 이삼출 역, 「알레고리적 충동-포스트모더니즘의 이론 정립을 위해」, 권
    택영 편, 『포스트모더니즘과 문화』, 문예출판사, 1991.

키에르 케고르, 임춘갑 역, 『죽음에 이르는 병』, 평화출판사, 1965.

하이데거, 오병남·민형원 역, 『예술작품의 기원』, 경문사, 1979.

한스 게오르크 가다머, 이길우 외 역, 『진리와 방법』 I, 문학동네, 2000.

F.W. 폰 헤르만, 이기상·강태성 역, 『하이데거의 예술철학』, 문예출판사, 1997.

J. Yellowlees Douglas & Andrew Hargadon, "The pleasures of immersion and engagement
    -Schemas, scripts and the fifth business", *Digital Creativity* Vol. 12, No.3, 2001.

Michael D. Shin, 「'문화정치'시기의 문화정책, 1919~1925년」, 김동노 편, 『일제 식민지 시
    기의 통치체제 형성』, 혜안, 2006.

R. C. Schank, *Dynamic Memory Revisited. Cambridge*, Cambridge University Press, 1999.

S. 채트먼, 한용환·강덕화 역, 『영화와 소설의 수사학』, 동국대 출판부, 2001.

V. L. 레닌, 이길주 역, 『레닌의 문학예술론』, 논장, 1988.

W. 타타르키비츠, 손효주 역, 『미학의 기본 개념사』, 미술문화, 1999.